Mary Balogh

Après avoir passé toute son enfance au pays de Galles, elle a émigré au Canada, où elle vit actuellement. Professeure, elle publie son premier livre en 1985, aussitôt couronné par le prix Romantic Times. Spécialiste des romances historiques Régence, elle figure toujours sur les listes des best-sellers du *New York Times* et a reçu de nombreuses récompenses.

Le temps de la séduction

DE LA MÊME AUTRICE AUX ÉDITIONS J'AI LU

Cœurs au diapason
Le banni
Le secret de Sophie
Sans promesse de mariage
Quand Arabella s'entête
La fulgurante ascension de Miss Downes
L'épouse de lord Carew
Miss Catastrophe
L'ange blond et l'ange noir
Le double pari
La dernière valse
La lady au parapluie noir
Une partie de campagne
Le petit défaut de lady Rotherham
La magie de Noël
Le Noël de toutes les promesses
La perle cachée
Un bijou si précieux
Stratagème amoureux
La maîtresse cachée
Le bel été de Lauren
Une nuit pour s'aimer

La saga des Westcott

1 – *Celui qui m'aimera*
2 – *Celui qui m'embrassa*
3 – *Celui qui m'épousera*
4 – *Celui qui me désirera*
5 – *La valse de Noël*
6 – *Celui qui me respectera*
7 – *Celui qui me charmera*
8 – *Celui qui me chérira*
9 – *Celui qui me comblera*

La famille Huxtable

1 – *Le temps du mariage*

Le club des survivants

1 – *Une demande en mariage*
2 – *Un mariage surprise*
3 – *L'échappée belle*
4 – *Rien qu'un enchantement*
5 – *Rien qu'une promesse*
6 – *Rien qu'un baiser*
7 – *Rien que l'amour*

La saga des Bedwyn

1 – *Un mariage en blanc*
2 – *Rêve éveillé*
3 – *Fausses fiançailles*
4 – *L'amour ou la guerre*
5 – *L'inconnu de la forêt*
6 – *Le mystérieux duc de Bewcastle*

MARY
BALOGH

LA FAMILLE HUXTABLE – 2

Le temps de la séduction

Traduit de l'anglais
par Sophie Pertus

J'AI LU

Titre original
THEN COMES SEDUCTION

Éditeur original
A Dell Book published by Bantam Dell,
a division of Random House, Inc., New York

1

Jasper Finley, baron Montford, avait vingt-cinq ans. C'était même son anniversaire. Du moins – corrigea-t-il mentalement en desserrant son nœud de cravate d'une main tandis que, de l'autre, il tenait son verre presque vide en équilibre sur l'accoudoir de son fauteuil –, pour être tout à fait précis, c'était *hier*, son anniversaire. Car il était 4 h 20 du matin, si l'on tenait compte des quatre minutes de retard de l'horloge de sa bibliothèque.

Il la fixa d'un regard concentré, les sourcils froncés. Il devrait la faire mettre à l'heure un de ces jours, songea-t-il. Pourquoi cette malheureuse horloge serait-elle condamnée pour l'éternité à avoir quatre minutes de retard sur le reste du monde ? Ce n'était pas logique. Le problème, c'était que lui ne s'y retrouverait plus et arriverait toujours quatre minutes en avance – ou en retard ? il ne savait jamais – à ses déjeuners, dîners et autres rendez-vous. Cela sèmerait le trouble chez ses domestiques et la consternation en cuisine.

Non, tout compte fait, mieux valait laisser sa pendule en l'état.

Ayant résolu cet épineux problème de façon satisfaisante, il reporta son attention sur lui-même. Il aurait dû aller se coucher il y a une heure. Ou deux. Ou, mieux encore, trois. Il aurait mieux fait de rentrer chez lui directement après le bal de lady Hounslow. Sauf qu'il se serait retrouvé seul chez lui avant minuit le jour de son anniversaire. Impossible. C'était franchement pathétique. Dans ce cas, il aurait mieux valu rentrer directement en sortant de son club, le *White's*, environ une heure plus tard. Ah, mais c'était justement ce qu'il avait fait ! se rappela-t-il. Du reste, il reconnaissait parfaitement cette bibliothèque - la sienne - et cette maison - la sienne. Cependant, il lui avait été impossible de monter directement se coucher parce qu'un groupe de jeunes gens s'était attaché à ses pas à la sortie du club et l'avait accompagné chez lui pour fêter cet anniversaire déjà entré dans l'histoire.

Dans les vapeurs de l'ivresse - en fait de vapeurs, c'était plutôt un épais brouillard -, il se demanda s'il les y avait conviés. Sinon, ils étaient diablement effrontés de s'être imposés ainsi. Il fallait qu'il leur pose la question.

— Dites-moi, articula-t-il lentement pour être certain de bien se faire comprendre, certains d'entre vous ont-ils été invités ici ?

Eux aussi étaient dans les vignes du Seigneur. Tous étaient affalés dans les fauteuils, à l'exception de Charlie Field qui, l'épaule appuyée au manteau de la cheminée, faisait tourner l'alcool dans son verre avec une adresse admirable, sans en répandre une goutte.

— Si certains d'entre nous ont été... ?

Charlie le considéra d'un air stupéfait.

— Nom d'un chien, Monty, tu nous as pour ainsi dire traînés ici !

— Parfaitement, renchérit sir Isaac Kerby. Nous étions prêts à rentrer chez nous en sortant du club pour être frais et dispos demain matin, mais il n'en a pas été question. Tu as soutenu qu'il était encore tôt, et qu'un quart de siècle était une épreuve que l'on ne pouvait traverser seul.

— Et encore, mon vieux, à vingt-cinq ans, on n'a pas encore de raisons de se lamenter, intervint le vicomte

Motherham. Attends un peu d'avoir trente ans ! Là, toutes les femmes de ta famille, jusqu'aux grand-tantes et aux cousines au second et même au troisième degrés se mettront à te sermonner pour que tu te maries et te décides à fonder une famille.

Jasper fit la grimace, se prit les tempes entre le pouce et le majeur de sa main libre.

— Grands dieux, non !

— Les dieux, grands ou pas, refuseront d'intercéder en ta faveur, le prévint le vicomte.

Il parlait en connaissance de cause, lui qui, à trente et un ans, était marié depuis un an. Et à qui sa femme avait consciencieusement donné un fils un mois plus tôt.

— Les femmes de la famille sont plus puissantes que les dieux eux-mêmes, assura-t-il. Elles sont diaboliques.

— *Aaa-assez !* l'interrompit sir Isaac au prix d'un effort héroïque. Assez de sinistres présages. Reprends un verre, Motherham, et haut les cœurs !

— Inutile de faire des manières, déclara Jasper en agitant la main en direction de la desserte sur laquelle était posé tout un assortiment de bouteilles et de carafes passablement entamées.

Il aurait pourtant juré qu'elles étaient pleines à leur arrivée deux ou trois heures plus tôt…

— Je suis incapable de me lever pour te servir, ajouta-t-il. Sais pas c'qui est arrivé à mes jambes. Peuvent p'us me porter.

— Ce… qu'il te faut pour t'aider à passer ce cap difficile, ânonna Charlie, c'est quelque chose pour te remonter le moral. Une nouvelle entreprise. Quelque chose d'enthou… enthousia… hmph, le mot m'échappe. Enfin, un nouveau *défi*, quoi !

— Un défi ? répéta Jasper, s'égayant considérablement. Un pari, tu veux dire ? suggéra-t-il plein d'espoir.

— Par tous les diables ! s'exclama Charlie en se raccrochant de la main à la cheminée. Il faut que tu montres ce plancher à un architecte, Monty. Il ne devrait pas tanguer comme ça. C'est franchement dangereux.

— Assieds-toi, Charlie, lui conseilla sir Isaac. Tu es gris. Gris foncé, même. À force de te voir te balancer comme ça, j'ai la nausée.

— Ah bon ? Je suis ivre ? fit l'intéressé, visiblement surpris. En voilà un soulagement ! J'ai bien cru que c'était le plancher.

Il avança d'un pas prudent jusqu'au fauteuil le plus proche dans lequel il se laissa tomber avec reconnaissance.

— Alors, reprit-il, qu'allons-nous faire faire à Monty, cette fois-ci ? Une course ?

— J'ai fait l'aller-retour Londres-Brighton il n'y a pas deux semaines, Charlie, lui rappela Jasper. Et j'ai mis cinquante-huit minutes de moins que le temps convenu. Trouvez-moi quelque chose d'un peu différent. Quelque chose de nouveau.

— Une beuverie ? proposa Motherham.

— J'ai fait rouler Welby sous la table il y a dix jours, fit valoir Jasper, et il a – enfin il *avait* – la réputation de tenir l'alcool mieux que personne. Seigneur ! Il me semble que ma tête a doublé de volume. J'ai l'impression que mon cou n'arrive plus à la soutenir. Est-ce qu'elle a vraiment doublé de volume ?

— C'est à cause de ce que tu as bu, Monty. Ça ira encore moins bien demain matin – ta tête, je veux dire. Et la mienne. Et je ne te parle pas de mon estomac.

— C'est déjà le matin, grommela Jasper d'un air sombre. Nous devrions tous être au lit.

— Pas ensemble, quand même, Monty, protesta sir Isaac. Ça ferait un joli scandale.

Cette plaisanterie d'un goût douteux fut saluée d'un éclat de rire grivois collectif... et d'une grimace générale.

— Agatha Strangelove, déclara Henri Blackstone en sortant de l'état semi-comateux dans lequel il était plongé depuis au moins une demi-heure.

— Oui, Hal ? fit sir Isaac doucement. Qu'est-ce qui lui arrive ?

Agatha Strangelove était danseuse à l'opéra. Elle avait de délicieuses boucles blondes, une bouche en bouton de rose et des formes généreuses là où il fallait. Et des jambes qui lui arrivaient aux épaules, avait commenté un mondain lors de sa première apparition sur scène un mois ou deux auparavant. Tous les hommes présents avaient parfaitement compris ce qu'il voulait dire. Elle était également très avare des faveurs qu'elle accordait aux messieurs qui se pressaient dans le foyer les soirs de représentation pour lui faire la cour.

— Eh bien, il faudrait que Monty couche avec elle, expliqua Hal. D'ici à moins d'une semaine.

Cette suggestion fut saluée par un silence incrédule.

— Mais il l'a déjà fait, rappela Isaac d'une voix patiente, comme s'il s'adressait à un demeuré. Huit jours après son arrivée à Londres. Tu ne t'en souviens pas, Hal ? On l'a inscrit dans le livre de paris du *White's* un lundi soir, avec un délai d'une semaine, et Monty l'a eue le mardi, le mercredi et le jeudi, jour et nuit, jusqu'à ce qu'ils soient épuisés tous les deux.

— Diable ! s'exclama Hal d'un air surpris. C'est pourtant vrai. Je dois être sérieusement ivre pour l'avoir oublié. Tu aurais dû nous renvoyer chez nous il y a au moins une heure, Monty.

— Ah ? Parce que je t'ai invité, Hal ? Je vous ai invités, vous tous ? Je ne m'en souviens absolument pas. Londres doit être particulièrement ennuyeux cette année. On dirait qu'il ne reste pas un défi original ou intéressant. Si ?

Il les avait tous relevés, bon sang. Et il n'avait que vingt-cinq ans. Un peu plus tôt dans la saison, quelqu'un avait dit que si lord Montford jetait sa gourme, il semblait déterminé à la jeter toute – ainsi que celle de ses amis et connaissances. Il n'était cependant pas possible qu'il ne lui en reste déjà plus. La vie ne vaudrait plus la peine d'être vécue, dans ce cas.

— Et une femme *vertueuse*, avança Charlie qui se risqua sur le sol mouvant pour aller se resservir à boire.

— C'est-à-dire ? s'enquit Jasper en posant son verre vide sur le guéridon, à côté de lui.

Cela suffisait ; il avait assez bu. Du reste, il avait certainement assez bu avant même de quitter son club.

— Il paraît que c'est atrocement ennuyeux, une femme vertueuse.

— Séduis-en une, tu verras bien, insista Charlie.

— Laquelle ? fit Hal, le tour plus intéressant que prenait une conversation jusque-là assommante le sortant de sa torpeur.

— La plus vertueuse qui se puisse imaginer, répondit Charlie d'un air gourmand après avoir regagné son fauteuil sain et sauf. Une jeune et charmante vierge. Quelqu'un de nouveau sur le marché, à la réputation sans tache. La pureté incarnée.

— Tiens donc, répéta Hal.

Maintenant que tous les regards s'étaient braqués sur lui, il était incapable de se rappeler ce qu'il voulait dire. Mais il était soudain parfaitement réveillé.

— Voilà qui serait inédit, pour toi, Monty, observa Motherham en riant. Un nouvel exploit à mettre à l'actif de tes débauches.

Il leva son verre à la santé de son ami.

— Sauf qu'il ne le fera pas, déclara sir Isaac, qui se redressa dans son fauteuil et posa son verre. Il y a des limites que même Monty refuserait de franchir, fût-ce pour un pari. Et c'en est une. Il n'irait pas jusqu'à séduire une innocente – pour toutes sortes de raisons que je ne vous énumérerais pas parce que j'ai la langue et les lèvres trop engourdies. De toute façon, même s'il décidait d'essayer, il ne réussirait sans doute pas.

Ce n'était pas une chose à dire.

Aucun gentleman digne de ce nom n'envisagerait de séduire une innocente – pas même l'un des jeunes gens les plus notoirement dissolus de la bonne société. On avait beau être prêt à tout pour un pari, certaines limites demeuraient. Cependant, elles pouvaient fluctuer en fonction de ce que l'on avait bu. Beaucoup, en l'occurrence. Énormément. Autant qu'il était possible de boire sans perdre connaissance. Et quelqu'un venait de laisser entendre qu'il y avait une chose qu'il n'était pas capable de faire quand bien même il essayerait.

— Un nom, lâcha-t-il.

— Ça alors !

— Ho, Monty !

— Magnifique, mon vieux !

Il n'en fallut pas davantage à ses amis. Ils se mirent à énumérer pratiquement toutes les jeunes filles qui avaient fait leur entrée dans le monde et se trouvaient à Londres pour la saison. Et la liste était longue. Cependant, toutes furent éliminées pour une raison ou pour une autre – aucune par Jasper lui-même, faut-il préciser. Mlle Bota était la cousine issue de germain de sir Isaac tandis que lady Anna Marie Roache était sur le point de se fiancer avec le beau-frère d'un ami du frère de Hal Blackstone, ou quelque chose de ce genre. Mlle Hendy avait trop de boutons pour être jugée charmante… etc.

C'est alors que quelqu'un prononça le nom de Katherine Huxtable.

— La cousine de *Constantin* Huxtable ? demanda sir Isaac. Il ne vaut mieux pas. Il s'y opposerait formellement s'il était parmi nous ce soir. Cela ne lui plairait pas. Vraiment pas.

— Il s'en moquerait pas mal, soutint Motherham. Ses cousins et lui ne sont pas très proches, pour des raisons évidentes. Si Constantin avait eu la chance de naître enfant légitime, c'est lui qui serait comte de Merton aujourd'hui, et non ce gamin à qui l'on a octroyé le titre. Or Mlle Katherine Huxtable est la sœur de Merton.

— De toute façon, fit valoir Hal, elle est trop vieille. Elle doit avoir au moins vingt ans.

— Cependant, il n'y a pas plus innocent, souligna Motherham. Son frère vient d'hériter du titre de façon tout à fait inattendue. Il paraît que, jusque-là, la famille habitait une chaumière, dans un village reculé dont personne n'a jamais entendu parler, et vivait dans la plus grande pauvreté. Et voilà que la demoiselle se retrouve sœur d'un comte et fait son entrée dans le monde en pleine saison londonienne. À mon avis, elle doit être aussi innocente que l'agneau qui vient de naître.

— Et elle doit avoir des principes comme souvent à la campagne, renchérit Charlie avec un frisson théâtral. Des valeurs puritaines, une vertu à toute épreuve, etc. Même Monty, malgré son charme légendaire et ses talents de séducteur, ne pourrait venir à bout d'une telle forteresse. Nous serions bien cruels de la désigner comme objet du pari.

Cela non plus, ce n'était pas une chose à dire.

Aucun défi n'avait plus d'attrait que celui qui était réputé impossible à surmonter. Cela n'existait pas, il le savait, mais se le prouver et, surtout, le prouver à ceux qui pariaient contre lui était devenu sa raison de vivre.

— C'est celle qui a les cheveux blond doré ? s'enquit-il. Celle qui est grande et élancée, avec un délicieux sourire et de grands yeux bleus impénétrables ?

Il pinça les lèvres d'un air approbateur en se la remémorant. C'était une vraie beauté.

Ses amis rugirent.

— Oh, oh, Monty ! lança sir Isaac. On dirait que tu l'as déjà repérée. Rêverais-tu secrètement de te faire passer la corde au cou par la très innocente sœur de Merton ?

— J'avais cru comprendre que le défi consistait à *séduire* une jeune fille. Pas à l'épouser, observa Jasper en haussant un sourcil ironique.

— Dans ce cas, je vote pour que nous choisissions Mlle Katherine Huxtable comme jeune femme à séduire, déclara Hal. C'est impossible, bien entendu. Seuls les liens du mariage peuvent tenter une personne comme elle. Et encore, je ne sais même pas si elle accepterait une demande en mariage venant de toi, Monty. Ne le prends pas mal, mon vieux, mais tu as une réputation à faire fuir les innocentes. Pour une fois, je suis assez confiant : je vais rentrer dans mon argent. Ce n'est même plus un pari, c'est un investissement.

— Par « séduire », nous entendons bien avoir une relation charnelle complète et aboutie, n'est-ce pas ? intervint sir Isaac.

Tous le regardèrent comme une bête curieuse.

— Naturellement, rétorqua Hal. Voler un baiser ou pincer un derrière ne serait pas un défi digne de Monty – quand bien même la demoiselle se laisserait faire de bonne grâce. Il est évident qu'il faut une relation charnelle aboutie. Et consentie. Il ne peut pas être question de viol. Cela va sans dire.

— Alors pourquoi le dire, Hal ? répliqua Jasper en haussant les sourcils.

Ils étaient complètement ivres, songea-t-il. Le lendemain – ou, peut-être plus tard, quand ils auraient dessoûlé –, ils regretteraient toute cette histoire. Ce qu'il savait aussi, c'est que, même alors, aucun d'eux ne se désengagerait du pari qu'ils s'apprêtaient à faire, et qui serait bientôt officiellement inscrit au club, dans le livre prévu à cet effet afin que les messieurs prêts à risquer leur argent puissent miser. Faire machine arrière n'était pas dans leur nature.

Et moins encore dans la sienne.

Ils avaient une idée quelque peu déformée de l'honneur, songea-t-il dans un exceptionnel éclair de lucidité.

Au diable la conscience – et l'honneur ! Il était bien trop soûl pour s'embrouiller encore l'esprit avec ce genre de pensées.

— Voici donc l'objet du défi, résuma Motherham. Nous parions que Monty ne pourra pas séduire Mlle Katherine Huxtable et avoir avec elle des relations charnelles complètes et librement consenties sous... quoi... ? Un mois ? Une quinzaine ?

— Une quinzaine, décréta fermement Charlie Field. Pour le résultat, nous devrons nous fier à la parole de Monty.

S'ensuivit une discussion sur les enjeux financiers.

— Pari tenu, Monty ? demanda Motherham quand tous les détails eurent été réglés.

— Pari tenu, confirma-t-il avec un geste insouciant de la main. Sous quinzaine, j'aurai couché avec Mlle Katherine Huxtable – et, pourrait-on ajouter, je lui aurai donné du plaisir.

Un éclat de rire égrillard salua cette précision.

Jasper bâilla à se décrocher la mâchoire. Voilà qui était nouveau, pour lui. Il n'avait jamais rien fait de tel. Mais il lui semblait avoir déjà relevé tous les défis, gagné tous les paris. Au moins, cette nouvelle gageure serait-elle intéressante. Et stimulante.

Il ne pouvait en dire autant de la séduction d'Agatha Strangelove. Du reste, ce n'était pas lui qui l'avait séduite. C'était plutôt le contraire qui s'était produit, à ceci près qu'il avait été tout sauf *séduit*. Katherine Huxtable était d'une beauté rare. Il l'avait vue plusieurs fois, ce printemps, et il lui était même arrivé de la regarder avec un peu d'attention. C'était la sœur du jeune comte de Merton, comme quelqu'un venait de le rappeler. Sa sœur aînée venait d'épouser le vicomte Lyngate, qui était le tuteur légal de Merton – et peut-être, également, de Mlle Huxtable. Ah, ah, voilà qui ajoutait du piquant à l'affaire…

C'était un type redoutable, ce Lyngate.

Au même titre que Constantin Huxtable, d'ailleurs. Et contrairement à Motherham, Jasper n'était pas si sûr que Constantin détestât ses cousins. Ou cette cousine-là, en tout cas. Un jour, il les avait croisés en voiture dans Londres, en compagnie d'une autre jeune fille, et Huxtable ne s'était pas arrêté pour les présenter, ce qui en disait long. Il avait dû endosser le rôle – inattendu, dans son cas – de chien de berger protégeant ses brebis contre le grand méchant loup.

Constantin n'allait certainement pas apprécier – c'était un euphémisme – ce pari, et son inévitable issue. Car, bien entendu, l'issue en était inévitable.

Le pari n'en avait que plus de saveur, puisque Constantin était son ami.

Il se rendit compte que les autres étaient sur le départ. Il était content d'être déjà chez lui, même si la perspective de devoir se hisser sur ses pieds et se traîner au premier pour se coucher avait quelque chose de décourageant. Il avait toutefois intérêt à faire un effort. Autrement, Cocking, son valet de chambre, ne tarderait pas à venir le chercher avec un solide gaillard de valet de pied, ou deux, pour le porter dans son lit. C'était déjà arrivé et il avait trouvé l'expérience profondément humiliante. Peut-être était-ce précisément l'intention de Cocking. Toujours est-il que cela ne s'était jamais reproduit.

Ainsi donc, moins d'une demi-heure plus tard, après avoir raccompagné ses amis à la porte, il gagna en titubant ses appartements où son valet de chambre l'attendait malgré l'heure tardive – ou très matinale, selon le point de vue où on se plaçait.

— Eh bien, Cocking, déclara-t-il en se laissant déshabiller comme un bébé, voilà un anniversaire qu'il vaudra mieux oublier.

— Comme beaucoup d'anniversaires, milord, fit valoir ce dernier aimablement.

Sauf que, celui-ci, il n'allait pas pouvoir l'effacer de sa mémoire, justement. Car il avait fait un pari. Encore un.

Or il n'avait jamais perdu un pari.

Mais cette fois, tout de même...

Après qu'il eut congédié son valet et traversé sa chambre pour aller ouvrir la fenêtre, il lui fallut quelques minutes pour se souvenir de l'objet dudit pari. Ce qu'il se rappelait très bien, en revanche, c'était qu'à l'instant où il avait accepté de le relever, il avait su qu'il allait le regretter.

D'ordinaire, il ne prêtait guère d'attention à l'arrivage annuel de jeunes filles à marier. Certes, il se trouvait toujours parmi elles un certain nombre de beautés, mais le danger était trop grand de tomber dans un piège matrimonial. Ce qu'avait dit l'un de ses amis tout à l'heure était faux. Même parmi les plus sages, il s'en trouvait qui auraient été prêtes à l'épouser. Il était riche et titré : cela suffisait à faire oublier bien des péchés.

N'empêche qu'il avait étudié Katherine Huxtable avec une certaine attention. Et à plusieurs reprises.

Elle était belle, et bien plus que cela. Elle respirait l'innocence provinciale, voire la naïveté. Mais aussi la bonne éducation. Et puis il y avait ces yeux... Bien qu'il ne les ait jamais vus de près, ils ne laissaient pas de l'intriguer. Il s'était même surpris à se demander ce qui se cachait dans leurs profondeurs.

Cela ne lui ressemblait pas du tout, de se poser ce genre de question. S'agissant des autres comme de lui-même, il préférait rester à la surface. Scruter les profondeurs ne l'intéressait pas.

L'attrait qu'exerçait cette jeune femme tenait peut-être en partie au fait que c'était la cousine de Constantin, et que ce dernier avait évité volontairement de les présenter.

Maintenant, il s'était engagé à la séduire.

À coucher avec elle.

D'ici à dcux semaines.

Diable ! C'était cela, le pari ! Le défi qu'il avait accepté de relever.

Cette révélation le dessoûla d'un coup. En se couchant, il lui sembla qu'il était passé directement de l'ivresse à la gueule de bois.

Un de ces jours, il arrêterait de boire.

Et de parier.

Et de jeter sa gourme, puisque c'était ainsi qu'il fallait appeler la façon dont il vivait depuis... il ne savait combien d'années.

Un de ces jours, oui. Mais pas encore. Il n'avait que vingt-cinq ans tout de même !

Et il avait un pari à gagner avant d'envisager de s'amender. Or, il n'avait jamais perdu un pari.

2

Katherine Huxtable était certainement l'un des êtres les plus chanceux du monde. Elle en avait tout particulièrement conscience ce matin, tandis qu'elle se promenait dans Hyde Park avec sa sœur Vanessa, lady Lyngate.

À peine quelques mois plus tôt, elle vivait dans une modeste chaumière du village de Throckbridge, dans le Shropshire, avec sa sœur aînée Margaret et leur frère cadet Stephen. Vanessa, qui, à l'époque, était veuve de Hedley Dew, vivait chez ses beaux-parents, tout près, à Rundle Park. Quelques jours par semaine, Katherine enseignait aux tout jeunes enfants de l'école du village et aidait le maître à s'occuper des autres classes. Katherine, Margaret et Stephen vivaient dignement, mais pauvrement, ce qui signifiait qu'ils avaient juste de quoi se nourrir et se vêtir très simplement. Margaret se débrouillait également pour mettre de l'argent de côté pour les études de Stephen.

Et puis, du jour au lendemain, leur vie avait basculé. Le vicomte Lyngate, un parfait inconnu à l'époque, avait débarqué au village le jour de la Saint-Valentin. Il venait leur annoncer une nouvelle aussi inattendue que stupéfiante : Stephen était le nouveau comte de Merton et le propriétaire de Warren Hall, dans le Hampshire, ainsi que d'autres grands domaines très prospères. Pour tout dire, il se trouvait à la tête d'une fortune considérable.

Leur existence à tous s'en était trouvée radicalement transformée. Ils avaient commencé par s'installer à Warren Hall, un superbe manoir entouré d'un grand parc qui était la résidence principale de Stephen. Vanessa était venue avec eux. Puis cette dernière avait épousé le vicomte Lyngate. Peu de temps après, ils s'étaient installés à Londres, qui pour être présenté à la cour, qui pour faire son entrée dans le monde – et tous pour participer aux multiples activités de la saison mondaine.

Ils s'y trouvaient donc encore, et elle se promenait avec Vanessa dans le parc comme si ni l'une ni l'autre n'avait rien de mieux à faire. Du reste, elles n'avaient rien de mieux à faire. C'était une vie bien oisive, qui ne laissait pas d'être choquante – mais c'était aussi, et indéniablement, très agréable.

Elles se retrouvaient soudain pourvues de toutes sortes de choses aussi nouvelles que merveilleuses : de l'argent, la sécurité matérielle, des vêtements à la mode, une foule de nouvelles relations, et tant de distractions que la journée ne comptait pas assez d'heures pour profiter de toutes. Et puis, pour Katherine, il y avait aussi la perspective d'un brillant avenir avec l'un des nombreux beaux partis qui s'intéressaient déjà à elle.

À vingt ans, elle était toujours sans attaches. Elle n'était jamais parvenue à se persuader de tomber amoureuse quand elle vivait encore à Throckbridge, même si les prétendants n'avaient pas manqué. L'ennui, c'était qu'elle n'y parvenait pas plus aujourd'hui, à Londres. Pourtant, elle appréciait réellement certains de ses admirateurs.

Elle venait justement de répondre à Vanessa, qui lui posait la question, qu'elle n'éprouvait rien de particulier pour aucun des gentlemen de leur entourage.

— Mais tu ne *souhaiterais* pas avoir dans ta vie un homme qui compte plus que les autres ? insista Vanessa avec peut-être une pointe d'exaspération dans la voix.

— Bien sûr que si, reconnut Katherine dans un soupir. Mais c'est précisément le problème, figure-toi. Il faudrait qu'il compte plus que les autres, qu'il soit différent. Et j'en arrive à la conclusion qu'un être aussi exceptionnel n'existe pas. Que je poursuis une chimère, une illusion.

Pourtant, elle savait que l'amour romantique n'était pas impossible. Il lui suffisait de regarder sa sœur. Vanessa avait profondément aimé Hedley Dew, son premier mari. Et Katherine devinait qu'elle était très amoureuse de lord Lyngate, qu'elle l'aimait tout autant qu'elle avait aimé Hedley.

— À moins que cet homme existe et que je ne sois pas capable de le reconnaître, poursuivit-elle. Le problème est peut-être en moi. Peut-être ne suis-je pas faite pour la passion dévorante, ni pour la tendre romance ni…

Vanessa lui tapota le bras pour la rassurer et se mit à rire.

— Non seulement cet homme existe, affirma-t-elle, mais tu le reconnaîtras quand tu le rencontreras et que tu ressentiras tout ce que tu rêves de ressentir. À moins que cela n'arrive *après* votre rencontre, comme cela a été le cas pour Elliott et moi. Quand nous nous sommes mariés, je ne savais pas encore combien je l'aimais. Je ne savais pas que je l'aimais, en réalité. À vrai dire, j'en ai pris conscience tout récemment, et je me demande si cela ne l'effraierait pas terriblement de l'apprendre, le malheureux.

— Mon Dieu… Ce que tu me dis là n'est vraiment pas encourageant, Nessie. Cependant, je suis certaine que lord Lyngate ne serait pas effrayé du tout.

Elles échangèrent un regard en coin et laissèrent échapper un gloussement.

Tout de même, songea Katherine à plusieurs reprises au cours des jours et des semaines qui suivirent, il était fort possible que le problème vînt d'elle. Elle devait avoir une idée trop arrêtée de l'homme de ses rêves, de son apparence, de la façon dont il devrait se conduire. Ou alors, elle ne cherchait pas l'amour là où il fallait. Elle se cantonnait à des lieux trop sûrs.

Et si l'amour était dangereux ?

Cette question assez alarmante s'imposa à elle, par surprise, un soir qu'elle se trouvait à Vauxhall Gardens.

Margaret et Stephen venaient de regagner Warren Hall. La première parce que la nouvelle du récent mariage de son amoureux de jeunesse, Crispin Dew, avec une Espagnole alors que son régiment était en garnison dans la Péninsule lui avait causé un profond chagrin – même si elle ne l'admettrait pour rien au monde ; et le second parce que, à dix-sept ans, il ne pouvait participer pleinement à la saison mondaine, mais devait retourner à ses livres pour se préparer à entrer à Oxford à l'automne. Vanessa et lord Lyngate les accompagnaient. Ils allaient passer quelques jours à Finchley Park, leur propriété voisine. Katherine serait volontiers rentrée avec eux, mais elle s'était laissé convaincre de rester à Londres profiter de la saison et s'amuser. Elle s'était donc installée à Moreland House, sur Cavendish Square, avec la mère du vicomte Lyngate et sa jeune sœur, Cecily, qui venait elle aussi de faire son entrée dans le monde. Lady Lyngate avait promis de veiller sur Katherine d'un œil maternel.

Cependant, cet œil n'était peut-être pas aussi vigilant qu'il aurait dû l'être, devina Katherine au cours de cette soirée à Vauxhall Gardens – à laquelle Cecily assistait également – qui avait été organisée par lord Beaton et sa sœur Mlle Flaxley. Leur mère ayant proposé de se charger du groupe de jeunes gens, lady Lyngate avait décidé, pour une fois, de rester chez elle pour se reposer.

Ils étaient huit, sans compter lady Beaton. Et parmi eux se trouvait... *lord Montford*.

Katherine avait été dûment mise en garde contre le baron Montford, qui était un débauché notoire, et l'un des plus dangereux de la capitale. L'avertissement était venu d'un ami du baron – une source sûre, donc –, Constantin Huxtable, le très séduisant cousin issu de germain de Katherine, qui avait fait sa connaissance il y a peu, lorsqu'elle s'était installée à Warren Hall avec son frère et ses sœurs. Constantin avait eu la gentillesse de la prendre sous son aile à Londres, ainsi que Cecily, sa cousine germaine, de leur faire visiter la ville et de leur présenter des gens dont la réputation était sans taches. Sur ce chapitre, aucun chaperon n'aurait été plus strict même si Katherine le soupçonnait de connaître pas mal de personnes moins recommandables et, même, d'en compter certains parmi ses amis.

Montford, par exemple. Un jour, au parc, il avait hélé Constantin comme s'ils étaient les meilleurs amis du monde. Mais ce dernier s'était contenté de le saluer d'un signe de tête et n'avait pas arrêté la voiture pour faire les présentations. Attitude que Katherine avait jugée à la limite de la grossièreté.

Le baron Montford était d'une beauté narquoise, si tant est que l'on puisse utiliser ce mot pour décrire l'apparence d'un homme. Même si Constantin ne l'avait pas prévenue, Katherine était certaine qu'elle aurait deviné au premier coup d'œil que cet homme était un séducteur et qu'il valait mieux l'éviter. Il ne serait sans doute pas difficile de se laisser charmer par son physique, bien sûr, l'élégance de sa mise, ainsi que ses talents de cavalier – partagés par beaucoup de messieurs qu'elle avait rencontrés ces dernières semaines. Mais il y avait chez lui *autre chose*. Quelque chose de... brut. Une chose que, malgré ses efforts, elle ne parvenait pas à nommer. Si elle l'avait connu, c'est sans doute le mot « sexualité » qui lui serait venu à l'esprit. Car c'était l'impression qui se dégageait de toute sa personne.

Au même titre que le danger.

— Écoutez-moi bien, toutes les deux. Si jamais je vous surprends à le regarder une seule fois de toute la saison, déclara Constantin une fois que lord Montford se fut éloigné et qu'il leur eut expliqué pourquoi il ne les avait pas présentées, je reconduirai personnellement la coupable chez elle, je l'enfermerai dans sa chambre, j'avalerai la clé et je monterai la garde devant la porte jusqu'à l'été.

Il avait débité sa tirade en souriant, et toutes deux avaient ri de bon cœur, et protesté haut et fort. Cependant, ni Katherine ni Cecily ne doutait qu'il recourrait à des mesures extrêmes si elles frayaient de quelque façon que ce soit avec ce jeune homme.

Tout cela avait naturellement piqué la curiosité de Katherine. Bien malgré elle, elle se surprenait à observer discrètement lord Montford chaque fois qu'elle le croisait – c'est-à-dire assez souvent puisqu'ils évoluaient dans les mêmes sphères.

Il était encore plus beau qu'elle ne s'en était rendu compte lors de leur première entrevue dans le parc. Grand sans l'être trop, mince et musclé là où il fallait, il avait d'épais cheveux bruns qu'il portait un peu plus longs que ne l'exigeait la mode, et une mèche rebelle qui lui retombait sans cesse sur le front. Ses yeux sombres paraissaient souvent somnolents. Du moins était-ce l'impression qu'on avait parce qu'il gardait souvent les paupières mi-closes. Mais Katherine découvrit vite que cet air paresseux dissimulait un regard extrêmement perçant. Un regard qu'elle avait même croisé une ou deux fois. Du coup, pour ne pas avoir l'air de l'observer, elle avait dû feindre de s'intéresser à quelque chose ou à quelqu'un derrière lui.

Cependant, chaque fois, son cœur s'était mis à battre si fort que c'en était désagréable. Ce n'était pas le genre d'homme qu'on souhaitait être surprise à regarder. C'était dans ces moments-là que le qualificatif de « narquois » venait à l'esprit.

Il avait un beau visage un peu arrogant, surtout quand il haussait légèrement le sourcil droit, comme cela lui arrivait souvent. Il affichait fréquemment une moue ironique, comme si des pensées inavouables lui traversaient l'esprit.

Baron, on le disait extrêmement riche. Pourtant, toute la bonne société ne recherchait pas nécessairement sa compagnie. Constantin n'avait pas exagéré. Ses frasques faisaient grand bruit et lui valaient une réputation d'extravagance débridée. On parlait de défis qu'il était prêt à relever – si fous soient-ils – dès lors que quelqu'un était prêt à parier sur leur issue, d'insouciance, d'irresponsabilité, de débauche même. Beaucoup de mères qui cherchaient à marier leur fille – y compris celles qui s'y appliquaient avec le plus d'ardeur – le fuyaient comme la peste. Était-ce aussi parce qu'elles craignaient son regard dédaigneux et railleur ? Quelle humiliation ce serait s'il refusait de courtiser leur précieuse progéniture ou simplement de danser avec elle !

Du reste, il ne dansait jamais.

Il y avait une autre raison pour laquelle beaucoup de dames évitaient lord Montford. C'était la façon qu'il avait de déshabiller du regard celles qui le considéraient avec trop d'audace. Et ce n'étaient pas des racontars : Katherine l'avait vu faire. Mais, grâce à Dieu, elle n'en avait jamais été la cible.

Quoi qu'il en soit, il la fascinait. Elle n'avait certes jamais été tentée de céder en quoi que ce soit à cette fascination. Mais dans un moment d'inattention, il pouvait lui arriver de se demander ce que...

Elle s'était toujours reprise avant de s'interroger plus avant.

Et voilà qu'elle se retrouvait au sein du même petit groupe d'amis que lui. Elle allait donc être contrainte de passer toute la soirée en sa compagnie. Lady Lyngate serait horrifiée quand elle l'apprendrait. D'autant que sa fille Cecily était de la partie et que, à dix-huit ans tout juste, elle n'avait aucune expérience du monde. Quant à Constantin, il serait furieux – sauf qu'il ne se trouvait pas à Londres en ce moment. Il venait d'acquérir une propriété dans le Gloucestershire et s'en était allé la voir. Au demeurant, lady Beaton n'était pas non plus enchantée à en juger par la raideur de sa posture et la froideur de son expression.

Katherine éprouva une certaine sympathie pour elle, car elle n'était pas responsable de la présence du baron Montford. Mise devant le fait accompli, comment aurait-elle pu réagir, sauf à se montrer extrêmement grossière ? Rachel Finley, qui faisait partie du groupe de ce soir, était une amie très proche de Mlle Flaxley ; Cecily et Katherine la connaissaient également, bien qu'elle fût de plusieurs années leur aînée. Elle avait donc naturellement été invitée ce soir, avec M. Gooding, son fiancé. Hélas, ce dernier s'était tordu la cheville ce matin en sautant de son carrick et était incapable de poser le pied par terre. Plutôt que d'annuler sa sortie, Mlle Finley avait trouvé une solution de dernière minute. Elle avait persuadé son frère, lord Montford, de l'accompagner. Et il avait eu la gentillesse d'accepter.

Voilà pourquoi il se trouvait parmi eux, et comment tout le monde était obligé de faire comme s'il était parfaitement normal de partager une loge à Vauxhall avec l'un des libertins les plus notoires de Londres.

Katherine se prit à se demander pourquoi il avait consenti à accompagner sa sœur. Il ne paraissait pas animé d'une bonté fraternelle débordante, et les invités de ce soir ne ressemblaient pas aux gens en compagnie desquels on le rencontrait d'ordinaire. Les messieurs présents n'étaient pas particulièrement de ses amis, même s'ils semblaient le considérer avec une grande admiration. Admiration qui ne laissait pas de la surprendre : comment des gentlemen dignes de ce nom pouvaient-ils admirer un débauché ? Quoi qu'il en soit, il était là, parmi eux, avec son air mi-somnolent, mi-amusé, comme s'il riait sous cape d'une plaisanterie qu'il préférait garder pour lui.

Et il y avait de quoi rire, sans doute. À son arrivée avec Mlle Finley, Cecily s'était mise à s'éventer furieusement d'un air sincèrement effrayé.

— Qu'allons-nous faire ? avait-elle chuchoté à Katherine en le voyant. Constantin a dit...

Bien entendu, elles ne pouvaient rien faire.

— Nous allons nous amuser et profiter de la soirée, avait coupé Katherine sur le même ton. Avec lady Beaton pour nous chaperonner, nous ne risquons rien.

Après tout, il était hautement improbable que lord Montford enlève l'une ou l'autre d'entre elles et lui fasse subir les derniers outrages dans les fourrés. Cette idée était si ridicule que Katherine ne put que s'en amuser. Elle décida donc de suivre elle-même le conseil qu'elle venait de donner à Cecily, et de profiter pleinement et de cette soirée et de l'occasion inattendue qu'elle offrait d'étudier ce monsieur d'un peu plus près.

Lord Montford s'était assis à côté de lady Beaton et avait entrepris de se rendre agréable ; charmant, même. Et il semblait y réussir parfaitement. Elle ne tarda pas à baisser la garde, à rire et même à rosir de plaisir, et à lui tapoter le bras du bout de son éventail. Peu à peu, le reste du groupe se détendit également et se mit à bavarder tout en profitant du site enchanteur. Il n'existait pas de lieu plus magique

que ce jardin d'agrément de la rive sud de la Tamise, l'un des plus réputés d'Europe.

Lord Montford avait une voix d'homme bien élevé et cultivé, et un rire doux et mélodieux. De l'autre côté de la loge, Katherine l'examinait à la dérobée quand il la surprit. Il la regarda soudain alors qu'elle mordait dans une fraise. Il y avait quelque chose de si direct dans sa façon de faire... à croire qu'il l'avait choisie délibérément. Ce qui ne l'empêcha pas de baisser un instant les yeux comme elle se passait le bout de la langue sur les lèvres pour recueillir le jus avant qu'il ne coule sur son menton, puis s'essuyer avec sa serviette, horriblement mal à l'aise sous son regard scrutateur.

Oh, elle n'aurait jamais dû s'intéresser à lui ! se sermonna-t-elle en se détournant enfin. On ne l'y reprendrait plus. Seigneur, il allait croire qu'elle avait le béguin pour lui, qu'elle voulait badiner ou Dieu sait quoi de ce genre. Si seulement Margaret était là...

— N'est-ce pas, mademoiselle Huxtable ? fit-il au moment où elle s'apprêtait à manger une autre fraise.

De stupeur, elle en resta la main en l'air, le fruit entre les doigts. Elle n'en revenait pas qu'il se souvienne de son nom, quand bien même sa sœur les avait présentés moins d'une demi-heure plus tôt.

La seule chose intelligente à faire, c'était d'avouer qu'elle n'avait pas écouté sa conversation avec lady Beaton, et ignorait donc à quel sujet il la prenait à témoin. Mais son trouble l'en empêcha.

— Oui, certainement, répondit-elle à la place.

C'est alors que le sourire de lord Montford s'accentua tandis que lady Beaton ouvrait de grands yeux surpris. Manifestement, ce n'était pas la bonne réponse.

— Ou plutôt... corrigea-t-elle.

À cet instant, elle eut comme une révélation. À savoir qu'il serait vraiment très facile de tomber éperdument amoureuse d'un homme comme lord Montford. Un homme interdit et dangereux.

Très dangereux.

Mais peut-être n'était-ce pas d'un homme *comme* lord Montford qu'elle pourrait tomber désespérément amoureuse si elle était assez stupide pour s'y autoriser. Peut-être était-ce de *lui*, précisément.

À cette pensée, elle ressentit une étrange tension dans les seins et une palpitation plus étrange encore qui se propagea de son ventre jusqu'à la jonction de ses cuisses.

C'est alors qu'il lui vint à l'esprit que l'amour pouvait ne pas être synonyme de sécurité. Que c'était peut-être parce qu'elle l'avait cru qu'elle ne l'avait pas trouvé. Qu'il se pouvait qu'elle ne le trouve jamais si...

Si quoi ?

Si elle ne faisait pas un grand saut dans le noir ? Le noir inquiétant et dangereux ?

Lord Montford soutint son regard un peu plus longtemps que nécessaire avant de reporter son attention sur lady Beaton. Puis la soirée reprit un cours plus tranquille et prévisible. Et, somme toute, plus agréable. Après le dîner, lord Beaton dansa avec Katherine dans l'espace dégagé entre les loges puis, en compagnie d'un autre couple, ils allèrent se promener dans la grande avenue, sous les lanternes colorées qui se balançaient dans les arbres, esquivant çà et là des groupes un peu trop animés.

Lord Beaton était l'un des admirateurs les plus assidus de Katherine. Elle sentait qu'il suffirait d'à peine un encouragement pour qu'il lui fasse sérieusement la cour. C'était au demeurant un très beau parti pour l'institutrice de village qu'elle était il n'y avait pas si longtemps – même si son père était un gentleman et le petit-fils d'un comte.

Pourtant, elle ne l'avait pas encouragé. Elle l'appréciait certes beaucoup. Blond, bel homme, il était doté d'un excellent caractère et... ma foi, un peu ennuyeux. Il n'y avait chez lui absolument rien de dangereux.

Si un tel jugement condamnait quelqu'un, c'était elle-même bien plus que lui, comprenait-elle. Son égalité d'humeur et sa stabilité auraient dû lui apparaître comme des qualités enviables. D'où lui venait donc cette impression qu'elle préférerait un homme plus dangereux ? Qu'elle pourrait même *aimer* un certain homme plus dangereux ? Elle n'avait plus qu'à prier pour que cette théorie insensée ne soit jamais mise à l'épreuve.

C'est pourtant ce qui arriva.

Après avoir dîné, dansé et conversé, l'on alla se promener en attendant le feu d'artifice. Le petit groupe remonta donc l'avenue en bavardant, sans que des couples se forment en particulier.

Du moins jusqu'à ce que Katherine se fasse bousculer par un homme ivre qui ne parvenait plus à marcher droit. Au moment où elle s'écartait vivement pour l'éviter, lord Montford se matérialisa à son côté et lui offrit le bras.

— Il faut un navigateur de confiance pour entreprendre un si périlleux voyage, déclara-t-il.

— Vous ?

Il lui semblait être bien plus un péril qu'un secours. Elle ne savait même pas si elle devait accepter son bras. Et voilà que, sans raison apparente, elle avait le souffle court.

— Assurément, répondit-il. Je vous reconduirai à bon port, saine et sauve, mademoiselle Huxtable. Je vous en fais la promesse solennelle.

Il lui sourit. Son regard pétillait. Il semblait tout à fait digne de confiance. Offrir de la protéger des noceurs était un geste de gentleman. Et puis, se rendit-elle compte, elle avait *envie* de lui prendre le bras.

— Dans ce cas, j'accepte, fit-elle en lui rendant son sourire. Merci, milord.

En glissant la main au creux de son coude, elle eut l'impression un peu ridicule de n'avoir jamais rien fait de plus audacieux, de plus imprudent, de plus excitant de toute sa vie. Son bras était ferme, solide et chaud sous ses doigts. Il émanait de sa personne un parfum subtil, musqué, tout nouveau pour elle. Et très... masculin.

Comme lui. Cet homme était la virilité incarnée. Une virilité qui l'enveloppait, l'enfermait presque.

La privait d'air.

Seigneur, elle était aussi émue et intimidée qu'une toute jeune fille, simplement parce qu'un beau et charmant jeune homme à la réputation sulfureuse avait fait un peu attention à elle et lui avait offert son bras pour l'aider à se frayer un chemin dans la foule. Elle était ridicule, vraiment.

— Le jeune Merton, vos sœurs et Lyngate doivent vous manquer, maintenant qu'ils sont retournés à la campagne, observa-t-il aimablement en l'attirant un peu plus près.

Son geste ne l'alarma pas. Il y avait beaucoup de monde et il la protégeait fort bien des promeneurs. À dire vrai, elle se sentait parfaitement en sécurité avec lui.

Avec, tout de même, juste ce qu'il fallait de risque pour que son cœur batte un peu plus vite.

Mais... il connaissait sa famille ? Il savait que Margaret et Stephen étaient rentrés à Warren Hall, que Vanessa et lord Lyngate les avaient accompagnés ? En tournant la tête pour le regarder, elle découvrit qu'il avait le visage très près du sien.

— Cependant, tout au fond de vous, n'êtes-vous pas contente de pouvoir vous détendre un peu en leur absence ?

Une lueur espiègle était apparue dans son regard, qui tempérait quelque peu la sagesse de son sourire.

Se détendre. C'était ce qu'ils étaient sans doute en train de faire. Il devait se douter que sa famille ne la laisserait pas s'approcher de lui à moins de cinquante mètres sans bonne escorte. Comme si elle en avait besoin ! À vingt ans !

— J'espère ne pas avoir besoin de mon frère et de mes sœurs pour me conduire comme il sied, milord, répliqua-t-elle d'un ton qui, même à ses propres oreilles, parut guindé.

Le petit rire de lord Montford suffit à faire courir des frissons le long de sa colonne vertébrale.

— Ni de Constantin ? lança-t-il. Depuis que Mlle Wallace et vous êtes à Londres, il joue les bonnes d'enfants collet monté. Mais je me suis tellement moqué de lui qu'il s'est enfui à la campagne pour y cacher sa honte.

— Il ne s'est nullement enfui. Il est allé prendre possession de sa nouvelle propriété, lui apprit-elle. Dans le Gloucestershire.

— Quoi qu'il en soit, fit-il en rapprochant davantage encore sa tête de la sienne, il est parti. De même que votre frère, vos sœurs et votre beau-frère.

À l'entendre, on aurait cru qu'elle avait tout fait pour se débarrasser d'eux afin d'être libre d'accepter ce rendez-vous galant. Sauf qu'il ne s'agissait pas du tout d'un rendez-vous galant. Elle ne savait même pas qu'il serait là ce soir. Elle n'avait rien...

Pourtant, soudain, elle avait l'impression d'avoir accepté un rendez-vous interdit.

— En leur absence, expliqua-t-elle, je suis à Moreland House, chaperonnée par lady Lyngate, la vicomtesse douairière.

— Ah. La dame qui se fait remarquer par son absence ce soir ?

— Je suis ici... commença-t-elle, indignée.

— ... sous la garde de lady Beaton, compléta lord Montford en riant. Laquelle lady Beaton ne semble même pas avoir remarqué que nous nous sommes laissé distancer par le groupe.

C'était vrai. D'autres promeneurs les avaient dépassés et les séparaient de leurs amis. Elle voyait les plumes bleu roi de la coiffure de lady Beaton se balancer au-dessus des têtes assez loin devant eux.

— Mademoiselle Huxtable, reprit-il en tournant la tête de façon à la regarder dans les veux. Vous arrive-t-il parfois d'éprouver le besoin, même infime, de vivre aventureusement ? Voire dangereusement ?

Avait-il donc le pouvoir de lire dans ses pensées ? se demanda-t-elle, la bouche soudain sèche.

— Non, répondit-elle cependant. Bien sûr que non. Jamais.

— Menteuse, répliqua-t-il avec un regard rieur.

— Je vous demande pardon ? fit-elle, quelque peu outrée.

— Tout le monde rêve d'aventure. Tout le monde a envie de flirter avec le danger de temps à autre. Même les dames les mieux élevées et les plus protégées.

— C'est scandaleux, dit-elle, quoique sans conviction.

Elle ne parvenait pas à détacher son regard du sien, si pénétrant qu'elle avait l'impression qu'il était capable de déchiffrer ses pensées, de deviner ses aspirations, ses désirs passés, présents et à venir.

Il rit de nouveau, redressa un peu la tête.

— Oui, convint-il. J'avoue que j'ai exagéré. Je connais un certain nombre de gens - des hommes comme des femmes - si collet monté qu'ils préféreraient mourir plutôt que de vivre la plus petite aventure. Mais vous n'êtes pas de ceux-là.

— Comment le savez-vous ? demanda-t-elle, tout en sachant que c'était là une erreur.

— Parce que vous venez de me poser la question au lieu de me regarder d'un air ébahi. Vous êtes sur la défensive. Vous savez que je dis la vérité, mais vous avez peur de l'admettre.

— Vraiment ? lâcha-t-elle du ton le plus glacial dont elle fût capable. Et quelles sont donc ces aventures dont je rêve, je vous prie ? Quels sont ces dangers avec lesquels j'aimerais flirter ?

Elle regretta, un peu tard, de ne pas avoir choisi un autre mot.

De nouveau, il se pencha vers elle, très près.

— Moi, dit-il d'une voix très douce. Pour répondre à vos deux questions.

Un frisson d'excitation horrifiée traversa Katherine. Elle ne put qu'espérer qu'il ne s'en était pas rendu compte. Tout ce qu'on lui avait raconté au sujet du baron Montford était vrai, comprit-elle. Constantin ne lui avait pas menti. Son propre instinct ne l'avait pas trompée.

Cet homme était réellement dangereux. Elle ferait mieux de lui lâcher le bras sur-le-champ et de rejoindre les autres aussi vite que ses jambes et la foule le lui permettraient.

— C'est... c'est... grotesque, jeta-t-elle à la place, incapable de s'éloigner de lui, de mettre un terme à leur conversation.

Car le danger avait effectivement quelque chose d'irrésistiblement attirant. D'autant que le péril n'était pas si grand, en réalité. Ils se trouvaient dans la grande allée de Vauxhall, entourés de nombreux promeneurs même si leur groupe s'éloignait. Dans ces conditions, le danger n'était qu'une illusion.

— Je parle de vos désirs les plus secrets, les plus sombres, mademoiselle Huxtable, poursuivit-il comme elle n'ajoutait rien. Bien entendu, aucune dame digne de ce nom n'y cède jamais, et c'est bien dommage. Il me semble que beaucoup d'entre elles auraient une vie bien plus intéressante, *seraient* elles-mêmes bien plus intéressantes si elles s'y risquaient.

Elle le fixa d'un regard qu'elle espérait furieux. Elle avait les joues en feu. Et tout le corps. Son cœur battait si fort que tout le monde devait l'entendre.

— Vous, surtout, enchaîna-t-il. Je me demande si vous savez que vous êtes une femme capable de passion. Sans doute pas : ce n'est pas une chose qu'une demoiselle comme il faut admet volontiers. Et je devine que vous n'avez encore jamais rencontré personne qui soit capable de vous faire reconnaître la vérité. Mais je vous assure que je ne me trompe pas.

— Si, murmura-t-elle, indignée. C'est faux.

Il se borna à la fixer entre ses paupières mi-closes, les yeux rieurs. Il avait le regard du diable. C'était le péché incarné.

Subitement, alors qu'elle s'y attendait si peu qu'elle faillit sursauter, elle se mit à rire. Tout haut.

Et elle comprit, avec une surprise mêlée d'une certaine gêne, qu'au fond elle s'amusait presque. Elle savait déjà que cette partie de la soirée resterait gravée dans sa mémoire pendant des jours, peut-être des semaines. Sans doute pour toujours. Dire qu'elle bavardait avec le célèbre lord Montford ! Qu'elle le *touchait* ! Il flirtait avec elle d'une manière éhontée. Et au lieu de rester paralysée d'horreur, image muette de la vertu offensée, elle riait et lui répondait.

Ils s'étaient arrêtés. Bien qu'elle lui donnât encore le bras, ils se tenaient pratiquement face à face, donc tout près l'un de l'autre. Le flot des promeneurs continuait de se déverser autour d'eux.

— Que vous êtes habile ! eut-elle l'audace de répliquer. Vous avez fait exprès de me confondre, n'est-ce pas ? Vous m'avez délibérément manœuvrée pour que je renie farouchement un élan dont nous aimerions tous nous croire capables.

— La passion ? Vous en êtes donc capable, mademoiselle Huxtable ? Vous le reconnaissez ? Qu'il est triste qu'une bonne éducation en gomme tous les signes extérieurs chez une dame.

— C'est une chose qu'elle ne doit montrer qu'à son mari, rétorqua-t-elle, aussitôt consternée par ce que ces mots pouvaient avoir d'épouvantablement guindé.

— Laissez-moi deviner...

Il s'amusait de plus en plus, elle s'en rendait compte.

— Votre père était pasteur et, toute votre enfance, vous avez entendu et lu des sermons, avança-t-il.

Elle ouvrit la bouche pour protester, la referma. Que trouver à répliquer à cela, quand c'était la pure vérité ?

— Comment se fait-il que nous ayons ce genre de conversation ? lui demanda-t-elle, environ cinq minutes trop tard. C'est tout à fait déplacé, comme vous ne l'ignorez certainement pas. D'autant que nous ne nous étions jamais vus avant ce soir.

— Ce mensonge éhonté risque de vous valoir de rôtir en enfer, mademoiselle. Non seulement vous m'avez déjà vu avant ce soir, mais vous m'avez même regardé, ouvertement, à plus d'une occasion. J'en déduis que les mises en garde de Constantin – car je ne doute pas qu'il vous ait mise en garde contre moi – ont eu l'effet opposé à celui escompté, ce dont un homme de son expérience aurait dû se douter. Mais avant de vous étouffer d'indignation et de vous rendre coupable d'un nouveau mensonge, permettez-moi d'avouer que, si j'ai remarqué que vous m'observiez, c'est que moi aussi, je vous ai observée avant ce soir. Contrairement à vous, toutefois, je ne cherche nullement à le nier. C'est avec un plaisir croissant que je vous ai vue. Vous devez savoir que vous êtes ravissante ; je ne vous ennuierai donc pas avec une longue tirade sur votre beauté. À moins que vous ne le souhaitiez.

Il haussa les sourcils d'un air interrogateur et la fixa sans ciller en attendant sa réponse.

Katherine avait pleinement conscience de s'aventurer en terrain glissant. Pourtant, elle n'avait pas envie de faire machine arrière tout de suite pour retrouver la terre ferme. Il flirtait *vraiment* avec elle ! Et il l'avait déjà remarquée avant ce soir, de même qu'elle l'avait remarqué !

Quelle idiote elle était de s'en flatter, se reprit-elle aussitôt. Comme si elle était dupe de son manège.

— Je vois, milord, que vous n'observez pas les règles d'une conversation polie, dit-elle.

— Si cela signifie que je ne me plie pas aux mensonges et autres hypocrisies que l'on profère au nom de la politesse, oui, en effet. Je ne vois pas l'intérêt d'appeler un chat autrement que par son nom. Peut-être est-ce la raison pour laquelle tant de gens dans la bonne société évitent ma compagnie.

— *L'une* des raisons, peut-être, convint-elle. Il y en a d'autres.

Il la gratifia d'un grand sourire et la considéra en silence pendant un moment. Elle lui en sut gré. Ce sourire le rendait... Oh, mais quel mot pourrait le décrire ? Beau ? Elle l'avait déjà trouvé beau. Irrésistible, alors ?

— Voilà une réponse bien cinglante et désagréable, déclara-t-il enfin. Et pas polie du tout.

Elle se mordit la lèvre et sourit à son tour.

— Nous dérangeons les promeneurs qui empruntent cette avenue, remarqua-t-il. Avançons, voulez-vous ?

— Certainement.

Elle jeta un coup d'œil devant. Leur groupe avait disparu. Ils allaient devoir presser le pas pour le rattraper. Cet interlude aussi court qu'étrange prenait donc déjà fin ? C'était mieux ainsi. Elle aurait dû en être soulagée.

Sauf que ce ne fut pas dans cette direction qu'il l'entraîna. Il ne la raccompagna pas non plus à leur loge privée. Non, il se dirigea vers un petit chemin qui partait de la grande allée.

— Un raccourci, chuchota-t-il.

Quelques instants plus tard, ils étaient seuls, dans une pénombre que n'éclairait plus la moindre lanterne, entourés d'arbres. Une impression de solitude la gagna presque aussitôt.

Cette rencontre prenait un tour réellement dangereux, songea-t-elle. Ce n'était pas un raccourci pour rejoindre les autres, elle en avait maintenant la certitude. Il fallait qu'elle réagisse tout de suite, avec la plus grande fermeté. Qu'elle exige qu'il la reconduise immédiatement auprès des autres. Du reste, elle n'avait même pas besoin d'être reconduite. Elle pouvait y retourner seule. Il ne chercherait tout de même pas à la retenir de force.

Alors qu'est-ce qui l'empêchait de s'en aller ?

Au lieu de résister, elle l'accompagna plus avant dans l'obscurité que seule baignait la clarté de la lune et des étoiles bien loin au-dessus de la cime des arbres.

Jamais encore elle n'avait vécu une telle aventure, pris de tels risques. Jamais encore elle n'avait ressenti le frisson de l'inconnu.

Ni une si forte attirance pour un homme synonyme d'interdit.

Et dangereux.

Mais, pour l'instant en tout cas, tout à fait irrésistible.

3

Comme Jasper s'y attendait, Katherine Huxtable était la naïveté incarnée. Une dangereuse innocente.

Elle était également d'une beauté exquise.

Et puis, il y avait chez elle quelque chose de tout à fait charmant à quoi il ne s'attendait pas, lui qui la croyait aussi insipide que les autres jeunes filles.

Bien entendu, tout cela n'avait pas la moindre importance.

Soudain, son regard – ce regard bleu, insondable, qui l'avait attiré d'emblée parce qu'il ne parvenait pas à lire assez profondément en lui pour le comprendre, pour *la* comprendre – se mit à pétiller et le rire gagna ses lèvres qui semblaient si douces, faites pour les baisers.

À y regarder de plus près, elle n'avait pas les cheveux dorés, mais blond foncé. Ils auraient pu être quelconques, voire ternes, sans ces mèches d'or pur qui leur donnaient un éclat, un lustre et... un charme extraordinaires.

Elle avait une silhouette élancée de pouliche, de gamine, aurait-on dit sans ces formes qui, par Dieu, étaient bien celles d'une femme. À choisir, il préférait généralement les femmes voluptueuses. Cependant, il n'était pas insensible, loin de là, aux attraits de la minceur et de la grâce.

Et Katherine Huxtable possédait une élégance naturelle qui transparaissait dans ses moindres gestes.

C'était un vrai coup de chance que Rachel ait été invitée à cette sortie à Vauxhall quatre jours tout juste après l'anniversaire de Jasper. Et que Katherine Huxtable soit de la partie – sans un seul autre membre de sa famille. Une discrète enquête lui avait permis d'apprendre qu'ils étaient tous partis à la campagne en la confiant à la mère de Lyngate. En revanche, sa présence à lui ce soir n'avait rien à voir avec la chance. Persuader un Gooding indigné de se tordre la cheville en descendant de son carrick ce matin lui avait tout de même coûté cinquante guinées. Il avait été moins difficile, il faut bien le dire, de convaincre sa sœur de le supplier de l'accompagner, et même de lui faire croire que c'était elle qui en avait eu l'idée. Elle était allée jusqu'à se confondre en remerciements en lui expliquant qu'une invitation à Vauxhall ne se refusait sous aucun prétexte, même si elle devait s'y rendre sans son fiancé. Elle avait été trop longtemps privée des distractions de la vie londonienne puisque, à vingt-six ans, ce n'était que sa deuxième saison mondaine.

— Il faut bien que cela serve à quelque chose d'avoir un frère, avait-il répondu, magnanime, en lui pressant affectueusement l'épaule. Au fait, on m'a assuré que la cheville de Gooding n'était pas cassée. Je suis certain qu'il sera rétabli pour danser avec toi lors du prochain grand bal.

N'empêche, même s'il avait dû manœuvrer habilement et dépenser une petite fortune, les choses s'arrangeaient au mieux. Il n'y avait pas plus romantique, aux yeux des dames, ni plus propice à la séduction que Vauxhall.

L'obstacle le plus délicat était déjà franchi. Elle n'avait opposé aucune résistance quand il lui avait fait quitter la grande avenue. Il faudrait instruire un peu mieux les jeunes filles des périls du monde. Si jamais il avait des filles un jour, il veillerait à ce que cette matière leur soit enseignée au même titre que les autres. Lecture, écriture, calligraphie, broderie, danse, aquarelle, géographie et périls du monde.

Durant quelque temps, il tint serré contre son flanc le bras de Mlle Huxtable. Puis, quand il s'engagea dans un autre chemin encore plus étroit que le précédent, il fut contraint de le lâcher pour la prendre par la taille. C'était le seul moyen de rester côte à côte. La raison aurait voulu qu'ils avancent l'un derrière l'autre – mais qu'avait-on à faire de la raison ?

Mlle Huxtable elle-même ne semblait plus s'en soucier.

Elle ne fit pas remarquer, comme l'aurait fait une jeune fille raisonnable, que ce « raccourci » n'allait certainement pas leur permettre de rattraper le reste du groupe. Elle ne protesta pas non plus contre l'intimité de son étreinte. Elle se raidit un instant, il est vrai, mais se détendit presque aussitôt.

— Mmm, vous portez un parfum que je n'avais encore jamais senti, murmura-t-il.

Et il ne mentait même pas.

— Ce n'est pas un parfum, corrigea-t-elle, je n'en mets jamais. Ce doit être le savon dont je me suis servie pour me laver les cheveux ce matin.

Il sourit de la naïveté de sa réponse. Et de l'invitation qu'elle formulait sans en avoir conscience. Il s'arrêta, l'obligeant à l'imiter. Puis il approcha le visage de sa chevelure et inspira longuement. Il était si près d'elle que ses boucles soyeuses lui effleuraient le nez.

— Ah, murmura-t-il, c'est donc cela. Qui eût cru qu'un simple savon pût avoir une odeur aussi... séduisante ?

Il la sentit frémir.

— J'utilise toujours le même.

— Puis-je me permettre un conseil ? avança-t-il en la tournant légèrement, si bien qu'elle dut porter la main à son torse pour mettre un peu de distance entre eux. N'en changez jamais. La fragrance de ce savon est plus attirante que n'importe quel parfum.

— Oh. Vous pensez ?

— Oui, je *pense*, mademoiselle Huxtable, assura-t-il avec ferveur en lui prenant la main pour la poser sur son épaule tout en la plaquant contre lui. Encore que, parfois, je préfère m'en abstenir. Parfois, il me semble qu'il y a mieux à faire.

Il s'inclina sur elle pour déposer un léger baiser à la base de son cou avant de remonter, lentement. Quand il lui donna un petit coup de langue juste derrière l'oreille, là où sa peau était un peu plus chaude et plus sensible, il l'entendit inhaler brusquement et la sentit se presser un peu plus étroitement contre lui. Alors, il jugea qu'il pouvait l'embrasser sur la bouche.

Comme elle gardait les lèvres closes en une drôle de petite moue, il en déduisit que c'était sans doute son tout premier baiser. Elle tremblait de tout son corps et se laissa aller contre lui en se cramponnant des deux mains à ses épaules.

Il continua de l'embrasser doucement, attendit qu'elle se détende pour lui caresser les lèvres de la langue puis, quand elle les entrouvrit, l'introduire en elle. À cet instant, elle se mit à respirer par la bouche, lentement, et cette manœuvre inconsciemment érotique attisa le désir de Jasper.

Un goût de fraise et de vin se mêlait au sien, délicieusement féminin.

Il enroula le bras autour de sa taille fine et déploya légèrement la main sur son derrière.

— Que vous êtes belle, murmura-t-il tout contre ses lèvres. Si belle...

Les yeux fermés, elle pressa doucement la bouche contre la sienne.

— Nous ne devrions pas être ici, murmura-t-il. Vous ne devriez pas être ici, avec moi. Surtout avec moi. On vous a mise en garde.

Elle avait rouvert les yeux. Malgré l'obscurité, il lui sembla n'y voir que confiance et reddition.

— Je préfère me faire ma propre opinion, souffla-t-elle.

Oh, quelle folie ! Décidément, c'était la naïveté même. Il éprouva pour elle un drôle de petit pincement de tendresse.

— Vraiment ? fit-il en couvrant ses lèvres et son visage de baisers légers. Voilà pour moi une belle leçon d'humilité. Je n'en suis pas digne. Vous êtes si belle…

Il glissa la main derrière sa tête et, d'un coup, prit possession de sa bouche, plus avidement, plus ardemment, plus profondément qu'il ne l'avait fait un peu avant.

Elle l'étreignit de toutes ses forces.

— Ah, murmura-t-il au bout de quelques instants, vous me tentez.

Un son bas et grave sortit de sa gorge, mais elle ne dit pas un mot. Il la fit pivoter de façon à l'écarter du chemin et à l'adosser contre un arbre. Au loin, l'orchestre jouait une valse. On entendait les rires et les cris des promeneurs qui s'interpellaient.

Il lui fit l'amour avec les mains et la bouche, lentement, doucement, patiemment, presque avec adoration. Il ne fallait surtout pas qu'elle prenne peur et qu'elle s'enfuie. Il la devinait tourmentée par mille émotions contradictoires dont, très certainement, l'inquiétude et la culpabilité. Il devinait aussi que, dans son inexpérience du désir, elle allait retarder encore un peu le moment de l'arrêter, et encore un peu plus, jusqu'au moment où elle aurait l'impression qu'il n'était plus possible de le faire, sauf à passer pour une idiote.

Tout ce qu'il avait à faire, lui, c'était d'attendre tranquillement ce moment.

Puis, dans les instants qui suivraient, de satisfaire tous ses rêves de délices interdits. Il avait toujours pris beaucoup de plaisir avec toutes les femmes qu'il avait possédées, mais avait aussi toujours mis un point d'honneur à leur en donner également – même lorsqu'il s'agissait d'un pari.

Il promena les mains sur son buste, fit glisser sa robe légère de ses épaules, puis le long de ses bras de façon à lui dénuder les seins. Puis il les caressa doucement, les baisa, les suça tour à tour. Petits mais fermes, tous chauds, ils étaient merveilleusement doux sous ses doigts. Les pointes durcies évoquaient de petites perles.

Il sentit qu'elle plongeait les doigts dans ses cheveux, puis elle renversa la tête en arrière contre l'arbre. Elle respirait si fort qu'il l'entendait.

Quelqu'un devrait avoir l'idée de faire un parfum de ce savon. Il y avait une fortune à gagner.

Il se redressa et, debout contre elle, lui embrassa le visage en murmurant des mots tendres. Dans le même temps, il fit remonter sa jupe le long de ses jambes, douces et fermes elles aussi. D'un genou insistant, il lui écarta les cuisses afin d'accéder au cœur secret de sa féminité.

Elle laissa échapper un petit gémissement quand il la toucha. Il immobilisa un instant sa main sans cesser de l'embrasser.

— Dieu que vous êtes ravissante... souffla-t-il.

C'était vrai. Parfaite de beauté et de sveltesse, elle alliait l'innocence de la jeune fille et la douce silhouette de la femme. Il se mit à jouer avec elle, à la taquiner, à la titiller. Puis il introduisit le bout du majeur en elle, la trouva brûlante, humide.

Prête à le recevoir.

En proie à un désir oublieux de tout.

Consciente aussi, peut-être, qu'il était trop tard, désormais, pour se conduire convenablement – comme elle l'avait certainement toujours fait jusqu'à cet instant où elle avait cédé aux manœuvres d'un séducteur accompli.

Sans cesser de l'embrasser à pleine bouche et de la caresser, il défit de sa main libre les boutons de sa culotte de soirée et ouvrit sa braguette. Il pressa son érection contre elle, se sentit palpiter d'impatience dans l'attente presque douloureuse de la pénétration, de l'acte vigoureux et de la délivrance finale.

Peau nue contre peau nue. *Là*. Très bientôt...

Il avait réellement envie d'elle, songea-t-il. Ce n'était pas uniquement une question de séduction. Ni de cynisme froid.

Allons, qui essayait-il de berner ?

Cette question s'imposa à son esprit avec une clarté limpide au moment où il aurait eu besoin de perdre le contrôle, comme elle.

Il se vit, le lendemain, arriver à son club d'un air fanfaron pour se faire remettre son prix au bout de cinq jours seulement. Il aurait séduit une innocente. Pénétration complète. Rapports aboutis. Entière soumission. Dans le plaisir. Quel gaillard, tout de même, que ce Montford ! Aucun défi, aucune audace, aucune débauche ne l'arrêtait.

Il gagnait toujours.

Et puis il se représenta Katherine Huxtable, demain, consciente de sa faute et de sa chute. Déshonorée, seule, abandonnée, dernière victime en date d'un libertin impénitent. Consciente aussi qu'elle était seule à blâmer, qu'elle avait été mise en garde par tous – y compris lui.

Sauf que, bien entendu, elle ne serait pas responsable de tout. Ni de grand-chose, d'ailleurs. Quelles étaient les chances d'une innocente face à son expérience considérable ?

La colère le prit. Il n'avait pas l'habitude de *penser*, dans ces moments-là. Surtout de penser à ce genre de chose. Il n'avait pas de cœur. Ni de conscience. C'était un séducteur dépourvu de principes. Et il avait un pari à gagner.

Il posa la main sur elle pour écarter la fente brûlante qui semblait l'inviter à l'envahir.

— Mademoiselle Huxtable, s'entendit-il dire d'une voix si normale qu'il en fut choqué, vous allez me coûter plusieurs centaines de guinées.

Ainsi que son honneur et sa réputation. À cause d'elle, il allait se couvrir de ridicule.

— Qu... quoi ? fit-elle d'une voix plus aiguë que d'ordinaire.

Elle paraissait complètement déroutée.

— Oui, c'est ce qu'il va m'en coûter de me refuser le plaisir suprême de vous prendre et d'assouvir mon désir en vous, énonça-t-il très clairement pour être sûr de bien se faire comprendre d'elle – et, peut-être, aussi de lui.

— Quoi ? répéta-t-elle.

À l'évidence, elle ne voyait toujours pas où il voulait en venir.

— Un pari a été inscrit dans le livre d'un club il y a quatre jours, lui révéla-t-il sans ménagement. Il s'est trouvé beaucoup de messieurs pour soutenir que je ne pourrais pas vous séduire sous quinzaine – vous séduire signifiant avoir une relation charnelle aboutie avec vous. Pénétrer complètement votre corps. Or, cela n'arrivera pas ici, ce soir. Ni ce soir ni jamais, d'ailleurs. Non parce que vous avez refusé, mademoiselle, comme vous auriez dû le faire avec la dernière fermeté quand je vous ai fait quitter l'avenue principale, et à chaque instant depuis, mais parce que, moi, je me l'interdis.

— Quoi ?

Elle semblait incapable de dire autre chose. Toutefois, il commençait à percevoir de l'inquiétude dans sa voix.

Il recula d'un pas et laissa retomber la jupe de Katherine Huxtable sur ses jambes, puis il referma sa braguette. Ensuite, avec une certaine brusquerie, il remonta le corsage de sa robe pour lui couvrir les seins, puisqu'elle ne s'en chargeait pas elle-même.

— Tout cela était *prévu*, mademoiselle, lui expliqua-t-il avec une franchise brutale. Jusqu'à l'accident de Gooding, qui l'a empêché de venir ce soir et m'a permis de le remplacer au pied levé. Oui, tout était prévu, et se serait déroulé sans accroc si je ne venais pas de décréter qu'un pari gagné aussi facilement n'en valait pas la peine. Vous pourrez rentrer chez vous ce soir avec votre vertu intacte – et mes compliments. À présent, il nous faut regagner la loge de lady Beaton avant que votre réputation ait à souffrir. Au reste, je crains que notre absence vous vaille déjà des remontrances.

Il dirigeait toute sa colère contre elle – du moins en apparence. Pour le moment, elle était la cible idéale vers laquelle diriger cette émotion qu'il ressentait pour la première fois. Il ne lui avait même pas encore appliqué le nom de *culpabilité*. Ne le ferait peut-être jamais.

Il ne s'autorisait jamais à se sentir coupable, quoi qu'il fît. Il s'enorgueillissait de n'avoir pas de cœur. Ni de conscience. Cette réputation qui était la sienne, il la cultivait depuis de longues années.

Ce soir, une jeune fille très désirable s'était littéralement offerte à lui. Il avait eu à portée de la main le gain d'un pari très lucratif qui lui aurait en outre valu l'admiration de ses amis et relations.

Or il n'avait profité ni de l'un ni de l'autre. Pour la première fois de sa vie, il avait laissé passer une occasion sans la saisir. Parce qu'il en avait décidé ainsi. Parce qu'elle l'ennuyait. Parce qu'il s'ennuyait.

Du moins était-ce ce qu'il voulait croire.

À la vérité, il ignorait pourquoi il s'était arrêté. C'était pour lui une expérience toute nouvelle qui le laissait furieux et frustré.

— Je ne vous crois pas.

Elle avait plaqué les mains sur sa poitrine à demi nue comme pour protéger sa pudeur – bien qu'il fût un peu tard pour cela. Sa voix tremblait. Elle claquait des dents.

— Ah bon ? fit-il sèchement. Vous avez l'impression que je fais la conversation poliment ? On vous avait pourtant prévenue que j'étais un débauché de la pire espèce. Vous auriez dû écouter ces mises en garde, surtout venant de Constantin Huxtable, qui me connaît très bien. Vous auriez dû deviner ce qui allait arriver dès que je me suis rapproché de vous dans la grande avenue – ou même avant, quand je vous ai regardée manger cette fraise dans la loge. Vous le saviez, d'ailleurs, j'en suis convaincu. Vous n'êtes certainement pas innocente au point de ne pas vous être doutée de mes intentions. Mais vous vous êtes crue suffisamment forte, vous avez cru avoir suffisamment d'expérience pour me résister, n'est-ce pas ? Les femmes ont la fâcheuse habitude de s'imaginer capables de réformer les séducteurs, voire de les apprivoiser par leur amour. Est-ce ce que vous comptiez faire ce soir ?

Elle ne répondit pas tout de suite. Elle avait laissé retomber les bras le long de son corps. À tout moment, il s'attendait à une crise d'hystérie ou de larmes. Comment devrait-il y faire face ? Et pourquoi diable se montrait-il aussi brutal avec elle ?

— Non, dit-elle d'une voix qui ne tremblait plus. Non, pas du tout. Je comptais que vous me donneriez du plaisir, milord, puisque telle est votre réputation. Hélas, je me rends compte qu'elle est très exagérée ! Vous m'avez déçue. J'attendais plus du séducteur notoire que vous êtes censé être. Pourquoi vouloir réformer un homme aussi décevant ? Apprivoiser un être aussi docile ? Sachez – et cela vous soulagera certainement – que je n'ai pas ce genre d'ambition. Oui, il est grand temps que nous rentrions. Il n'y a rien à gagner à rester plus longtemps ici, il me semble.

Il fut si surpris qu'il laissa échapper un rire.

Diable.

Voilà ce qui s'appelait se faire remettre à sa place.

Tout compte fait, Katherine Huxtable était peut-être plus intéressante qu'il ne l'avait supposé. Mais il était trop tard pour le vérifier. Du reste, il n'en avait pas spécialement envie. Au contraire. Désormais, et jusqu'à la fin de leur vie à tous les deux, il allait s'appliquer à se tenir aussi éloigné d'elle que la taille du globe le lui permettait. Ce qui ne devrait pas être trop difficile, puisqu'elle chercherait certainement à en faire autant.

Mais tout de même !

Hélas, je me rends compte que votre réputation est très exagérée ! Vous m'avez déçue.

Il se retint de rire de plus belle ; ç'aurait été déplacé.

N'empêche qu'elle était parvenue à lui rendre sa bonne humeur. Il ne l'avait donc pas détruite. Elle n'avait pas fondu en larmes.

Pourquoi vouloir réformer un homme aussi décevant ? Apprivoiser un être aussi docile ?

Nom d'un chien ! Elle lui plaisait bien.

Mais il était trop tard.

— Je vais passer devant, annonça-t-il en reprenant le chemin. Suivez-moi de près.

— Pas de trop près, merci bien, répliqua-t-elle froidement en lui emboîtant le pas. Je ne pense pas que cette soirée me réserve d'autres dangers contre lesquels je pourrais avoir besoin de votre aimable protection.

La petite rouée !

Quoi qu'il en soit, c'est en marchant l'un derrière l'autre qu'ils rejoignirent le groupe.

4

Cecily ouvrait de grands yeux admiratifs.

— Je n'en reviens pas. Vous vous êtes promenée seule avec lord Montford !

À leur retour de Vauxhall, elle était venue rejoindre Katherine dans sa chambre pour bavarder quelques instants.

— À votre place, j'aurais été terrifiée, avoua-t-elle. J'ai failli m'évanouir quand il est apparu avec Mlle Finley. Je ne sais pas comment elle a osé l'amener, même si c'est son frère. Constantin va être fou de rage. Et je ne vous parle pas d'Elliott. Vous avez vu la tête de lady Beaton lorsqu'il est arrivé ? J'étais vraiment désolée pour elle. Que pouvait-elle y faire ? Une scène aurait été pire que tout. Mais de quoi avez-vous pu parler, Katherine ? J'aurais été incapable d'articuler le moindre mot.

— Je ne m'en souviens pas vraiment. Nous avons bavardé de choses et d'autres.

— Peu importe sa réputation, fit Cecily dans un soupir – et avec un manque de logique extraordinaire –, c'est de loin le plus bel homme que je connaisse, exception faite de Constantin, bien entendu. Oh, et de votre frère !

— Constantin est très beau, il est vrai, admit Katherine. Ses origines grecques y sont pour beaucoup.

Votre frère est tout aussi bien de sa personne. Du reste, ils se ressemblent beaucoup.

Le frère de Cecily était Elliott Wallace, vicomte Lyngate, le beau-frère de Katherine.

— Et il me semble en effet que Stephen aura plus que sa part d'admiratrices d'ici à quelques années, ajouta-t-elle.

Elles discutèrent encore quelques minutes, puis Cecily, qui tombait manifestement de sommeil, ne tarda pas à aller se coucher. Au grand soulagement de Katherine qui n'avait envie de parler à personne. Elle n'avait pas non plus envie de penser. Juste de dormir. Très, très longtemps.

Cependant, elle fut forcée de penser et de parler le lendemain après-midi, après que lady Lyngate fut revenue d'une promenade au parc, où elle avait rencontré lady Beaton. Katherine et elle prirent le thé au salon, Cecily s'étant rendue à la bibliothèque avec l'une de ses amies et la gouvernante de celle-ci. Elle ne lui fit que les reproches les plus mesurés et les plus doux.

— Vous avez vingt ans, Katherine, commença-t-elle. Vous êtes nettement plus mûre et plus raisonnable que Cecily. Je ne doute pas que votre conduite ait été au-dessus de tout soupçon hier soir. Ce n'est d'ailleurs pas votre faute si lord Montford faisait partie de votre groupe. Il est malheureux que nous n'en ayons pas été averties à l'avance. Cependant, les langues vont bon train, pendant la saison. Le moindre faux pas peut alimenter les conversations durant des jours et sérieusement compromettre la réputation d'une jeune fille. Je vous suggère donc, à l'avenir, d'éviter la compagnie du baron Montford. Et si, comme hier soir, ce n'est pas possible, restez avec votre groupe d'amis en permanence, de sorte que personne n'ait la moindre raison d'associer votre nom au sien. Il a beau être extrêmement charmant quand il veut s'en donner la peine, il dépasse les bornes de la respectabilité. Quoi qu'il en soit, puisque vous vous êtes promenée avec lui hier soir et que vous vous êtes laissé distancer par les autres – et bien que le blâme en incombe à l'inattention de lady Beaton –, j'ose espérer qu'il a été l'honneur même.

Elle interrogea sa jeune protégée d'un regard scrutateur.

— Oh, mais bien entendu ! assura Katherine.

— Bien entendu, répéta la vicomtesse douairière en souriant. Il n'en demeure pas moins un gentleman. Il sait se tenir quand il est en compagnie de jeunes filles de son milieu. Du reste, j'imagine que sa réputation est très exagérée. Il est impossible qu'il soit aussi débauché que la rumeur le prétend.

— En effet.

— Ceci n'est pas une réprimande, Katherine, assura lady Lyngate. Simplement une mise en garde d'une femme plus âgée et peut-être plus habituée que vous aux mœurs de la société. Ce sont vos intérêts, uniquement, qui me tiennent à cœur.

— Je le sais, madame, assura-t-elle. Et je vous en sais gré.

— C'est bien naturel, assura la douairière en se penchant en avant pour lui tapoter la main. Votre famille vous manque, n'est-ce pas ?

— Oui, souffla Katherine, à la fois surprise et gênée de sentir les larmes lui monter aux yeux. Beaucoup. Nous n'avions jamais été séparés aussi longtemps.

Même lorsque Vanessa était mariée avec Hedley Dew et vivait à Rundle Park, il leur suffisait d'une demi-heure de marche aux uns ou aux autres pour se retrouver, ce qui arrivait presque tous les jours.

— Elliott et Vanessa auraient peut-être dû vous emmener, tout compte fait, observa lady Lyngate en lui pressant affectueusement la main. Mais ce n'est pas comme s'ils devaient rester absents jusqu'à la fin de la saison mondaine, n'est-ce pas ? Ils seront bientôt de retour.

— Ils préféraient que je reste ici, fit valoir Katherine en se tamponnant les yeux avec son mouchoir. Et que je m'amuse. C'est ce que je fais, d'ailleurs.

— Bien sûr. Les jardins de Vauxhall étaient-ils aussi exquis que d'habitude ?

— Oh, oui, madame ! Plus encore, je crois.

Katherine souffrait terriblement de l'absence de ses sœurs et de son frère. Cependant, elle était également soulagée de leur absence. Que leur dirait-elle, aujourd'hui ? Comment ferait-elle pour ne pas leur raconter ce qui était arrivé ? Il lui fallait un peu de temps pour reprendre ses esprits.

Il ne servait à rien de se demander ce qui lui était passé par la tête la veille au soir. Rien, manifestement. Rien de rationnel, en tout cas. Elle était horrifiée de découvrir à quelle vitesse et avec quelle facilité elle avait succombé au charme d'un séducteur, certes accompli, et aux désirs les plus vils de son propre corps.

Dans le secret de son esprit, elle était allée jusqu'à les qualifier d'amour !

Elle s'était imaginée merveilleusement, passionnément amoureuse d'un homme aussi dangereux qu'irrésistible.

Quelle stupidité. Et quelle… humiliation !

Dire qu'elle lui aurait permis…

Non. À tout instant, elle était prête à l'arrêter. Elle l'aurait fait avant qu'il ne soit trop tard.

Non, elle ne l'aurait pas fait.

Il était déjà trop tard.

C'était uniquement grâce à lui qu'elle n'était pas irrémédiablement perdue aujourd'hui. Déshonorée. Déchue.

Il avait tout calculé délibérément, froidement, pour la séduire. Il s'était arrangé pour se joindre à la sortie à Vauxhall. Puis pour l'entraîner à l'écart des autres, sur ce sentier désert et plongé dans l'obscurité. Et derrière l'arbre. Il avait tout prévu.

Et elle lui avait facilité les choses ! Au point qu'il s'était interrompu, uniquement parce que le défi n'était pas suffisant.

Il y avait un pari inscrit dans le livre d'un club. Son nom y figurait. Son nom à *elle*. Tous ces messieurs parlaient d'elle. Peut-être était-il en ce moment même en train de les divertir avec le récit détaillé de la soirée de la veille.

Tout en buvant le thé et en bavardant avec lady Lyngate, Katherine ne pensait qu'à une chose : rentrer chez elle. À Throckbridge, de préférence. Elle voulait retrouver sa vie d'avant. Sa vie sereine et heureuse. Elle voulait épouser Tom Hubbard qui le lui avait demandé tant de fois. Non, se ravisa-t-elle. Elle serait mieux à Warren Hall, avec Margaret et Stephen. À la campagne, dans le Hampshire. Loin, très loin de Londres.

— Nous n'allons pour ainsi dire pas avoir un moment de libre au cours des dix jours qui viennent, remarqua lady Lyngate. C'est très flatteur, n'est-ce pas ? D'autant que Cecily et vous êtes entourées d'une nuée d'admirateurs où que nous allions. Il est fort possible que vous soyez toutes deux fiancées avant même la fin de la saison, voire mariées d'ici l'automne. Y a-t-il quelqu'un qui tienne une place à part dans votre cœur, Katherine ?

Les mains tremblantes, celle-ci reposa bruyamment sa tasse dans sa soucoupe et cligna des yeux pour retenir les larmes qui la gagnaient de nouveau.

— Je voudrais rentrer à la maison, lâcha-t-elle.

L'idée de croiser lord Montford dès qu'elle se risquerait dehors lui était insupportable. Réellement insupportable. Elle ne voulait plus le revoir.

Jamais.

— Ma pauvre chérie, murmura la vicomtesse douairière en venant s'asseoir à côté d'elle et en lui passant un bras réconfortant autour des épaules. Bien sûr. Je m'étais bien rendu compte que votre famille vous manquait, mais je ne me doutais pas que c'était à ce point.

Bien malgré elle, Katherine fondit en larmes et dut même étouffer un sanglot.

Cependant, elle n'aurait pas dû s'en faire. Après trois jours de préparatifs, elle prit la route de Warren-Hall, dans la voiture personnelle de lady Lyngate. Lord Montford ne vint pas lui rendre visite. Il n'assista pas non plus à l'unique soirée – un concert – à laquelle Katherine se risqua à assister avant son départ.

Pour tout dire, elle ne le revit pas durant trois ans.

L'aveu public, par Jasper, de son cuisant échec le lendemain du fiasco de Vauxhall causa la stupéfaction de ceux qui eurent la chance d'être présents. Le silence qui salua d'abord cette annonce céda vite la place aux cris de joie de ceux qui avaient parié contre lui, puis à l'hilarité générale. Chacun y alla de sa tape réconfortante dans le dos, de ses apitoiements, de ses remarques spirituelles ou grivoises.

Le plus grand débauché de Londres avait été ignominieusement vaincu par une oie blanche tout juste sortie de sa campagne, qui ne s'était pas laissé duper par ses machinations. Elle l'avait presque littéralement entraîné sur un chemin de traverse de Vauxhall non pour lui offrir sa virginité avec un empressement haletant, mais pour lui servir une réprimande aussi éloquente que cinglante qui lui avait fait comprendre que persévérer dans son plan serait vain.

L'image d'un Monty vaincu, honteux, recevant tête basse le sermon d'une mégère de province était trop délectable pour qu'on ne se la remémore pas à maintes et maintes reprises dans les conversations masculines au cours des jours qui suivirent. Katherine Huxtable, elle, monta en flèche dans l'estime de tous. Une douzaine de messieurs au moins se déclarèrent très épris d'elle. Deux autres affirmèrent qu'ils étaient son esclave pour toujours. Un dernier jura de la demander en mariage avant la fin de la saison.

Même après que le soufflé fut retombé, Jasper eut droit à une multitude de bons conseils mêlés de sympathie feinte. Il s'agissait surtout de lui rappeler que certaines facultés déclinaient rapidement une fois franchie la barre fatidique des vingt-cinq ans.

— Il est vivement conseillé de passer une demi-heure chaque jour devant son miroir pour arracher ses poils blancs, affirma un plaisantin qui, certes, manquait d'esprit.

— Et il ne parle pas de ceux de tes bras, Monty, renchérit un autre.

— Autrement, insista un troisième, on court le risque que les dames découvrent lesdits poils blancs au cours de la phase finale de séduction.

— Et il ne parle pas de ceux de tes bras, répéta le même.

Et ainsi de suite.

— Cela dit, Monty, tu n'as peut-être pas à te soucier de tes poils blancs. Peut-être ne connaîtras-tu *plus jamais* la phase finale.

— Si, bien sûr. Mais il devra apprendre à se concentrer pour la mener à bien.

— Ce qu'il faut surtout que tu apprennes, Monty, c'est à repérer les oies blanches de très loin, et à t'enfuir à toutes jambes à leur approche.

— L'ennui, c'est que la vue baisse, passé vingt ans.

— Et pas seulement la vue...

— Bah, ne t'en fais pas, mon vieux. Tu peux toujours envisager une carrière ecclésiastique.

— Et même le monastère.

— Toutes les courtisanes de Londres vont prendre le deuil, Monty. Mais peut-être s'y attendaient-elles, si elles savaient que ton anniversaire approchait.

— Grâce à mes gains, je vais pouvoir me faire faire une nouvelle paire de bottes. Je te les prêterai, si tu veux, la prochaine fois que tu repéreras une oie sur le point de t'attaquer.

— Jusqu'où es-tu allé avec elle, Monty ? Diable, je suis presque déçu d'avoir gagné. Sur qui pourra-t-on compter pour faire des prouesses, désormais, si tu n'en es plus capable ? C'est la fin d'une époque, ma foi. Et les courtisanes ne seront pas les seules à en souffrir. Il faudrait décréter une journée de deuil national.

— Brassard noir pour tout le monde.

Jasper encaissa toutes ces railleries avec une bonne humeur empreinte de resignation. Il n'avait guère le choix, sauf à révéler la vérité qui aurait été plus humiliante encore que le mensonge qu'il avait raconté. Cependant, il répondit à la dernière question.

— Je n'ai rien obtenu, confia-t-il dans un soupir douloureux. Rien. Pas la moindre caresse, pas le moindre baiser – même sur la joue. Il est vrai qu'elle m'a pris le bras, mais c'était pour m'emmener à l'écart et me frotter les oreilles comme cela ne m'était pas arrivé depuis l'enfance. Elles me brûlent encore, du reste. Tout cela a été assez humiliant, comme vous pouvez l'imaginer. Au point que j'ai décidé de me retirer à la campagne pour panser mes blessures et revoir ma technique de séduction. Je n'en ai pas fini, croyez-moi. Je vais renaître de mes cendres, tel le Phénix, et revenir, peut-être l'année prochaine, rajeuni et meilleur que jamais. Je vous en fais la promesse solennelle. Parole de gentleman, *et cætera*.

Ce serment fut accueilli par quelques rires railleurs et une majorité de vivats.

Il était bel et bien décidé à se retirer un temps dans sa propriété campagnarde afin de laisser Londres à Katherine Huxtable. Il parvint même à se convaincre qu'il n'était animé que des sentiments les plus nobles. Il voulait lui épargner la gêne de risquer de le croiser lors de chaque événement mondain auquel elle assisterait d'ici à la fin de la saison. En revanche, il refusait catégoriquement d'envisager la possibilité que ce fût aussi pour s'épargner à *lui-même* la gêne de la croiser *elle*.

Il avait cependant plus de mal à nier l'humiliation qu'il éprouvait.

Il aurait *pu* la prendre. Il avait été à deux doigts de le faire. Une poussée aurait suffi pour qu'elle soit à lui, et qu'il gagne son pari. Il aurait apprécié l'expérience. Et elle aussi. Sa réputation à lui serait restée intacte – elle y aurait même gagné.

Certes, elle aurait été déshonorée, perdue. Mais il n'aurait pas eu à en subir les conséquences puisqu'elle n'aurait pas pu l'accuser de viol dans la mesure où elle était plus que consentante.

Pourtant, il s'était arrêté. Il avait encore peine à le croire. Il s'était *arrêté*.

Il n'était pas accoutumé à éprouver des scrupules, et ne comptait pas en faire une habitude. Ce serait trop désagréable et sa liberté s'en trouverait par trop entravée. Non, ce n'était pas les scrupules qui l'avaient poussé à s'arrêter ; c'était l'ennui, comme il le lui avait dit. Elle ne lui avait pas opposé suffisamment de résistance.

Le pire, c'est qu'il n'était pas loin d'y croire.

Il rentra donc à Cedarhurst Park, dans le Dorsetshire, trois jours après la soirée à Vauxhall. Ce qu'il lui fallait, avait-il décidé, c'était une activité nouvelle sur laquelle fixer son esprit et canaliser son énergie. Quelque chose de différent. Un dérivatif à son ennui.

Ce quelque chose, il le trouva, de façon tout à fait inattendue, sur ses terres. Géré successivement par trois intendants très compétents, son domaine avait toujours prospéré sans qu'il ait besoin de s'en préoccuper. C'est pourtant ce qu'il fit durant la fin de l'été, l'automne et l'hiver. À sa grande surprise et à celle de son régisseur, il trouva cela passionnant. Il découvrit même qu'il avait des idées.

Il retournerait à Londres la saison prochaine, cependant. Bien entendu. Qu'est-ce qui l'en empêchait ? Katherine Huxtable, son curieux accès de scrupules et son humiliation devant ses pairs s'effacèrent bientôt de sa mémoire pour devenir de l'histoire ancienne. Il les oublia presque complètement.

Il se le répétait si souvent.

5

Trois ans plus tard

Margaret et Katherine Huxtable ne passaient pas beaucoup de temps à Londres. Elles préféraient leur vie tranquille à Warren Hall, le fief de leur frère dans le Hampshire.

Margaret tenait la maison aussi efficacement que, autrefois, leur chaumière de Throckbridge. Avec la bénédiction de Stephen, Katherine aidait le pasteur à créer une école dans le village, près de Warren Hall, sous la tutelle d'un instituteur d'excellente réputation. Il lui arrivait même de faire la classe aux plus jeunes enfants, comme autrefois, à Throckbridge.

Philip Grainger, un voisin à peine plus âgé qu'elle, lui faisait une cour assidue. Il l'avait demandée en mariage à deux reprises au cours de l'année écoulée. La seconde fois, six mois plus tôt, elle lui avait opposé un refus ferme, lui précisant qu'elle éprouvait pour lui énormément d'affection, mais ne l'imaginait pas autrement que comme ami très cher.

Il avait pris un air contrit et avait déclaré que s'il ne pouvait l'avoir pour épouse, il se contenterait de son amitié. Néanmoins, il lui arrivait encore de la regarder avec une ardeur qui n'était pas celle d'un simple ami et, de son côté, elle s'interrogeait parfois. S'il venait à lui faire une troisième demande, ne devrait-elle pas accepter ? Elle avait tout de même vingt-trois ans. La plupart des femmes de son âge avaient déjà fait leur choix depuis longtemps.

Une chose était sûre, en tout cas, elle ne croyait plus à l'amour romantique.

Oh, mais si, elle y croyait encore ! Elle n'était pas devenue complètement cynique. C'était pour elle-même qu'elle n'y croyait plus. Elle s'était efforcée tant de fois de tomber amoureuse, sans y parvenir, qu'elle avait renoncé à essayer. Pourtant, elle avait envie de se marier. D'avoir sa maison à elle. Et des enfants. Elle ne voulait surtout pas dépendre de Stephen toute sa vie.

Elle pourrait certainement avoir une vie heureuse avec Phillip Grainger. Satisfaisante, du moins. C'était déjà beaucoup. Sans doute cela durait-il plus longtemps que le bonheur euphorique de l'amour romantique. Elle aimait bien M. Grainger. Il serait bon avec elle et avec leurs enfants. Mais accepter sa demande, sachant ce qu'elle éprouvait – ou plutôt ce qu'elle n'éprouvait *pas* – pour lui, ne serait-ce pas injuste ?

Parfois, Margaret et elle rendaient visite à Vanessa à Rigby Abbey, dans le Northamptonshire. Elliott et elle ne vivaient plus à Finchley Park. Ils avaient déménagé près de deux ans auparavant, à la mort du grand-père d'Elliott, le duc de Moreland. Elliott avait hérité du titre.

Leur sœur était donc duchesse.

Elle leur manquait beaucoup, de même qu'Isabelle, leur nièce, qui était née à Finchley Park. Et elles ne connaissaient même pas encore leur neveu nouveau-né, Samuel, vicomte Lyngate.

C'était en partie pour y remédier qu'elles avaient décidé de passer les dernières semaines de la saison mondaine à Londres cette année-là. Le duc de Moreland s'était en effet installé dans la capitale avec sa famille pour la session parlementaire.

Stephen également qui, ses études à Oxford tout juste achevées, s'était rendu directement à Londres. Il avait pressé ses sœurs de le rejoindre pour fêter l'événement. Il avait presque vingt et un ans. Bientôt, il serait majeur et affranchi de toute tutelle. Bientôt, Margaret serait libérée des obligations qu'elle avait contractées à la mort de leur père, onze ans plus tôt, quand elle s'était engagée à veiller sur ses sœurs et son frère jusqu'à leur majorité.

Elles étaient arrivées la veille à Merton House, sur Berkeley Square. Stephen passait la soirée avec des amis, parmi lesquels Constantin Huxtable, leur cousin auquel Katherine était extrêmement attachée bien qu'elle ne le vît pas souvent.

Avant de sortir, Stephen avait promis de ramener ce dernier à Merton House si l'occasion s'en présentait. Ce ne fut pas le cas, bien entendu, ce qui ne surprit guère Katherine et Margaret. Stephen était un frère affectueux et généralement prévenant. Mais c'était aussi un jeune homme, et les jeunes gens, c'était bien connu, oubliaient ce qui n'était pas leur plaisir personnel, surtout quand ils s'amusaient avec leurs amis.

Margaret se retira de bonne heure dans sa chambre, encore fatiguée du voyage de la veille, et d'une longue visite à Vanessa et aux enfants dans la journée. Katherine lut un moment, et venait de gravir l'escalier pour aller se coucher quand elle entendit la porte d'entrée s'ouvrir et se refermer.

La voix joyeuse de Stephen lui parvint, puis celle, plus pondérée, du majordome. Elle se pencha pardessus la rampe, l'oreille tendue. Mais de là où elle se trouvait, elle ne voyait pas ce qui se passait dans l'entrée. C'est alors que la voix grave de Constantin retentit à son tour.

Il était tard. Ils avaient bu, sans doute, et comptaient prendre un dernier verre – ou deux – dans la bibliothèque. Il ne fallait pas qu'elle descende. Ils ne s'attendaient pas à la voir et sa présence pourrait les gêner. Constantin se trouvait sans doute en ville pour quelques jours ; elle le verrait le lendemain, ou le surlendemain.

Il y eut encore un joyeux éclat de rire masculin, un échange dont elle ne saisit pas la teneur, puis le silence. Ils étaient entrés dans la bibliothèque et avaient refermé la porte.

Elle allait simplement dire bonsoir à Stephen, décida-t-elle soudain en redescendant l'escalier d'un pas léger. Et elle saluerait Constantin avant qu'ils se remettent à boire. Elle ne resterait qu'un instant.

Le majordome avait déjà disparu. Katherine frappa à la porte et ouvrit sans attendre de réponse. Elle sourit à Stephen, qui était en train de verser de l'alcool d'une carafe de cristal dans un verre. Il avait encore la grâce svelte de la jeunesse, et ses cheveux blonds étaient plus indomptables que jamais. Mais ces dernières années, il s'était développé pour devenir un beau jeune homme sûr de lui qui n'allait pas tarder à faire des ravages dans le cœur des jeunes filles. Et qui en faisait probablement déjà.

— Bonsoir, Stephen, dit-elle.

Puis elle se tourna vivement vers leur cousin qui se tenait le dos au feu.

— Constantin, fit-elle en s'avançant vers lui les mains tendues. Margaret et moi avions demandé à Stephen de vous ramener ici plus tôt. J'imagine qu'il a oublié de vous le dire. Nous ne nous sommes pas vus depuis bien avant Noël. Comment allez-vous ?

— Très bien, merci, répondit-il en s'emparant de ses mains avant de l'embrasser sur la joue. Inutile que je vous retourne la question, Katherine. Vous resplendissez manifestement de santé, et vous êtes plus jolie que jamais. Alors que la beauté d'une dame est censée se flétrir avec le temps, la vôtre est de plus en plus éclatante.

Il plaisantait, et elle rit avec lui.

— Seigneur ! Je ne suis pas descendue pour écouter de telles flatteries. Simplement pour vous saluer. Vous serez certainement heureux d'apprendre que je vais me retirer tout de suite. Une dame sait quand elle est... de trop.

Comme elle se tournait vers Stephen, elle découvrit qu'il y avait quelqu'un d'autre dans la pièce. Un homme, debout à côté du bureau de chêne près des rayonnages, un livre ouvert à la main.

Elle le fixa et leurs regards se croisèrent.

Oh !

Elle eut l'impression que son estomac se décrochait et que ses jambes se dérobaient sous elle.

Il haussa légèrement son sourcil droit qui disparut à demi sous la mèche sombre qui lui retombait sur le front, pinça les lèvres, puis inclina brièvement la tête pour la saluer.

— Pardon ! Je manque à tous mes devoirs ! s'exclama Stephen. Katherine, connais-tu lord Montford ? Monty, ma sœur, Katherine Huxtable.

— Mademoiselle Huxtable, fit ce dernier de cette voix agréable qu'elle se rappelait si bien – une voix qui semblait s'enrouler autour d'elle et lui arracha un frisson. Enchanté.

Elle parvint, Dieu sait comment, à maîtriser suffisamment le vacillement de ses genoux pour esquisser une révérence.

— Milord.

Constantin se racla la gorge.

— Permettez-moi de vous raccompagner au premier, Katherine, suggéra-t-il en s'avançant pour lui offrir son bras. Il a beau se faire tard, j'aimerais présenter mes respects à Margaret si elle est encore visible.

— Elle ne l'est pas, répondit Katherine. Et il est inutile de m'accompagner, je peux retrouver mon chemin seule. Bonne nuit.

Elle le gratifia d'un sourire radieux, ainsi qu'à Stephen, puis se hâta de sortir en ignorant soigneusement lord Montford. Malgré tout, Constantin la devança et lui tint la porte.

— Bonne nuit, Katherine. Je viendrai vous rendre visite demain, à Margaret et à vous.

— Bonne nuit ! lança Stephen.

Constantin ne referma la porte que lorsqu'elle eut atteint l'escalier. Elle lui adressa un petit salut de la main et un sourire avant de gagner l'étage à toute allure.

Cela faisait trois ans. Et pourtant les années s'étaient évanouies d'un coup. Comme si c'était arrivé la veille...

Cette honte.

Cette terrible humiliation.

La haine – qui n'était pas entièrement dirigée contre lui.

Il n'avait pas changé d'un iota. Il était aussi beau, aussi élégant – et aussi moqueur – qu'autrefois.

Et aussi dangereusement séduisant.

Dieu merci, Margaret avait décidé de se coucher tôt.

Non seulement le jeune Merton avait omis d'informer Constantin qu'il était censé rendre visite à ses cousines dans la soirée, mais il avait commencé par négliger de l'informer de leur présence à Londres. L'eût-il fait que Jasper l'aurait également entendu, et aurait soigneusement évité Berkeley Square.

Les choses étant ce qu'elles étaient, lorsque Katherine Huxtable avait fait irruption dans la bibliothèque, tout sourires, resplendissante de beauté, le visage animé et les joues empourprées, Jasper avait été pris de court.

Il s'était senti piégé comme un rat.

Et n'avait pu qu'attendre qu'elle le voie. Qu'elle se pâme, ait des vapeurs ou, qui sait, pointe un doigt accusateur sur lui et en appelle à ses proches pour la protéger et la venger.

Mais, bien sûr, rien de tout cela ne s'était produit.

Ce qui l'ébranlait plus que tout, cependant, c'était qu'il s'était immédiatement rappelé les moindres détails de cette fameuse soirée. Comme si elle datait de la veille, alors qu'il s'était écoulé… quoi ? deux ans ? trois ? quatre ?

Un sacré bout de temps, en tout cas.

Il était censé avoir tout oublié, non ?

C'était le seul pari qu'il ait jamais perdu, avant comme après. Du reste, il ne l'avait pas réellement *perdu*. Il aurait pu le gagner, et avec une semaine et demie d'avance. Il était convaincu que cet épisode s'était effacé de sa mémoire depuis des lustres, alors pourquoi avait-il été tellement abasourdi quand elle était entrée dans la pièce ?

La façon dont Constantin s'empressa de la faire sortir ne lui échappa pas. Il s'était toujours demandé s'il avait eu vent du pari. Ils n'avaient jamais évoqué le sujet. Il se doutait, en revanche, que les choses n'en seraient pas restées là s'il avait revendiqué la victoire.

Constantin n'avait certes rien d'un ange. Mais, pour une raison obscure, il semblait très attaché à ses cousins, quand bien même Merton eût hérité du titre, des biens et de la fortune qui auraient été les siens si son père avait épousé sa mère deux jours plus tôt. Avant sa naissance, autrement dit, et non juste après, ce qui faisait à jamais de lui un fils illégitime, et qui ne pouvait donc hériter. Il était impossible de savoir ce qu'il ressentait à ne pas être comte. Il n'en parlait jamais.

Au fond, peut-être nourrissait-il une haine secrète à l'endroit de Merton.

Après cette soirée, Jasper se demanda s'il fallait qu'il renonce à assister aux plus grands événements de la saison mondaine, y compris ceux pour lesquels il avait déjà accepté une invitation, et se cantonne à ses clubs, au Tattersall et à la salle de boxe de Jackson – aux lieux, autrement dit, où il serait certain de ne rencontrer que des messieurs.

Mais ç'aurait été vraiment trop lâche. Il ne s'était jamais caché de qui que ce soit, grands dieux ! Il n'allait pas commencer aujourd'hui, avec une femme qu'il avait embrassée et caressée autrefois, et n'avait pas possédée. Il avait du mal à croire qu'une telle pensée ait pu lui traverser l'esprit.

Pourquoi n'était-elle pas encore mariée, du reste ? Elle avait dépassé les vingt ans. Et personne ne pourrait le convaincre qu'elle n'avait pas reçu quantité de demandes en mariage. Constantin avait raison sur un point, même s'il la taquinait en la flattant outrageusement : elle était plus belle encore aujourd'hui qu'il y a deux ans – ou trois, ou quatre. Pourtant, Dieu sait qu'à l'époque, elle était déjà ravissante. Mais elle avait perdu sa silhouette gracile de pouliche, tout en restant suffisamment mince pour que l'on pût s'imaginer lui enserrant la taille à deux mains pour l'attirer à soi et...

Le diable soit de ces sornettes !

Il décida donc d'honorer au moins les invitations qu'il avait déjà acceptées. La prochaine était le grand bal donné par la nouvelle lady Parmeter dont le père, un riche bourgeois, n'avait rien d'un gentleman, et qui avait donc convié tous ceux qui seraient susceptibles de venir.

Y compris lui.

Au demeurant, il n'y avait que les hôtes les plus collet monté pour l'écarter ostensiblement, et les réceptions qu'ils donnaient étaient si ennuyeuses et si guindées que, de toute façon, il n'y aurait pas assisté.

Peut-être que les sœurs Huxtable étaient trop snobs pour se montrer au bal Parmeter. Ou peut-être n'étaient-elles à Londres que depuis trop peu de temps pour avoir été invitées.

En définitive, découvrit-il en arrivant un peu tard, il y avait beaucoup de monde, ce qui était sans aucun doute gratifiant pour lady Parmeter.

Et les premières personnes qu'il vit dans la salle de bal après avoir salué ses hôtes furent les demoiselles Huxtable.

Évidemment.

Il y avait dans tout cela quelque chose d'inévitable.

Du reste, elles n'auraient pas dû attirer la moindre attention. Margaret Huxtable avait plusieurs années de plus que Katherine, puisque la duchesse de Moreland, leur sœur, se situait entre elles deux, lui semblait-il, elle n'était donc vraiment plus de première jeunesse. Pourtant, dans la réalité, elle était aussi jolie que sa sœur cadette, bien qu'elle fût plus brune et plus pulpeuse – plus conforme à ses goûts habituels, en fait.

Toutes deux étaient l'objet de toutes les attentions, et les cavaliers potentiels ne manquaient pas. Ce qui ne devait pas manquer de déconcerter l'armée de toutes jeunes filles qui faisaient leurs débuts dans le monde et espéraient prendre d'assaut les plus beaux partis.

Jasper passa le plus clair de la soirée dans la salle de jeu. Il n'aimait guère danser. Cela valait sans doute aussi bien. Car il se trouvait encore des mères pour le regarder de travers quand il invitait leur fille, comme s'il risquait de lui sauter dessus au milieu de la piste. Et il aimait encore moins le spectacle de ces dames et messieurs tout à leurs minauderies, dans une surenchère de grâce et d'élégance, en quête d'admiration.

Très souvent, donc, lorsqu'il assistait à un bal, c'était pour passer la soirée à jouer aux cartes.

Ce soir, il avait plus de raisons que jamais de se tenir à l'écart de la salle de bal. Hélas, le jeune Merton vint le chercher à l'instant où il venait de gagner une partie et ramassait ses gains.

— Ah, te voilà, Monty ! Tu devrais danser. Il y a tant de beautés que j'en suis tout ébloui, annonça-t-il avec un sourire joyeux.

— Et je parie qu'elles ont toutes envie de danser avec toi, répondit Jasper en se levant et en posant la main sur l'épaule du jeune homme.

— Ma foi, reconnut ce dernier d'un air un peu penaud, ce n'est pas faux. C'est à cause de mon titre, tu sais.

— Certes, mais ton sourire et tes boucles blondes n'y sont sans doute pas pour rien non plus.

Pour tout dire, il avait l'air d'un ange. Heureusement, il avait suffisamment de caractère pour ne pas paraître faible ou insipide. Jasper éprouvait pour lui une affection sincère. Et puis, le jeune Merton venait d'arriver à Londres. Il n'en éveillait que davantage l'intérêt des demoiselles.

— Viens que je te présente à Margaret, ma sœur aînée, le pria Merton.

Que faire ? Se dérober en entamant une nouvelle partie ? Ou accepter l'inévitable ? Il opta pour la seconde solution, parce que *se dérober* ne faisait pas partie de son vocabulaire.

— Volontiers, répondit-il avec une gaieté feinte.

L'orchestre faisait une pause. Autrement, bien entendu, Merton n'aurait pu quitter la piste de danse où toutes les jeunes filles se l'arrachaient. Et pas uniquement parce qu'il était comte de Merton. Il suffisait de voir l'expression béate qu'elles affichaient sur son passage pour s'en rendre compte.

À vingt-huit ans, Jasper avait l'impression d'être un vieillard ratatiné. Cependant, sa propre apparition dans le grand salon ne passa pas inaperçue. Il en sourit, amusé, avant de se rappeler où ils allaient. Hélas, le vague espoir qu'il nourrissait que Katherine Huxtable ne fût pas avec sa sœur fut vite déçu !

En le voyant approcher, elle arqua les sourcils et releva le menton d'un air hautain. Puis elle se mit à agiter son éventail assez vigoureusement pour rafraîchir toute une armée.

— Margaret, annonça Merton, sans rien sentir de la tension soudaine, voici lord Montford. J'avais promis de te le présenter. C'est l'ami de Constantin, et le mien également. Quel dommage que Constantin n'ait pas pu venir ce soir ! Monty, voici ma sœur aînée, qui a été comme une mère pour moi pendant les années qui ont suivi la mort de nos parents. Et la meilleure des mères dont on puisse rêver, ajouta-t-il avec un sourire affectueux tandis qu'elle faisait une révérence.

— Lord Montford, le salua-t-elle.

Elle avait les yeux aussi bleus que sa sœur alors qu'il s'attendait qu'ils fussent plus sombres, comme ses cheveux. Et elle était d'une beauté exceptionnelle. Les Huxtable étaient tous plus beaux les uns que les autres, à l'exception, peut-être, de la duchesse, qui était loin d'être un laideron.

— Mademoiselle Huxtable, dit-il en s'inclinant devant Margaret. Mademoiselle Katherine, ajouta-t-il.

Elle ne prit pas la peine de lui faire une révérence. Elle allait se déboîter le poignet si elle continuait à s'éventer avec autant de force.

Il se tourna de nouveau vers l'aînée.

— Puis-je espérer que vous m'accorderez la prochaine danse ?

C'était sans doute ce que Merton attendait de lui, d'autant que Margaret Huxtable n'avait pas eu de mouvement de recul à sa vue. Soit elle ignorait tout de sa réputation, soit elle était de la même trempe que sa cadette.

— Oh, répondit-elle d'un air sincèrement désolé, je l'ai déjà promise au marquis d'Allingham, milord. Mais je vous remercie de votre courtoisie.

Il hocha la tête. À présent, il pouvait décemment s'éclipser.

— Ah, le voici justement, ajouta-t-elle en regardant derrière lui, le sourire aux lèvres.

— Quant à moi, je dois aller tenir compagnie à Mlle Acton, enchaîna Merton d'un air un peu contrit. Elle n'a pas encore le droit de danser la valse parce qu'elle est trop jeune. Si vous voulez bien m'excuser.

Sur ce, il s'en alla.

Quelques secondes plus tard, ce fut au tour de Margaret.

Jasper se retrouva donc seul avec Katherine.

Une valse.

Hum.

S'éclipser – dans la salle de jeu, par exemple – devenait urgent.

Pourtant, au lieu de s'incliner et de prendre congé le plus vite possible, il déclara :

— Il paraît que remuer une partie de son corps de façon continue peut provoquer des rhumatismes plus tard.

Suivant la direction de son regard, Katherine cessa abruptement de s'éventer. Sa main retomba le long de son corps.

— C'est moi seule que cela regarde, lord Montford.

Ce n'était pas une repartie très spirituelle ni très originale. Mais elle y mit suffisamment de fougue et de fermeté pour lui montrer qu'elle n'avait ni oublié ni pardonné.

Ce qui ne le surprit nullement.

— Contrairement à la toute jeune Mlle Acton, il me semble que vous êtes autorisée depuis longtemps déjà à danser la valse, mademoiselle Huxtable. Soit dit sans la moindre allusion désagréable à votre âge avancé.

— Je dois danser cette valse avec M. Yardley, répliqua-t-elle.

— On est venu chercher Yardley dans la salle de jeu il y a une demi-heure, et il a filé au trot, lui apprit-il. Je crois que sa femme est dans une position intéressante et a atteint un point critique dans... hum... ses couches.

— Oh, fit-elle, l'air mortifié.

Peut-être ignorait-elle que Yardley était marié. Homme à femmes consommé, il s'efforçait de dissimuler sa situation autant que possible. Mme Yardley en était au moins à son sixième enfant si Jasper ne s'abusait.

— Vous feriez mieux de valser avec moi, suggéra-t-il.

Il avait perdu la tête ?

— Vraiment ? répondit-elle en haussant les sourcils et en se remettant à s'éventer de plus belle. Je ne crois pas, lord Montford.

— Autrement, vous aurez l'air de faire tapisserie, fit-il valoir. Il paraît que les dames détestent cela. Surtout celles de... d'un certain âge.

— D'un certain...

Les narines de Katherine se dilatèrent, son poignet s'immobilisa, sa poitrine se gonfla, ses yeux étincelèrent et... elle s'esclaffa. Subitement. De façon tout à fait inattendue. Mais avec un humour sincère. Et son rire lui rappela quelque chose.

— Vous dépassez les bornes, commenta-t-elle. Il me semble que c'est une chose qui m'a plu chez vous à une certaine époque.

— Jusqu'à ce que je cesse tout à fait de vous plaire, ajouta-t-il en inclinant légèrement la tête de côté, les yeux rivés aux siens.

— En effet, confirma-t-elle en le considérant d'un air pensif. Pendant longtemps, je vous ai pris pour le mal incarné. Puis il m'est apparu que le simple fait que vous ayez délibérément perdu votre pari ce soir-là prouvait qu'il restait un minimum de gentillesse en vous.

Il feignit de frissonner.

— Cet échec est une tache à ma réputation, tache qui s'accroche à ma mémoire comme une bernique à son rocher. Ce fait, ajouté à l'humiliation de paraître *gentil* aux yeux de quelqu'un, me pousse aux confins du désespoir.

— Oh, fit-elle en refermant son éventail avec un bruit sec, n'ayez aucune inquiétude à ce sujet, lord Montford. Je ne vous prends certes pas pour un homme *gentil.* Seulement pour un homme qui, une fois dans sa vie, a fait quelque chose de *presque* gentil.

Il lui sourit.

— Nous ferions mieux de danser, insista-t-il. Vous ne tenez pas à faire tapisserie, n'est-ce pas ? Et je n'ai aucune envie que tous les gens rassemblés ici ce soir assistent à mon humiliation et vous voient me refuser cette danse que je vous suppliais humblement de m'accorder.

Il s'attendait qu'elle refuse. Et le plus étrange, c'était qu'il se prenait à espérer qu'elle ne le ferait pas.

Diable ! Il avait soigneusement évité de penser à elle pendant des années. Elle était l'incarnation de sa plus grande humiliation. Sa *seule* humiliation, en fait. Sans elle, sa glorieuse réputation serait demeurée sans tache. Il était extrêmement désagréable de devoir avouer devant ses pairs que l'on avait perdu un pari. Surtout un pari concernant une femme – et qu'on aurait pu gagner aisément. C'était là une blessure cuisante pour l'orgueil d'un homme.

— Oh, très bien, fit-elle avec une certaine brusquerie, l'air presque en colère. Pourquoi pas ?

De toute évidence, cette question n'appelait pas de réponse. Lorsqu'il lui offrit son bras, elle y posa la main et se laissa conduire sur la piste où les autres danseurs attendaient déjà.

C'est ainsi qu'il se retrouva non seulement en compagnie de Katherine Huxtable, mais sur le point de *valser* avec elle dans un grand bal mondain.

Autant dire que la Terre allait sans doute s'arrêter de tourner.

Et qu'il allait pousser des dents aux poules.

6

Katherine avait longuement hésité à accompagner son frère et sa sœur à ce bal. Et s'*il* y était aussi ? Elle aurait souhaité ne jamais le revoir. Mais ce genre d'attitude était lâche, avait-elle décidé. La peur allait-elle la pousser à se terrer chez elle ? Après trois ans ? Elle ne pouvait rester enfermée toute la durée de son séjour, ni ne pas remettre les pieds à Londres jusqu'à la fin de ses jours. Ce serait ridicule.

D'ailleurs, rester chez elle ne l'avait pas empêchée de le rencontrer, se rappela-t-elle.

En outre, elle avait envie d'assister à ce bal. Certes, elle ne venait pas souvent à Londres et n'avait pas soif de mondanités et de distractions, mais elle aimait bien sortir de temps à autre.

Alors, elle était venue chez lady Parmeter ce soir, en se disant que ce n'était pas le genre de réception qui était susceptible d'attirer lord Montford. Comme elle s'y attendait, il n'était pas là à leur arrivée.

Hélas, au moment où son absence semblait se confirmer, Stephen avait annoncé qu'il se trouvait dans la salle de jeu d'où il espérait parvenir à le faire sortir suffisamment longtemps pour le présenter à Margaret, qui n'avait pas encore fait sa connaissance.

Katherine s'était retrouvée dans une impasse. Comment protester et prier Stephen de laisser son ami dans la salle de jeu, d'où elle préférait ne pas le voir sortir ? Il aurait voulu savoir pourquoi. Et Margaret aussi.

Somme toute, elle était assez fière de la façon dont elle s'était comportée quand lord Montford avait fini par venir les saluer avec Stephen. Elle était restée distante, presque froide, mais sans rien dire ou faire qui pût attirer l'attention de son frère ou de sa sœur. Margaret n'avait pu accepter son invitation à danser puisqu'elle avait déjà promis la valse à lord Allingham, Stephen s'en était allé rejoindre Mlle Acton, et elle-même s'attendait à voir M. Yardley apparaître d'un instant à l'autre, mettant ainsi fin à son supplice.

Elle s'en était plutôt bien sortie.

Alors comment se faisait-il qu'elle fût sur la piste de danse avec lord Montford et s'apprête à *valser* avec lui ?

Cela dépassait l'entendement.

Elle reconnut d'emblée son parfum. Il lui était si familier, découvrit-elle avec un choc, qu'elle se retrouva transportée à Vauxhall Gardens. C'était une fragrance luxueuse, musquée, très masculine – celle de son savon à barbe ou de son eau de Cologne – qui lui rappelait des souvenirs de tentation, de passion débridée et d'humiliation, des émotions d'une puissance et d'une intensité dont elle n'avait jamais fait l'expérience ni avant ni après l'épisode de Vauxhall.

Et qu'elle espérait ne jamais revivre.

Lord Montford était aussi beau que dans son souvenir : grand, mince, élégant, le cheveu sombre, le sourcil arrogant, les paupières mi-closes sur un regard aussi intelligent qu'il était moqueur. Oui, aussi beau, et aussi attirant. Et aussi dangereux, pour qui était susceptible de succomber à ce genre de danger.

Ce qui n'était plus son cas.

La valse allait commencer. Les musiciens accordaient leurs instruments. Les danseurs s'étaient tus et se préparaient.

Lord Montford passa le bras droit autour de sa taille et posa la main au creux de ses reins. Il lui sembla que le satin de sa robe allait s'enflammer là où il la touchait. Son autre main s'empara de la sienne. Elle trouva son épaule aussi ferme et aussi musclée sous ses doigts que la dernière fois qu'elle l'avait touchée.

Tout cela était si terriblement physique qu'elle crut suffoquer.

Elle n'avait jamais vraiment aimé la valse. Elle trouvait assez déconcertant de se trouver en contact aussi étroit avec un monsieur pendant un long moment, et un peu pénible de ne faire la conversation qu'avec lui. Bien sûr, elle se doutait que, avec le bon partenaire, ce devait être merveilleusement romantique.

Mais une chose était certaine : lord Montford n'était définitivement *pas* le bon partenaire.

Elle lui jeta un regard noir, comme s'il venait d'affirmer le contraire.

— J'imagine que vous avez l'intention de détourner Stephen du droit chemin pendant qu'il est encore jeune et stupide, l'accusa-t-elle.

Il haussa les sourcils.

— Pour faire de lui un débauché de la pire espèce ? s'enquit-il. Mais bien entendu. Pour quelle autre raison cultiverais-je son amitié ? Certainement pas parce que c'est le cousin de l'un de mes plus proches amis. Ainsi, il est stupide en plus d'être jeune ? Cela ne plaide guère en faveur de l'éducation que lui a donnée votre sœur.

Elle s'était jetée tête baissée dans ce premier piège, comprit-elle.

— Je me suis mal exprimée, répliqua-t-elle, agacée. J'aurais dû dire impressionnable, et non stupide.

— Y a-t-il une grande différence ? Un homme impressionnable n'est-il pas stupide ? Faible ? Pourrai-je corrompre votre frère s'il est déterminé à rester incorruptible ?

— Je ne sais pas, répondit-elle. D'après vous ?

Elle, en tout cas, il aurait pu aisément la corrompre.

Le visage de lord Montford demeura impassible, mais ses yeux se mirent à briller de malice. Ce qui eut un effet immédiat, et mal venu, sur les jambes de Katherine.

— Mais pourquoi le souhaiterais-je ? lui demanda-t-il. Votre imagination fait-elle de moi le diable en personne ?

— Est-ce réellement mon imagination ?

Il laissa échapper un petit rire.

— Vous avez déjà reconnu avoir trouvé en moi un minimum de gentillesse, fit-il valoir. Le diable ne peut être gentil. C'est une contradiction dans les termes.

Elle fut dispensée d'avoir à trouver une réponse appropriée, car les musiciens commencèrent à jouer et les danseurs à valser.

Oh.

Et *oh* de nouveau.

Pendant les minutes qui suivirent, son esprit se trouva incapable de formuler la moindre pensée cohérente.

Elle ne s'attendait pas à le découvrir aussi bon danseur, se mouvant comme s'il était né pour la valse. Cependant, dut-elle admettre, si elle y avait pris le temps d'y réfléchir, elle aurait pu le deviner. C'était le genre d'homme à accomplir à la perfection tout ce qu'il entreprenait, qu'il s'agît de monter à cheval, de boxer, de danser, de jouer aux dés, de faire l'a...

Ah ! Son esprit se remettait à fonctionner.

Mais seulement au plus profond, là où se formaient les pensées inconscientes. Le reste de son être s'abandonnait à la musique et au rythme, au tourbillon de couleurs, à la lumière des bougies, au bruit des voix et des rires, au parfum masculin de son cavalier, au sourire qui dansait dans son regard paresseux.

Elle ne s'était pas trompée. La valse était une danse merveilleusement romantique lorsqu'on la dansait avec le bon par...

Voilà qu'elle pensait de nouveau !

Au même instant, elle se prit à soupçonner, horrifiée, que, durant ces quelques minutes enchantées, elle n'avait pas détaché les yeux des siens. Que ses lèvres s'étaient retroussées sur un sourire. Qu'elle devait avoir les joues en feu et les prunelles brillantes.

Et aussi que, l'espace d'un instant, elle s'était laissée aller sans réfléchir et avec bonheur au plaisir de la danse et de la compagnie d'un homme qui la faisait tourbillonner si aisément qu'elle avait l'impression de voler.

Un homme dangereux.

Qui n'était autre que lord Montford.

Quant à elle, elle ne valait pas mieux aujourd'hui que la jeune fille innocente et naïve qu'elle était il y a trois ans.

Elle cessa de sourire et baissa les yeux. Comment pouvait-elle trouver le moindre plaisir à sa compagnie ? À quoi songeait-elle ?

Elle se rappela avec quel mélange de brutalité, d'insolence et de froideur il lui avait parlé de cet épouvantable pari.

Et elle se demanda de nouveau, comme elle avait dû le faire mille fois depuis cette soirée, pourquoi il n'était pas allé au bout de ce qu'il avait entrepris, pourquoi il avait renoncé à la victoire et aux gains qui l'accompagnaient. Elle avait toujours refusé de croire – et le refusait encore aujourd'hui – qu'il pût y avoir chez lui la moindre décence, que, peut-être, il avait même une conscience. Elle préférait croire à l'explication qu'il lui avait donnée sur le moment : elle s'était révélée une proie trop facile pour présenter un réel intérêt à ses yeux. Cependant, cela aurait-il dû avoir la moindre importance alors qu'il y avait un pari à la clé ?

— Vous me détestez toujours, dit-il doucement.

Son ton était si misérable que c'en était suspect. Il y avait aussi une note d'humour dans sa voix. Elle l'*amusait* !

— Cela vous étonne ? répliqua-t-elle en le regardant de nouveau.

— Pas dut tout. Vous m'avez informée, en une certaine occasion, que je vous avais déçue. Comment ne pas détester un être qui vous a déçue de pareille façon ?

Il se moquait bel et bien d'elle. Mais comment trouver une repartie suffisamment cinglante quand il l'entraînait dans un tourbillon de pas si compliqués ? Elle en rit joyeusement – avant de se rappeler qu'elle n'était pas joyeuse du tout.

— Je pourrais vous apprendre à ne pas me détester, reprit-il.

Elle lui adressa un regard interrogateur.

— Ne serait-ce pas vous rendre service ? hasarda-t-il.

— En supposant que, si je ne vous détestais pas, je serais indifférente à votre présence et ne vous jetterais pas un regard noir chaque fois que nous nous rencontrons ? Ce serait *vous* rendre service, aucun doute.

— *Indifférente* à ma présence ?

Il s'immobilisa pendant l'une de ces brèves interruptions qui entrecoupaient la valse, mais ne la lâcha pas.

— Mademoiselle Huxtable, je crains de ne pas être capable de vous rendre indifférente à ma présence.

Le cœur de Katherine s'était remis à battre la chamade. Elle était comme hypnotisée par son regard nonchalant.

— Sans doute pas, concéda-t-elle. L'antipathie n'est pas de l'indifférence, n'est-ce pas ?

Il sourit ouvertement et alla même jusqu'à s'esclaffer.

— Je pourrais vous apprendre à ne pas me détester *ou* à ne pas avoir d'antipathie pour moi, déclara-t-il à voix basse, car la musique n'avait pas encore repris. Si je le voulais, je pourrais même vous apprendre à m'aimer.

Stupéfaite, elle ne parvint à articuler qu'un « Ha ! » mi-exclamatif, mi-interrogateur.

— Dois-je comprendre que vous y consentez ?

La musique avait repris, plus rapide. Il la fit tournoyer plusieurs fois avant d'ajouter :

— Vous admettez donc que je pourrais y parvenir ?

— Jamais, répliqua-t-elle d'une voix vibrante d'indignation. Jamais de la vie !

— Il me faudrait donc plus d'une vie ? Que ce serait ennuyeux ! Et que vous êtes sûre de vous. Mais je crois que vous me sous-estimez, mademoiselle Huxtable.

— Vous aussi, vous *me* sous-estimez ! rétorqua-t-elle avec une telle véhémence que quelques danseurs tournèrent la tête pour les regarder. Vous avez à peu près autant de chances de me persuader de vous aimer, lord Montford, que j'en ai de vous persuader de m'aimer, moi.

Il ne répondit pas. Katherine eut l'horrible impression que ses mots restaient suspendus entre eux et les suivaient sur la piste tandis qu'ils évoluaient en silence à un rythme grisant. La chaleur entre eux allait s'intensifiant, la rendant de plus en plus consciente de sa proximité et de plus en plus mal à l'aise.

Elle comprenait pourquoi une grande partie de la bonne société jugeait la valse légère. Légère au sens de pas très convenable. C'était même la danse la moins convenable jamais inventée. Une danse... lascive, ni plus ni moins.

Leurs mains jointes étaient brûlantes et moites.

Mais le mouvement rapide ne dura guère. Bientôt, presque sans transition, les musiciens se mirent à jouer quelque chose de plus lent et de plus... romantique.

Ils continuèrent de danser sans parler. Finalement, ce fut lui qui rompit le silence.

— Il est vrai que, ainsi formulé, cela paraît impossible, concéda-t-il comme si cinq bonnes minutes ne s'étaient pas écoulées entre la dernière phrase de Katherine et sa réponse. Je n'ai jamais été amoureux, mademoiselle Huxtable, et je ne m'attends pas à l'être un jour. Le désir me semble bien plus amusant et plus satisfaisant. Je crains donc que tomber amoureux me soit tout à fait impossible.

— Comme à moi, rétorqua-t-elle avec feu. Totalement impossible.

— En fait, cette impossibilité est si parfaitement réciproque qu'elle offre la base idéale pour un pari, vous ne trouvez pas ?

— Un pari ? répéta-t-elle, les sourcils froncés.

— Oh, je sais, concéda-t-il avec un soupir exagéré. Une dame comme il faut ne parie pas. Et tous ceux qui parient contre moi finissent toujours par le regretter. Je ne perds jamais, voyez-vous.

— Sauf une fois, lui rappela-t-elle d'un ton acerbe.

Il haussa le sourcil droit qui disparut presque sous sa mèche rebelle.

— Sauf une fois, confirma-t-il. Vous êtes bien aimable de me le rappeler. Encore que nous savons tous deux que je n'ai pas vraiment perdu le pari en question, mais que j'ai déclaré forfait.

— Pour l'heure, de quel genre de pari sommes-nous en train de parler au juste ? s'enquit-elle après une courte pause.

Rêvait-elle ou se tenaient-ils plus près l'un de l'autre que tout à l'heure ? Elle tenta de s'écarter, mais la main de lord Montford était aussi inébranlable qu'un mur contre ses reins.

— Il faudrait que ce soit un double pari, en quelque sorte, dit-il. De mon côté, je devrais faire en sorte que vous tombiez amoureuse de moi, et, vous devrez faire en sorte que je tombe amoureux de vous. Une perspective intéressante.

— Ha ! fit-elle de nouveau. Je vous l'ai dit, vous n'avez pas l'ombre d'une chance de réussir, dussiez-vous y consacrer votre vie.

— Et vous non plus. Pas l'ombre du soupçon de la plus petite chance. C'est donc un pari idéal, je vous assure. Les seuls qui en vaillent la peine sont ceux qui sont impossibles à gagner, voyez-vous. Les autres n'offrent pas un défi digne de ce nom.

— Comme moi, à Vauxhall ? lâcha-t-elle.

Elle se serait giflée.

Il eut de nouveau ce regard paresseux, au fond duquel flottait un sourire.

— Je vous ai menti de manière éhontée, ce soir-là, avoua-t-il. Ce n'est pas la raison pour laquelle je me suis arrêté, et que j'ai perdu ignominieusement mon pari dans la foulée.

— Oh ? fit-elle. Et quelle était la raison ?

— Peut-être avais-je peur de tomber amoureux de vous, avança-t-il, et son regard se fit de nouveau moqueur.

— Ha ! dit-elle pour la troisième fois alors que c'était une exclamation qui ne lui était pas habituelle.

Pis, son cœur s'était remis à battre la chamade.

— C'est un risque que je ne pouvais courir, vous comprenez.

— Vous divaguez, répliqua-t-elle avec humeur. Vous venez d'affirmer que vous n'aviez jamais été amoureux et étiez incapable d'aimer.

— Peut-être, hasarda-t-il en rapprochant son visage du sien, est-ce un danger auquel je ne me suis trouvé confronté qu'une fois dans ma vie, de même que je n'ai perdu qu'un pari. Il se peut que, ce soir-là, vous ayez trouvé le défaut de ma cuirasse, et que vous soyez en mesure de trouver également le chemin de mon cœur.

Elle le regarda fixement.

— *Si* j'en ai un, s'empressa-t-il d'ajouter. Je dois vous avertir que je ne le crois pas. Mais peut-être vais-je, en disant cela, piquer votre curiosité et votre envie de relever le défi.

— C'est absurde !

— Vous ne le saurez que si vous essayez.

— Mais pourquoi aurais-je envie d'essayer ? Qu'est-ce que cela peut me faire que vous ayez ou non un cœur ? Que vous soyez ou non capable d'aimer ? Pourquoi aurais-je envie de gagner un pari aussi ridicule ? Pourquoi aurais-je envie que vous m'aimiez ?

— Parce que, répondit-il, le temps que vous admettiez que vous en avez envie, mademoiselle Huxtable, c'est *vous* qui serez amoureuse de *moi*. Alors, vous tiendrez à savoir que cet amour est partagé.

Il avait le regard le plus malicieux et le plus tentateur qui fût. Il arrivait que ses yeux sourient alors que le reste de son visage était impassible. Qu'ils rient, même. Ou se moquent. Et ils savaient pénétrer toutes les défenses de Katherine au point qu'elle aurait juré qu'ils pouvaient lire dans son esprit, et plus profondément encore.

— Si nous gagnons tous les deux, fit-il valoir, nous pourrons être heureux jusqu'à la fin de nos jours. Il paraît que les séducteurs repentis font les maris les plus fidèles, vous savez. Et les meilleurs amants.

— Ooh !

Elle écarta la tête pour lui jeter un regard indigné.

— Même maintenant, vous essayez de me séduire !

Il eut un tressaillement théâtral.

— Je préférerais que vous n'employiez pas ce mot, mademoiselle Huxtable, la pria-t-il. Je m'y suis risqué une fois, et vous m'avez vaincu.

— Ce n'est pas vrai ! s'exclama-t-elle avant de rougir jusqu'aux cheveux en se rendant compte de ce qu'il l'avait poussée à admettre.

— Mais si, assura-t-il en haussant les sourcils. Je n'ai pas goûté au plat principal en cette occasion, et je suis donc resté sur ma faim. Cependant, nous nous éloignons du sujet. Parions-nous, oui ou non ?

Comment avait-elle pu se laisser entraîner dans une telle conversation ? Et avec lord Montford, qui plus est ! Cela dit, aucun autre homme n'était capable de parler ainsi.

— Bien sûr que non, jeta-t-elle avec dédain.

— Vous avez peur, mademoiselle Huxtable, conclut-il. Peur que je gagne, et pas vous. Peur de dépérir irrémédiablement et de mourir, le cœur brisé, votre famille en pleurs, inconsolable, à votre chevet.

Elle le foudroya du regard, mais ne put s'empêcher de rire du tableau qu'il avait peint.

— Je ne vous conseille pas de vous risquer à rêver d'un tel dénouement, lord Montford. Vous iriez au-devant d'une déception certaine. Je ne gaspillerai pas une scène d'agonie aussi émouvante pour vous.

Il rit à son tour.

— Et *si* j'acceptais cette suggestion, aussi grotesque soit-elle ? enchaîna-t-elle. Et si je gagnais ? Vous ne reconnaîtriez jamais être amoureux de moi, je me trompe ?

Il afficha une expression à la fois surprise et outrée.

— Vous suggérez que je serais un menteur, en plus du reste ? Que je ne suis pas un gentleman ? Mais si même c'était le cas, si jamais je mentais, vous ne tarderiez pas à découvrir la vérité. Vous me verriez sombrer dans le désespoir, n'être plus que l'ombre de moi-même. Je pousserais sans cesse des soupirs déchirants, écrirais de mauvais vers et oublierais de changer de linge.

Cette représentation de lord Montford amoureux la fit rire de plus belle.

— Au cas improbable où je serais vaincu, je serais parfaitement honnête et admettrais ma défaite, promit-il. S'agit-il cependant toujours d'une hypothèse ? Êtes-vous toujours déterminée à vous montrer lâche et à ne pas relever le défi ?

— Lord Montford, dit-elle alors qu'il la faisait tournoyer et que la flamme des bougies des appliques murales ne formait plus qu'une longue bande de lumière, que les choses soient claires. Même si j'ai accepté de danser avec vous ce soir et de me laisser entraîner dans cette conversation absurde et bien peu convenable, je ne suis plus la jeune fille naïve d'il y a trois ans. Je continuerai à vous saluer poliment lorsque nous nous rencontrerons, mais je ne souhaite aucunement vous revoir ni vous parler. Jamais.

— Dois-je comprendre que vous refusez ce pari ? demanda-t-il après une courte pause.

Elle lui jeta un regard exaspéré. Pourquoi, mais pourquoi persistait-elle à le trouver aimable ? Pourquoi trouvait-elle sa compagnie tellement plus stimulante que celle de tous les messieurs très bien qu'elle connaissait ?

— Je refuse, confirma-t-elle.

— Vous êtes bel et bien poltronne, déclara-t-il. Je me vois donc dans l'obligation de m'engager dans un pari unilatéral. Le pari que je vais parvenir à me faire aimer de vous... d'ici... voyons... d'ici la fin de l'été. Avant que les premières feuilles tombent des arbres.

— Si jamais j'apprends qu'un nouveau pari me concernant a été inscrit dans l'un de ces livres infâmes... le menaça-t-elle, gagnée par la colère.

— Mais non, pas du tout, l'interrompit-il avec un sourire charmant. Il s'agira d'un pari privé, entre vous et moi, mademoiselle Huxtable. Non, pardon. Entre *moi* et moi, puisque vous n'êtes pas suffisamment bonne joueuse pour participer.

— Je vois, fit-elle avec irritation. Vous allez me harceler ? Pour votre amusement personnel ? Vous devez mener une vie bien ennuyeuse, milord, pour en arriver là.

— Vous harceler ? répéta-t-il d'un air surpris. Je dirais plutôt vous courtiser, mademoiselle Huxtable.

— Et m'abandonner, le cœur brisé, si jamais vous réussissez dans votre entreprise. Ce qui, je suis heureuse de vous le dire, n'arrivera pas.

— Moi aussi, j'aurai peut-être le cœur brisé, souligna-t-il en s'inclinant sur elle alors que la valse semblait toucher à sa fin. N'oubliez pas quc l'autre terme du pari, c'est que *vous* me ferez tomber amoureux de vous.

Elle claqua de la langue.

— Je ne perdrai pas mon temps à seulement essayer, déclara-t-elle. Même si j'avais envie que vous soyez amoureux de moi, je ne le ferais pas. Mais je n'en ai pas envie. C'est même la dernière chose que je souhaite.

Ils s'étaient arrêtés de danser, comme tout le monde du reste, et la piste se vidait peu à peu.

— Imaginez juste ce que ce serait, mademoiselle Huxtable, insista-t-il à mi-voix, son regard pénétrant rivé sur elle, si nous gagnions *tous les deux*. Nous pourrions nous marier en grande pompe à St George, sur Hanover Square, en présence de toute la bonne société, puis nous entamerions une vie entière de nuits blanches que nous passerions à faire des enfants et à nous aimer passionnément – pas forcément dans cet ordre.

Les narines de Katherine palpitèrent tandis que ses jambes menaçaient de céder sous elle. Comment osait-il ?

— Comment savez-vous que vous ne gagnerez pas ce pari ? enchaîna-t-il. Nombreuses sont celles qui ont essayé de me conquérir – ou plutôt de s'accaparer mon rang et ma fortune – et qui ont échoué. Peut-être que, la clé du succès, c'est justement de ne pas essayer.

— Amusez-vous à ce genre de bêtises si tel est votre bon plaisir, lord Montford, répliqua-t-elle en se détournant. Je n'ai pas le pouvoir de vous en empêcher, et cela ne m'intéresse pas.

— Oh, cœur cruel ! gémit-il en lui prenant la main pour la poser sur son bras afin de la ramener auprès de Margaret et de Stephen. Le mien menace déjà de se briser en mille morceaux.

Elle se risqua à le regarder, et découvrit qu'il lui souriait comme s'ils échangeaient les propos les plus banals qui soient.

Grands dieux ! Avait-elle bel et bien eu une conversation aussi inconvenante avec le baron Montford ? Après toutes ces années passées à le diaboliser mentalement, avait-elle presque eu plaisir à croiser le fer avec lui ?

Il allait faire le siège de son cœur rien que parce qu'elle lui avait affirmé qu'il était impossible qu'il le conquière, devina-t-elle.

Car c'était impossible.

De même qu'il serait impossible pour elle de conquérir le sien.

Oh, si seulement c'était possible ! Si seulement elle pouvait se faire aimer de lui pour ensuite l'éconduire et lui rire au nez...

— Quelle valse délicieuse, n'est-ce pas ? commenta Margaret quand ils la rejoignirent. Vous dansez très bien, lord Montford. Tout comme lord Allingham.

— C'est sans doute l'une des danses les plus romantiques qui existe, madame, répondit-il. Surtout lorsqu'on a le privilège de la danser avec l'une des deux femmes les plus charmantes de l'assemblée. Allingham a eu cette chance, et moi aussi.

Il se montrait charmant, chaleureux, pas le moins du monde moqueur, mettant juste ce qu'il fallait d'humour dans sa déclaration pour ne pas paraître ridiculement flatteur. Katherine lui adressa néanmoins un regard de reproche, à quoi il répondit en lui prenant la main et en la portant à ses lèvres.

Une délicieuse sensation remonta le long de son bras, se déploya dans sa poitrine puis, plus bas, à la jonction de ses cuisses. Eh bien, elle n'avait jamais nié qu'il était incroyablement attirant, n'est-ce pas ? Cela ne faisait pas de lui un être qu'on pouvait *aimer*.

— Merton, cela te dirait une partie de cartes ? proposa-t-il. Non, bien sûr que non, enchaîna-t-il. Il y a ici bien trop de jeunes demoiselles qui réclament ton attention. Accompagne-moi tout de même jusqu'à la salle de jeu, veux-tu ?

Il lâcha la main de Katherine et s'éloigna avec Stephen sans un regard en arrière.

— Quel charmant jeune homme que ce lord Montford ! fit Margaret dès qu'ils furent hors de portée de voix. Et Dieu qu'il est séduisant ! Je ne crois pas qu'il t'ait quittée des yeux un seul instant pendant que vous dansiez.

— Je tiens de source sûre – de Constantin, pour être précise – que c'est un libertin de la pire espèce, Margaret. Dis-moi plutôt : le marquis d'Allingham est-il toujours en adoration devant toi ? Combien de fois lui as-tu refusé ta main ?

— Oh, rien qu'une fois, protesta Margaret. Et c'était il y a trois ans. Il ne semble pas m'en vouloir, du reste. C'est un monsieur fort aimable.

— Seulement « aimable » ? fit Katherine avec une grimace.

Elles échangèrent un sourire quelque peu contrit avant que leurs cavaliers respectifs ne viennent les chercher pour la série de danses traditionnelles qui allait suivre.

7

Jasper n'était pas aussi égocentrique que son comportement à Londres le suggérait souvent. S'il éprouvait une affection quelque peu négligente pour sa sœur aînée, Rachel, qui vivait avec son mari Lawrence Gooding dans le nord de l'Angleterre, il était en revanche profondément attaché à Charlotte, sa jeune demi-sœur. Celle-ci était la fille de la mère de Jasper et de son second mari, qui était mort quand elle n'avait pas huit ans. Leur mère ne lui avait survécu que cinq ans. Ces dernières années, la jeune fille était passée maîtresse dans l'art de le mener par le bout du nez quand elle avait très envie de quelque chose.

Comme elle avait eu très envie de l'accompagner à Londres cette année après Pâques, il l'avait emmenée. Mais à certaines conditions très strictes. Elle ne devait pas quitter Mlle Daniels – son ancienne gouvernante qui faisait désormais office de dame de compagnie – sur qui l'on pouvait compter pour s'assurer qu'elle se conduise comme il le fallait en toutes circonstances. Il était également entendu que ce séjour n'était *pas* une entrée dans le monde prématurée. Elle n'avait que dix-sept ans.

Elle en aurait dix-huit en août. Elle ferait donc officiellement son entrée dans le monde l'année prochaine. Il ne savait pas encore comment cela se passerait, car Rachel avait catégoriquement refusé de venir passer toute une saison à Londres pour parrainer sa sœur, affirmant que son foyer, son mari et sa famille l'occupaient déjà bien assez. Quant à tante Florrie, l'unique sœur de leur mère, elle était infirme et vivait au fin fond de la Cornouaille. Restait lady Forester, la tante Prunella de Charlotte du côté de son père. Mais c'était une solution qu'il se refusait à envisager. Mieux valait encore garder Charlotte confinée à la campagne que de la livrer à cette femme. Enfin, d'ici l'année prochaine, il avait le temps de trouver comment lancer Charlotte dans le monde et la mettre sur le marché du mariage.

Pour achever de le convaincre qu'il fallait l'emmener en ville cette année, elle avait argué du fait que ce serait un grand avantage pour elle, l'année prochaine, que de connaître déjà Londres, les meilleures couturières, les meilleures boutiques, d'avoir commencé à découvrir les galeries, les musées et les bibliothèques – là, il s'était tout de même autorisé une moue dubitative – et d'avoir rendu quelques visites privées à certaines proches amies de leur mère.

La nuit suivant le bal Parmeter, Jasper ne dormait pas. Allongé dans son lit, les mains croisées derrière la tête, il songeait à l'anniversaire de Charlotte. Ou, plus précisément, à la fête qu'il voulait donner à cette occasion.

Ce n'était pas une idée nouvelle. Il lui avait promis une réception pour ses dix-huit ans, à leur retour de Londres. Elle avait prévu d'inviter tous les jeunes gens du voisinage à passer la journée dans le parc, et la soirée à faire des jeux et à danser. Ce joyeux projet convenait à Jasper et il était tout prêt à le mettre en œuvre. Après tout, on n'avait dix-huit ans qu'une fois dans sa vie.

Réflexion faite, cependant, il commençait à se demander si une plus grande réception ne s'imposait pas. Quelque chose de plus somptueux.

Il faut dire que l'altruisme n'était pas le seul motif de sa générosité.

Il devait être fou, songea-t-il les yeux fixés sur le ciel de lit. Non pas que ce fût une découverte, du reste.

Enfin, tout de même, qu'est-ce qui lui avait pris de l'inviter à danser ? Et, surtout, pourquoi avait-il passé le temps qu'avait duré cette valse à tenter de lui faire accepter ce double pari ? Pour voir s'il parvenait à l'aiguillonner ? Il avait failli réussir, sapristi ! Il était parvenu à piquer et son intérêt, et sa fierté. Mais, au dernier moment, elle avait renâclé.

Alors, pourquoi s'était-il engagé à gagner, de son côté, ce pari qui n'existait même pas ? Uniquement pour leur prouver à tous deux qu'il en était capable ?

Sans aucun doute.

Mais voulait-il réellement qu'elle tombe amoureuse de lui ? Bien sûr que non. L'idée même suffisait à l'inquiéter. Ce serait affreusement gênant pour lui et, sans doute, douloureux pour elle. Or, malgré la longue liste de ses péchés, il n'avait jamais cherché délibérément à faire souffrir quiconque. Même s'il avait été à un cheveu d'y parvenir lors de leur première rencontre.

Était-ce *cela* qui l'avait arrêté ?

Enfer et damnation ! Que se passait-il avec cette femme ?

Il connaissait la réponse, bien sûr. De toutes celles – nombreuses – qu'il avait connues, c'était la seule capable de lui tenir tête verbalement. Il n'était pas près d'oublier le camouflet magistral qu'elle lui avait infligé à Vauxhall, alors qu'elle devait être anéantie par le choc et l'humiliation. Et un peu plus tôt ce soir, il avait eu un nouvel aperçu de son sens de la repartie.

Vous aussi, vous me sous-estimez ! Vous avez à peu près autant de chances de me persuader de vous aimer, lord Montford, que j'en ai de vous persuader de m'aimer, moi.

Oui, c'est à ce moment-là qu'il avait compris.

Elle était irrésistible.

Il ne voulait pas pour autant la rendre amoureuse de lui, si ?

Non. Mais qu'elle avoue être... entichée de lui, peut-être.

Il était attiré par Katherine Huxtable. Il en était le premier surpris, lui qui ne s'autorisait jamais à désirer une femme avec laquelle il n'avait aucune chance de coucher. Pourtant, aussi inutile soit-elle, cette attirance était indéniable – et d'autant plus incompréhensible que depuis trois ans, il évitait soigneusement de penser à elle. Trois ans, déjà ? Sans doute. Elle l'avait dit, et on pouvait se fier aux femmes pour garder en tête ce genre de détail.

Quand on songeait avec quelle facilité il aurait pu la prendre, trois ans plus tôt... La désirerait-il encore aujourd'hui s'il avait cédé à la tentation ? Bien entendu, cette année, la séduire ne serait pas aussi facile. D'abord, elle savait à quoi s'en tenir. Et puis, elle avait gagné en maturité en même temps qu'en âge. Elle n'était plus la jeune fille naïve d'autrefois, lui avait-elle dit. Et il la croyait.

Il était donc peu probable qu'elle se laisse convaincre de reconnaître qu'elle l'aimait – ou même qu'elle était entichée de lui. En ce qui le concernait, au demeurant, c'était une seule et même chose. Quoi qu'il en soit, elle était trop têtue pour admettre l'un ou l'autre.

Il avait proposé un pari impossible à gagner.

Un pari irrésistible, donc.

C'est sans doute pourquoi ses pensées l'avaient mené à l'anniversaire de Charlotte et que l'idée lui était venue de donner en son honneur une réception d'une tout autre dimension que celle prévue initialement.

Il resta éveillé encore un long moment à tirer des plans sur la comète et à bâiller.

C'était un projet diabolique, conclut-il juste avant de s'endormir. Cependant, il ne lui ôterait pas un iota de son pouvoir de lui déclarer qu'il avait perdu son pari, n'est-ce pas ? Il lui suffisait de dire non avant que la question se pose pour que le défi cesse avant même d'avoir commencé.

Tel un pétard mouillé.

Sauf qu'elle ne dirait pas non. Il y veillerait.

Il avait un pari à gagner, sapristi. Et il ne perdait jamais. Même trois ans plus tôt, il n'avait pas perdu. Pas vraiment.

— J'ai réfléchi, Charlotte, annonça Jasper au petit déjeuner le lendemain matin. Au sujet de ton anniversaire.

L'intéressée leva les yeux de son assiette.

— Ah bon ? fit-elle d'un air un peu méfiant.

Petite et délicate, blonde aux yeux noisette, elle leur ressemblait bien peu, à Rachel et lui. Il semblait à Jasper que, du jour au lendemain ou presque, c'était devenu une jeune fille sur qui les messieurs se retournaient dans Bond Street et Hyde Park. Un matin, il avait surpris quelques jeunes dandys en train de la reluquer et les avait foudroyés d'un regard si noir que, sans même recourir à son monocle, il leur avait fait baisser les yeux d'un air confus. Et il n'hésiterait pas, si nécessaire, à recourir à la force.

Elle n'avait que dix-sept ans, bon sang !

Timide, modeste, mais aussi enthousiaste, impulsive et parfois terriblement bavarde sous l'effet de l'excitation, sa petite sœur était un tissu de contradictions aussi charmant que déroutant.

— J'ai donc réfléchi, répéta-t-il. Et il me semble que nous pourrions recevoir plus que nos seuls voisins de Cedarhurst à l'occasion de ton anniversaire. Certaines des nouvelles connaissances que tu as pu faire ici accepteraient peut-être de se joindre à toi une semaine ou deux. Tu n'auras dix-huit ans qu'une fois dans ta vie ; pourquoi ne pas donner une vraie partie de campagne pour l'occasion ?

Bien qu'elle n'eût évidemment assisté à aucune réception, elle s'était fait de nouvelles amies. Car elle n'était pas la seule jeune fille à se languir à Londres en attendant d'avoir l'âge de participer aux événements de la vie mondaine.

Elle se pencha vers lui, les joues en feu, les yeux brillants.

— Oh, Jasper ! Quelle merveilleuse idée ! Cela me ferait un plaisir fou ! Pourrais-je inviter Mlle Clement et les demoiselles Dubois ? Et peut-être aussi lady Marianne Willis ?

— Je n'y vois aucun inconvénient, répondit-il en essayant de se rappeler qui étaient leurs parents - des amis de leur mère, sans doute, ou des amis d'amis.

De toute façon, sa dame de compagnie ne la laissait fréquenter que des jeunes filles parfaitement respectables. Il se tourna vers celle-ci.

— Qu'en pensez-vous, mademoiselle Daniels ?

— Mlle Clement et l'aînée des demoiselles Dubois ont déjà fait leur entrée dans le monde, répondit-elle. Ce seront des amies précieuses pour Charlotte l'année prochaine - même si l'on murmure que Mlle Dubois serait sur le point de se fiancer. Quant à Mlle Hortense Dubois et lady Marianne, elles la feront en même temps que Charlotte, la saison prochaine. Cette idée de partie de campagne me semble excellente, milord. Peut-être faudrait-il également inviter quelques jeunes gens ainsi que des personnes un peu plus âgées et plus établies dans la société.

Jasper hocha la tête. Elle lui ôtait les mots de la bouche.

— Mais *quels* jeunes gens ? gémit Charlotte. Je ne connais quasiment personne. Que c'est frustrant d'avoir dix-sept ans et dix mois et de...

Jasper leva la main pour l'interrompre.

— Mlle Daniels et toi pourrez discuter de la liste toutes les deux. J'ai à faire ce matin. Je crois que Mlle Daniels a son après-midi de libre pour aller rendre visite à la sœur du révérend Bellow. Il serait dommage de rester enfermée toute seule par une si belle journée, Charlotte. Je rentrerai déjeuner et t'emmènerai avec moi cet après-midi, tu veux ?

— Avec toi, Jasper ? fit-elle, radieuse, oubliant aussitôt ses doléances.

— Le jeune comte de Merton est un de mes amis, bien qu'il sorte tout juste d'Oxford et ne soit pas encore majeur. C'est un cousin de Constantin Huxtable. Ses sœurs viennent de le rejoindre à Londres. Elles sont filles de pasteur, et ont vécu à la campagne jusqu'à ce que Merton hérite du titre. Elles sont plus âgées que toi, mais leur amitié te serait précieuse. À vrai dire, c'est tout à fait le genre de personnes un peu plus âgées et bien établies dans la société dont parlait Mlle Daniels à l'instant. Nous pourrions leur rendre visite cet après-midi. Je les connais, et je crois que tu les apprécieras.

— Oh, Jasper, je suis pressée de les rencontrer ! Et je serai avec toi ! Rien ne pourrait me faire plus plaisir.

Il avait parfois la désagréable impression de ne pas être digne de cette adoration inconditionnelle. Surtout aujourd'hui. Car, bien sûr, ce n'était pas sans arrière-pensée qu'il avait proposé cette visite – et la partie de campagne de cet été –, même s'il était persuadé que les sœurs Huxtable seraient gentilles avec Charlotte et ne se formaliseraient pas de recevoir la visite d'une aussi jeune fille.

— Charlotte, déclara Mlle Daniels en posant sa serviette sur la table, montons dans votre petit salon dresser cette liste. Combien de personnes pouvons-nous convier, milord ?

— Une douzaine ? Cinq douzaines ? Autant que Charlotte et vous parviendrez à en convaincre de venir – et que Cedarhurst peut en accueillir.

— Nous avons carte blanche, autrement dit ? conclut-elle en souriant. Il me semble que cela devrait suffire, n'est-ce pas Charlotte ?

— Personne n'aura jamais eu de plus bel anniversaire ! s'exclama cette dernière en se levant. Tu es le plus merveilleux des frères, Jasper, et je t'aime, ajouta-t-elle en s'arrêtant au passage pour nouer les bras autour de son cou et lui planter un baiser sonore sur le front.

Avant la fin de la saison prochaine, songea-t-il avec regret tandis que la porte se refermait sur les deux femmes, elle n'aurait plus en tête que ses soupirants, et lui, Jasper, se retrouverait cantonné dans le rôle de frère aîné un peu ennuyeux. Ils avaient intérêt à être dignes d'elle, ces soupirants !

À présent, il restait à espérer que les sœurs Huxtable seraient chez elles cet après-midi.

Il se mit à tambouriner sur la table, le regard perdu dans le vide.

Elle utilisait toujours le même savon pour se laver les cheveux, songea-t-il. Il s'en était aperçu la veille au soir en valsant avec elle. C'était la première fois qu'il remarquait combien l'odorat pouvait évoquer des souvenirs. Des souvenirs qui, ma foi, n'étaient pas tous désagréables.

Au lieu de traîner ici, il ferait mieux de se rendre à son club pour y lire les journaux du matin et trouver avec qui passer la fin de la matinée, décida-t-il. Il avait déjà feuilleté son courrier, et trié les invitations à accepter et celles à refuser. Quant au rapport hebdomadaire de Cedarhurst, il l'avait mis de côté pour le lire plus tard.

Mais avant qu'il se soit levé de table, son majordome arriva avec une carte de visite sur un plateau d'argent. Il affichait son air le plus réprobateur.

— Ce monsieur souhaite vous voir immédiatement, milord, annonça-t-il. « Ou même avant », pour le citer précisément.

Jasper n'eut même pas le temps de lire le nom de celui qui avait un besoin si urgent de le voir. Au lieu d'attendre dans l'entrée, son visiteur fit irruption dans la salle à manger pour ainsi dire sur les talons du majordome.

À sa vue, Jasper haussa un sourcil éloquent.

— Clarrie, lança-t-il d'un ton chargé d'ironie sans se lever. Voilà qui est inattendu. Entre, fais comme chez toi. Inutile de faire des cérémonies.

Clarence Forester - *sir* Clarence, depuis le décès de son père quelque dix-huit mois plus tôt - avait horreur qu'on l'appelât Clarrie. Jasper ne l'avait donc jamais nommé autrement de toute leur vie. C'était le fils unique et chéri de tante Prunella, le cousin de Charlotte, et un type d'une sournoiserie sans égale. Jasper, qui ne l'avait pas vu depuis longtemps, remarqua que sa taille s'était nettement arrondie, ses cheveux raréfiés et qu'il avait le teint de plus en plus rubicond - à vingt-cinq ans à peine...

— Ma chère mère et moi-même sommes arrivés à Londres hier, annonça-t-il en s'asseyant. Nous avons fait aussi vite que nous avons pu quand nous avons appris la nouvelle.

— Non ? Vous avez fait tout le voyage depuis le Kent ? fit Jasper. Servez du café à sir Clarrie, Horton, s'il vous plaît. Il a l'air d'en avoir grand besoin. Ainsi tu as fait cavaler tes chevaux, mon vieux ? Quelle imprudence ! Quand on va trop vite, si celui qui tient les rênes n'est pas habile, ils risquent d'arriver boiteux.

— Sir *Clarence*, corrigea l'intéressé en posant un regard appuyé sur Horton. Et apportez-moi plutôt de la bière.

Jasper hocha la tête quand son majordome le consulta du regard.

— Nous avons entendu dire - et je compte sur toi pour rectifier si jamais ce n'est pas le cas, Jasper - que tu avais amené ma cousine Charlotte à Londres, annonça Clarence en s'appuyant au dossier de son siège tandis qu'on lui apportait sa bière.

Jasper le considéra d'un air poli.

— Tu as très bien entendu, confirma-t-il aimablement. Ce qui prouve que tu n'as aucun problème d'audition. Tu t'en inquiétais, peut-être ?

— Elle est donc ici ?

— En personne. Avec son admirable gouvernante, Mlle Daniels. Depuis leur arrivée, elles ont visité quelques musées et quelques galeries incontournables. Je suis extrêmement impressionné.

Clarence inspira bruyamment et se gonfla d'une façon alarmante. La mousse de sa bière avait laissé une fine moustache sur sa lèvre supérieure et lui donnait un air un peu canaille.

— C'est donc vrai, dit-il. Je priais pour que ça ne le soit pas. De même que ma mère. Tout le voyage, elle n'a cessé de répéter : « Pourvu qu'il s'agisse d'une rumeur infondée ! Hélas, c'est rarement le cas quand il s'agit de Jasper ! » J'ai été forcé de croire un certain nombre de choses scandaleuses et douloureuses à ton sujet ces dernières années, Jasper, même si je m'efforce d'être charitable avec le beau-fils de mon oncle. Je sais qu'il avait autant d'affection pour toi que si tu avais été la chair de sa chair, bien que tu aies constamment abusé de sa patience. Mais là, tu dépasses les bornes. Ta conduite mérite une visite à mon grand-oncle Wrayburn, quand bien même je répugne à déranger un vieux monsieur. Ma mère, quant à elle, est effondrée.

— La pauvre, fit Jasper en pliant sa serviette avant de la poser à côté de son assiette. Il faut des coussins pour lui soutenir la tête. Et peut-être les pieds. En as-tu suffisamment ?

Bon sang ! Tante Prunella était à Londres. Et Clarrie aussi. Les deux pour le prix d'un. Charlotte allait regretter de n'être pas restée à Cedarhurst.

— Ta légèreté ne te fait pas honneur, Jasper, le sermonna Clarence. Mon oncle croyait que tu finirais par grandir. Mais je savais que ce ne serait jamais le cas.

— On éprouve toujours une grande satisfaction quand les faits nous donnent raison, n'est-ce pas ? Surtout quand on a prédit quelque chose de mauvais. Si tant est qu'il ait été mauvais de prédire mon éternelle jeunesse. Peut-être l'entendais-tu comme un compliment et laissais-tu entendre que j'avais découvert la fontaine de jouvence ? C'est ainsi que je choisis de prendre la chose, mon vieux. Et je te remercie du fond du cœur. Resservez sir Clarrie, Horton. Son verre est vide.

— Sir *Clarence*, corrigea-t-il entre ses dents. Tu dois savoir, Jasper, qu'il est inconvenant, et même choquant d'amener à Londres une toute jeune fille qui n'a pas encore fait son entrée dans le monde. C'est contraire à l'étiquette, dont ma mère est l'une des plus ardentes gardiennes.

— Il vaudrait mieux pour toi que Charlotte ne t'entende pas la qualifier de « toute jeune fille », Clarrie. Elle se considère comme une demoiselle, maintenant – et à raison. Cependant, ta mère et toi pourriez bien conclure, non sans soulagement, qu'il s'agit effectivement d'une rumeur infondée. Si vous posez la question autour de vous, vous apprendrez que Charlotte n'a assisté à aucun événement mondain et n'a rien fait qui ne soit parfaitement approprié à son âge et à sa situation. Je ne suis peut-être pas très au fait de ces choses-là, tu as raison sur ce point, mais Mlle Daniels l'est, en revanche. Je te déconseille de lui reprocher la moindre inconvenance. Elle doit épouser notre pasteur, le révérend Bellow, avant Noël, et il pourrait bien se mettre en tête de t'excommunier si jamais tu l'offensais. Car si c'est le plus doux et le plus aimable des hommes, on ne peut savoir quel effet une insulte à l'endroit de sa bien-aimée pourrait avoir sur lui. Pour ma part, je n'ai aucune envie d'en faire l'expérience.

Clarence effaça sa moustache de bière d'un revers de main.

— Tu tournes tout à la plaisanterie, Jasper. Charlotte est issue d'un lignage irréprochable et se trouve à la tête d'un héritage considérable. Il est impératif qu'elle ne soit pas vue en public avant d'avoir été présentée à la reine, l'année prochaine. Tu as commis l'imprudence de passer outre au testament de mon oncle. Je suis ici pour mettre fin à cette situation. Et mon grand-oncle Wrayburn ne manquera pas d'abonder dans mon sens dès que je l'aurai vu.

— Tu voudras bien le saluer de ma part ? le pria Jasper.

Depuis l'arrivée de Clarence, il se demandait pourquoi la tante et le cousin de Charlotte se démenaient ainsi pour elle alors qu'ils n'avaient rien fait depuis dix ans qu'elle avait perdu son père ou même depuis la mort de leur mère, cinq ans plus tôt. Tout l'intérêt que lui témoignait lady Forester se bornait à deux longues lettres par an – l'une pour Noël et l'autre pour son anniversaire – où elle l'exhortait à être bonne et vertueuse, et à écouter sa gouvernante plus que quiconque. Jasper avait toujours deviné que « quiconque », c'était lui.

Il lui semblait que tout s'expliquait, à présent. Clarence lui avait donné un indice plus que révélateur en soulignant que Charlotte se trouvait « à la tête d'un héritage considérable ». Cela lui rappela un passage de la dernière lettre de sa tante que Charlotte lui avait lu à haute voix. Dans ce paragraphe, lady Forester déclarait qu'elle avait eu des nouvelles de cette chère Rachel et lui assurait que si sa sœur aînée ne voulait pas la parrainer pour son entrée dans le monde après son dix-huitième anniversaire, elle-même s'en chargerait volontiers. Du reste, elle avait toujours eu l'intention de le faire, et c'est ce que le cher « papa » de Charlotte aurait souhaité si par malheur elle devait perdre sa mère avant cet événement. Enfin, elle signalait que son cher Clarence avait hâte de retrouver sa cousine, que c'était devenu un beau jeune homme et qu'il était prêt à s'établir quand il aurait rencontré une demoiselle digne de lui.

Charlotte avait fait promettre à Jasper de ne jamais la confier à sa tante et à son cousin pour qui elle éprouvait presque autant d'antipathie que lui.

L'ennui, c'était que, bien que Jasper fût baron Montford depuis toujours, son père étant mort un mois avant sa naissance, et propriétaire de Cedarhurst où sa mère et son second mari avaient habité jusqu'à leur mort et où Charlotte avait toujours vécu, et bien qu'il fût le demi-frère de Charlotte et son plus proche parent mâle, malgré tous ces facteurs qui jouaient donc en sa faveur, il n'était pas le seul tuteur de Charlotte. Le second mari de sa mère ne l'aimait pas et n'avait pas confiance en lui. Et si, cédant à l'insistance de sa mère, il avait nommé Jasper dans son testament comme l'un des tuteurs de Charlotte jusqu'à ses vingt et un ans ou son mariage, s'il survenait avant, il avait aussi tenu à en nommer deux autres : son oncle, Seth Wrayburn, et son beau-frère, sir Charles Forester. Clarence avait hérité de ce rôle de cotuteur au décès de son père.

Cela signifiait que deux des tuteurs pouvaient mettre le troisième en minorité sur n'importe quelle question touchant la vie et le bien-être de Charlotte.

Jasper se rassurait en se disant que Seth Wrayburn, vieux monsieur indolent qui vivait en ermite, n'avait jamais témoigné le moindre intérêt à Charlotte, à Clarence, ni à aucun membre de sa famille. Non plus qu'à Jasper, d'ailleurs.

— Ma mère, affirma Clarence, est prête à sacrifier son temps, son énergie et son indépendance pour offrir à Charlotte le foyer respectable dont elle a besoin et pour la préparer convenablement à son entrée dans le monde, ce qui, craint-elle, doit être cruellement négligé. Je renoncerai à ma visite à mon grand-oncle Seth si tu acceptes - et tu ne pourras qu'accepter dans la mesure où tu souhaites ce qu'il y a de mieux pour elle - de la confier à notre garde, à ma mère et à moi-même, dès demain. Mieux vaut éviter toute dissension entre les tuteurs, après tout. Et puis, je parie que tu seras soulagé d'être délivré de cette responsabilité. Qu'en dis-tu ?

Il tenta de prendre un air jovial, mais ne parvint qu'à paraître ridicule.

Jasper avait le désagréable pressentiment que la « demoiselle digne de lui » que recherchait Clarence n'était autre que Charlotte. C'était sa cousine germaine, il est vrai, et, à défaut d'être illégale, une union entre eux serait du plus mauvais goût. Cependant, elle était aussi fort riche. Or, joueur invétéré mais fort peu talentueux, le père de Clarence était mort couvert de dettes.

Jasper réfléchissait, les sourcils froncés. Clarence semblait presque vif.

— Je ne note aucune faille dans ton raisonnement, je l'avoue, Clarrie, commença Jasper. Sauf que je souhaite effectivement ce qu'il y a de mieux pour Charlotte, et que je ne vois pas en quoi vous l'abandonner, à ta mère et à toi, pourrait exaucer ce souhait. Pardonne ma stupidité ; Wrayburn comprendra peut-être mieux. Tout compte fait, il vaut sans doute mieux que tu lui rendes visite, mon vieux. Il sera ravi de te voir, je n'en doute pas. En attendant, je ne peux pas rester là plus longtemps, à échanger des civilités avec toi, bien que tu sois *presque* un parent. À ce propos, te réjouis-tu autant que moi de ce *presque*, Clarrie ? J'ai à faire, ce matin.

— À la salle de boxe de Jackson ou chez Tattersall, j'imagine, lâcha Clarence avec mépris.

— Grands dieux ! s'exclama Jasper en se levant. Rien d'aussi fatigant, Clarrie. Sans doute recevrons-nous votre visite, à ta mère et à toi, dans les jours à venir. Mais j'ai le regret de t'informer que nous ne serons pas chez nous ce jour-là.

— Je ne t'ai même pas dit quand nous comptions venir, fit valoir Clarence.

— Ah bon ? Peu importe, nous n'y serons pas. Puisque tu as trouvé seul ton chemin pour venir jusqu'ici, mon vieux, aie la bonté de retrouver seul celui de la sortie. C'est assommant de devoir raccompagner un visiteur jusqu'à la porte quand on pourrait monter directement au premier.

Sur quoi il inclina la tête avec courtoisie et précéda Clarence hors de la salle à manger. Puis il gravit l'escalier sans un regard en arrière.

Cependant, la nonchalance de son attitude contrastait avec le caractère sinistre de ses pensées.

Seth Wrayburn représentait une inconnue. Depuis toujours.

Il ne restait donc qu'à espérer qu'il était capable de reconnaître un imbécile de premier ordre quand il en voyait un – même si l'imbécile en question était son petit-neveu.

8

Katherine était dans le petit salon avec Margaret quand le majordome apporta une carte de visite sur un plateau d'argent. Elles recevaient déjà Constantin, qui avait passé la matinée chez Tattersall avec Stephen. Elles n'attendaient personne d'autre. D'ailleurs, elles s'apprêtaient à aller au parc quand leur frère et leur cousin étaient arrivés.

— C'est lord Montford, annonça Margaret en adressant un regard interrogateur à Katherine.

— Monty ! s'exclama Stephen. Faites-le donc monter. Il était au bal hier soir, Constantin. Je te l'ai dit ?

— Non, fit Constantin. J'imagine qu'il a passé toute la soirée à jouer aux cartes et à soulager quelques autres invités de leur fortune.

— Pas *toute* la soirée, corrigea Stephen. Il a dansé une fois.

« Oh, non ! Stephen, pria Katherine en silence. N'en dis pas plus. »

Si seulement elle pouvait effacer cette valse de sa mémoire – l'effacer tout court, même. Ce souvenir l'avait tenue éveillée la moitié de la nuit. Elle n'avait pour ainsi dire pu penser à rien d'autre de la journée. Seigneur ! Dire qu'elle avait failli se laisser entraîner à relever ce pari aussi ridicule qu'inconvenant qu'il avait suggéré. Et avec lord Montford !

Imaginez juste ce que ce serait, mademoiselle Huxtable, si nous gagnions tous les deux. Nous pourrions nous marier en grande pompe à St George, sur Hanover Square, en présence de toute la bonne société, puis nous entamerions une vie entière de nuits blanches que nous passerions à faire des enfants et à nous aimer passionnément – pas forcément dans cet ordre.

Et voilà que, à l'instant où elle se répétait ces mots pour la douzième fois au moins depuis qu'il les avait prononcés, lord Montford entrait dans le salon, plus séduisant, plus élégant que jamais. Il escortait une jeune fille ravissante.

Comment osait-il se présenter devant elle après la soirée de la veille – sans parler de ce qui s'était passé trois ans plus tôt ? Certes, il avait un pari à gagner, ce qu'il ne pourrait faire sans susciter des rencontres avec elle.

Il s'inclina et la jeune fille fit une profonde révérence.

— Mademoiselle Huxtable, dit-il à Margaret, je suis venu vous dire combien j'ai été heureux de faire votre connaissance hier, même si je n'ai pas eu la chance de danser avec vous. Je me suis permis d'amener ma jeune sœur, Charlotte Wrayburn, dans l'espoir que vous me permettriez de vous la présenter ainsi qu'à Mlle Katherine Huxtable.

Il n'était que charme, respectabilité, bonnes manières, nota Katherine avec indignation.

— Mais bien volontiers, assura Margaret en se hâtant de traverser le salon pour tendre la main à la jeune fille. Enchantée, mademoiselle Wrayburn. Voici ma sœur, et notre frère, le comte de Merton. Ainsi que notre cousin, M. Constantin Huxtable.

La jeune fille rougit et se lança dans une série de révérences.

— Je n'ai pas encore fait mon entrée dans le monde, expliqua-t-elle, parce que je n'ai pas tout à fait dix-huit ans. Mais Jasper et Mlle Daniels, ma dame de compagnie, m'assurent qu'il n'est pas inconvenant de me présenter à quelques personnes bien choisies dès cette année.

— Et comme je voulais vous rendre visite de toute façon, enchaîna lord Montford, et que Mlle Daniels avait à faire cet après-midi, j'ai proposé à Charlotte de m'accompagner.

— Tu as fort bien fait, Monty, assura Stephen en souriant et en s'inclinant. Je ne manquerai pas de vous demander de me réserver une danse lors de votre premier bal la saison prochaine, mademoiselle Wrayburn. Et j'aurai la chance de pouvoir m'y prendre à l'avance puisque nous nous connaîtrons déjà.

Elle rit et rougit de plus belle.

— Très heureux, mademoiselle Wrayburn, la salua Constantin en souriant.

— Venez vous asseoir près de moi, proposa Margaret. Constantin, voulez-vous tirer sur le cordon de la sonnette près de vous, que je commande davantage de thé et de gâteaux ? Lord Montford, je vous en prie, prenez un siège.

Katherine, qui s'était levée, reprit place dans la causeuse qu'elle occupait à l'arrivée des visiteurs. Mais avant que Constantin puisse l'y rejoindre après avoir sonné, lord Montford s'assit à côté d'elle. Ce faisant, il la regarda pour la première fois depuis qu'il était entré dans la pièce - un regard très direct, très intense, très… brûlant, qu'il prit soin de dissimuler aux trois autres.

Un regard délibéré, destiné à la troubler et à lui faire savoir qu'il n'avait oublié ni la soirée de la veille ni sa détermination à gagner son pari.

Ils ne se touchaient pas, mais elle *sentait* l'épaule et la cuisse de lord Montford tout près des siennes, et son cœur s'emballa sous les effets conjugués de l'indignation et de cette proximité physique qui lui paraissait plus saisissante encore que le contact, pourtant réel, lorsqu'ils valsaient.

— Avez-vous apprécié le bal d'hier, mademoiselle Huxtable ? s'enquit-il.

— Oui, beaucoup, milord.

« À l'exception d'une certaine valse qui m'a gâché la soirée », aurait-elle aimé ajouter.

— Moi aussi, assura-t-il. C'est toujours un plaisir, n'est-ce pas, de retrouver certains de ses plus chers amis dans une réception.

Ses manières étaient irréprochables. Elle seule, qui se trouvait à une trentaine de centimètres de lui, pouvait déceler la gaieté moqueuse dans son regard. Il s'amusait comme un fou.

Rougissante et muette au début de sa visite, Mlle Wrayburn ne tarda pas à se détendre grâce à la gentillesse de Margaret et de Stephen, et ne tarda pas à converser joyeusement. Katherine lui sourit chaleureusement.

— Ah, dit-elle tandis que Margaret servait le thé et que Stephen passait les gâteaux, vous aimez donc la campagne, mademoiselle Wrayburn. Moi aussi. J'avoue que, même si je ne déteste pas venir à Londres de temps en temps, je suis toujours très heureuse de rentrer à la maison.

Elle parla de Warren Hall, et même de Throckbridge. D'Isabelle et de Samuel, sa nièce et son neveu, de sa sœur Vanessa. Sans monopoliser la conversation, elle se montra bien plus bavarde que d'ordinaire.

Pas un instant, toutefois, elle n'oublia la présence de l'homme qui, assis près d'elle, ne disait mot, et à qui elle n'accordait pas un regard. Elle n'en avait pas besoin. Elle *savait* qu'il était amusé. Elle savait qu'il était conscient de son trouble et le causait délibérément. Elle ignorait comment il s'y prenait mais, au bout d'une dizaine de minutes, elle eut l'impression d'avoir tout le côté gauche en feu et le cœur qui battait aussi fort que si elle gravissait une colline en courant contre le vent.

Tout cela la contrariait profondément. Pourquoi n'avait-elle pas tout simplement refusé de danser avec lui ? Mais si, elle l'avait fait, se rappela-t-elle. Et avait tout de même dansé avec lui.

Lord Montford était donc un habile marionnettiste, conclut-elle. Et elle était aussi impuissante entre ses mains qu'une poupée de chiffons.

À cette idée, elle se hérissa et se tourna vers lui pour lui jeter un regard noir. En retour, il la considéra d'un air poli et lui sourit aimablement.

— Votre sœur Vanessa étant la duchesse de Moreland, précisa-t-il.

— Vous n'avez sans doute pas fait sa connaissance, observa Katherine en se retournant vers Mlle Wrayburn. Peut-être aurons-nous le plaisir de vous emmener lui rendre visite un de ces jours. Elle en sera ravie, et je suis certaine que vous l'apprécierez. De nous tous, c'est elle qui a le naturel le plus enjoué, n'est-ce pas, Margaret ?

La jeune fille était absolument charmante. Cependant, ne valait-il pas mieux l'éviter, puisqu'elle avait la malchance d'être la demi-sœur du baron Montford ? Hélas, c'était trop tard. L'invitation avait été lancée.

— Une *duchesse* ? fit Mlle Wrayburn de nouveau intimidée. J'en serais très heureuse, enchaîna-t-elle avec un sourire ravi.

— Peut-être voudriez-vous nous accompagner, Katherine et moi, à Hyde Park demain après-midi, proposa Margaret. Si vous n'avez pas de projets plus intéressants, bien entendu.

— Oh, non, je n'en ai pas, assura vivement la jeune fille. N'ayant pas encore fait mon entrée dans le monde, je ne suis pour ainsi dire allée nulle part, si ce n'est dans certaines boutiques et galeries. Et je n'ai rencontré personne, sauf quelques dames de l'âge de ma mère, même s'il est vrai que certaines ont des filles et des fils. Je serais très heureuse de me promener au parc avec vous. Tu veux bien, Jasper ? J'espère qu'il ne pleuvra pas.

— Je t'accompagnerai, Charlotte. Si une compagnie masculine n'importune pas les demoiselles Huxtable, bien sûr. Tous les messieurs m'envieront quand ils me verront avec trois des plus jolies dames de la ville.

Elles avaient exactement fait ce qu'il attendait, comprit Katherine. Il avait dû compter précisément sur ce genre d'occasion de les revoir – ou plutôt de *la* revoir, elle. Et pour parvenir à ses fins, il n'avait pas eu besoin de faire plus que venir leur présenter sa sœur.

— Jasper ! protesta Mlle Wrayburn en riant. Que tu es bête !

— Quoi ? fit-il. Aurais-je dû dire *deux* des plus jolies dames ? Des imperfections dans ton physique m'auraient-elles échappé parce que tu es ma sœur et que j'ai un faible pour toi ?

Il s'adressait à la jeune fille avec une affection nonchalante, nota Katherine. À contrecœur, car elle ne voulait pas découvrir chez lui la moindre trace de bonté.

— Certainement pas, Monty, protesta Stephen. Il n'y a aucune imperfection ni chez mes sœurs ni chez la tienne. Et il n'est pas question que tu rendes *tous* les messieurs jaloux en ayant le plaisir de te promener seul avec ces dames. Je viendrai avec vous.

— Quelle bonne idée, Stephen, intervint Katherine. J'adore me promener à ton bras et voir toutes les jeunes demoiselles soupirer d'envie sur notre passage.

Elle n'eut pas besoin de regarder lord Montford pour savoir qu'il se retenait de rire.

— J'aurais aimé vous accompagner, aussi, assura Constantin, hélas, je suis déjà pris demain.

Sur ce, lord Montford se leva et fit signe à sa sœur. Puis ils prirent congé.

— Il me tarde d'être à demain, assura-t-il en s'inclinant sur la main de Margaret.

Il gratifia Stephen et Constantin d'un hochement de tête affable, mais ignora Katherine à qui Mlle Wrayburn serrait la main.

Sauf qu'il s'était débrouillé pour lui faire sentir que ce qu'il avait dit à Margaret lui était en réalité destiné.

Mais comment diable se débrouillait-il ?

S'agissait-il seulement du fruit de son imagination ? Était-elle à ce point ridicule ?

Elle savait que non.

Pour s'amuser, parce qu'il devait mener une vie très ennuyeuse, il s'était donné pour tâche de la faire tomber amoureuse de lui.

Bien qu'elle lui eût assuré que cela n'arriverait jamais.

Ce qui n'avait fait que l'aiguillonner.

— C'est une *valse* que Monty a dansée hier soir, précisa Stephen après le départ de leurs visiteurs. Avec Katherine. Il danse aussi bien qu'il fait tout le reste. Moi, j'ai dû rester avec Mlle Acton qui n'a pas encore la permission de danser la valse.

Sentant le regard de Constantin peser sur elle, Katherine tourna la tête et lui sourit.

— Et Monty amène sa demi-sœur chez vous alors qu'elle n'a pas encore fait son entrée dans le monde, dit-il en secouant légèrement la tête. Je me souviens de vous avoir mise en garde contre lui autrefois, Katherine. Rien n'a changé, vous savez. Monty est l'un de mes meilleurs amis, mais si j'avais une sœur, je ne l'autoriserais pas à l'approcher à moins de dix kilomètres, sauf, à la rigueur, si elle avait un chaperon enchaîné à chaque poignet.

Elle s'esclaffa.

Stephen l'imita.

— Constantin ! le réprimanda Margaret. Lord Montford est un gentleman. Ses manières sont plus que plaisantes. Et on ne peut que louer son affection pour Mlle Wrayburn.

— Je ne suis plus aussi naïve, Constantin, fit valoir Katherine comme elle l'avait dit la veille à lord Montford lui-même.

— Sans doute, admit-il. J'oublie combien vous êtes âgée. Quel âge avez-vous, déjà ? Vingt-trois ans ? Quoi qu'il en soit, n'oubliez pas qu'il n'est d'une compagnie sans danger pour une jeune femme non escortée.

— Mais vous, si, Constantin ? demanda-t-elle en riant.

Il tressaillit délibérément.

— Les débauchés sont parfois les mieux placés pour reconnaître leurs semblables. Cela dit, il ne s'agit pas d'un aveu de ma part.

Elle éprouvait beaucoup d'affection pour lui. C'était un cousin issu de germain dont ils n'avaient fait la connaissance que récemment. Il avait toujours été extrêmement gentil avec eux. Toutefois, elle se rendait bien compte qu'elle ne le connaissait pas. Il ne venait pour ainsi dire jamais à Warren Hall, et ne passait guère de temps à Londres. Eux non plus, du reste. Il possédait une propriété dans le Gloucestershire, mais ne les y avait jamais invitées ni ne leur en avait parlé. Il était brouillé de longue date avec Elliott, duc de Moreland – son cousin germain et le beau-frère de Margaret, Katherine et Stephen. Vanessa s'était trouvée mêlée à cette brouille il y a quelques années, si bien que ni l'un ni l'autre ne lui adressait la parole quand ils pouvaient décemment éviter de le faire. Katherine en ignorait la raison. Une aura de mystère entourait Constantin, qui, supposait-elle, faisait partie de son charme.

Était-ce pour autant un débauché ? Ami de lord Montford, il était aussi fringant et aussi beau que lui. Seul défaut d'un visage qui, autrement, aurait été presque trop parfait, il n'avait pas le nez tout à fait droit à cause d'une vieille fracture. Il n'en était que plus séduisant.

— Assez, déclara Margaret avec fermeté. Vous restez dîner, Constantin ? Mets la barre à la porte, Stephen, au cas où il refuserait.

— La coercition réussit à tout coup, avec moi, répondit Constantin. Mais une invitation amicale également. Je resterai volontiers.

Katherine se doutait qu'une autre nuit agitée l'attendait à la perspective d'aller se promener avec lord Montford. Il lui faudrait faire son possible pour marcher avec Margaret, Stephen ou Mlle Wrayburn.

Mieux : elle pouvait aussi prier pour qu'il pleuve.

Tous les cinq se rendirent au parc comme prévu le lendemain après-midi. Le soleil brillait après une matinée pluvieuse qui n'annonçait rien de bon. Jasper marchait avec Margaret tandis que Merton donnait un bras à Charlotte et l'autre à sa sœur Katherine. Après avoir passé un moment au bord de la Serpentine, à admirer les cygnes et à regarder un petit garçon jouer avec son bateau sous l'œil vigilant de sa nurse, ils prirent le chemin du retour. Cette fois, Merton était entre Charlotte et l'aînée de ses sœurs, et Jasper donnait le bras à la plus jeune.

C'était ce qu'il avait prévu depuis le départ, bien sûr. Dans ce genre d'entreprise, la clé de la réussite était de se montrer discret, mais persévérant. Il avait donc manœuvré pour organiser l'échange sans que personne se rende compte qu'il manœuvrait. Sauf Katherine Huxtable, peut-être, qui pinça les lèvres en lui prenant le bras, mais s'efforça ensuite d'afficher un regard sans expression.

— Mlle Wrayburn est charmante, commenta-t-elle d'un ton presque vengeur.

— Mais parfois inquiète quant à la façon dont elle va être reçue, précisa-t-il en inhalant profondément dans l'espoir de saisir une bouffée de son parfum.

Il ne fut pas déçu. La senteur en était très légère, mais caractéristique. Il n'en connaissait pas de plus séduisante.

Katherine Huxtable l'était tout autant, dans sa robe de promenade à taille haute vert sauge, avec son chapeau de paille orné de ruchés de soie vert pâle et de rubans assortis noués sous le menton. Ses cheveux paraissaient très dorés sous le large bord.

— Mais elle n'a rien à craindre de nous, protesta-t-elle. Nous sommes des gens tout ce qu'il y a de plus ordinaire.

— Vraiment ?

Il arqua les sourcils, mais elle paraissait tout à fait sérieuse.

— Dans ce cas, on peut se demander comment sont les gens *extraordinaires*, enchaîna-t-il. Il faut sans doute une visière rien que pour les contempler.

Elle claqua de la langue et leva vers lui un visage réprobateur.

— C'était un compliment ? s'enquit-elle, pince-sans-rire. Merci, milord, pour Stephen et Margaret.

— Charlotte est très impressionnée par vous, avoua-t-il honnêtement. De même que par votre sœur, ajouta-t-il pour être juste. Elle est très flattée par votre gentillesse et le fait que vous condescendiez à lui prêter attention.

— Ce n'est pas de la condescendance, assura-t-elle. Il y a encore quelques années, nous habitions une chaumière dans un petit village à la campagne. Je contribuais à nos maigres revenus en aidant à l'école quelques matinées par semaine. Les événements les plus éclatants de notre vie étaient les bals et la fête d'été annuelle qui avait lieu à Rundle Park, le manoir de sir Humphrey Dew. Notre situation a certes changé depuis, mais pas nous, je l'espère. J'aimais bien ceux que nous étions alors.

Faisait-elle exprès de se présenter sous un jour ennuyeux ? Il ne put s'empêcher d'être amusé.

— Il me semble, mademoiselle Huxtable, que je vous aurais aussi bien aimée à l'époque, fit-il en rapprochant sa tête de la sienne. Dansiez-vous autour d'un mât enrubanné sur la place du village ? Je ne connais rien de plus séduisant que la vue d'une jolie femme en train d'enrouler son ruban autour du mât, se baissant, ondulant, et révélant parfois une cheville.

— Non, pas de mâts enrubannés, répondit-elle, avant d'ajouter en riant soudain : Et pas de cheville visible.

Il eut l'impression d'être enveloppé par la douce chaleur d'un rayon de soleil et fut surpris de découvrir en levant la tête que, justement, le soleil s'était caché derrière les nuages. Dire qu'il avait essayé de l'oublier pendant trois ans, et que le souvenir qu'il avait gardé d'elle n'était pas agréable ! Mais cela venait sans doute de ce qu'il était indissociable de la cuisante humiliation qu'il avait subie à cause d'elle.

— Ni mât enrubanné ni cheville ? Quelle tristesse. Enfin, peut-être pas. Cela a peut-être évité aux hommes de douze à quatre-vingt-dix ans de votre village de souffrir le martyre à vos pieds – ou plutôt à vos chevilles.

— Je me demande, lord Montford, si vous avez la moindre expérience ou le moindre talent pour la conversation *ordinaire*, lâcha-t-elle alors que l'ombre d'un sourire flottait encore sur ses lèvres.

— J'ai l'un et l'autre, croyez-moi, assura-t-il avec une surprise feinte. Je suis un gentleman. Que vous en doutiez me blesse.

— Mais il se trouve que je n'en ai jamais eu la preuve.

— Pensez-vous, fit-il en relevant la tête, que ces nuages annoncent la pluie ? Je dirais que non. Vous noterez qu'ils sont blancs et cotonneux, et donc tout à fait inoffensifs. Sans compter que, derrière eux, le ciel est bleu. J'en conclus donc qu'ils se seront entièrement dissipés d'ici une heure, ou moins, et que nous pourrons profiter d'un grand beau temps un petit moment avant que les pessimistes qu'il y a parmi nous commencent à s'inquiéter du lendemain.

Avez-vous remarqué que le beau temps appelle invariablement la prédiction que nous allons devoir le payer dans un avenir proche par un terrible orage ? Avez-vous jamais entendu l'inverse ? Un jour de grand vent et de pluie, avez-vous déjà entendu quiconque dire que nous allions le payer par du ciel bleu, du soleil et de la chaleur ?

À présent, elle riait franchement.

— Non, jamais, concéda-t-elle. Mais est-ce bien là une conversation *ordinaire*, milord ?

— Nous parlons du temps, n'est-ce pas ? Y a-t-il rien de plus ordinaire ?

Elle ne répondit pas, mais continua de sourire.

— Ah, fit-il. Je saisis. Vous ne vouliez pas dire *ordinaire*, mais *ennuyeuse*. Eh bien, oui, je suis également capable de soutenir une conversation ennuyeuse. Je suis tout prêt à vous en faire la démonstration si vous le souhaitez, mais il faut que je vous prévienne que je risque de m'endormir au beau milieu.

— Ne vous inquiétez pas, je m'endormirai avant vous.

— Ah, voilà un aveu fort intéressant, répliqua-t-il. Je pourrai m'en servir à mon avantage un de ces jours.

— Comment le pourrez-vous puisque vous dormirez aussi ?

— Hmm. Problème épineux.

— Du reste, lord Monford, comment pourrez-vous me faire tomber amoureuse de vous si je dors ? Car je suppose que c'est l'objet de votre visite d'hier avec votre sœur et de cette promenade au parc.

— Si vous dormez ? murmura-t-il.

Voilà que, en essayant d'exciter son intérêt pour lui, c'est lui-même qu'il excitait. L'idée de faire tomber amoureuse de lui une femme endormie, toute chaude et langoureuse au creux d'un matelas moelleux, ne manquait pas d'attraits. Seigneur !

— Mademoiselle Huxtable, vous êtes...

Il n'alla pas plus loin. Ils étaient arrivés dans une partie plus publique du parc, et c'était l'heure de la promenade. Véhicules de toutes sortes, cavaliers et piétons se bousculaient presque dans les allées, cherchant à attirer l'attention. Car le but était bien moins de prendre l'air que de voir et d'être vu, d'exhiber qui un nouveau chapeau, qui une nouvelle monture, qui un nouveau soupirant, d'observer et de critiquer les autres – ceux qui avaient un moins beau chapeau, une moins belle monture, un moins beau parti. C'était là la fine fleur de la haute société dans toute sa splendeur.

Un barouche découvert aux couleurs tapageuses ralentit et s'arrêta à la hauteur de Jasper et de Mlle Huxtable. Ses occupants les considérèrent – ou, du moins, le considérèrent, lui, d'un œil réprobateur.

Diable ! Il s'agissait de lady Forester et de Clarence !

Il avait espéré réussir à les éviter jusqu'à la fin de la saison. Espoir vain, puisqu'ils étaient venus du Kent dans le but avoué de faire étalage du mécontentement qu'il leur inspirait et d'arracher Charlotte à ses griffes.

Il n'avait même pas prévenu sa sœur de leur arrivée à Londres. Pourquoi lui faire de la peine avant que ce soit indispensable ?

— Lady Forester, fit-il en touchant le bord de son chapeau.

Il ne l'appelait plus tante Prunella depuis l'enfance. Par chance, ce n'était pas sa tante. Ce dont il aurait remercié Dieu chaque jour s'il avait été pieux.

— Clarrie, ajouta-t-il. Comment allez-vous ? Puis-je me permettre de...

Mais, à l'évidence, il n'allait *pas* pouvoir se permettre de leur présenter Mlle Katherine Huxtable – ni, du reste, son frère et sa sœur.

— Jasper, coupa lady Forester d'un ton épouvantable, en gonflant la poitrine d'une façon qu'il se rappelait fort bien. Je vous attends *chez moi*, demain matin, à *9 heures précises*. Charlotte, éloignez-vous de cet homme *à l'instant* et venez vous asseoir à côté de moi. Vous devriez savoir que cela ne se fait pas, même si votre demi-frère l'ignore. Il me semblait que vous aviez une gouvernante respectable.

— Tante Prunella ! s'exclama Charlotte, l'air consterné.

— Ça alors ! lâcha Merton au même instant, indigné.

— Clarence, descendez aider Charlotte, lui ordonna sa mère.

— Tu ferais mieux de rester là où tu es, Clarrie, lui conseilla Jasper. Tu t'épargneras une fatigue inutile. Quant à toi, Charlotte, tu ne bouges pas. Tu restes avec Mlle Huxtable et le comte de Merton. Tu n'as pas mal aux pieds, n'est-ce pas ?

— N... non, Jasper, répondit-elle en ouvrant des yeux comme des soucoupes.

— Dans ce cas, tu n'as pas besoin de monter en voiture. Elle n'a pas besoin de monter en voiture, madame. Mais je vous remercie de vous être arrêtée pour le lui proposer. J'aurai donc l'honneur de me présenter chez vous demain matin. Peut-être serai-je quatre minutes en retard parce que l'horloge de la bibliothèque, à laquelle je me fie toujours, retarde de quatre minutes. À moins qu'elle n'avance ? Je m'y perds toujours. Serais-je en avance, ou en retard, mademoiselle Huxtable ? s'enquit-il en baissant les yeux sur Katherine.

— En retard, répondit-elle. Vous seriez en retard. Ou plutôt, vous *serez* en retard, car j'imagine qu'il ne vous est jamais venu à l'idée de la faire mettre à l'heure.

— Surtout pas. Je ne m'y retrouverais plus, et mes domestiques non plus.

— Jasper, articula lady Forester d'un ton qui faisait manifestement trembler Clarence comme une feuille.

Le malheureux ne savait plus s'il devait rester dans la voiture et encourir la colère de sa mère ou descendre au risque d'être la cible de celle de lord Montford.

— Je ne tolérerai pas une minute de plus l'insolence avec laquelle vous vous adressez à moi – et dont vous êtes d'ailleurs coutumier. Charlotte...

— Clarrie, fit Jasper sur le ton de la conversation, tu gênes la circulation, mon vieux. Je suis certain que la file des voitures s'étend jusqu'aux grilles du parc, et même au-delà. Tu ferais mieux d'avancer avant que le brave cocher derrière toi décide de descendre de son siège pour te décoiffer. Il est déjà écarlate, et ses passagers aussi. À demain, donc, à 9 h 04 précises. Bonne journée.

Après un regard nerveux par-dessus son épaule, Clarence ordonna à son cocher de se remettre en marche.

— Oh, Jasper, gémit Charlotte quand ils furent hors de portée de voix, tu ne vas pas laisser tante Prunella m'emmener chez elle ? Elle ne ferait que me sermonner du matin au soir. Ce serait comme d'aller en prison. Je crois que je ne pourrais pas le supporter.

— Allons, allons, mademoiselle Wrayburn, ne vous en faites pas, répétait Merton d'un ton apaisant en lui tapotant la main.

— Je suis vraiment navrée, intervint l'aînée des demoiselles Huxtable, si mon invitation à venir vous promener cet après-midi a causé des ennuis à Mlle Wrayburn. Est-ce parce qu'elle n'a pas encore fait son entrée dans le monde ? Mais enfin, même les enfants et les très jeunes gens doivent prendre l'air, n'est-ce pas ?

— Je crains que ce ne soit parce que je me suis invité à me joindre à vous, hasarda Stephen. J'imagine que des gens très collet monté pourraient arguer du fait que Mlle Wrayburn ne devrait pas être vue en ma compagnie tant qu'elle n'a fait son entrée dans le monde. Je vous prie de m'excuser, mademoiselle. Et toi aussi, Monty. Je n'ai pas réfléchi.

— Je pense que la reine elle-même ne s'offusquerait pas de voir une jeune fille se promener dans un parc public en compagnie de son frère et tuteur, et de trois de ses amis dont deux sont des dames plus âgées qu'elle. Il n'est pas question que vous vous accusiez d'une faute inexistante. Je réglerai cela avec lady Forester demain matin. En attendant, Charlotte, je te promets que, quoi qu'il arrive, tu ne seras pas jetée en pâture aux lions que sont ta tante Prunella et Clarence.

— Mais Clarence est l'un de mes tuteurs, lui rappela-t-elle. Il est si pontifiant. Je le détestais déjà quand il était plus jeune, et je suis certaine que je le déteste toujours. D'autant qu'il est devenu vraiment affreux. Et si *gros* !

À l'évidence, si Clarence espérait faire la cour à sa jeune cousine, il avait du pain sur la planche.

— N'ennuyons pas plus longtemps lord Merton et ses sœurs avec nos histoires de famille, Charlotte, déclara Jasper fermement. Et remettons-nous à marcher avant d'attirer davantage l'attention.

C'est ce qu'ils firent, dans un silence assourdissant ponctué de brefs échanges qui n'avaient plus rien de naturel.

Arrivée aux grilles du parc, Katherine lâcha le bras de Jasper et se tourna vers les trois autres, qui les suivaient de près.

— Nous avons passé un charmant après-midi, n'est-ce pas ? Merci infiniment, mademoiselle Wrayburn, lord Montford, de nous avoir accompagnés.

Les Huxtable n'allaient pas dans la même direction que Charlotte et lui, si bien qu'ils se séparèrent non sans s'être salués aussi gaiement que si cet intermède mélodramatique n'avait pas eu lieu.

Combien de personnes avaient assisté à la scène ? S'il se moquait pas mal des commérages lorsqu'il s'agissait de lui, il s'inquiétait en revanche pour sa sœur. Qu'est-ce qui avait pris à sa tante de faire un tel esclandre en public ? Pourquoi n'avait-elle pas attendu le lendemain matin pour lui adresser ses réprimandes en privé, dans son salon ?

— Jasper, murmura Charlotte, qui avait glissé sa petite main au creux de son bras, que crois-tu que tante Prunella a l'intention de te dire, demain ? Que va-t-elle faire ?

— Laisse-moi m'inquiéter de cela, tu veux ? Ou pas, ajouta-t-il avec légèreté.

— Mais tu sais ce que dit mon père dans son testament, insista-t-elle d'une voix rendue plus aiguë par le désespoir.

Le testament de son père stipulait qu'elle devrait être confiée à sa tante Prunella jusqu'à son mariage si sa mère venait à mourir et que le baron Montford se montrait négligent ou l'élevait d'une manière inappropriée.

— Ton père a pris soin de te choisir trois tuteurs, souligna-t-il, et, par chance, Clarence n'est que l'un des trois.

— Mais si jamais mon grand-oncle Seth prenait son parti, je serais obligée d'aller chez tante Prunella et tu ne pourrais rien y faire. Dieu que je regrette de n'être pas restée à Cedarhurst !

— Ton grand-oncle Seth est bien trop paresseux pour lever le petit doigt, lui assura-t-il. Il n'a jamais caché combien il était contrarié d'avoir été choisi comme cotuteur par son neveu – d'autant que ce dernier a eu l'effronterie de mourir avant lui. Pardon, Charlotte, je ne devrais pas parler aussi légèrement de ton père. Mais tu n'as pas à t'inquiéter de ce que va faire ton grand-oncle.

— Si. Il n'a qu'un mot à dire…

— Cela n'arrivera pas, promit-il. Je te le promets. S'il le faut, j'irai trouver ton grand-oncle – bien que cela risque de ne pas beaucoup lui plaire.

— Vraiment, tu ferais ça ? dit-elle. Tu crois que...
— Parlons de choses plus gaies, l'interrompit-il en lui tapotant la main. Aimes-tu les Huxtable ?
— Énormément ! s'exclama-t-elle, soudain joyeuse. Et toi, tu aimes beaucoup Mlle Katherine Huxtable, ajouta-t-elle en riant.
Il lui jeta un regard aigu.
— Je les apprécie toutes les deux, répondit-il. Ce sont les sœurs de Merton. Elles sont distinguées, charmantes, et très belles.
— N'empêche que tu aimes tout particulièrement Mlle Katherine Huxtable, persista-t-elle avec un sourire espiègle. Tu ne l'as pour ainsi dire pas quittée des yeux de tout le chemin du retour.
— Nous bavardions, objecta-t-il. Il est poli de regarder la personne avec laquelle on parle. Mlle Daniels ne te l'a jamais dit ?
Charlotte s'esclaffa avant de répondre :
— Et je crois qu'elle *aussi* t'aime bien, Jasper.
— Ne me dis pas qu'elle me regardait pendant que nous parlions ! s'exclama-t-il en feignant un mouvement de recul horrifié. Quelle audace !
— C'est la *façon* dont elle te regardait, précisa Charlotte sans se laisser démonter. Cela dit, toutes les dames ont un faible pour toi, Jasper. Tu as l'intention d'en épouser une un jour ?
— Un jour très lointain, peut-être, concéda-t-il. Sans doute. C'est possible. Et même probable. Mais pas dans un avenir proche.
— Pas même si tu venais à tomber amoureux ?
— Si jamais cela se produisait, je me marierais immédiatement – et peut-être avant. Je serais tellement surpris que je ne saurais pas comment réagir autrement. Aussi surpris que si j'apprenais que les poules ont des dents.
— Si seulement tu n'étais pas aussi cynique, Jasper, soupira-t-elle.
— Et que penses-tu de Merton ? s'enquit-il.

— Qu'il est extrêmement beau et aimable, répondit-elle. Un véritable apollon. Je parie que toutes les jeunes filles sont amoureuses de lui.

— Toi y compris, Charlotte ?

— Oh, non, assura-t-elle. Ce serait de la folie. Autant vouloir décrocher la lune. Non, je rechercherai quelqu'un de plus... *accessible*. Mais pas encore. Je ne veux pas me marier avant d'avoir au moins vingt ans.

— Quand tu seras très vieille, en somme, conclut-il avec un sourire affectueux.

Il ne s'était pas rendu compte qu'elle avait à ce point le sens des réalités. Ni qu'elle était aussi peu sûre d'elle et sous-estimait ses propres charmes. Il n'y avait aucune raison pour que la fille d'un riche baronet, la sœur d'un baron, ne puisse aspirer à épouser un comte.

Cependant, elle avait raison sur un point : il était bien trop tôt.

— Peut-être l'amour te prendra-t-il par surprise, un beau matin, hasarda-t-il.

— Je l'espère, répondit-elle. Quand je serai assez vieille pour le reconnaître. Et j'espère que cela t'arrivera à toi aussi, Jasper. De tomber amoureux, je veux dire.

— Merci, dit-il en lui tapotant de nouveau la main. Enfin, à la réflexion, je ne sais pas si c'est une bénédiction ou une malédiction, que tu m'accordes.

Elle rit de bon cœur.

— J'ai une idée ! s'exclama-t-elle soudain en posant sur lui un regard plein d'espoir. Mlle Daniels dit que nous devrions essayer d'étoffer un peu la liste des invités pour ma partie de campagne. Je crois que nous devrions convier les demoiselles Huxtable. Après tout, il va te falloir de la compagnie, à toi aussi.

— Et comme je suis bien vieux, et elles aussi, nous pourrons nous tenir compagnie mutuellement ? Au coin du feu, pour réchauffer nos vieux os au mois de juillet, peut-être ?

— Mlle Katherine Huxtable n'avait que vingt ans quand son frère a accédé au titre, fit-elle valoir. Elle me l'a dit pendant la promenade. Et c'était il y a trois ans. Elle n'est pas si vieille que cela, Jasper, même s'il est surprenant qu'elle ne soit pas déjà mariée. Surtout belle comme elle est. Peut-être attend-elle d'avoir rencontré l'homme idéal. Si c'est le cas, je l'admire.

— Charlotte, fit-il en lui coulant un regard de biais, tu n'es pas en train d'essayer de jouer les marieuses, j'espère ? Je te préviens que c'est tout à fait impossible.

— Ah bon ? fit-elle de son air le plus innocent.

En réalité, il l'avait conduite exactement là où il voulait, et sans avoir à se donner beaucoup de mal. Encore fallait-il que Katherine Huxtable accepte l'invitation, bien sûr.

— Dans ce cas, il va falloir que je joue à ce petit jeu moi aussi. Si les demoiselles Huxtable sont invitées, Charlotte, il serait assez impoli de ne pas convier également Merton.

Elle détourna vivement la tête de sorte que le bord de son chapeau dissimule ses joues en feu.

— Ah bon ? fit-elle d'un ton qui se voulait détaché. Mais il a certainement mieux à faire.

— C'est probable, concéda-t-il. Mais posons-lui tout de même la question, tu veux ?

Et tant pis si la bienséance aurait sans doute voulu qu'elle ne le connût même pas encore. Certains avaient tout de même des idées étranges. Seigneur ! Si on laissait faire lady Forester et les gens de son espèce, on enfermerait les jeunes filles dans des tours, avec leur rouet pour toute compagnie.

9

La visite de Jasper à lady Forester et à Clarence, le lendemain matin, se déroula à peu près comme il s'y attendait. Il se débrouilla pour frapper à leur porte à 9 h 04 précises, et ils le firent attendre un quart d'heure dans le petit salon.

Touché.

Quand ils le rejoignirent enfin, il ne fut pas invité à s'asseoir.

Sans attendre, lady Forester se lança dans une tirade dans laquelle elle accusait Jasper de tous les excès et les vices, et exigeait qu'il renonce à son autorité sur Charlotte au profit d'elle-même avant qu'elle soit corrompue sans espoir de réforme.

— Si elle ne l'est déjà, eut alors l'imprudence d'ajouter Clarence.

Jasper avait pris soin, pour la circonstance, de s'armer d'un monocle, un accessoire dont il ne s'encombrait d'ordinaire pas puisqu'il avait une excellente vue. Il le porta à son œil à ce moment-là et se tourna vers Clarence dont il fixa la cravate nouée avec ostentation. Seigneur ! Même un dandy en frémirait.

— Peut-être serais-tu bien avisé de laisser parler ta mère à ta place, Clarrie, lui conseilla-t-il. Tu n'aimerais sûrement pas que je réarrange ton nœud de cravate, mon vieux – même s'il en a grand besoin, je dois dire.

Il baissa son monocle avant de se retourner poliment vers lady Forester.

Cette dernière entreprit de démolir la réputation de Merton et de ses sœurs ; ils paraissaient peut-être blancs comme neige aux yeux de la bonne société, mais *elle* voyait clair dans leur jeu, à ces vulgaires parvenus. Ils ne savaient certainement pas se tenir, s'ils avaient jugé bon d'être vus en public avec *lui*, et, pis, en compagnie d'une écolière qui n'avait pas à sortir de chez elle tant qu'elle n'avait pas fait sa révérence à la reine.

— Que les deux sœurs aient permis à Charlotte de donner le bras au comte de Merton est proprement scandaleux et ne fait que confirmer que ce sont des dévergondées, ajouta-t-elle. J'ai cru me trouver mal en découvrant que la toute jeune fille qui se promenait dans le parc n'était autre que ma nièce, la fille de feu mon cher frère. N'est-ce pas, Clarence ? Ma femme de chambre a dû brûler des plumes à notre retour pour me ranimer.

— J'espère qu'elle n'a pas brûlé vos plus belles plumes de soirée, madame, fit Jasper d'un air soucieux.

— Non seulement elles sont vulgaires, continua lady Forester sans relever, mais elles ne sont plus de première jeunesse. Enfin, j'imagine qu'aucun gentleman digne de ce nom n'a voulu d'elles. Quant au comte, son attitude ne plaide pas en sa faveur. Et c'est un de vos amis, je crois.

Jasper s'inclina en souriant.

— Je dois, hélas, m'en aller, dit-il. J'ai passé une demi-heure délicieuse, mais j'ai d'autres obligations qui m'empêchent malheureusement de rester avec vous prendre un rafraîchissement. Non, non, ne vous donnez pas la peine de m'en offrir. Au fait, sachez que Charlotte restera chez moi, sous ma protection, en compagnie de sa gouvernante qui continuera de la guider et de l'éduquer. Je vous souhaite une bonne journée.

Sur quoi il reprit son chapeau sur la table où il l'avait posé puisque le domestique qui l'avait conduit dans le petit salon n'avait pas pris la peine de l'en débarrasser.

— Elle n'y restera pas longtemps, Jasper, lança Clarence avec une jubilation malveillante. Je suis passé voir notre grand-oncle Seth hier après-midi, après avoir raccompagné maman à la maison.

Jasper marqua une pause, son chapeau à la main.

— Ah. Cela a dû être un moment plaisant, pour l'un comme pour l'autre, Clarrie. A-t-il proposé de tuer le veau gras en ton honneur ?

— J'ai pu lui révéler la vérité au sujet de Charlotte. Il a convenu qu'il fallait absolument faire quelque chose.

— Clarence, le reprit sèchement sa mère, il était inutile de parler de cette visite à Jasper. Cela ne le regarde pas. Il n'a jamais témoigné du moindre intérêt pour la famille de Charlotte, y compris notre oncle Seth.

— Mère, il faut tout de même qu'il sache que sa négligence concernant ma cousine n'est plus tolérable et que, très bientôt, elle vivra ici, avec nous, où elle sera convenablement préparée pour débuter dans le monde et faire un mariage respectable.

— Tu serais bien avisé d'écouter ta mère, Clarrie, et de la laisser parler à ta place, lui conseilla Jasper en coiffant son chapeau avant de se diriger vers la porte. En toutes circonstances. Elle a toujours raison.

Un instant plus tard, il était dans la rue.

Une autre visite s'imposait donc. Et c'était à Clarence – un comble ! – qu'il devait d'avoir compris la nécessité de la faire sans tarder.

Pauvre Seth Wrayburn ! Recevoir deux visiteurs en deux jours allait être pour lui une véritable épreuve.

Las, il y avait des choses qu'on ne pouvait éviter...

Lorsque Mlle Wrayburn et Mlle Daniels se présentèrent à Merton House un peu plus tard le même matin dans l'espoir de trouver les demoiselles Huxtable chez elles, on les conduisit aussitôt au salon où se trouvaient non seulement ces dames, mais aussi la duchesse de Moreland, leur sœur, ainsi que ses deux jeunes enfants. Le duc était en bas, dans la bibliothèque, avec le comte de Merton qu'il considérait encore comme son pupille, et dont il se sentait responsable, même s'il lui laissait depuis un an de plus en plus de liberté.

Margaret et Katherine avaient déjà parlé de Mlle Wrayburn à Vanessa. Elles lui avaient dit combien elles la trouvaient charmante et combien la rencontre avec lady Forester, sa tante, les avait chagrinées.

— Il ne nous était pas venu à l'esprit – ni à Stephen – qu'il pouvait y avoir quoi que ce soit d'inconvenant à l'inviter à se promener avec nous au parc, n'est-ce pas, Kathrerine ? avait dit Margaret.

— Mais c'est parce qu'il n'y a absolument rien d'inconvenant à cela, avait assuré Vanessa. Grands dieux, *qui* est cette lady Forester ? Je n'ai jamais entendu parler d'elle, mais elle paraît remarquablement bête. Il faudra que je demande à Elliott. Lui connaît tout le monde.

Inévitablement, elles en étaient venues à parler du baron Montford. Margaret avait avoué qu'il lui paraissait avoir un faible pour Katherine, et cette dernière avait protesté que c'était un libertin notoire qui avait un faible pour toutes les femmes qui acceptaient de passer quelques minutes en tête-à-tête avec lui.

— Ah, lord Montford, lui, je le connais, avait déclaré Vanessa avec un regard pétillant. Nous étions assis côte à côte à table lors du bal de je ne sais plus qui l'année dernière et nous avons dû parler… oh… bien dix minutes. Je peux t'assurer qu'il n'a pas semblé avoir le moindre faible pour moi. Je suis donc dans l'obligation de te contredire sur ce point, Katherine. Quoi qu'il en soit, je l'ai trouvé tout à fait charmant et amusant – et exceptionnellement beau.

— Quant à moi, renchérit Margaret, j'ai marché avec lui jusqu'à la Serpentine, hier, tandis que Katherine était avec sa sœur et Stephen. Il s'est montré très aimable et intéressant, mais il n'a pas semblé avoir le *moindre* faible pour moi non plus.

L'arrivée des visiteuses fut un soulagement pour Katherine.

Quand Mlle Wrayburn leur présenta Mlle Daniels, celle-ci fit une révérence et prit place près de la porte lorsqu'elles l'invitèrent à s'asseoir. Margaret présenta à son tour Vanessa, et Katherine vit l'expression intimidée de Mlle Wrayburn se dissiper quand Vanessa, souriante et très peu duchesse, lui expliqua qu'elle était obligée de rester debout et de se balancer comme un bateau dans la tempête pour espérer endormir le petit Samuel.

— Il est très têtu, confia-t-elle. Son père affirme qu'il tient cela de moi, mais je sais que c'est de lui, bien sûr.

Mlle Wrayburn s'approcha sur la pointe des pieds pour admirer le bébé, puis sourit à Isabelle, deux ans, et s'assit à côté d'elle.

Margaret servit le thé, puis tout le monde bavarda agréablement jusqu'à l'arrivée des messieurs qui fut l'occasion de nouvelles présentations.

Samuel pleurait toujours.

— Vanessa, fit Elliott en le lui prenant des bras, je suppose qu'il ne vous est pas venu à l'idée d'appeler sa nurse et de la prier de l'emmener ailleurs.

— Non, en effet, confirma-t-elle avec un regard rieur tandis qu'il s'approchait de la fenêtre en maintenant d'une main la tête de son fils contre son épaule.

À l'arrivée des messieurs, Isabelle s'était levée d'un bond. À présent, elle se tenait devant Stephen à qui elle tendait les bras. Il la souleva en riant pour l'asseoir sur ses épaules et elle lui empoigna les cheveux.

— Je suis très heureux de faire votre connaissance, mademoiselle Daniels, fit-il. Et de vous revoir, mademoiselle Wrayburn.

— Je suis venue pour une raison particulière, avoua cette dernière en rougissant et en s'asseyant tout au bord de son fauteuil. Je vais avoir dix-huit ans au mois d'août. Jasper me permet d'organiser une partie de campagne pour l'occasion, à Cedarhurst Park, qui se trouve dans le Dorsetshire. Il m'a proposé de convier autant d'invités que j'en avais envie, pour deux semaines. Mlle Daniels et moi avons prévu toutes sortes de distractions : des pique-niques, des excursions, des promenades dans la campagne, des parties de croquet, des danses, des sorties en bateau et à cheval et... et des jeux de charades et de cartes et... Oh ! quantité de choses.

Elle leur sourit tour à tour avec un enthousiasme non dissimulé.

— Et j'espère que tout le monde s'amusera, ajouta-t-elle.

Mlle Daniels la considéra ostensiblement.

— *Et*, Charlotte ? dit-elle doucement, l'encourageant d'un geste à poursuivre. En quoi cela concerne-t-il Mlle Huxtable, sa sœur et son frère ?

— Oh !

Mlle Wrayburn eut l'air mortifié, puis laissa échapper un petit rire cristallin.

— J'aimerais que vous veniez, mesdemoiselles Huxtable, et vous aussi, lord Merton, si vous le voulez bien et si vous n'avez rien de plus passionnant de prévu – même si je devine que c'est le cas. J'aimerais que vous soyez des nôtres. Le pourrez-vous ? Je vous assure que j'en serais follement heureuse. Je vous en prie, dites oui !

Jasper me permet d'organiser une partie de campagne...

Cherchait-il, par ce biais, à l'attirer en un lieu où il aurait mille occasions de se retrouver en tête-à-tête avec elle ? s'interrogea Katherine.

Que c'était habile.

Mais peut-être voyait-elle des arrière-pensées qui n'existaient pas dans cette invitation.

— Voilà qui semble délicieux, répondait déjà Margaret. Mais êtes-vous certaine de vouloir nous compter parmi vos invités, mademoiselle Wrayburn ? Votre tante n'a pas paru très heureuse de nous voir en votre compagnie, hier.

La jeune fille rougit.

— Elle ne savait même pas qui vous étiez, dit-elle. Ce qu'elle veut, c'est que je vienne vivre chez elle maintenant que je ne suis plus une petite fille embêtante. Elle veut contrôler mon héritage et que j'épouse Clarence. Plutôt mourir !

— Charlotte, mon petit, intervint Mlle Daniels d'un ton de reproche.

— Mais c'est vrai ! protesta cette dernière. Et vous l'avez dit vous-même : il n'y a rien de répréhensible à se promener au parc avec le comte de Merton, ses sœurs et Jasper. Du reste, il s'agit d'une invitation à séjourner à la campagne. Chez Jasper et moi. Quoi de plus respectable ? Tante Prunella n'a pas son mot à dire. Je vous en prie, venez.

Elle paraissait au bord des larmes.

Elliott s'était détourné de la fenêtre, son fils profondément endormi contre l'épaule.

— *Stephen* ne serait pas digne de se promener avec Mlle Wrayburn ? intervint-il. Dans un parc public, en compagnie du frère de cette dernière et de ses sœurs à lui ? Comme c'est bizarre.

— C'est parce que je n'ai pas encore débuté, expliqua Mlle Wrayburn. Ma tante estime que je devrais rester enfermée à la campagne jusqu'à ma présentation à la reine.

— Eh bien, déclara Stephen en déposant sur le sol Isabelle, qui manifestait son envie de descendre de ses épaules et courut s'asseoir sur les genoux de Katherine, il se trouve que j'ai un projet fameux pour ces deux semaines d'août, mademoiselle. Je compte les passer à Cedarhurst Park, dans le Dorsetshire, où je serai l'hôte, je crois, de mon ami le baron Montford. Et j'apprends que, par chance, votre anniversaire tombe à ce moment-là.

— Oh ! s'exclama-t-elle, radieuse, les mains sur le cœur. C'est formidable ! Jasper va être tellement content. Et moi aussi.

— Il me semble que rien ne s'oppose à ce que Katherine et moi acceptions votre invitation, mademoiselle, assura Margaret. Nous serions enchantées de nous joindre à vous, n'est-ce pas, Katherine ?

La décision ne lui appartenait plus, en fait. Et elle ne savait si elle devait s'en réjouir ou le regretter.

— Absolument, confirma-t-elle en souriant à Mlle Wrayburn. J'ai hâte d'y être.

Elle n'aurait pas dû, mais c'était la vérité.

Charlotte Wrayburn leur adressa un sourire radieux.

— Oh, que je me réjouis ! fit-elle. Merci infiniment.

Quelques minutes plus tard, les visiteuses se levaient et prenaient congé de leurs hôtes.

— Cette petite est, en effet, tout à fait charmante, reconnut Vanessa quand elles furent parties. Son frère est très gentil d'organiser cette fête à la campagne pour elle. Il est tellement absurde de vouloir garder les jeunes filles enfermées jusqu'à leur entrée officielle dans le monde ! Comment s'étonner, ensuite, qu'elles soient mal à l'aise, rougissantes et ne connaissent personne ? Mlle Daniels m'a déroulé la liste des autres invités à Cedarhurst. Il s'agit pour la plupart de très jeunes gens – garçons et filles. Stephen va faire figure de vieux barbon. Cependant, il est normal que quelques personnes un peu plus âgées soient conviées

– pour tenir compagnie à lord Montford, précisa-t-elle en riant et en regardant ostensiblement Katherine.

Celle-ci s'absorba dans son jeu avec Isabelle et fit semblant de ne pas avoir entendu.

M. Seth Wrayburn habitait Londres toute l'année, même durant les chaleurs estivales qui faisaient fuir le beau monde vers le confort des maisons de campagne ou la relative fraîcheur du bord de mer.

Il demeurait sur Curzon Street, dans un quartier assez à la mode pour un gentleman de son rang. Il ne s'intéressait pourtant ni à la mode ni au beau monde. Ni à personne, si ce n'est son valet de chambre, son majordome, son cuisinier et son libraire.

Un homme ne pouvait rêver meilleure compagnie que la sienne propre, disait-il toujours – quand il se trouvait obligé de parler, bien entendu. Au moins, il était sûr d'avoir affaire à quelqu'un de relativement intelligent et raisonnable.

Il fut donc très contrarié qu'on lui porte une carte de visite le lendemain même du jour où il avait eu le déplaisir d'en recevoir une première. La veille, il avait été contraint de laisser entrer Clarence Forester parce qu'il lui avait fait porter un message oral en même temps que sa carte, disant qu'il s'agissait d'une question de vie ou de mort concernant Charlotte Wrayburn qui se trouvait être non seulement sa petite-nièce, mais sa pupille. Cette responsabilité lui avait toujours fortement déplu. Cependant, il n'avait pas contesté le testament de son neveu quand il aurait pu le faire avec des chances de réussite – car pouvait-on imposer à un homme d'être le tuteur d'une enfant qui ne l'intéressait en rien ? –, c'est-à-dire juste après sa mort. À présent, il était sans doute trop tard.

Il avait donc laissé entrer Clarence, à contrecœur, s'attendant à s'entendre raconter que sa petite-nièce était sur son lit de mort ou qu'elle s'était enfuie avec un palefrenier – bref, une histoire sordide qui réclamerait attention et énergie.

Encore qu'il ne voyait pas en quoi il pourrait être utile s'il s'agissait de l'empêcher de mourir ou d'aller la chercher dans le lit du palefrenier. Et qu'il n'avait aucune envie de l'imaginer.

En réalité, Clarence l'avait excessivement ennuyé et avait achevé de le convaincre qu'il n'était pas né dans la bonne famille – la sienne se composant, hélas, d'une bande de cornichons –, ce dont il n'avait cessé de souffrir depuis soixante-dix ans.

Cependant, Clarence lui ayant demandé d'agir, dans son habituel style ampoulé, et ayant évoqué des problèmes qui ne pouvaient sans doute pas être davantage ignorés, Seth Wrayburn poussa un profond soupir, prit la carte que son majordome lui avait apportée sur un plateau et lut le nom qui y était gravé.

— Pas de message ? s'enquit-il. Pas de question de vie ou de mort ? Pas de ciel menaçant de nous tomber sur la tête ni d'imminence du Jugement dernier ?

— Non, monsieur.

— Faites-le monter, dans ce cas, lâcha-t-il en soupirant de nouveau. Au moins, il n'est pas de ma famille. C'est une consolation – faible, mais une consolation tout de même.

Le beau-fils de son neveu pénétra dans la pièce un instant plus tard. À la mode, l'allure virile, et visiblement débordant d'un trop-plein d'énergie pour son propre bien. À peine entré, il leva la main.

— Ne vous dérangez pas, monsieur, le pria-t-il. Ne faisons pas de cérémonies. Restez assis.

Seth Wrayburn ne se levait jamais pour accueillir un visiteur. Il n'avait donc pas fait le moindre geste et la lueur amusée qu'il surprit dans le regard du jeune homme lui tira un ricanement.

— Jeune chiot impudent, marmonna-t-il. Alors, il paraît que vous menez toujours une vie de débauche ?

— Il *paraît* ? répéta Jasper, le sourcil arqué, en prenant la liberté de s'asseoir. C'est ce que Clarrie vous a dit, j'imagine ?

— Vous le traiteriez donc de menteur ?

— Je n'irais pas jusque-là, concéda Jasper en souriant. Cependant, même enfant, il a toujours eu le don d'enjoliver les histoires qu'il racontait – à son profit et à mon détriment. C'était et c'est toujours une fouine – pardonnez-moi de l'évoquer en ces termes, puisque c'est votre petit-neveu.

— Par un malheureux accident, assura Seth Wrayburn. Servez-vous un verre si le cœur vous en dit, Montford. Parce que si vous comptez sur moi pour le faire, vous allez mourir de soif.

— Cela doit être pénible, reconnut Jasper, mais je n'ai pas soif, merci. Je devine que Clarrie vous a fait savoir que, eu égard à ma conduite scandaleuse, il fallait de toute urgence me retirer la tutelle de Charlotte ?

Seth Wrayburn grogna.

— Saviez-vous, oui ou non, qu'elle s'ébattait dans le parc avec le jeune Merton avant-hier, quand elle aurait dû se trouver dans sa salle d'étude à réciter des tables de multiplication ? demanda-t-il non sans ironie.

— Charlotte peut réciter même la table de treize sans reprendre son souffle – et sans se tromper. J'ai dû faire les calculs sur une feuille pour le vérifier : elle n'avait pas fait une erreur. Elle n'a plus rien à faire dans sa salle d'étude. Elle a dix-sept ans et dix mois et demi, et sa gouvernante a désormais le titre et les fonctions de dame de compagnie. Et, pour répondre à votre question, oui, je savais qu'elle était dans le parc avec Merton. J'étais avec eux, ainsi que ses deux sœurs aînées.

Seth Wrayburn ricana de nouveau en guise de réponse.

— Je parie que Clarrie a soigneusement omis ces détails pourtant essentiels, ajouta Jasper.

— Et avez-vous, oui ou non, vu Prunella s'évanouir en découvrant la conduite indigne de sa nièce chérie ? poursuivit Seth Wrayburn sans répondre. Et s'ouvrir la tête en tombant, si bien que la circulation a été arrêtée sur près d'un kilomètre derrière eux ?

Jasper s'étrangla de rire.

— Je regrette presque de ne pas avoir assisté à une telle scène, avoua-t-il. Diable ! J'ai dû tourner la tête ou cligner des yeux au moment où c'est arrivé.

— Enfin, est-il vrai, oui ou non, que les sœurs de Merton ne sont pas d'une vertu farouche ?

Jasper recouvra instantanément son sérieux.

— *Cela*, c'est un mensonge éhonté, articula-t-il avec une gravité qui ne lui ressemblait pas. Si Clarrie propage ce genre de rumeurs parfaitement infondées sur leur compte, je...

— Je vous en prie, épargnez-moi les détails, le coupa le vieil homme en levant la main. Si vous êtes assez bête pour jeter votre gant à la figure de cet imbécile, Montford, et pour ruiner votre vie en le privant de la sienne, ayez au moins la bonté de ne pas vous sentir obligé de m'en informer à l'avance. L'ennui, c'est que dans son satané testament, mon neveu précise que Charlotte ne doit pas quitter Cedarhurst Park sans le consentement exprès de Forester ou de moi-même. Mais vous êtes passé outre. Et les gens comme Prunella peuvent être pris de vapeurs à la vue d'une jeune fille se promenant dans le parc au bras d'un comte avant d'avoir fait son entrée officielle dans le monde – même s'ils sont accompagnés du frère de l'une et des sœurs de l'autre. Il ne lui en a pas fallu davantage pour me faire assaillir dans ma paisible retraite. Toute cette histoire ne tient pas debout, évidemment, et aurait presque raison de ma patience. Cependant, si je ne tiens pas compte de ces plaintes et que Charlotte finit par s'enfuir avec ce comte, ou un moins bon parti, il me faudra subir une autre visite de Clarence – voire, sans doute, de Prunella elle-même. On me fera sentir que j'ai négligé mon devoir qui est de m'assurer que, le moment venu, et Charlotte et sa fortune seront livrées intactes à un mari convenable, sobre, méritant et ennuyeux.

— Clarrie, dit Jasper.

— Hein ?

— J'en suis convaincu. Lady Forester n'a jamais prêté la moindre attention à Charlotte. Mais voilà que son dix-huitième anniversaire et sa fortune se profilent à l'horizon, que Forester père est mort avec une quantité astronomique de dettes de jeu et que Clarrie, qui est par chance célibataire, se trouve en mesure de remettre sa famille à flot en faisant un beau mariage.

— Avec sa cousine germaine, lâcha le vieux monsieur d'un air de profond dégoût. Toutefois, c'est parfaitement plausible. D'autant que l'on peut raisonnablement penser qu'aucune autre femme ne voudra de lui, n'est-ce pas ? Je ferai l'effort de refuser mon consentement à une telle union, Montford, tout comme je suis certain que vous ne manquerez pas de le faire. Le diable emporte mon neveu, de m'avoir nommé tuteur de sa fille ! Est-elle aussi bête que tous les membres de la famille ?

— Pas du tout, assura Jasper. Et je l'aime infiniment.

Seth Wrayburn grogna encore une fois.

— Au moins, elle sait réciter la table de treize, fit-il. Je doute que Clarence puisse aller au bout de la table de deux sans compter sur ses doigts et ses orteils, en se demandant pourquoi il lui en manque quand il arrive à onze fois deux.

Jasper laissa échapper un petit rire.

— Voilà ce que je vais faire, Montford. Je ne vous le dirai qu'une fois, libre à vous d'agir comme vous le souhaitez. C'est l'heure de mon déjeuner et de ma sieste, et je ne retarde jamais ni l'un ni l'autre. Vous pouvez garder cette jeune fille chez vous tout l'été et l'hiver – vous avez ma voix. Toutefois, votre situation ne vous permet pas de la faire débuter au printemps prochain et, à en croire Clarence, votre autre sœur dont le nom m'échappe est mariée et fait des enfants à une cadence qui lui permettra de décliner l'honneur d'organiser et de superviser l'entrée dans le monde de la jeune Charlotte. C'est donc Prunella qui devra s'en charger.

— Mais, monsieur...

— Il existe cependant une alternative. Une alternative évidente, Montford, mais que je ne vais pas vous conseiller. Je m'y suis toujours refusé moi-même, et je ne la conseillerais pas à mon pire ennemi. Cependant, ce serait une solution pour Charlotte si vous êtes absolument décidé à en trouver une.

— Vous me suggérez de... de me *marier* ?

— Vous ne m'avez pas bien écouté, jeune homme. Je ne vous suggère absolument rien.

Pour une fois, Jasper resta sans voix.

— Vous avez l'été et l'hiver à passer avec Charlotte, avec ma bénédiction, conclut Seth Wrayburn. À condition, bien sûr, que vous ne m'obligiez pas à me raviser. Vos excès et vos débauches, que mon estimé petit-neveu m'a énumérés dans les moindres détails, ne m'intéressent pas le moins du monde. Je suis d'ailleurs persuadé que la moitié au moins de ce qu'il m'a dit n'était qu'exagération, insinuations sans fondement ou même pure invention. Ce que j'ignore, c'est quelle moitié. Cependant, soyez prudent. Je suis cotuteur de Charlotte, et si j'apprends sur votre compte des choses suggérant qu'il serait franchement irresponsable de la laisser à votre charge, je me verrai contraint d'agir. Ne m'y obligez pas, Montford. Cela me déplairait souverainement. Refermez doucement la porte en sortant, voulez-vous ? J'ai horreur du bruit et des courants d'air.

Jasper se leva.

— Vous seriez prêt à livrer Charlotte à… commença-t-il.

— Ce que j'aimerais, c'est me retrouver seul chez moi, Montford, l'interrompit Seth Wrayburn avec irritation. Je vous aime bien. Vous avez tenu tête à mon imbécile de neveu toute votre enfance, même si certains de vos exploits m'ont fait dresser les cheveux sur la tête. Et vous n'êtes pas un idiot gnangnan et pleurnichard. Il m'a toujours paru injuste que ce ne soit pas vous qui soyez de ma famille à la place de tous les autres. Toutefois, que cela me plaise ou non – et, croyez-le bien, cela ne me plaît pas du tout –, je suis l'un des tuteurs de Charlotte. Si l'on fait appel à moi pour exercer mon autorité, je m'exécuterai en fonction de ce qui me semble être son intérêt, même si je dois choisir entre la peste et le choléra. Allez-vous-en, maintenant. J'ai mal à la gorge d'avoir tant parlé.

Jasper sortit.

Il avait là de quoi alimenter sa réflexion.

10

C'est à une garden-party à Richmond que Katherine revit lord Montford, deux jours après que Margaret, Stephen et elle eurent accepté l'invitation à fêter l'anniversaire de Mlle Wrayburn à la campagne.

Il y avait énormément de monde. Les invités prenaient le thé sur la grande terrasse devant la maison, se promenaient sur les grandes pelouses qui s'étendaient jusqu'à la Tamise ou canotaient sur le fleuve. On était chez les Adams, qui étaient connus pour leur généreuse hospitalité et la beauté de leurs jardins qui, à cette époque de l'année, offraient toutes les nuances de pourpre, de magenta et de rose. Des fleurs ton sur ton débordaient des jardinières accrochées à la façade de la maison et des grands pots disposés sur la terrasse.

Tout cela était magnifique, éblouissant – et complètement irrésistible aux yeux de Katherine qui se sentait attirée tour à tour par les événements mondains et la solitude, de préférence dans la nature. Elle se mêla donc à la foule avec grand plaisir pendant une heure ou deux. Puis elle fut assaillie par l'habituel besoin de s'éloigner pour passer un moment seule.

Margaret se promenait en barque avec le marquis d'Allingham, Stephen était accaparé par un groupe de jeunes filles qui ne cessaient de faire pivoter leur ombrelle, Vanessa et Elliott étaient à l'intérieur avec

Mme Adams, Katherine se retrouva donc libre d'aller se réfugier un moment dans le petit pavillon de verre qui donnait sur la roseraie.

C'était une belle journée. Cependant, la brise poussait de gros nuages devant le soleil si bien que, quand elle entra dans le pavillon, il faisait si frais qu'elle en eut la chair de poule. Le toit et les murs de verre avaient emmagasiné la chaleur du soleil et elle s'assit avec bonheur sur une banquette de fer forgé pour admirer les roses bien à l'abri avant que le sens du devoir l'oblige à ressortir pour rejoindre les invités.

Inspirant le parfum enivrant des roses, elle laissa la paix du lieu l'envahir.

Mais sa solitude fut de courte durée.

Elle n'était pas là depuis cinq minutes qu'elle perçut, à la périphérie de son regard, un mouvement sur la terrasse – quelqu'un s'était écarté du groupe et venait dans sa direction. Tournant la tête, elle vit qu'il s'agissait de lord Montford, en redingote vert foncé, culotte chamois et bottes de cuir qui mettaient en valeur sa silhouette athlétique. Aucun homme ne devrait avoir le droit d'être aussi séduisant – surtout lorsqu'on ne pouvait que réprouver sa conduite, et c'était peu dire.

Il n'était pas au concert de lady Cranford, la veille au soir. Elle ne l'avait pas vu non plus, ici, plus tôt dans l'après-midi. Dans un cas comme dans l'autre, elle en avait été grandement soulagée, car il avait le don de lui faire perdre son calme.

Et puis, elle aurait tant voulu rester seule encore un moment.

Hélas, elle n'en aurait pas le loisir ! Quand ses yeux rencontrèrent les siens, de l'autre côté de la vitre, il fut évident que c'était elle qu'il venait voir. Il faut dire qu'un pavillon de verre n'offrait pas une cachette très discrète. Mais qui pouvait avoir envie de se cacher à une garden-party ?

Elle s'agaça de sentir son cœur battre plus vite.

Il s'arrêta sur le seuil, appuya l'épaule au montant de bois, puis croisa les bras sur la poitrine et une cheville sur l'autre. C'est ainsi qu'elle se souviendrait toujours de lui, pressentit-elle soudain, apparemment indolent, mais le regard vif entre ses paupières mi-closes, le sourcil à demi haussé, le front barré d'une mèche rebelle.

— Vous le faites forcément exprès, déclara-t-il. La robe assortie aux fleurs, le chapeau de paille pour ajouter une note délicatement rustique, la retraite de verre pour indiquer votre désir de solitude tout en invitant subtilement à venir la troubler, la grâce détendue de votre posture... Oui, tout cela ne peut être que délibéré.

Comment avait-il l'audace de suggérer une chose pareille – même si c'était vrai ?

— Bien sûr que c'est délibéré, répliqua-t-elle. Vous n'imaginez pas que j'assisterais à une garden party sans m'être préalablement renseignée sur la couleur des fleurs du jardin et sans m'être assurée qu'il y avait bien un pavillon de verre en vue de la terrasse et des pelouses, dans lequel je pourrais prendre la pose. Oui, vous avez raison : tout était calculé.

Elle portait une robe de mousseline rose foncé et une capeline ornée de boutons de rose un ton plus pâle.

Il laissa échapper un rire paresseux.

— Dans ce cas, vous avez réussi au-delà de vos espérances, assura-t-il. La seule chose qui m'étonne, c'est que les messieurs ne fassent pas la queue dehors pour avoir l'honneur de passer un instant avec vous afin de vous présenter leurs hommages. Mais je viens d'arriver. Peut-être vous font-ils la cour depuis le début de la réception et viennent-ils tout juste de cesser. Je peux ? ajouta-t-il en pénétrant dans le pavillon et en désignant la place libre à côté d'elle.

Sans attendre sa réponse, il s'assit, et elle se rendit soudain compte que la banquette était bien étroite.

Ils avaient beau ne pas se toucher, elle sentait la chaleur de son corps et le parfum musqué de son eau de Cologne.

— Je vous en prie, lord Monford, asseyez-vous, fit-elle d'un ton contrarié. Vous n'avez pas à rester debout en ma présence.

Il rit de nouveau.

— Vous voilà bien ombrageuse, mademoiselle Huxtable, observa-t-il. Qu'ai-je pu dire ou faire pour vous offenser ?

— *Vous ?* Vous qui restez parfaitement convenable en toutes circonstances ? Dites-moi, l'idée de m'inviter à Cedarhurst Park deux semaines en août est-elle de vous ou de Mlle Wrayburn ?

— Grands dieux ! Le jour où je me mêlerai de dresser la liste des invités à l'anniversaire d'une jeune fille, il faudra me mettre une balle dans la tête pour m'épargner de finir à l'asile.

Cela ne répondait pas vraiment à sa question, mais elle ne vit pas l'intérêt d'insister.

— Ce jardin est ravissant, commenta-t-elle. Il me fait me languir de Warren Hall. Et même de Throckbridge. Il n'y a rien de plus enviable que d'être à la campagne, n'est-ce pas ? Est-ce que Cedarhurst Park vous manque ?

— J'ai abhorré ce lieu les vingt-cinq premières années de ma vie, lui apprit-il.

— Pourquoi cela ? s'étonna-t-elle.

— Sans doute parce que c'était le symbole le plus visible de ma captivité.

— De votre *captivité* ? répéta-t-elle en fronçant les sourcils. Il me semble pourtant que bien peu de gens sont aussi libres que vous, lord Montford. Vous devez avoir tout ce qu'il vous faut, tout ce que vous pouvez désirer.

Il lui sourit, de ce lent sourire paresseux si caractéristique.

— Votre frère a bien de la chance, mademoiselle Huxtable. Non parce qu'il a hérité du titre de comte de Merton à l'âge de... à quel âge ?

— Dix-sept ans.

— À l'âge de dix-sept ans, donc, mais parce que, avant cela, et durant des années, il a été libre de mener la vie qu'il voulait.

— Après la mort de notre père, nous avons vécu dans une chaumière, répliqua-t-elle, presque indignée. Margaret devait faire preuve de beaucoup d'ingéniosité pour que nous ayons de quoi nous nourrir et nous vêtir.

— Et Constantin Huxtable a beaucoup de chance, lui aussi, enchaîna-t-il sans relever. Il s'est débrouillé pour naître deux jours avant que son comte de père obtienne une autorisation spéciale pour épouser sa mère, de telle sorte que, bien que fils aîné, il n'a pas été en droit d'hériter – et l'a toujours su.

Cette fois, elle fut piquée au vif.

— Et vous trouvez que c'est une *chance* ? Il me semble au contraire que c'est ce qui pouvait lui arriver de pire. Et cette situation a considérablement gâté la joie de Stephen, je le sais. Il ne peut se réjouir pleinement de profiter du malheur d'autrui.

— N'empêche que votre frère a été libre de rêver jusqu'à l'âge de dix-sept ans. Et la nouvelle de cet héritage inespéré a pu lui apparaître comme un rêve qui se réalisait. Constantin aussi a toujours été libre de rêver.

— Et pas vous ? demanda-t-elle, fronçant de nouveau les sourcils.

— J'étais le fils aîné de mon père, qui est mort avant ma naissance. Je suis donc né avec le titre de baron Montford. Et Cedarhurst m'a toujours appartenu, ainsi que tout le reste.

— Dans votre situation, lui rétorqua-t-elle sèchement, la plupart des gens auraient passé leur vie entière à rendre grâce au ciel de cette chance.

— Sans doute, concéda-t-il doucement. Mais ce dont, moi, je rends grâce au ciel, mademoiselle Huxtable, c'est de n'être pas « la plupart des gens ».

— Voilà qui est incontestable, concéda-t-elle en croisant les mains sur ses genoux.

Elle n'avait jamais songé à tout cela ; il allait lui falloir du temps pour y réfléchir. Qu'était-ce, au fond, que la liberté ? La pauvreté, certainement pas, car elle entravait au contraire terriblement les êtres. Les Huxtable n'avaient jamais été misérables au point de craindre de n'avoir plus rien à manger ; cependant, elle connaissait suffisamment la pauvreté pour savoir qu'elle n'était pas source de liberté. Mais qu'en était-il de la richesse, des titres et des privilèges ? N'étaient-ils donc pas synonymes de liberté ? N'était-ce pas quasiment un péché que de haïr le fait d'avoir une grande demeure, un domaine et une fortune ?

Cependant, si l'on avait en naissant tout ce dont on pouvait avoir besoin, tout ce que l'on pouvait désirer, quelle place restait-il aux rêves ? C'était une question qu'elle ne s'était jamais posée.

Quelqu'un d'autre s'était écarté de la terrasse et s'approchait du pavillon, remarqua-t-elle du coin de l'œil. Elle tourna la tête, pour découvrir qu'il s'agissait en réalité de deux messieurs – dont l'un était sir Isaac Kerby. Le temps qu'elle les regarde, ils s'étaient arrêtés. Celui qu'elle ne connaissait pas avait levé la main comme pour indiquer à un tiers qu'il avait compris et tous deux rebroussèrent chemin.

Katherine tourna la tête de l'autre côté, juste à temps pour voir que lord Montford avait aussi à demi levé la main et haussé un sourcil. Sans doute avait-il fait signe aux deux autres. Pour leur signifier qu'il ne souhaitait pas leur compagnie ?

Elle remarqua également qu'il s'était assis de biais et avait posé l'autre bras sur le dossier de la banquette derrière elle, en veillant toutefois à ne pas la toucher.

— Nous avons tous besoin de rêver, dit-elle.

— Pour ma part, je préfère m'en abstenir.

Il la fixait, et dans ses yeux mi-clos on devinait un sourire.

— Surtout quand une activité plus agréable peut me tenir éveillé, ajouta-t-il. Ainsi, en ce moment, je n'imagine rien de plus agréable que ce tête-à-tête avec vous.

Seigneur ! À l'entendre, on aurait pu croire qu'il s'agissait d'un rendez-vous galant entre deux amants. Elle ignora résolument le trouble physique fort alarmant qui fit se durcir les pointes de ses seins avant de se loger entre ses cuisses.

— Non, corrigea-t-elle fermement, vous ne comprenez pas. Le rêve – le rêve *éveillé* – nous est indispensable à tous. Autant que la nourriture ou l'air que nous respirons. Autant que l'espoir. Ce sont nos rêves qui nous font espérer.

— « Cesse de rêver, mon garçon, et trouve quelque chose d'utile à faire », fit-il, imitant ironiquement le ton sévère d'un parent ou d'un tuteur.

Celui qu'il avait eu autrefois, peut-être ?

— C'est le contraire que j'aurais tendance à dire à mes enfants, déclara-t-elle. Cessez de vous occuper en vain et *rêvez*. Servez-vous de votre imagination. Puisez dans l'inconnu et rêvez à la façon d'accroître votre expérience, et d'améliorer votre esprit, votre âme et votre monde.

Il salua cette sortie d'un petit rire.

— À quoi rêve donc Mlle Katherine Huxtable ? voulut-il savoir. À l'amour, au mariage et à la maternité, j'imagine ?

Il ne comprenait donc pas ? Il avait beau être intelligent, il n'y avait pas la moindre étincelle de rêve en lui. Peut-être parce qu'il n'avait jamais pu rêver d'une chose qu'il ne possédât pas déjà. Mais c'était absurde. Complètement absurde.

— De voler, répondit-elle impulsivement. Je rêve de voler.

Ce n'était pas vrai, bien sûr. Pas littéralement, en tout cas. Mais il n'y avait pas de mots pour les rêves – y compris la plupart de ceux que l'on faisait la nuit, en dormant.

— Ah, fit-il avec une lueur moqueuse dans le regard. Voilà qui est bien mieux que de faire quelque chose d'utile.

— À travers le ciel d'azur, dans la fraîcheur de l'air. Vers le soleil, dit-elle, ignorant son commentaire.

— Comme Icare, souligna-t-il. Jusqu'à ce que votre audace fasse fondre la cire de vos ailes et que vous soyez de nouveau précipitée sur Terre, dans le monde réel.

— Non ! Pas jusqu'à la chute. Dans les rêves, l'échec n'existe pas. Seul subsiste le désir, le *besoin* de voler pour se rapprocher du soleil.

Elle était en train de se ridiculiser et en avait conscience. Elle ne se risquait pas souvent à parler de ce genre de chose, même à Margaret et Vanessa. Il n'y avait pas plus intime que les rêves.

Il se mit à tambouriner du bout des doigts sur le fer forgé du dossier de la banquette, juste derrière l'épaule de Katherine, en la contemplant d'un regard pénétrant tandis qu'elle s'efforçait de fixer de nouveau son attention sur les roses.

— Qu'est-ce que votre vie a donc de si banal, pour que vous souhaitiez y échapper ? l'interrogea-t-il.

Il lui faisait presque face, à présent, et la regardait droit dans les yeux.

— Oh, je ne cherche pas à y échapper ! se défenditelle, exaspérée. Seulement à… aller au-delà de ce que j'ai déjà, de ce que je connais et de ce que je suis déjà. C'est difficile à expliquer. Mais tous les humains ne sont-ils pas ainsi ?

— Ah oui ? fit-il doucement.

— Il me semble que nous aspirons tous à déployer notre… notre âme jusqu'à… plus loin. Si seulement je connaissais les mots ! Mais vous devez bien l'avoir ressenti, vous aussi, non ?

— Le besoin de Dieu ? suggéra-t-il. On m'a emmené lui rendre visite tous les dimanches durant l'enfance, mademoiselle Huxtable. Toutefois, si mon derrière de privilégié était épargné grâce aux coussins du banc familial, mon âme était torturée par un discours assommant et double sur l'amour et le jugement, le pardon et la damnation, le paradis et les flammes de l'enfer. Tout cela m'a appris une chose : à me tenir loin de ce Dieu si déroutant qui ne savait pas ce qu'il voulait, et à ne jamais regarder au-delà de moi-même.

— Mon pauvre, le plaignit-elle en tournant vivement la tête et en l'inclinant de côté jusqu'à se rendre compte qu'il avait le bras à quelques centimètres à peine de son oreille. Vous n'y compreniez rien, n'est-ce pas ?

— Au contraire. Je crois que je comprenais parfaitement. Il faut dire que cela m'a été expliqué très clairement, et à de nombreuses reprises. Apparemment, j'étais destiné au jugement, à la damnation et aux flammes de l'enfer. J'étais incorrigible. Sans espoir de rédemption.

Il lui adressa un grand sourire. Elle secoua la tête, consternée.

— Quel ecclésiastique a pu vous tenir de pareils propos ? s'indigna-t-elle. Si mon père l'avait entendu, je vous assure qu'il lui aurait dit ses quatre vérités.

— Il ne s'agissait pas d'un ecclésiastique, corrigea-t-il. Il y a dans la vie d'un garçon des gens qui parlent avec plus d'autorité encore du divin.

Elle le considéra d'un air perplexe. Faisait-il allusion à son père ? Impossible : ce dernier était mort avant sa naissance. À son tuteur, alors ? Ou à son beau-père, le père de Mlle Wrayburn ?

— Alors, qu'a donc votre vie de si banal ? enchaîna-t-il.

— Je serais bien ingrate de la qualifier de banale. À bien des titres, elle est tout le contraire. C'est seulement que, parfois, quand je suis seule – et j'adore la solitude –, je sens monter en moi quelque chose… la certitude d'un grand bonheur qui n'attend que d'être saisi et qui est presque à ma portée. Il m'arrive d'essayer d'exprimer ce que je ressens alors dans des poèmes. Mais même les poèmes ont besoin de mots. Vous pouvez vous moquer de moi, à présent, si vous en avez envie.

Il lui sourit mais ne répondit pas tout de suite. Ses yeux sombres étaient à quelques centimètres des siens, et elle en éprouva un certain malaise. De nouveau, elle perçut le parfum de son eau de Cologne.

Elle posa les mains à plat sur ses genoux.

— Rêvez-vous au mariage ? s'enquit-il. Rêvez-vous de trouver le bonheur de cette façon ?

— Oui, je rêve au mariage. Je rêve aussi d'avoir des enfants, un foyer à moi. Il n'y a guère autre chose pour une femme, n'est-ce pas ? Du reste, je commence à craindre de rester toute ma vie un fardeau pour Stephen. J'ai vingt-trois ans.

— On a pourtant dû demander votre main bien souvent.

— Quelquefois, reconnut-elle. Des messieurs très bien.

— Mais… ? avança-t-il en haussant les sourcils.

— Je souhaite autre chose. Je veux un homme exceptionnel, confia-t-elle en se tournant de nouveau vers la roseraie. Le cœur de mon cœur. L'âme de mon âme. C'est idiot de l'attendre, je le sais. Très peu de gens trouvent cette âme sœur que nous rêvons probablement tous de rencontrer. Mais je ne suis jamais parvenue à me persuader de me contenter de moins.

Brusquement, la situation lui apparut totalement irréelle. Était-ce bien avec *lord Montford* qu'elle avait cette conversation ? Comment en étaient-ils venus à aborder un tel sujet ?

Elle faillit en rire.

— Quel heureux homme, fit-il sans ironie apparente. Et quelle chance il aura de vous trouver. Ce sera un amour assez fort pour déplacer des montagnes.

Elle le regarda et, cette fois, se mit à rire.

— Je crois au contraire qu'il s'enfuira à toutes jambes. Les hommes ne voient pas l'amour et le mariage de la même façon que les femmes. J'ai tout de même appris cela en vingt-trois ans. Comment réagiriez-vous, vous, si je vous disais que vous étiez le cœur de mon cœur et l'âme de mon âme ?

Elle n'avait pas fini sa phrase qu'elle regretta de l'avoir prononcée.

Il l'étudia un instant, puis :

— Il me semble que je sentirais mon cœur battre plus vite et mon âme s'éveiller de sa longue léthargie.

Elle se mordit la lèvre.

— Ou alors, ajouta-t-il en se penchant vers elle au point que, l'espace d'une seconde, elle crut qu'il allait l'embrasser, je déclarerais que j'ai gagné mon pari.

Elle sourit de nouveau. Il conserva son sérieux un instant encore avant de l'imiter.

— Vous n'allez pas me le dire, n'est-ce pas ?

— Non, confirma-t-elle.

— Pas encore, en tout cas. Mais, un jour...

Elle laissa échapper un petit rire. Jusqu'à sa rencontre avec lord Montford, aucun homme n'avait jamais flirté avec elle. Et elle n'avait jamais flirté avec un homme. Pourquoi cela arrivait-il avec lui – et chaque fois qu'ils se voyaient ? Pourquoi faisait-il cela ? Pourquoi le lui permettait-elle ?

Il regarda au-delà d'elle et, comme tout à l'heure, leva la main en un salut empreint d'ironie avant de reporter son attention sur elle.

— Le très estimé sir Clarence Forester, expliqua-t-il, et sa mère plus estimée encore. Vous serez heureuse d'apprendre qu'ils ont renoncé à venir par ici. Sans doute se sont-ils désintéressés de nous en voyant que Charlotte n'était pas là. Ils vont certainement la chercher ailleurs dans le jardin, et même sur l'eau – et perdre leur temps, car il va sans dire que je ne l'ai pas amenée.

— Ils sont là depuis le début de l'après-midi.

Ils avaient tout fait pour éviter d'être présentés à Margaret, Stephen et elle. Katherine en était arrivée à se convaincre que se promener à Hyde Park avec Mlle Wrayburn l'autre jour avait été réellement déplacé, du plus mauvais goût. C'était ridicule. Même Elliott avait assuré qu'il n'y avait rien de mal à cela, et il connaissait les bonnes manières.

— Ah bon ? fit Jasper. Quelle joie pour les autres invités...

— Vous ne les aimez vraiment pas, n'est-ce pas ? Pourtant, ce sont votre tante et votre cousin.

— Non, corrigea-t-il fermement. Ce sont la tante et le cousin de la pauvre Charlotte – lady Forester est la sœur de son père.

— C'est la famille de votre beau-père.

— Du second mari de ma mère, oui.

— Lui non plus, vous ne l'aimiez pas ?

C'était une question bien impertinente, songea-t-elle trop tard.

— Il était pieux et vertueux. Il n'avait aucun vice, répondit-il en souriant. Il n'avait pas non plus d'humour, d'esprit, de compassion ni de joie. Il a épousé ma mère juste avant mon premier anniversaire et est mort juste après mon dix-huitième. Je n'en dirai pas davantage, parce que c'était le père de Charlotte. Et parce que je n'ai pas envie de gâcher cette très agréable demi-heure en votre compagnie.

Une demi-heure ? Déjà ? Grands dieux ! Elle avait compté ne pas s'éloigner plus d'un quart d'heure. Et que devaient penser les gens qui avaient remarqué qu'ils s'étaient isolés tout ce temps ? Quand bien même ils se trouvaient dans un pavillon de verre et que, de la terrasse comme de la pelouse, tout le monde pouvait les voir.

Elle se leva, lissa sa jupe. Il n'avait pas bougé. Il demeurait assis, parfaitement à l'aise, sur la banquette de fer forgé – décidément fort étroite, elle s'en rendait compte maintenant –, le bras négligemment posé sur le dossier.

— Margaret doit être rentrée de sa promenade en barque avec le marquis d'Allingham, dit-elle. Il faut que j'aille la retrouver.

— Faites ce qu'il faut que vous fassiez, mademoiselle Huxtable. Quant à moi, je resterai ici aussi longtemps que le parfum de vos cheveux flottera dans l'air et ne sera pas dominé par celui des roses, plus puissant mais moins agréable.

— Vous dites encore des absurdités ! s'esclaffa-t-elle.

— La vie est pleine d'absurdités. *Heureusement*, ajouta-t-il doucement.

Katherine s'éloigna précipitamment. Elle avait l'impression qu'il l'avait caressée. Mais comment diable y parvenait-il sans même la toucher ? C'était quelque chose dans sa voix, dans ses yeux...

« Il me semble que je sentirais mon cœur battre plus vite et mon âme s'éveiller de sa longue léthargie », avait-il répondu quand elle lui avait demandé comment il réagirait si elle lui disait qu'il était le cœur de son cœur.

Elle sourit.

« Ou alors, avait-il ajouté, je déclarerais que j'ai gagné mon pari. »

Elle laissa échapper un petit rire.

Inutile de chercher à le nier : elle venait de passer une bien agréable demi-heure.

C'est alors qu'elle avisa Vanessa et Elliott qui buvaient un verre de vin sur la terrasse en compagnie d'un autre couple. Elle leur fit signe et alla les rejoindre.

11

Jasper eut un avant-goût des ennuis à venir, de bonne heure le lendemain matin, tandis qu'il se promenait à cheval dans Hyde Park malgré les nuages bas et la bruine qui menaçait de virer à la pluie. Il était presque seul sur Rotten Row. Seuls Isaac Kerby et Hal Blackstone étaient là, qui montaient ensemble.

L'apercevant, ils s'arrêtèrent et attendirent qu'il les ait rejoints.

— Ah, Monty, tu as du mal à trouver le sommeil ? fit Hal en guise de salut. Il paraît que c'est l'un des effets de l'amour.

Il sourit à Isaac qui lui rendit son sourire – comme si quelqu'un venait de dire quelque chose d'incroyablement drôle.

Jasper haussa un sourcil interrogateur.

— *L'amour ?* répéta-t-il. L'amour affecterait *mon* sommeil ?

— J'ai raconté à Hal comment tu nous avais cruellement repoussés, Charlie et moi, hier, à la garden-party des Adam.

Comme ils se remettaient en route, Jasper tira sur les rênes de son cheval pour qu'il aille à la même allure d'escargot que les leurs.

— Repoussés ? répéta-t-il. Cruellement ?

Ils choisirent de redoubler d'ironie.

— Tu vois que l'amour est aveugle, Isaac. Il ne vous a même pas vus !

— Ah, répondit l'intéressé. C'est donc une mouche qu'il a dû chasser. Dire que Charlie et moi avons cru que Monty nous envoyait au diable tant il était enchanté par les charmes de la dame.

Diable ! Jasper comprit enfin à quoi ils faisaient allusion.

— Mlle Katherine Huxtable est incomparablement plus jolie que Charlie et Isaac, tu en conviendras, Hal. Nous admirions les roses ensemble. Et j'ai fort bien dormi cette nuit, je vous remercie.

— Plus d'une demi-heure à regarder les roses, commenta Isaac. Vous avez compté tous les pétales de chaque bouton, Monty ? Crois-moi, les gens se sont posé des questions – je les ai entendus. Avoue que cela ne te ressemble pas de rechercher la compagnie d'une femme seule *en public*. Un conseil, mon vieux : si tu ne veux pas te retrouver avec la corde au cou, reste seul à l'avenir pour compter les pétales des roses. Ou évite tout simplement de le faire si tu ne veux pas que tes amis pensent que tu as perdu la tête.

— Je trouve désolant qu'un homme ne puisse profiter de la compagnie d'une dame en société sans risquer de tomber dans le piège du mariage, observa Jasper.

Cela dit, il avait toujours soigneusement évité les situations susceptibles de faire naître les conjectures ridicules auxquelles il avait apparemment prêté le flanc la veille. À l'avenir, il avait intérêt à se montrer plus prudent.

— Ne s'agit-il pas justement de celle avec qui tu as valsé au bal Parmeter ? glissa Isaac. Voilà qui devait valoir le coup d'œil ! Que je regrette de ne pas avoir assisté à la scène ! J'ignorais même que tu savais danser.

— Et n'est-ce pas non plus la demoiselle avec qui tu t'es longuement promené dans le parc un jour ou deux après le bal ? renchérit Hal. Celle qui doit venir passer deux semaines cet été à Cedarhurst ?

— Ah, vous êtes au courant ? demanda Jasper.

— J'ai croisé Merton hier soir, et il m'en a parlé, expliqua Hal.

— Dans ce cas, tu sais également que Merton lui-même ainsi que l'aînée des sœurs Huxtable y seront également – tous trois invités par ma sœur.

Ses amis se contentèrent de rire.

Il allait vraiment faire plus attention, se promit Jasper. Cela lui avait tellement plu de flirter avec Katherine Huxtable qu'il en avait négligé les règles élémentaires de prudence qui étaient les siennes depuis des années. Prudence qui, du reste, se retournait aujourd'hui contre lui, car il était tellement inhabituel de le voir passer plus de trente secondes en compagnie d'une dame que lorsque cela se produisait, tout le monde le remarquait.

Toutefois, le problème ne l'inquiéta pas outre mesure. Cette rumeur naissante retomberait comme un soufflé dès qu'il reprendrait ses distances avec Katherine Huxtable.

Revigoré par l'air frais du matin et la petite pluie qui avait commencé à tomber, il envisagea avec plaisir la journée qui s'annonçait, et qu'il allait occuper avec des activités des plus agréables – à commencer par cette promenade à cheval sur Rotten Row, inhabituellement désert.

Il éperonna son cheval, et ses amis l'imitèrent.

Katherine eut un avant-goût des ennuis à venir par Constantin. Il vint leur rendre visite, à Margaret et à elle, le lendemain de la garden-party. Elles étaient restées à la maison parce que le temps avait tourné. Toute la matinée, la bruine avait alterné avec des averses plus fortes, et les nuages avaient commencé à se dissiper trop tard dans l'après-midi pour qu'elles sortent.

Elles s'en réjouirent quand Constantin s'annonça. Elles appréciaient beaucoup sa compagnie dont elles ne profitaient que trop rarement. Il prit le thé avec elles et s'attarda une bonne demi-heure avant de se lever pour prendre congé.

— On dirait que le soleil cherche enfin à percer, remarqua-t-il en jetant un coup d'œil par la fenêtre. Je suis venu en carrick. Je ne peux donc prendre qu'un passager. Autrement, je vous inviterais toutes les deux à faire un tour dans le parc avec moi.

— Merci, Constantin, mais je refuserais de toute façon, assura Margaret. Ces véhicules de sport me terrifient. Il me faut un barouche, un cabriolet ou une voiture fermée pour me sentir en sécurité.

— Dans ce cas, j'emprunterai un barouche un de ces jours, promit-il, et je reviendrai vous chercher, Margaret. Et vous Katherine, vous sentez-vous de taille à m'accompagner, ou tremblez-vous également de peur ?

Elle mourait d'envie de profiter du beau temps revenu, d'autant qu'elle avait horreur de passer toute une journée enfermée.

— Je viendrais avec plaisir, assura-t-elle. Laissez-moi juste le temps d'aller chercher mon chapeau.

Un moment plus tard, ils roulaient dans le parc. Ravie, Katherine admirait le paysage et observait les autres promeneurs du haut de son siège perché à côté de celui de Constantin.

— Il paraît que Monty vous a invités à passer deux semaines chez lui, à Cedarhurst Park, en août, Katherine ? dit-il.

— Oui. Nous y allons tous les trois, Margaret, Stephen et moi-même, confirma-t-elle. Mais c'est *Mlle Wrayburn* qui nous a conviés à la partie de campagne en l'honneur de son dix-huitième anniversaire, précisa-t-elle.

Pourquoi se sentait-elle soudain sur la défensive ?

Constantin manœuvra son véhicule de façon à dépasser un groupe de voitures et de piétons qui suivaient le circuit habituel de l'après-midi. Ils se retrouvèrent bientôt dans une longue allée moins encombrée.

— Katherine, commença-t-il, au risque de passer pour un chaperon tatillon, je dois vous mettre en garde. Soyez très prudente. Pour une raison connue de lui seul, Monty vous poursuit de ses assiduités. Or il est fort peu probable que ce soit le mariage qu'il ait en tête – il ne l'envisage jamais.

Katherine éprouva une vague d'indignation et... d'humiliation ?

— Franchement, Constantin, c'est tout à fait inutile. Est-ce pour cela que vous m'avez amenée ici cet après-midi, sans Margaret ? Parce que vous vous sentez responsable de moi ? Je ne vois pas ce qui peut vous donner cette impression alors que j'ai Stephen et Elliott pour me protéger si tant est que j'en aurais besoin. Ou est-ce que vous n'avez pas confiance en moi ? À vingt-trois ans, j'ai eu le temps d'apprendre une ou deux choses sur la vie. Et en tout cas, à reconnaître un... séducteur. Je sais que lord Montford est réputé l'être, et je m'en serais rendu compte même si vous ne m'aviez pas mise en garde autrefois. Je suis parfaitement capable de repousser les avances déplacées qu'il pourrait me faire. Sachez qu'il ne m'en a pas fait.

— Pas même il y a trois ans ? Je n'étais pas à Londres à l'époque, mais je *sais* que vous avez parfaitement réagi en devinant tout de suite ses intentions et en l'entraînant à l'écart pour le réprimander et le remettre à sa place de façon cinglante. Il l'a avoué à ses amis le lendemain même. Autrement, ou s'il avait réussi dans sa coupable entreprise, je pense qu'il ne serait plus là pour s'en vanter ou recommencer à vous harceler.

Le cœur de Katherine s'était mis à battre à coups redoublés. Ainsi, Constantin était au courant du pari d'autrefois ? Depuis le début ? En revanche, il ignorait ce qui s'était réellement produit. Lord Montford aurait donc menti en racontant cette soirée ? Il l'aurait fait passer pour irréprochable, héroïque, même ? Au risque de se rendre, lui, ridicule ?

— Si vous êtes au courant de cet épisode, observa-t-elle presque surprise d'être capable de parler, vous devriez me faire confiance, à présent. Je n'ai nul besoin que vous me sermonniez, Constantin. Du reste, vous êtes un ami de lord Montford. N'avez-vous donc aucune confiance en lui ?

— Monty pourrait avoir l'impression qu'il a quelque chose à prouver après cet échec retentissant. Il s'en est trouvé tellement gêné, figurez-vous, qu'il a quitté Londres et n'y est pas revenu de toute une année. Il sait être charmant quand il le veut, Katherine. N'oubliez pas que je le connais depuis longtemps.

— Peut-être est-il simplement aimable, fit-elle valoir.

— Monty ne danse *jamais*. Pourtant, il a valsé avec vous au bal de lady Parmeter. Il ne se promène *jamais* au parc avec une dame à son bras. Pourtant, il est revenu de la Serpentine avec vous.

— Ainsi que Margaret, Stephen et sa sœur, lui rappela-t-elle, redoublant d'indignation. Tout cela est ridicule, Constantin.

Mais il n'en avait pas fini.

— Il a également passé toute une heure avec vous dans un pavillon à l'écart, lors de la garden-party des Adam, hier, ajouta-t-il. Je n'y étais pas, certes, mais même en admettant que les gens ont exagéré, que l'heure était en fait une demi-heure, et que le pavillon et ses occupants étaient visibles de tous, vous vous êtes trouvée *seule* avec Monty, assise suffisamment près de lui et pendant suffisamment de temps pour attirer l'attention. D'aucuns vont jusqu'à affirmer qu'il vous a passé le bras autour des épaules.

... pendant suffisamment de temps pour attirer l'attention.

D'aucuns vont jusqu'à affirmer...

Soudain, elle eut très froid.

— Je ne vous croyais pas homme à prêter l'oreille à ces commérages, Constantin, souffla-t-elle d'une voix tremblante.

— Difficile de faire autrement quand on se trouve au milieu de gens qui ne parlent que de cela. Ce qui était mon cas hier soir. En général, je ne m'intéresse pas à ces bavardages. Mais quand il est question d'une de mes cousines – et d'une cousine à laquelle je suis très attaché –, j'y fais attention.

— Ce ne sont que des ragots malveillants et mensongers. Et les autres messieurs avec lesquels j'ai dansé au bal Parmeter ? Parle-t-on d'eux ? Et Margaret qui est allée jusqu'à la Serpentine au bras de lord Montford tandis que je marchais avec Stephen et Mlle Wrayburn ? Parle-t-on d'elle ? Hier, nous n'avons pas passé ensemble plus d'une demi-heure, et dans un pavillon de verre à quelques mètres de la terrasse et de la pelouse où se trouvaient presque tous les invités. Margaret a passé plus de temps en barque avec le marquis d'Allingham que moi avec lord Montford. Parle-t-on d'eux ? Sachez aussi que lord Montford n'avait pas le bras sur mes épaules, mais sur le dossier de la banquette qui était étroite. Il ne m'a pas frôlée une seule fois.

— Je comprends votre colère, Katherine, assura-t-il en empruntant un chemin qui les ramènerait vers l'allée principale, mais je ne suis pas certain que vous compreniez comment fonctionne la bonne société. Il n'est pas nécessaire que les commérages reposent sur un fondement vrai. Ils sont construits sur des demi-vérités, des impressions, des exagérations, des conjectures et la tendance des hommes à croire le pire de leurs semblables, et même à y prendre plaisir. Et Monty se conduit d'une façon qui ne lui ressemble pas, vous savez. Croyez-moi, jamais il ne distingue une dame en société. C'est parce que, ces derniers temps, il l'a fait plusieurs fois, et toujours avec la même dame, que tout le monde l'a remarqué. Hélas, il se trouve que l'objet de ses attentions, c'est vous. Je lui dirai un mot : il devrait savoir que c'est imprudent – et il le sait certainement. L'ennui, c'est qu'il se moque comme d'une guigne du qu'en-dira-t-on. Je vous en conjure, faites attention. Non pas à votre vertu – je *sais* qu'elle n'a rien à craindre –, mais à votre réputation. Monty a beau être mon ami, Katherine, c'est une source d'ennuis.

Ils avaient quitté l'ombre des arbres. Katherine ouvrit son ombrelle pour se protéger du soleil qui brillait maintenant pour de bon.

— Tous ces avertissements sont parfaitement inutiles, Constantin, mais je me souviendrai que c'est votre affection pour moi qui les motive. Et j'y suis toujours très sensible. Je regrette que nous ne nous soyons pas connus dès l'enfance, comme cela aurait dû être le cas puisque nous sommes cousins. J'aurais aussi connu Jonathan. Je suis certaine que je l'aurais aimé.

Jonathan était le frère cadet de Constantin. Fils légitime de leurs parents, il avait été quelque temps comte de Merton après la mort de leur père. Handicapé, il était mort à l'âge de seize ans, laissant à Stephen le titre, ainsi que les propriétés et la fortune qui s'y rattachaient. Constantin avait décrit un jour son frère comme un être tout d'amour.

Il tourna la tête et lui sourit.

— Vous êtes pressée de changer de sujet, n'est-ce pas ? devina-t-il. Très bien. Oui, vous auriez aimé Jonathan. Et il vous aurait adorée. Il vous aurait tous adorés.

Katherine se détendit et s'efforça de profiter de la fin de la promenade.

Mais elle demeurait comme engourdie par le choc.

Des ragots couraient sur elle ! Sur elle, et sur *lord Montford*.

Et elle était fautive, au moins en partie. Elle aurait pu refuser de danser avec lui au bal de lady Parmeter. Elle aurait pu insister pour rester au bras de Stephen lors de cette promenade à Hyde Park et laisser lord Monford revenir de la Serpentine avec Margaret ou sa sœur. Elle aurait pu lui dire fermement, la veille, qu'elle souhaitait être seule dans le pavillon. Mieux, elle aurait pu se lever, le saluer poliment et s'en aller.

Oh, oui, elle était en partie fautive. Car elle avait trouvé sa compagnie fort divertissante, et sa conversation spirituelle et stimulante, même si elle réprouvait sa conduite et se répétait qu'elle ne voulait rien avoir à faire avec lui. D'autant qu'elle savait parfaitement qu'il ne mijotait rien de bon.

Il fallait vraiment qu'elle se montre plus prudente. Elle devrait l'éviter soigneusement jusqu'à la fin de son séjour à Londres. Et lors de son séjour à Cedarhurst Park – qu'elle regrettait, maintenant, d'y aller ! –, elle devrait veiller à rester *tout le temps* avec Margaret, Stephen, Mlle Wrayburn ou l'un des autres invités.

Hélas, toutes ces bonnes résolutions arrivèrent trop tard !

Ce fut le lendemain que les ennuis frappèrent Jasper de plein fouet. Il avait accepté une invitation à la soirée Clarkson, mais comme il était certain que Katherine Huxtable s'y trouverait, il lui avait paru raisonnable de ne pas s'y rendre. Il aurait pu y aller, certes, et faire taire les mauvaises langues en passant la soirée loin d'elle, mais cela aurait été d'un ennui mortel, et il évitait autant que possible de s'ennuyer.

Il avait donc fait plaisir à Charlotte en passant la soirée entière avec elle.

Il fut donc pris au dépourvu quand, arrivant à son club le lendemain matin, il fut accueilli par une véritable armée d'amis, de connaissances et de simples curieux.

— Monty, quelle surprise ! s'exclama le vicomte Motherham. Nous étions tous persuadés que tu avais fui à toutes jambes à l'heure qu'il était.

— Quel courage, mon vieux, renchérit Barney Rungate. J'étais loin de me douter. Cela dit, j'aurais dû parier que tu viendrais ici comme si de rien n'était – et j'aurais gagné.

— Du courage ? répéta Charlie Field. Je dirais plutôt de l'inconscience, Rungate. Tu ne trouves pas un peu suicidaire d'être encore à Londres ce matin, Monty ? Même Cedarhurst ne me semble pas une retraite suffisamment sûre. Que dirais-tu plutôt des plaines d'Amérique ?

— Vous êtes fichu, Monty, affirma un inconnu. Aucun doute.

— Je crois savoir que le duc de Moreland, le comte de Merton et Constantin Huxtable sont à vos trousses, précisa un autre. Pour n'en mentionner que trois.

Mais de quoi diable parlaient-ils ?

Jasper haussa les sourcils et eut une moue dédaigneuse.

— Où sont passés les journaux ? s'enquit-il. Est-ce encore Norton qui les a tous pris ? On dirait que j'ai manqué un événement d'importance, qui a même fait perdre la tête à trois messieurs.

— Monty, répondit Charlie Field en lui flanquant une tape sur l'épaule, oublie les journaux pour l'instant. Ces trois-là t'auraient sans doute déjà trouvé et fait passer un mauvais quart d'heure s'il ne leur avait pas semblé plus important de commencer par s'occuper de Forester. C'est ton cousin, il me semble ?

Jasper se figea. Il ne rectifia même pas.

Pour la première fois, il eut le pressentiment d'un désastre imminent.

— Je suis consterné, lâcha-t-il d'un ton blasé. On juge donc *Forester* plus important que moi ? Qu'a-t-il pu faire, ou dire, pour mériter une telle distinction ?

— Il s'agit plutôt de ce que quelqu'un d'autre a pu dire, Monty, expliqua Motherham. Mais personne ne sait *qui*, puisque, en toute logique, personne n'avoue avoir été incapable de tenir sa langue et l'avoir dit. Quoi qu'il en soit, *quelqu'un* a parlé à Forester de ce pari que tu as perdu il y a quelques années. Quelques dizaines d'entre nous sont au courant, bien sûr, mais personne n'a jamais brisé le code d'honneur des gentlemen et révélé quoi que ce soit à l'extérieur de notre cercle – d'autant que la réputation d'une innocente jeune fille était en jeu. Enfin, personne jusqu'à maintenant. Mais voilà que quelqu'un en a parlé à Forester – peut-être parce que c'est ton cousin et que celui qui l'a fait le croyait déjà au courant.

Jasper le regarda fixement, sans plus feindre le moindre détachement. C'était bien pire que tout ce qu'il avait pu imaginer.

— Et... ? dit-il doucement.

— Et Forester a passé toute la soirée d'hier, chez les Clarkson, à le raconter à qui voulait l'entendre, répondit Motherham. Sauf qu'il a changé quelques détails et fait planer le doute sur l'honneur de la dame, et sur ta version des faits selon laquelle tu avais bel et bien perdu ton pari. Il a déclaré que son comportement cette année indiquait qu'elle ne t'avait pas éconduit à l'époque. Et qu'elle ne t'avait sans doute pas non plus éconduit en d'autres occasions depuis.

— C'est un désastre, mon vieux, assura Charlie assez inutilement en lui tapant de nouveau sur l'épaule. Tu sais que les ragots sont comme le contenu de la boîte de Pandore. On ne peut les faire rentrer une fois sortis.

— Si tu ne décampes pas, tu es fait comme un rat, assura Hal.

— Et si tu décampes, Monty, observa Barney Rungate, la petite Huxtable n'aura plus aucune chance de se marier. Et sa sœur non plus, sans doute. Merton lui-même sera peut-être indésirable pour un temps. C'est une affaire diabolique. Je me demande si Moreland, Merton et Constantin vont jouer à pile ou face pour savoir lequel logera une balle entre les deux yeux de Forester – avant de s'en prendre à toi, bien sûr. Comment as-tu pu te retrouver avec une vermine comme Forester pour cousin ? Ce n'est vraiment pas de chance. Et que diable lui as-tu fait pour qu'il en vienne à fomenter une pareille vengeance ?

Jasper avait recouvré une partie de sa célèbre nonchalance. Il parvint même à bâiller discrètement derrière sa main, encore que c'était assurément en faire un peu trop.

— Ma mère a eu la malchance d'épouser son oncle, expliqua-t-il. Ce n'est donc pas mon cousin et je serais heureux de ne plus jamais l'entendre dire le contraire. Je pense qu'il a été vexé de s'entendre appeler *sir Clarrie* au lieu de sir Clarence. C'est là une provocation qui justifie amplement une attaque contre une jeune femme qui n'a jamais rien fait pour l'offenser et qui est parfaitement innocente des fautes dont on l'accable. J'espère que tout le monde, ici, en est persuadé, n'est-ce pas ? fit-il d'une voix mortellement calme.

Un murmure général d'assentiment se fit entendre.

— Plus blanche que neige, Monty, assura Charlie. Personne n'en a jamais douté. Pas ici, en tout cas. Mais est-ce que ce sera le cas dans les salons ? Je crois que lady Forester était avec son fils hier soir et a confirmé tout ce qu'il disait. Enfin, jusqu'à ce qu'elle ait des vapeurs, et qu'il faille la porter dans sa voiture. Il paraît que c'était un spectacle bouleversant.

— Bien, fit Jasper en balayant la salle du regard. Si Norton a encore pris tous les journaux, je n'ai pas de raison de rester ici, n'est-ce pas ? Je vais devoir trouver autre chose pour me distraire. Je vais aller à la chasse à la fouine, tiens.

Personne ne lui demanda ce qu'il entendait par là. Personne n'essaya non plus de le retenir. Et si Charlie Field lui donna encore une tape sur l'épaule suivie d'une pression amicale, personne ne proposa non plus de l'accompagner.

Quelques minutes plus tard, il descendait la rue. Deux messieurs qui se dirigeaient vers le club avisèrent sa mine et devinèrent que le saluer ou compatir à ses malheurs serait une fort mauvaise idée.

Les ennuis frappèrent Katherine de plein fouet alors qu'elle prenait son petit déjeuner avec Margaret. Elles s'étaient attardées à table pour évoquer joyeusement les années qu'elles avaient passées à Throckbridge. Elles devaient retrouver Vanessa un peu plus tard pour faire des courses sur Bond Street et venaient de convenir qu'il était plus que temps de se préparer si elles ne voulaient pas être en retard.

Elles n'eurent pas le temps de se lever que la porte s'ouvrit à la volée et que Vanessa elle-même se rua dans la pièce. Elle repéra aussitôt Katherine.

— Dieu merci ! s'exclama-t-elle en se précipitant vers elle. Margaret et toi n'êtes pas sorties plus tôt que prévu !

Avant que Katherine ait pu se lever pour l'embrasser et lui demander ce qui se passait, Elliott, duc de Moreland, entra à son tour, affichant une expression sombre et menaçante.

Vanessa avait quant à elle l'air d'avoir croisé un revenant.

Katherine se leva d'un bond, imitée par Margaret.

— Nessie ? fit Katherine, affolée, en portant la main à son cœur. Les enfants ?

Vanessa secoua la tête, mais ce fut Elliott qui répondit.

— J'aurais dû vous parler après la garden-party, Katherine, attaqua-t-il en s'avançant dans la pièce. Cependant, même si je l'avais fait, ç'aurait été trop tard vu la tournure que prennent les événements. Votre nom se trouve inextricablement lié à celui de l'un des pires débauchés de Londres, je le crains.

Oh, encore cette histoire ! Elle ne fit pas semblant de ne pas comprendre.

— Lord Montford ? fit-elle. Il y a bel et bien des commérages ? C'est ridicule et sans fondement. Constantin m'a mise en garde hier et, par prudence, Margaret et moi avons préféré ne pas aller chez les Clarkson hier soir. Le soufflé va sans aucun doute retomber dès que...

— Oh, Katharine, fit Vanessa en lui prenant les mains et en les serrant à lui faire mal, que t'a-t-il fait, ma chérie ? Pourquoi ne nous en as-tu pas parlé ?

— Ce qu'il m'a f... fait ?

Katherine regarda tour à tour Vanessa et Elliott, stupéfaite, mais aussi en proie à une inquiétude grandissante.

— Que veux-tu dire ? Il n'a rien fait d'autre que danser avec moi et s'asseoir à côté de moi à une garden-party. Que raconte-t-on, exactement ?

Elle vit que Margaret pressait la main contre sa gorge.

Elliott poussa un soupir.

— Nous n'étions pas non plus à la soirée d'hier. Nous assistions à un dîner privé. Mais la tante et le cousin de Montford, eux, y ont passé une heure – le temps qu'il faut, en tout cas, pour propager des rumeurs dont j'espère qu'elles ne sont rien d'autre que cela, des *rumeurs*. Quand bien même, des ragots infondés peuvent considérablement nuire à votre réputation, Katherine. Avez-vous fait la connaissance de lord Montford il y a trois ans, lors de votre premier séjour à Londres ? Vanessa et moi avons réfléchi en venant ici, et nous nous sommes demandé si cela avait pu se produire durant la semaine où nous étions à la campagne avec Margaret et Stephen et vous avions laissée ici avec ma mère. L'avez-vous rencontré à ce moment-là ?

Katherine se sentit soudain glacée. Si elle en avait été capable, elle se serait rassise, mais il lui semblait que ses genoux s'étaient bloqués.

— Cecily et moi avons été invitées à Vauxhall avec des amis de lady Beaton, commença-t-elle. Mlle Finley – qui est aujourd'hui Mme Gooding – est venue avec son frère sans en avertir lady Beaton parce que M. Gooding s'était foulé la cheville.

— Katherine, l'interrompit Vanessa qui lui tenait toujours les mains, que t'a-t-il fait ?

— Katherine ? fit Margaret d'une voix étonnamment haut perchée.

— Il n'a rien fait, répondit-elle.

— A-t-il *tenté* de faire quelque chose ? intervint Elliott.

Son premier mouvement fut de tout nier en bloc. Mais, à l'évidence, l'heure n'était plus aux mensonges ni aux dérobades. De gros ennuis s'annonçaient – c'était probablement un colossal euphémisme –, et il était important que sa famille sache la vérité.

La tension dans la pièce était à couper au couteau.

— Il avait fait un pari, avoua-t-elle. Un pari inscrit dans le livre d'un club – je ne sais pas lequel. Il avait deux semaines pour me séduire. C'est lui qui avait persuadé M. Gooding de feindre de se fouler la cheville afin d'accompagner sa sœur à sa place.

Les yeux sombres d'Elliott étaient rivés aux siens. Margaret et Vanessa étaient aussi immobiles que des statues.

— Et ? demanda son beau-frère d'une voix qui claqua comme un coup de fouet. A-t-il réussi dans son entreprise ?

Katherine secoua la tête.

— Non, murmura-t-elle d'une voix à peine audible. Non, il n'a pas réussi. Et c'est ce qu'il a dit à son retour au club. Il n'a pas gagné son pari. Il n'a pas menti. Il ne m'a rien fait.

Elle ne se sentait pas la force d'avouer toute la vérité.

Vanessa avait la main plaquée sur la bouche. Margaret pleurait en silence, s'efforçant d'étouffer ses sanglots.

— Forester – sir Clarence Forester, précisa Elliott, qui paraissait soudain très las, devra répondre à quelques questions quand je l'aurai trouvé. Il n'était à aucun club lorsque j'y suis passé tout à l'heure. Quelque grief qu'il puisse avoir vis-à-vis de son cousin, cette façon de se venger est impardonnable. Ensuite, ce sera au tour de Montford. Peut-être n'a-t-il pas gagné son pari – je vous crois, Katherine –, mais il n'est pas vrai qu'il n'ait *rien* fait. Il a fait cet ignoble pari, et il s'était mis en tête de le gagner.

Margaret prit la parole d'une voix tremblante.

— Sir Clarence Forester et sa mère sont ces gens qui nous ont arrêtés dans le parc, et nous ont poussés à croire que nous nous étions mal comportés. Alors que ce sont *eux* qui se sont mal comportés – délibérément et irréparablement. Qu'a donc fait Katherine pour mériter une telle haine ? Oh, si je pouvais leur mettre la main dessus !

— Je m'en chargerai pour vous, Margaret, promit Elliott. En attendant, il vaut mieux que vous ne sortiez ni l'une ni l'autre. Il y a trop...

La porte s'ouvrit de nouveau brutalement, et Stephen fit son entrée. Ses cheveux ébouriffés par sa sortie matinale à cheval formaient un halo autour de sa tête. Ses yeux lançaient des éclairs et il était aussi blanc que sa chemise.

— J'arrive à temps, Dieu merci ! s'exclama-t-il en regardant Katherine. Ne sors sous aucun prétexte ce matin, Katherine. Il y a une fripouille doublée d'un menteur dans cette ville, à qui je viens de flanquer une raclée. J'en aurais fait davantage si ce c... si ce couard ne s'était pas enfui. Avec le nez en sang, tout de même. Je sais que ce n'est qu'un tissu de mensonges, Katherine - Monty est mon ami et toi ma sœur. Mais même si...

Si la porte ne s'ouvrit pas une troisième fois, ce fut uniquement parce que Stephen ne l'avait pas refermée. Cela dit, à en juger par son expression, Constantin l'aurait traversée sans l'ouvrir si une porte fermée s'était trouvée sur son passage.

— Constantin, l'avertit Katherine en levant une main tremblante, si vous êtes venu pour me dire que vous m'aviez prévenue, je vais d'abord crier très fort et, ensuite, vous gifler.

Sur ce, elle éclata en sanglots. Aussitôt, ses sœurs l'entourèrent, lui murmurant des paroles de réconfort. Mais comment trouver du réconfort dans une telle situation ?

— Forester est malin, déclara Constantin. Quand je me suis présenté chez lui tout à l'heure, il a fait ouvrir par sa mère plutôt que par un domestique si bien que, sauf à l'assommer d'un coup de tête - et l'envie ne m'en manquait pas -, je n'ai pas pu entrer. À l'en croire, son fils a été victime d'un accident ce matin : il a été attaqué par une bande de va-nu-pieds féroces auxquels il a opposé une courageuse résistance.

— C'était moi, Constantin, lui apprit Stephen.

— Ravi de l'apprendre. C'est la première bonne nouvelle de la matinée. J'ai manqué cette fichue soirée - pardonnez mon langage, mesdames. Mais maintenant que je me suis assuré que Katherine était en sécurité, je vais rendre une petite visite à Monty.

— Tu peux me laisser m'en charger sans crainte, déclara Elliott avec raideur.

Levant les yeux, Katherine les vit tous deux – des cousins germains élevés comme des frères et qui se ressemblaient presque autant que des jumeaux – échanger un regard noir et crut qu'ils allaient se mettre en garde.

— Oh, arrêtez ! s'écria-t-elle. Ce n'est pas lord Montford qui a propagé ces horribles rumeurs – ces mensonges, plutôt, si l'on dit qu'il a gagné ce pari grotesque il y a je ne sais combien d'années. S'il ne l'a pas gagné, c'est parce qu'il a choisi de ne pas le faire. Il m'a dit ce qu'il en était et... et nous en avons bien ri. J'imagine que ce scandale ne lui fait pas plus plaisir qu'à moi. Toute cette histoire est aussi stupide que ridicule et je ne vous laisserai pas vous battre pour défendre mon honneur ni vous livrer à toutes ces idioties que l'on fait passer pour l'honneur viril. Je ne veux pas en entendre parler. C'est compris, Stephen ?

Ses sœurs se tenaient à côté d'elles sentinelles silencieuses.

— C'est compris, Katherine. Mais ce n'est pas...

— C'est compris, Elliott ? coupa-t-elle.

— Parfaitement, mais...

— C'est compris, Constantin ?

Il haussa les épaules en signe d'acceptation.

— Et je ne veux plus non plus qu'Elliott et vous poursuiviez votre querelle *ridicule* en ma présence ou en celle de Margaret, enchaîna-t-elle, incapable de s'arrêter maintenant qu'elle avait commencé. J'ignore de quoi il s'agit et je ne veux pas le savoir. Cela m'est égal. Les hommes sont si bêtes. Allez vous disputer ailleurs, si vous y tenez. Entretuez-vous, si ça vous chante. Mais pas ici ! Et maintenant, sortez. Tous.

Je veux rester seule. Ou, plutôt, je vais monter dans ma chambre. Seule.

Sur quoi elle sortit, la tête haute.

Elle ignorait ce qu'ils décideraient de faire au sujet de la situation fâcheuse dans laquelle elle se trouvait ou des deux hommes par la faute desquels elle en était arrivée là. Et cela aussi lui était égal.

Elle était déshonorée.

Cela, elle n'en doutait pas.

Et, comme elle se l'était avoué lors de sa promenade avec Constantin dans Hyde Park, elle était fautive, au moins en partie.

Elle s'était crue bien plus adulte et bien plus expérimentée qu'il y a trois ans. Pourtant, elle s'était laissé piéger par un séducteur chevronné aussi facilement cette fois que la précédente. Inutile de le nier.

Et maintenant elle était déshonorée.

Il ne lui vint pas une seconde à l'esprit que, peut-être, le châtiment était disproportionné par rapport au crime.

12

Le temps que Jasper arrive chez lady Forester et Clarence, ces derniers étaient déjà partis. Sans doute galopaient-ils vers le Kent.

Il envisagea un instant de les suivre, mais, malheureusement, des affaires plus urgentes le retenaient à Londres.

Il eut tout de même la satisfaction de parler à l'un des domestiques, aussi vite congédiés qu'ils avaient été engagés, et qui n'avait pas encore quitté la maison – un homme, donc, qui estimait ne rien devoir, en termes de loyauté, à ses employeurs de quelques jours. Ce dernier lui apprit que Clarence s'en était allé avec le nez violacé et les yeux au beurre noir. Il *prétendait*, avait expliqué le domestique d'un ton narquois, avoir récolté ces blessures lors d'une attaque par une bande de voyous. Enfin, c'était Madame qui le prétendait, car Monsieur n'était pas en état de dire grand-chose.

Cependant, même cette nouvelle ne suffit pas à satisfaire Jasper. Moreland, Merton ou Constantin Huxtable s'étaient chargés de faire ce qu'il aurait dû faire, *lui*. Sauf qu'il aurait considéré un nez cassé et deux yeux pochés comme un préliminaire à une raclée plus complète.

Du reste, les trois mêmes devaient encore cracher des flammes et comploter pour lui faire subir le même sort.

Il rentra chez lui passer une tenue plus adaptée à une visite matinale et découvrit Charlotte en larmes dans la bibliothèque. Mlle Daniels semblait incapable de la consoler. Une lettre ouverte était posée sur le bureau.

— Que se passe-t-il ? demanda-t-il depuis le seuil.

— Jasper !

Charlotte releva vivement la tête. À son visage gonflé et à ses yeux rougis, il devina qu'elle pleurait depuis un moment déjà.

— Tante Prunella va m'envoyer dans le Kent. Oncle Seth a décidé que je devais y aller, que tu n'étais pas un tuteur convenable. Ce n'est pas vrai, dis ? Tu n'as pas dé... débauché Mlle Huxtable.

Oh, Seigneur !

— Charlotte, mon enfant, intervint Mlle Daniels qui semblait affreusement embarrassée.

— Non, ce n'est pas vrai, assura Jasper d'un air sombre, soulagé de ne pas mentir tout à fait. Mais c'est l'histoire qu'a racontée Clarence hier soir et que tout le monde croit aujourd'hui. C'est ton grand-oncle Seth qui te l'a rapportée ? s'enquit-il en jetant un coup d'œil à la lettre.

— N... non. C'est tante Pr... Prunella.

— Dans ce cas, elle doit seulement s'imaginer qu'il abondera dans son sens. Il vaut quand même mieux que je retourne le voir. Cela ne lui plaira pas plus qu'à moi, mais je n'ai pas le choix. Va te sécher les yeux et te passer de l'eau sur le visage, Charlotte. Tes larmes ne résoudront rien et risquent de te transformer en gargouille.

— Tout est gâché, gémit-elle en se remettant à pleurer de plus belle. Tous nos invités vont s'arranger pour annuler, et si jamais il y en a qui viennent, je ne serai de toute façon pas là pour les recevoir. Tante Prunella m'aura traînée dans le Kent, et je mourrai. Je *mourrai*, Jasper.

— Mais non, Charlotte. Et tu ne mourrais même pas si tout cela arrivait – mais je t'assure que, moi vivant, cela n'arrivera pas. Il faut que j'y aille. Pourquoi n'ai-je appris tout cela que ce matin alors que le monde entier était au courant dès hier soir, je ne le saurai jamais. Rappelle-moi de ne plus jamais passer une soirée à la maison. J'y vais !

— Et Mlle Huxtable, elle doit souffrir horriblement, ce matin, déclara soudain Charlotte. Je suis affreusement égoïste, n'est-ce pas ? La pauvre, ce doit être affreux, pour elle.

Comme si cette pensée ne le hantait pas déjà !

— J'y vais, dit-il fermement avant de sortir de la pièce – et de la maison sans, finalement, prendre le temps de se changer.

Il avait prévu autre chose, mais il devrait le remettre à plus tard.

Chez Seth Wrayburn, on le fit entrer. Il n'aurait pas été surpris outre mesure de se faire éconduire, mais ce ne fut pas le cas. Il trouva toutefois le vieux monsieur en proie à une colère noire.

— Bon sang, Montford ! gronda-t-il. Qu'est-ce que c'est que cette histoire et pourquoi tient-on à toute force à m'y mêler ? Si j'avais su quels ennuis m'attendaient en tant que tuteur, j'aurais dénoncé ce testament et refusé ce rôle.

— Je comprends fort bien que cela vous contrarie, reconnut Jasper en pénétrant dans la pièce. Clarrie a répandu les mensonges les plus pernicieux dans toute la ville, secondé par lady Forester, et à eux deux, ils ont fait des dégâts considérables. Cependant…

— Il n'y a pas de fumée sans feu, Montford. Ces mensonges reposent forcément sur un semblant de vérité. J'imagine qu'il y a bien eu un pari ? Concernant la sœur du jeune Merton ? Le pari le plus obscène, le plus abject jamais inscrit dans un registre de paris ? Et j'imagine que vous avez fait votre possible pour le gagner ?

Il fixa Jasper d'un regard noir, attendant sa réponse.

— Je le crains, oui, concéda ce dernier. Mais elle m'a repoussé en des termes on ne peut moins équivoques. Elle m'a envoyé sur les roses, en somme. Elle est parfaitement irréprochable dans toute cette histoire.

— J'espère qu'elle vous a également botté le derrière, pendant qu'elle y était. Ou même une partie de votre anatomie où vous auriez souffert davantage encore. Donnez-moi une seule bonne raison de laisser ma pupille à votre garde, désormais.

— Ce sont de fichus menteurs. Il est impensable d'envoyer Charlotte vivre chez eux.

— Clarence est un imbécile, concéda M. Wrayburn, et Prunella une raseuse de premier ordre. Je ne doute pas que ce soient également des menteurs – c'est un défaut fort répandu. En revanche, ce sont des gens respectables. Pas vous.

— Je compte faire le nécessaire pour réparer cela dans la journée. En sortant d'ici, j'irai trouver Merton, puis sa sœur. Il n'y a qu'une chose à faire et, par Dieu, je vais la faire.

— Si elle veut bien de vous, objecta M. Wrayburn. Elle serait bien bête d'accepter.

— Je crains qu'elle n'ait guère le choix, fit valoir Jasper d'un air sombre.

Le vieux monsieur attrapa sa canne à côté de son fauteuil et la pointa vers lui telle une arme.

— Si vous parvenez à faire retomber ce diable de scandale, Montford, je dis bien *si* vous y parvenez, je ferai savoir à Prunella qu'elle ne pourra désormais troubler ma paix que pour une question de vie ou de mort touchant ma petite-nièce. Si vous n'y parvenez pas, Prunella pourra emmener la petite et la lancer comme il faut l'année prochaine et lui dénicher un mari convenable, et ce ne sera pas Clarence, je vous le promets. Dans ces circonstances, c'est de *vous* que je ne voudrai entendre parler que s'agissant d'une question de vie ou de mort concernant votre sœur.

Me suis-je bien fait comprendre ? J'espère que vous ne reviendrez pas promener votre air faussement nonchalant par ici dans un jour ou deux, et que vous ne comptez pas prendre la mauvaise habitude de me rendre visite. Autrement, vous risquez de trouver porte close et de découvrir que mon majordome est devenu sourd.

— Vous n'entendrez plus parler de moi, assura Jasper. Je serai bientôt à Cedarhurst, avec Charlotte. Et d'ici l'année prochaine, j'aurai pris les dispositions nécessaires pour qu'elle fasse son entrée dans le monde sans y mêler lady Forester ni vous importuner aucunement.

— Diable, je l'espère. Je l'espère sincèrement, Montford. Je n'éprouve pas de sentiments avunculaires particuliers pour Charlotte, mais je ne souhaiterais à aucune jeune fille de se retrouver chez ces deux imbéciles - sauf s'il n'y avait pas d'alternative. Je vous souhaite une bonne journée.

Jasper s'inclina et sortit.

Et Mlle Huxtable, elle doit souffrir horriblement, ce matin. La pauvre, ce doit être affreux, pour elle.

Les paroles de Charlotte résonnèrent dans son esprit.

Oui, elle devait souffrir horriblement.

Il n'allait pas tarder à s'en rendre compte, sans doute.

Dans son esprit, la voix de Charlotte fit soudain place à une autre. Il eut beau faire, il ne parvint pas à la chasser. Tandis qu'il marchait, d'autres mots lui revenaient sans cesse - prononcés par Katherine Huxtable.

Je veux un homme exceptionnel. Le cœur de mon cœur. L'âme de mon âme... Je ne suis jamais parvenue à me persuader de me contenter de moins.

Il s'apprêtait pourtant à tenter de la persuader de se contenter de beaucoup moins.

Katherine était dans sa chambre à coucher quand Stephen revint peu après midi. Elle triait le contenu de ses tiroirs. Sa femme de chambre ferait ses valises tout à l'heure, ainsi que celles de Margaret. Elles regagneraient Warren Hall dès le lendemain, pour retrouver la paix et la raison. Elle avait hâte d'y être.

Elle n'aurait jamais dû venir. Et elle ne remettrait certainement jamais les pieds à Londres. Ou pas avant très, très longtemps. Cette pensée la réconforta.

Assise sur son lit, Margaret la regardait faire. Elles ne parlaient guère, mais elles trouvaient du réconfort dans la compagnie l'une de l'autre.

Margaret lui avait dit qu'elle aussi avait envie de rentrer, qu'elle mourait d'impatience, qu'elle n'était jamais vraiment heureuse qu'à la campagne et que, une fois à Warren Hall, elle voudrait ne jamais en partir.

Ni l'une ni l'autre ne jugea bon de rappeler que c'était chez Stephen et que, d'ici une dizaine d'années tout au plus, il se marierait sans doute et fonderait une famille. À chaque jour suffisait sa peine.

Elles n'avaient pas encore écrit à Mlle Wrayburn pour décliner son invitation à la partie de campagne du mois d'août. Elles comptaient le faire avant de partir.

Stephen s'en était allé avec Elliott et Vanessa, très certainement pour discuter avec eux de la suite à donner à ce scandale. Katherine ne se souciait pas de ce qu'ils décideraient. De toute façon, il n'y avait vraiment rien à faire. Quand il apparut sur le pas de la porte après avoir frappé et qu'elle l'eut invité à entrer, il était très pâle.

Katherine lui sourit et resta à genoux par terre, le contenu des tiroirs du bas de sa commode en piles autour d'elle.

— C'est Monty – enfin, Montford – qui nous a trouvés et pas le contraire, annonça-t-il. Il est venu chez Elliott.

Katherine s'assit sur ses talons.

— J'imagine que cette histoire ne l'amuse pas beaucoup, commenta-t-elle.

Elle l'espérait, en tout cas. Elle ne se faisait d'illusions à son sujet. Cependant, elle ne le tenait pas pour un coquin sans foi ni loi. Elle en avait d'ailleurs eu la preuve trois ans plus tôt.

— J'ai eu toutes les peines du monde à me retenir de lui flanquer mon poing dans la figure, avoua Stephen. Mais nous étions chez Vanessa, ce n'était pas la chose à faire.

— D'autant que tout est la faute de sir Clarence Forester, Stephen, rappela Margaret. J'ai beau faire, je n'arrive pas à regretter que tu l'aies frappé. J'espère qu'il l'a senti passer.

— Il paraît que son nez a doublé de volume et que ses yeux ont viré au noir, leur apprit-il.

— Tant mieux, répondit-elle d'un ton farouche. Seigneur, et moi qui m'étais toujours crue pacifique !

— Katherine, commença Stephen en se tournant vers cette dernière avant de prendre une profonde inspiration, il veut venir te voir ici cet après-midi.

— Sir Clar… ? *Lord Montford*, comprit-elle en ouvrant de grands yeux.

— J'aimerais mieux lui donner un bon coup de poing. Et Elliott préférerait de loin lui jeter son gant et lui passer une épée au travers du corps. Il le lui a dit, du reste. Le problème, Katherine, c'est que l'on ne peut rien faire de tout cela sans aggraver ta situation. Cela laisserait à penser que les mensonges qu'a racontés Forester sont la vérité. Elliott me l'a signalé alors que je serrais Montford à la gorge, et j'ai été forcé d'en convenir quand j'ai pris le temps d'y réfléchir. Maintenant que j'y pense, c'est étrange que Monty n'ait pas cherché à se défendre.

Katherine se redressa lentement et épousseta sa jupe.

— Pourquoi veut-il venir ici ? s'enquit-elle. Pour présenter ses excuses ? Il a trois ans de retard. De toute façon, c'est sir Clarence qui devrait s'excuser. Mais si jamais tu le laisses approcher à moins d'un kilomètre de moi, Stephen, je...

Elle ne savait pas ce qu'elle ferait, mais ce serait certainement assez violent et peu digne d'une dame. Pourtant, elle aussi était d'une nature pacifique.

— Il va venir te faire sa demande, Katherine, avoua Stephen.

— *Quoi ?*

— *Oh, non, Stephen !*

Les deux sœurs avaient parlé simultanément.

— Tu l'as autorisé à venir ici, chez toi, me demander en *mariage*, Stephen ? s'écria Katherine d'une voix proche de l'hystérie. Elliott aussi le lui a permis ?

Incapable de dissimuler sa détresse, Stephen répondit d'une voix mal assurée :

— C'est la seule chose qui pourrait tout arranger, Katherine. Les commères seraient satisfaites si Monty se conduisait honorablement. Et elles n'auraient plus rien à dire si vous étiez mariés.

Katherine inspira brusquement.

— Ainsi, il faudrait que je renonce à ma liberté et que j'épouse un... un débauché rien que pour satisfaire les *commères* ? Pour recouvrer ma respectabilité, il faudrait que je tombe aussi bas et que je me condamne à une vie de misère ? Une respectabilité que je n'ai même pas perdue ! Et tu souscris à un raisonnement aussi faux ?

— Oh, Stephen, fit Margaret, dis-moi que tu n'as pas autorisé lord Montford à se présenter ici dans cette intention ! Pas après ce qu'il a fait à Katherine – ou, du moins, ce qu'il a essayé de lui faire – il y a trois ans lorsque nous n'étions pas là pour la défendre. Ce n'est pas possible. Tu ne peux pas avoir fait une chose pareille. Elliott non plus. Je n'en crois pas mes oreilles.

— Il faut reconnaître qu'il s'est remis à poursuivre Katherine de ses assiduités cette année, observa Stephen. Je ne vois pas ce que cela a d'inconvenant. Autrement, j'aurais dit quelque chose. Toi aussi, Margaret. Et Vanessa, sans doute. Elliott, très certainement. Et Katherine ne s'est pas mal conduite en lui permettant de l'inviter à danser, de se promener avec elle ou de s'asseoir à côté d'elle. Il me semblait que quelque chose était en train de naître entre eux et je m'en réjouissais. Monty était mon ami et il me semblait que sa réputation importerait peu s'il tombait amoureux de quelqu'un d'aussi bon que Katherine. Et puis, ils ont montré un penchant l'un pour l'autre, tout le monde l'a remarqué. Toi-même, Margaret, tu t'en es rendu compte. Mais ce qui semblait innocent, et même romantique jusqu'à hier soir apparaît soudain différent à la lumière de ce qui est arrivé, ou de ce qui a failli arriver, il y a trois ans.

— Stephen, tu ne peux pas croire que Katherine ait fait quoi que ce soit de déplacé, s'insurgea Margaret qui s'était levée. J'ai passé du temps avec le marquis d'Allingham cette saison parce que nous nous connaissons depuis longtemps et que nous nous entendons bien. Y a-t-il eu des commérages à ce sujet ? Suis-je condamnée à l'épouser ou à être déshonorée et frappée d'ostracisme ?

— La réputation d'Allingham est irréprochable, Margaret, lui rappela-t-il dans un soupir. Et il n'a jamais fait le pari qu'il pourrait te séduire et te déshonorer.

— Je ne *veux pas* voir lord Montford, déclara Katherine d'un ton décidé. Ma réponse est non. Tu peux l'en informer, Stephen, et lui épargner l'effort de venir jusqu'ici. Je devine qu'il en sera profondément soulagé. Et moi aussi, demain matin, quand je serai dans la voiture qui m'emmènera loin de Londres.

Il se passa la main dans les cheveux, causant plus de désordre que jamais dans ses boucles blondes.

— Je savais que tu refuserais, avoua-t-il, et je ne peux pas te le reprocher. J'en ferais autant à ta place. J'ai également dit à Elliott que tu dirais non, et il a répondu que c'était évident. Mais peut-être faudrait-il tout de même que tu voies Monty et que tu écoutes ce qu'il a à te dire. Si l'on sait qu'il a demandé ta main et que tu as refusé, cela arrangera peut-être un peu les choses pour toi. Je n'en suis pas certain, mais...

— Je me moque pas mal d'arranger les choses, le coupa-t-elle. Je me moque pas mal des *choses* en général, Stephen. Et je me moque de ce que peuvent penser les gens. Je veux rentrer à Warren Hall. Je veux retrouver ma vie d'avant. Je veux oublier que tout cela est arrivé.

— N'empêche que c'est arrivé. Et je pense que tu ne l'oublieras pas. Je doute que quiconque l'oublie.

— Katherine, intervint Margaret en se rasseyant, plus pâle que jamais, Stephen et Elliott ont raison. Tu n'as rien fait de mal. Nous, nous le savons. Mais la vérité semble de bien peu de poids dans ce nouveau monde dans lequel nous sommes entrés il y a trois ans, quand Stephen a hérité du titre. Tout ce qui compte, c'est la respectabilité. Celui qui la perd perd tout. Peut-être vaudrait-il mieux que tu acceptes de recevoir lord Montford, que tu écoutes sa demande et que tu la refuses ensuite. Elliott jouit d'une influence considérable. Il est duc, tout de même. Et Stephen est comte. À eux deux, ils pourront faire savoir que tu t'es conduite avec la plus extrême décence, mais que tu as eu le courage de proclamer ton innocence et de refuser la solution de facilité. Ils pourront faire savoir que tu t'es retirée à la campagne en proie à une indignation justifiée, et non que tu t'y es terrée, couverte d'opprobre. Je suppose que tu ne t'imagines pas revenir un jour à Londres – et moi non plus, à coup sûr –, mais, au moins, les portes te seront ouvertes si jamais tu changeais d'avis.

Katherine posa sur elle un regard lourd de reproches.

— En outre, ajouta Margaret, si tu refusais de recevoir lord Montford, cela pourrait donner l'impression qu'Elliott et Stephen n'ont pas été capables de lui faire entendre raison ni de défendre ton honneur comme ils l'auraient dû.

— Et c'est défendre mon honneur que de me faire épouser un vaurien sans cœur ? contra Katherine.

Elle était injuste. Lord Montford n'était pas un vaurien sans cœur. C'était Clarence Forester qui méritait ce qualificatif.

Mais, apparemment, son frère et sa sœur avaient dit tout ce qu'ils avaient à dire, car ils s'étaient tus, et la fixaient tous deux, très pâles, l'air triste.

Elle n'était pas seule concernée par cette affaire, se rendit-elle soudain compte. Ils y étaient tous mêlés. Même si elle rentrait à Warren Hall, voire à Throckbridge, et parvenait à reprendre le cours de sa vie là où elle l'avait laissé peu de temps après la Saint-Valentin, trois ans plus tôt – c'était très peu probable, mais admettons –, Margaret, Stephen et Vanessa auraient à subir les conséquences de cet horrible scandale.

Et si elle était en partie fautive, sa famille, en revanche, n'y était pour rien.

Elle ne voyait pas très bien en quoi recevoir lord Montford cet après-midi aiderait ses proches. Et elle n'avait vraiment aucune envie de le faire. Elle souhaitait ne jamais le revoir.

Mais Stephen estimait qu'elle devrait le faire. Elliott également.

Et Margaret.

— Très bien, lâcha-t-elle avec un regard de défi à Margaret, puis à Stephen. Je recevrai lord Montford cet après-midi et j'écouterai ce qu'il a à me dire. Je ne lui dirai qu'un mot en réponse : *non !* Mais je le verrai.

— Je suis convaincu que tu agis pour le mieux, assura Stephen. Même si mes poings me démangent encore.

— Katherine, fit Margaret en tordant les mains, je n'ai pas été là pour toi. J'aurais dû rester avec toi à Londres, il y a trois ans, et rien de tout cela ne se serait produit.

Katherine franchit la courte distance qui les séparait, la prit dans ses bras et la serra étroitement contre elle.

— Margaret, tu as toujours été la meilleure des sœurs, assura-t-elle. Je ne veux pas que tu te reproches quoi que ce soit. J'irais même jusqu'à épouser lord Montford pour l'éviter.

Mais, bien sûr, il ne serait pas nécessaire d'en arriver là.

Il n'était toutefois pas question que Margaret cherche à endosser la responsabilité de ce qui était arrivé, comme elle le faisait chaque fois que quelque chose menaçait ses sœurs ou son frère.

13

Dans la mesure où Merton n'était pas encore majeur, Jasper avait décidé que c'était à son tuteur qu'il ferait mieux de s'adresser en premier. Mais en arrivant à Moreland House en fin de matinée, il y avait trouvé les deux hommes.

C'était aussi bien. L'entretien avait été des plus pesants, mais, au moins, une fois achevé, il n'avait pas eu besoin de recommencer.

Il n'avait pas eu droit à un coup de poing ni à un gant jeté au visage, même si Merton et Moreland affichaient des mines assassines et que le premier l'avait pris à la gorge en levant le poing dès qu'il était entré dans la bibliothèque. Pis, Jasper, qui s'attendait à se faire casser le nez comme Clarence, ne s'estimait même pas autorisé à se défendre.

L'échange qui s'était ensuivi avait été bref, hostile, diablement gênant, mais, somme toute, relativement courtois. Et le résultat en était la visite qu'il s'apprêtait à faire.

Aurait-il pu prédire ces événements, vingt-quatre heures plus tôt ? Cette ordure de Clarence aurait-il osé ouvrir la bouche s'il avait assisté à cette soirée infernale au lieu de laisser le champ libre à Katherine Huxtable – qui n'y était même pas allée ?

Cela dit, la rumeur avait commencé à naître avant que Clarence la fasse enfler hors de proportions.

Enfer et damnation ! s'exclama-t-il intérieurement avant de réciter la liste de tous les jurons qu'il connaissait. Et de recommencer une seconde fois pour faire bonne mesure.

Il ne se sentait absolument pas mieux quand il arriva devant Merton House.

Il n'aurait pas été surpris de se faire jeter dehors par un valet de pied solidement charpenté engagé spécialement pour l'occasion. Les choses en resteraient là. Il se verrait accorder un sursis, resterait libre et serait hanté par la culpabilité durant au moins les dix ou vingt années à venir.

Enfer et damnation !

Depuis quand avait-il une conscience ? Depuis une certaine soirée mémorable, à Vauxhall Gardens ? C'était sacrément inconfortable. Il n'aimait pas cela du tout.

On ne le jeta pas dehors. On ne lui fit même pas savoir poliment que Mlle Katherine Huxtable ne souhaitait pas le voir avant un milliard d'années au moins.

Non, on le fit entrer et on le conduisit dans la bibliothèque comme s'il s'agissait d'une visite de courtoisie tout à fait ordinaire – la même bibliothèque où il l'avait revue pour la première fois après des années, quand elle était entrée pour saluer Constantin.

Quelle soirée fatidique... S'il n'avait pas accepté l'invitation de Merton à boire un dernier verre... si elle était restée à l'étage et s'était contentée d'attendre un jour ou deux pour revoir Constantin... Mais le destin lui avait joué un de ces tours dont il avait le secret. Il aurait pu ajouter que s'il n'avait pas invité ses amis chez lui le soir de son vingt-cinquième anniversaire, il n'en serait pas là aujourd'hui.

Et si son père n'avait pas rencontré sa mère... Ni ses grands-pères ses grands-mères...

Allons, il n'avait pas le temps de remonter à Adam et Ève. Ni de philosopher à l'infini sur la destinée.

Ni même de se répéter une énième fois le discours qu'il avait préparé. Car il eut la surprise de la trouver dans la pièce en entrant.

Seule.

Elle était devant la grande fenêtre, entre le bureau et l'une des bibliothèques – presque exactement là où il se tenait ce fameux soir où ils s'étaient revus, et où il avait eu l'impression d'être pris au piège. Elle ne lui tournait même pas le dos, feignant de regarder par la fenêtre. Elle faisait face à la porte et le fixa sans ciller quand il entra.

Elle portait une robe de mousseline blanche. Ce n'était sans doute pas le choix idéal, aujourd'hui, étant donné la pâleur de son teint. Ses cheveux avaient été tirés en arrière et noués en un chignon sévère.

Elle n'avait certes pas l'allure d'une dame qui s'apprêtait à recevoir un prétendant.

Les mains croisées devant elle, elle ne souriait pas.

Quoi de plus normal ?

Elle ne dit rien, non plus.

Tout cela était légèrement déconcertant.

Il pénétra plus avant dans la pièce.

— Il faut bien reconnaître une chose à Clarence Forester, commença-t-il, c'est qu'il possède un certain degré d'intelligence. Depuis toujours, d'ailleurs. Il a toujours su infailliblement se venger au mieux des insultes – ou pire – que j'ai pu lui lancer au visage. Il est, en fait, d'une méchanceté impitoyable.

— Lord Montford, je ne vais pas vous faire perdre votre temps. Ma réponse est non – c'est sans équivoque et sans appel.

— Vraiment ? dit-il en faisant deux pas supplémentaires.

— Vous avez fait ce qu'il fallait, vous vous êtes conduit de façon honorable en allant trouver mon frère et mon beau-frère ce matin et en venant me voir cet après-midi. Je crois savoir que vous allez me demander en mariage. C'est inutile : je refuserai.

— Ah. Vous ne me permettrez donc pas de me racheter.

— Vous n'avez rien fait, cette année, dont vous deviez vous racheter. J'ai dansé avec vous – une fois. À l'occasion d'un bal dont le but est justement de permettre aux dames et aux messieurs de danser ensemble. Je vous ai reçu, en compagnie de votre sœur, de la mienne et de mon frère, dans la bibliothèque de la maison de mon frère, ici même. Je me suis promenée avec vous – une fois – à Hyde Park, en compagnie de nos frère et sœurs. Et j'ai bavardé avec vous lors d'une garden-party, dans un pavillon de verre fait justement pour que les invités puissent bavarder dans le jardin.

Elle avait compté leurs rencontres sur les doigts d'une main.

— Ah, mais il y a eu Vauxhall, il y a trois ans.

— Où il ne s'est *rien* passé, articula-t-elle en relevant le menton d'un air de défi. Vous n'avez pas à vous racheter de cela non plus, lord Monford. Nous savons tous deux que je n'ai pas été innocente dans cette rencontre sordide.

— Parce que vous auriez cédé à l'habileté et à l'expérience d'un séducteur aussi chevronné que déterminé ? Vous étiez aussi innocente que l'enfant qui vient de naître, mademoiselle Huxtable. Vous devez me permettre...

— J'avais vingt ans, coupa-t-elle. Je connaissais la différence entre le bien et le mal. Je savais que ce qui se passait était mal. Je savais que vous étiez un débauché notoire. J'ai délibérément ignoré le bien parce que je recherchais l'excitation et la satisfaction personnelle du mal. Ce pari était... répugnant. M'en désigner comme victime l'était plus encore. Mais j'aurais pu dire non dès que vous m'avez offert votre bras quand nous marchions dans la grande avenue avec les autres. Je ne l'ai pas fait, ni à ce moment-là ni plus tard. Je suis donc aussi coupable que vous.

Vous n'avez *pas* à vous racheter. Vous pouvez vous en aller, maintenant, avec la satisfaction d'avoir au moins fait, aujourd'hui, ce que la société exigeait de vous.

— Même si vous aviez refusé mon bras, ce soir-là, et m'aviez mis dans l'impossibilité de gagner mon pari, ledit pari n'en aurait pas moins existé, contra-t-il. Il figurerait toujours dans le registre. Clarence n'en aurait pas moins découvert son existence et ne l'aurait pas moins révélé à tout le monde, en laissant entendre, bien entendu, que nous étions devenus amants ce soir-là et que notre liaison avait repris cette année.

— Je n'ai aucun pouvoir sur ce que les gens décident de croire, dit-elle, reprenant enfin quelques couleurs. Et je me moque de ce qu'ils croient. Je rentre à Warren Hall demain, où je suis à ma place et heureuse.

Il aurait pu tourner les talons et s'en aller. Il était venu. Il avait fait un geste pour arranger les choses : il était allé jusqu'à proposer de se passer la corde au cou pour sauver la réputation de Katherine Huxtable ! Elle ne voulait pas de lui – c'était compréhensible, et tout à son honneur. Il avait même insisté, un petit peu, et elle demeurait inflexible.

Il aurait donc pu partir.

Libre.

D'ailleurs, les choses ne tourneraient peut-être pas trop mal, pour elle. Merton et Moreland feraient savoir qu'il l'avait demandée en mariage et qu'elle avait refusé. La bonne société irait peut-être jusqu'à conclure que, pour commettre une telle imprudence, elle était forcément innocente. Avec un peu de chance, les gens oublieraient et, d'ici un an ou deux, elle pourrait revenir.

Il pouvait garder sa liberté.

S'il ne se mariait pas, cependant, c'était Charlotte qui en subirait les conséquences. Il faudrait qu'elle aille vivre chez lady Forester. Seth Wrayburn avait été on ne peut plus clair : il se verrait dans l'obligation de donner sa voix à Clarence et celle de Jasper compterait pour rien.

Et puis, s'il n'épousait pas Katherine Huxtable, elle serait déshonorée à vie. Choisir de croire le contraire parce que cela l'arrangeait, c'était se mentir à lui-même. Avec son sens moral un peu particulier, la bonne société était prête à accueillir en son sein une dame qui aurait perdu sa vertu avec l'un de ses séducteurs les plus notoires dès lors qu'elle l'épousait si elle se faisait prendre. En revanche, elle ne pardonnerait jamais à celle qui avait eu le courage de proclamer son innocence en refusant de donner sa main audit séducteur et de faire un pied de nez à l'opinion publique.

— Êtes-vous tout à fait certaine que le scandale ne vous poursuivra pas jusqu'à Warren Hall ? demanda-t-il.

— Si jamais cela se produit, lord Monford, ce sera mon problème et non le vôtre.

— Ainsi que celui de votre sœur, non ? fit-il valoir. Et de votre frère ? Êtes-vous certaine qu'ils ne seront pas éclaboussés, eux aussi ?

Les grands yeux bleus de Katherine Huxtable se mirent à briller et elle pâlit de nouveau. Il sut qu'il avait touché une corde sensible.

— Tout cela est ridicule, répliqua-t-elle d'une voix haut perchée. Parfaitement ridicule ! De quel droit la société peut-elle rogner ma liberté ? Et la vôtre ? Pourquoi ma famille devrait-elle souffrir de ce que j'ai fait – ou *pas* fait ?

— Bienvenue dans le beau monde, mademoiselle Huxtable, dit-il doucement en arquant un sourcil. Ne découvrez-vous qu'aujourd'hui par vous-même ce que je vous ai dit il n'y a pas si longtemps ? Que nous autres privilégiés jouissions certes de la fortune, du confort et de certains plaisirs, mais de bien peu de liberté ?

— Margaret aura-t-elle à souffrir de tout cela ? lui demanda-t-elle en le regardant droit dans les yeux, les mains crispées sur le tissu de sa jupe. Et Vanessa ? Et les enfants ? Et Stephen ? Oh, non, certainement pas. Ce serait tellement absurde. Et tellement injuste.

Il joignit les mains derrière le dos.

— Et *Mlle Wrayburn* ? ajouta-t-elle les yeux agrandis par l'inquiétude.

Il pinça les lèvres, mais ne répondit pas. Il n'y avait rien à dire que, au fond, elle ne sût déjà.

— Votre tante veut prendre Mlle Wrayburn sous son toit, dit-elle d'ailleurs. Elle veut la préparer à entrer dans le monde l'année prochaine. Elle estime que vous ne faites pas un tuteur convenable. Mais n'êtes-vous pas son tuteur légal ? Votre tante a-t-elle le pouvoir de la retirer à votre garde, même après ce scandale ?

— Le père de Charlotte a nommé trois cotuteurs, lui expliqua-t-il. Le père de Clarence – à qui Clarence a succédé –, moi-même, et M. Seth Wrayburn, le grand-oncle de Charlotte. Son sort, en toutes circonstances, peut être décidé par deux voix au moins sur les trois.

— Et où se trouve ce M. Wrayburn ?

— Ici même, à Londres. Il vit en reclus. Le tourbillon d'activité dans lequel il se trouve entraîné depuis une semaine le contrarie énormément. Il n'aime ni Clarence ni sa mère et a toujours préféré laisser les choses en l'état – autrement dit, que Charlotte vive chez moi. Mais, aujourd'hui, il est en colère contre moi. Quand je suis allé le voir ce matin, il m'a adressé un ultimatum.

Elle ne fut pas longue à comprendre.

— Mlle Wrayburn pourra demeurer avec vous si vous étouffez le scandale et faites taire les mauvaises langues en m'épousant. C'est cela ?

— Plus ou moins, oui.

— Plus ou moins ?

— Plutôt plus que moins, reconnut-il. Il m'avait déjà laissé entendre, il y a quelques jours, que si je ne voulais pas confier à lady Forester le soin de faire débuter Charlotte l'année prochaine, j'aurais tout intérêt à me marier afin que ma femme puisse la parrainer et la chaperonner. Aujourd'hui, cependant, il a m'a fait comprendre que mon choix se réduisait à une seule candidate.

— Moi.

De nouveau, il pinça les lèvres sans mot dirc.

— C'est pour cela qu'il a agi ainsi, n'est-ce pas ? devina-t-elle. Sir Clarence Forester, je veux dire. Et il l'a fait pour que M. Wrayburn se trouve contraint de confier la garde de Mlle Wrayburn à sa mère.

— Charlotte est très riche, lui apprit-il. Du moins le sera-t-elle le jour de son mariage. Et Clarrie est très pauvre et célibataire.

— Il veut donc l'épouser, conclut-elle d'un ton neutre.

Brusquement, elle se mit à rire, d'un rire sans joie qui sonnait creux.

— J'avais toujours imaginé que, le jour où j'envisagerais sérieusement d'accepter une demande en mariage, je n'aurais que moi-même à prendre en considération – et celui qui me ferait cette demande. L'appréciais-je et le respectais-je ? Éprouvais-je de l'affection pour lui ? M'appréciait-il, me respectait-il et éprouvait-il de l'affection pour moi ? Pouvais-je raisonnablement espérer que nous soyons heureux ensemble le restant de nos jours ? Y avait-il... oh, y avait-il entre nous cette étincelle de... de quoi ? De romantisme, de magie, de... de... d'*amour* ?

— Et, aujourd'hui, vous ne pouvez répondre à aucune de ces questions par l'affirmative ? lui demanda-t-il. *Aucune ?*

Elle secoua lentement la tête.

Enfer et damnation ! Il n'avait vraiment pas besoin de cela. Mais elle non plus.

— On me demande de songer à ce que les *gens* vont penser de moi. Des gens que, pour certains, je ne connais même pas, et dont, pour tous, je ne me soucie pas. On me demande de songer à la réputation de mon frère et de mes sœurs, de ma nièce, de mon neveu. On me demande même de sauver *votre* sœur d'un destin qui semble, il faut le dire, inconcevable. Bref, on me demande de me marier non pas *pour* une chose, mais afin d'en éviter beaucoup d'autres. Le mariage ne devrait être l'affaire que des deux êtres qu'il concerne et de leurs sentiments l'un pour l'autre. Au lieu de quoi, on y mêle toute la société. Mais la société se moque pas mal de savoir si nous serons heureux ou malheureux, n'est-ce pas ? Elle se moque pas mal de savoir que nous serons très certainement malheureux.

Serons ? releva-t-il. L'indicatif plutôt que le conditionnel ?

— Êtes-vous donc si certaine que nous serions malheureux ensemble, mademoiselle Huxtable ?

Soudain, elle traversa la pièce, s'arrêta à moins de cinquante centimètres et le fusilla du regard. Il remarqua qu'elle serrait les poings.

— C'est un masque, déclara-t-elle. C'est ainsi que vous vous cachez du monde. Ouvrez les yeux ! Regardez-moi en face et dites-moi que nous serons heureux ensemble. Toute la vie.

Sa soudaine colère lui arracha un sursaut. Et qu'elle l'accuse de porter un masque parce qu'il craignait, peut-être, d'affronter le monde les yeux grands ouverts l'ébranla.

Il lui obéit et lui rendit son regard sans ciller.

— Je vous veux, répondit-il avec brusquerie.

Elle voulait de la franchise ? Eh bien, elle en aurait.

— Et vous aussi, vous me voulez, ajouta-t-il. Ne le niez pas, je ne vous croirais pas.

Elle rit de nouveau, de ce rire sec qui n'en était pas vraiment un.

— Vous voulez coucher avec moi, répliqua-t-elle le feu aux joues. Et je veux coucher avec vous. Très bien. Je ne le nierai pas. En voilà une bonne raison de se marier ! Nous serons certains d'être très heureux jusqu'à la fin de nos jours. Nous serons mariés. Nous pourrons coucher ensemble aussi souvent que bon nous semblera sans encourir le moindre scandale. Merci. Voilà toutes mes hésitations, tous mes doutes balayés.

Jasper, que rien n'avait déridé depuis son arrivée à Merton House – ni même depuis qu'il était allé à son club ce matin –, esquissa un sourire sincèrement amusé.

Combien de fois, au cours des années à venir, rougirait-elle au souvenir de cette fois où elle avait parlé si ouvertement de coucher avec lui ?

— Avouez que ce serait une consolation pour avoir été contraint de se marier, fit-il valoir. Faire l'amour la nuit et les matins pluvieux, les après-midi de sieste, dans les bois à n'importe quelle heure du jour et de la nuit, au fond d'une barque, sous...

— Arrêtez ! lui ordonna-t-elle. Arrêtez tout de suite. Et *ouvrez les yeux*. Le mariage, ce n'est pas les relations charnelles, lord Montford.

Elle rougissait de plus en plus. Il s'était tu, mais continuait de sourire. Les yeux à demi fermés.

— Vous ne comprenez pas, n'est-ce pas ? l'attaqua-t-elle. Vous ne comprenez pas l'amitié, la camaraderie, le respect mutuel, le bonheur qu'il peut y avoir à être ensemble, simplement, l'affection et l'... l'amour. Cela vous paraît inconcevable qu'un homme et une femme puissent partager ces choses-là et avoir besoin d'elles, toutes, pour que leur union soit heureuse. Pour vous, il s'agit uniquement de relations...

Elle n'eut pas le courage de prononcer le mot une seconde fois.

— ... charnelles, acheva-t-il à sa place. Il n'y a donc qu'amitié, respect et affection dans le mariage ? Cela me semble d'un ennui à périr. Comment fait-on, alors, pour avoir des enfants ?

Écarlate, maintenant, elle avala sa salive avec difficulté.

— Vous ne comprenez pas, répéta-t-elle.

Sans doute. Sauf qu'il l'appréciait. Ce n'était pas uniquement du désir qu'il éprouvait pour elle. Elle lui inspirait même une certaine... oui, une certaine affection. En tout cas, il l'aimait bien plus que toutes les femmes qu'il avait pu rencontrer jusqu'alors. Peut-être même lui était-il aussi attaché qu'à Charlotte. N'empêche, le fait qu'ils aient envie de coucher ensemble ne serait-il pas la meilleure des consolations s'ils étaient contraints de se marier ?

Apparemment pas.

Vous ne comprenez pas.

— Dans ce cas, suggéra-t-il platement, peut-être pourriez-vous vous fixer pour mission de me faire comprendre, Katherine.

Elle ouvrit de grands yeux outrés.

— Je ne vous ai pas autorisé à m'appeler par mon prénom !

Cette fois, il ne sourit que du regard.

— Pourtant, remarqua-t-il, vous parlez de notre mariage comme d'un événement qui va bien avoir lieu. Faudra-t-il donc que, jusqu'à la fin de mes jours, je vous appelle lady Montford ?

De nouveau, il la vit déglutir avec difficulté.

— Je n'ai pas dit que je vous épouserais, protesta-t-elle.

— À vrai dire, fit-il en haussant les sourcils, il ne me semble pas vous l'avoir demandé, mademoiselle Huxtable. Puis-je me permettre, cependant ? De vous le demander, je veux dire.

Quelque chose changea alors dans le regard de Katherine. Ses yeux se firent plus grands, plus profonds, plus bleus. Un instant, il eut l'impression de s'y noyer. Puis ils s'emplirent de larmes et elle baissa les paupières pour fixer le tapis.

— Je n'ai pas envie de vous épouser, murmura-t-elle, et vous n'avez pas envie de m'épouser. Pourquoi serions-nous forcés de faire ce dont nous n'avons envie ni l'un ni l'autre ? Non, ne répondez pas. Nous avons déjà évoqué toutes les raisons, et nous ne ferons que tourner en rond si nous continuons.

Elle inspira lentement avant de conclure :

— Très bien. Si c'est ainsi, vous pouvez me le demander.

Il s'empara de sa main droite, et la trouva inerte et froide. Il se mit en devoir de la réchauffer entre les siennes.

— Ce ne sera pas si pénible que cela, assura-t-il s'efforçant de se réconforter lui-même autant qu'elle, si nous choisissons que ça ne le soit pas. La pression de la société et le souci que nous avons l'un et l'autre du bien-être de notre famille nous contraignent peut-être à nous unir, mais personne ne nous oblige à être malheureux pour toujours. Nous seuls avons ce pouvoir. N'y cédons pas, et choisissons, au contraire, de nous rendre mutuellement heureux.

Seigneur ! D'où cela sortait-il ? Savait-il seulement comment rendre une femme heureuse ? Et, d'ailleurs, savait-il être heureux lui-même ? Qu'était-ce, au fond, que le bonheur ?

Cependant, que dire d'autre, si ce n'est…

— Mademoiselle Huxtable, me ferez-vous le grand honneur d'accepter de m'épouser ?

Et voilà. C'était dit. Les mots redoutés qui devaient hanter les cauchemars de tous les célibataires.

Il les avait enfin prononcés.

Aurait-il fallu qu'il se ridiculise tout à fait en mettant un genou à terre ? De toute façon, c'était trop tard.

Elle releva la tête et leurs regards se croisèrent. Ils étaient à quelques centimètres à peine l'un de l'autre. Les yeux de Katherine Huxtable étaient toujours immenses et brillants de larmes.

— Il semblerait que je n'aie guère le choix, lord Montford, répondit-elle.

Quel romantisme...

— C'est oui ? lui demanda-t-il en fixant ses lèvres.

Puis il se força à lui adresser un sourire qui, espérait-il, n'était ni tordu ni moqueur.

— Oui, répondit-elle. C'est oui.

— Merci, murmura-t-il en approchant le visage du sien pour l'embrasser.

Sauf qu'elle tourna la tête, si bien que sa bouche se posa juste à côté de son oreille.

Ridiculisé, finalement.

— Peut-être ferions-nous mieux de...

Il n'eut pas le temps d'achever sa phrase. On frappa à la porte, qui s'ouvrit sans qu'ils aient eu le temps de répondre.

— Katherine, dit Merton avec une impassibilité tout aristocratique qui le faisait paraître plus vieux que son âge, tout va bien ? Tu nous avais dit que tu serais remontée en cinq minutes.

Il n'accorda même pas un regard à Jasper. Pas plus que sa sœur aînée, Margaret, qui se tenait dans l'encadrement de la porte à côté de lui. Ni la duchesse de Moreland, qui était juste derrière eux.

Quel touchant tableau de famille !

— Cela a pris plus longtemps que prévu, avoua Katherine. Mais nous en avons terminé, à présent. Entrez donc nous féliciter : je viens d'accepter la demande en mariage de lord Montford.

Ils eurent tous l'air stupéfait. Manifestement, il était entendu que leur sœur refuserait de l'épouser avant même qu'il lui fasse sa demande, et que la chose serait donc réglée en quelques minutes.

Le premier choc passé, les sœurs de Katherine se précipitèrent vers elle et l'embrassèrent – pour la féliciter ou la plaindre, c'était difficile à dire. Puis Merton s'avança vers lui, la bouche réduite à une ligne dure, la main tendue.

— Il faut donc que je te félicite, Montford, fit-il, glacial.

Il ne l'appelait plus Monty ?

Jasper serra la main de son futur beau-frère.

Grands dieux ! Voilà qu'il était fiancé. Très bientôt, il serait marié. Il sentit au creux de l'estomac une boule de quelque chose qui ressemblait à de la panique. Mais il était trop tard pour fuir, maintenant. Il était bel et bien fichu, comme l'avait fait remarquer quelqu'un au club ce matin.

Nom de Dieu, Clarence Forester avait intérêt à surveiller ses arrières s'il trouvait un jour le courage de sortir de sa tanière du Kent !

Elle aurait pu épouser Tom Hubbard, ou l'un des nombreux autres soupirants qu'elle avait eus au temps où ils vivaient à Throckbridge, songea Katherine. Elle mènerait à présent une vie paisible et satisfaisante.

Elle aurait pu épouser Phillip Grainger à peu près n'importe quand depuis qu'elle avait emménagé à Warren Hall et mener avec lui une vie paisible et satisfaisante.

Mais elle avait résisté, pour attendre ce petit je-ne-sais-quoi de plus que l'on appelait l'amour romantique et, maintenant, elle allait épouser lord Montford qui ignorait la signification des mots romantisme et amour. Elle ne se faisait pas d'illusion à son sujet. Il était incapable de s'engager.

Et elle, comment pourrait-elle s'engager avec un homme qui ne prenait absolument pas la vie au sérieux ? Un homme capable de parier qu'il pourrait la faire tomber amoureuse de lui rien que pour le plaisir de relever un défi impossible ? Un homme qui estimait que se désirer physiquement et coucher ensemble étaient les seuls ingrédients nécessaires à un mariage heureux et durable ?

Mais inutile de ressasser tout cela. Ils étaient fiancés.

Dans un mois, ils seraient mariés. La cérémonie devait avoir lieu à St George, sur Hanover Square, en présence de tous les membres de la bonne société que l'on pourrait persuader de rester à Londres après la fin de la saison mondaine. Si elle avait été du genre à parier, elle aurait gagé qu'ils seraient très nombreux. En effet, comment résister à la tentation de voir s'unir deux êtres contraints par eux de le faire à cause d'immondes ragots propagés par l'un des leurs ?

Quelle farce que tout cela ! Si la situation n'avait également été tragique, elle en aurait ri aux larmes.

Elliott, qui était resté en haut, dans le salon, pendant que les autres regagnaient la bibliothèque, avait jugé préférable d'organiser un mariage mondain en bonne et due forme plutôt qu'une cérémonie célébrée à la hâte par dispense de bans. Il l'avait expliqué quand ils étaient tous montés lui annoncer la nouvelle des fiançailles. Stephen était tombé d'accord avec lui, de même que Margaret et Vanessa.

Et lord Montford.

Katherine n'avait pas exprimé d'opinion. Peu lui importait où et quand ils allaient se marier.

Une demi-heure plus tard, elle était assise, les yeux rivés sur la cheminée vide du salon tandis que ses proches discutaient des détails avec un enthousiasme feint. Ses sœurs, son frère et son beau-frère parlaient entre eux, ayant renoncé à la réconforter ou à l'intéresser à la conversation. Lord Montford était parti.

C'est alors que le majordome entra avec une carte de visite.

Qui pouvait bien s'annoncer à cette heure tardive de l'après-midi ? Katherine décida de se retirer dans sa chambre pour éviter le visiteur, quel qu'il soit. Cela suffisait pour aujourd'hui.

— C'est Mlle Wrayburn, avec Mlle Daniels, fit Margaret en regardant Katherine.

Celle-ci soupira. Elle n'allait pas pouvoir s'échapper.

— Qu'elles montent, dit-elle sans bouger.

Mlle Wrayburn était-elle déjà au courant des fiançailles ? Ou avait-elle simplement eu vent des commérages et du scandale ?

Elle ne tarda pas à avoir la réponse. Une minute plus tard, la jeune fille pénétrait dans le salon d'un pas sautillant, tout sourires. Elle regarda tout le monde, radieuse, avant de fixer son attention sur Katherine. Puis elle traversa la pièce les mains tendues, comme Katherine se levait.

— Oh, fit Mlle Wrayburn, je suis si heureuse que je crois que je vais éclater. Je n'ai jamais été aussi heureuse de ma vie. Vous allez devenir ma *sœur*, mademoiselle Huxtable. Puis-je me permettre de vous appeler Katherine, s'il vous plaît ? Vous, en tout cas, vous devez m'appeler Charlotte.

Katherine lui prit les mains en souriant mécaniquement. Elle avait l'impression que les muscles de son visage ne lui appartenaient plus vraiment.

— Vous pouvez m'appeler Katherine, puisque c'est ainsi que l'on m'appelle dans ma famille.

— Et je vais faire partie de votre famille ! s'exclama la jeune fille en riant. Je vais devenir votre sœur ! Et je pourrai continuer à vivre avec Jasper et vous jusqu'à mon mariage. Vous pourrez me parrainer lors de mon entrée dans le monde, l'année prochaine, et je n'aurai plus jamais à me soucier de tante Prunella.

— Non, en effet, confirma Katherine en lui serrant les mains.

— Je me réjouis pour moi, ajouta Charlotte en se mordant la lèvre. Mon Dieu ! Que je suis égoïste ! Mais je me réjouis encore plus pour Jasper et vous. Je sais depuis une *éternité* que vous vous aimez. Je l'ai vu sur votre visage à tous les deux. Je sais que vous serez très heureux.

Katherine se contenta de sourire.

Charlotte lui lâcha les mains et se tourna vers les autres occupants de la pièce.

— Nous allons tous faire partie de la même famille, dit-elle. N'est-ce pas merveilleux ? J'ai tenu à venir dès que Jasper m'a appris la nouvelle, même si Mlle Daniels estimait qu'il n'était pas très convenable de vous rendre visite à cette heure-ci. Vous me pardonnerez, n'est-ce pas ? Je fais presque partie de la famille, au fond. Dans un mois, ce sera le cas.

— Vous n'avez rien à vous faire pardonner, mademoiselle Wrayburn, assura Stephen. Je vous en prie, mademoiselle Daniels, asseyez-vous.

— Nous considérons que vous faites partie de la famille à partir de maintenant, déclara Vanessa en se levant pour embrasser la jeune fille. Puis-je vous appeler Charlotte, moi aussi ?

— Et, oui, confirma Margaret, c'est merveilleux.

— Je suis presque contente que Clarence ait été aussi odieux, avoua Charlotte en prenant place entre Margaret et Vanessa. Autrement, Jasper ne se serait peut-être pas décidé avant la fin de la saison, et il nous aurait peut-être fallu attendre une autre année avant qu'il le fasse. D'ici là, j'aurais été envoyée chez ma tante Prunella. Cependant, Clarence s'est conduit odieusement et je vous prie tous de m'excuser de l'avoir pour cousin. J'aimerais mille fois mieux que ce ne soit pas le cas. Enfin, peu importe. Très bientôt, j'aurai une nouvelle famille !

Avaient-ils donc tous été un jour aussi jeunes et innocents ? se demanda Katherine en se rasseyant, un sourire toujours plaqué sur les lèvres.

La nouvelle faisait au moins une heureuse.

C'était déjà cela.

Jasper aussi reçut une visite en fin d'après-midi – à peine un quart d'heure après que Charlotte eut filé à Merton House, en fait. Il ne l'avait pas retenue. Pour eux, toute la journée avait été des plus étranges, et si sa jeune sœur débordait d'enthousiasme, pourquoi l'obliger à la contenir ? À Merton House, personne ne se formaliserait de sa visite.

Il était assis à son bureau, dans la bibliothèque, même s'il n'avait devant lui que des plumes, de l'encre et un grand buvard. Le coude sur la table, il se pinçait l'arête du nez entre le pouce et l'index.

Il s'efforçait de ne penser à rien. À quoi bon penser ? C'était un effort inutile.

Ce ne sera pas si pénible que cela si nous choisissons que ça ne le soit pas. La pression de la société et le souci que nous avons l'un et l'autre du bien-être de notre famille nous contraignent peut-être à nous unir, mais personne ne nous oblige à être malheureux pour toujours. Nous seuls avons ce pouvoir. N'y cédons pas, et choisissons, au contraire, de nous rendre mutuellement heureux.

Seigneur ! Il devrait écrire des discours. Il ferait pleurer dans les chaumières.

La difficulté, c'était de mettre ces belles paroles en pratique, que cela lui plaise ou non. Sa jeunesse s'achevait donc. Il avait jeté sa gourme et s'apprêtait à devenir un raseur entre les raseurs : un mari.

Ses sombres pensées furent interrompues par Horton qui frappa discrètement à la porte, l'entrouvrit… et fut écarté sans ménagement par le visiteur qu'il s'apprêtait sans doute à annoncer.

Constantin Huxtable entra. Il semblait d'une humeur massacrante. Jasper se leva et fit le tour de son bureau.

Constantin s'arrêta le visage à quelques centimètres du sien.

— Entre donc, Constantin, ironisa Jasper. Inutile d'attendre que l'on t'ait annoncé.

Ce dernier le saisit par la cravate. Il se rapprocha encore, si bien qu'ils se retrouvèrent presque nez à nez.

Ah. Voilà que ça recommençait.

Jasper s'interdit de décoller les talons du sol, mais il avait quelque peine à respirer. Il ne fit non plus rien pour se libérer. Il en aurait pourtant eu le droit puisque Constantin n'était ni le frère ni le beau-frère de Katherine Huxtable. Ni son tuteur.

— J'imagine que tu l'as demandée en mariage ?

— Oui.

— Et elle a accepté.

— Oui.

Constantin le fit reculer jusqu'au bureau jusqu'à ce que le bord du plateau lui entre douloureusement dans le dos. Là encore, il ne résista pas. Un homme avait le droit de défendre les femmes de sa famille même s'il ne s'agissait que d'une cousine issue de germain.

— Si jamais j'entends dire *une seule fois* que tu la maltraites, que tu la rends malheureuse ou que tu la déshonores en continuant ta vie de débauche, le prévint Constantin d'une voix sifflante, je... je...

Jasper haussa les sourcils. La principale différence physique entre Constantin Huxtable et Moreland, nota-t-il pour la première fois, c'était la couleur des yeux. Ils auraient pu aisément passer pour frères, voire pour jumeaux, à ceci près que les yeux de Constantin allaient avec son teint de Méditerranéen. En cet instant, ils étaient même d'un brun si foncé qu'ils paraissaient noirs – tandis que ceux de Moreland étaient d'un bleu étonnant.

— Je te tuerai, je le jure, acheva Constantin.

— Heureusement pour moi – et pour toi, Constantin, car j'imagine qu'un rendez-vous avec le bourreau ne te serait guère agréable –, tu n'auras jamais à mettre ta menace à exécution. Dis-moi, as-tu toujours été au courant du pari ?

Constantin le lâcha brusquement et recula d'un pas, les narines dilatées par la colère.

— Oui. Et je peux te dire que si tu l'avais gagné, tu serais un homme mort à l'heure qu'il est.

— Pourtant, c'est seulement aujourd'hui que tu te décides à exprimer ta vertueuse indignation ? Trois ans après les faits ?

— Il y a des choses dont il vaut mieux ne pas parler, répondit Constantin. Parfois, il est préférable de ne pas réveiller les ragots, surtout quand ils risquent de prendre pour cible une innocente, comme cela vient de se produire.

— Grâce à Forester, observa Jasper. Assieds-toi, Constantin. Ou sers-toi un verre. Ou fais les cent pas dans la pièce. Tu es si près que je ne te vois pas bien.

— Merton a un sacré direct, déclara Constantin en reculant. Il a très certainement cassé le nez de Forester, qui a aussi deux beaux coquards suite à l'impact.

— Tu l'as vu ? s'enquit Jasper en s'approchant de la table où se trouvait la carafe de cognac pour leur servir un verre.

— Un domestique qu'ils ont laissé derrière eux ne s'estimait manifestement tenu à aucune loyauté ni aucun devoir de réserve. Je soupçonne qu'il n'a pas été payé.

— Cela lui apprendra à se faire engager par des gens de l'espèce de Forester, commenta Jasper en se retournant avec les verres dans les mains. Katherine Huxtable sera ma femme dans un mois – dès que les bans auront été publiés. Vu les circonstances, nous avons préféré les bans à une dispense spéciale. La cérémonie sera célébrée à St George, bien entendu. Si tu es d'accord, tu seras mon témoin, Constantin.

14

Katherine avait vu juste. Bien que le mariage eût lieu en juillet et que la saison fût officiellement achevée, si bien que, en temps normal, toute la bonne société aurait déserté la capitale au profit de la campagne, cette année, beaucoup de ses membres restèrent en ville pour assister à l'événement.

Le baron Montford se mariait. Comment ne pas être témoin d'un tel événement ? D'autant qu'il était entouré d'une aura de scandale. Et puis tout le monde avait toujours tenu Katherine Huxtable pour une personne si bien et si respectable. Difficile de l'imaginer dans le rôle d'épouse d'un pareil débauché, la pauvre. Évidemment, elle récoltait ce qu'elle avait semé en le laissant la poursuivre de ses assiduités cette année malgré ce honteux pari d'il y a trois ans. Vraiment, elle avait de la chance qu'il ait accepté de faire ce qu'il fallait. Il n'aurait pas été surprenant qu'il l'abandonne à son triste sort.

Le duc et la duchesse de Moreland recevraient à déjeuner à Moreland House à l'issue de la cérémonie religieuse. Les mariés devaient partir à la campagne aussitôt après, pour profiter d'une courte lune de miel avant l'arrivée des hôtes attendus à Cedarhurst Park pour fêter le dix-huitième anniversaire de Mlle Wrayburn. Les chanceux qui y avaient été conviés faisaient des envieux parmi la haute société, eux qui allaient avoir le privilège d'observer les débuts de cette union improbable.

Mais, pour l'heure, c'était le jour du mariage de Katherine.

Elle portait une robe neuve de mousseline bleu pâle qui tombait en plis très doux de la taille haute à l'ourlet brodé d'argent. La même broderie ornait le bord des courtes manches bouffantes et le décolleté très pudique.

Sa capeline de paille, neuve elle aussi, était généreusement garnie de bleuets et maintenue par de larges rubans de soie bleus également.

La chaîne d'or blanc ornée d'un diamant dont la forme lui évoquait une larme était le cadeau de fiançailles de son promis.

De longs gants blancs et des mules argent complétaient sa toilette.

Elle se savait très en beauté, et en avait besoin. Ce qui allait se passer aujourd'hui ne la concernait que très peu, si ce n'est qu'ensuite, elle serait unie pour toujours à lord Montford. La journée serait sacrifiée sur l'autel de la respectabilité, de l'appartenance à un groupe, de l'acceptation des règles et des conventions de la société. Une société à laquelle elle appartenait, qu'elle le veuille ou non, depuis ce jour où Elliott – qui était encore vicomte Lyngate à l'époque – était venu à Throckbridge apprendre à Stephen qu'il était comte de Merton. Elle devait à sa famille de s'y insérer de son mieux.

Or, au fond, tout ce qui comptait à ses yeux, c'était sa famille. Elle aimait profondément les siens, et c'était avant tout pour eux qu'elle se mariait. Ils l'ignoraient, cependant, et seraient bouleversés de l'apprendre. Au cours du dernier mois, chacun s'était arrangé pour la voir en tête-à-tête et l'exhorter à rompre ses fiançailles si elle n'avait pas envie d'épouser lord Montford. Chacun l'avait aussi assurée de son indéfectible soutien si elle prenait une telle décision.

À présent, Margaret et Vanessa se trouvaient avec elle dans son dressing-room. Toutes deux s'étaient arrêtées sur le seuil pour pousser des cris d'admiration et déclarer qu'elle était magnifique.

— Nous avons eu raison, pour la couleur, fit Margaret en lui prenant les mains. C'est vraiment celle qui te va le mieux. Elle est assortie à la couleur de tes yeux et met en valeur celle de tes cheveux. Oh, Katherine, es-tu *tout à fait* sûre... ?

Margaret était allée jusqu'à lui proposer de s'installer quelque part à la campagne avec elle – loin de Londres, de Warren Hall et même de Throckbridge. Elles mèneraient ensemble une existence tranquille et heureuse, dans une petite maison. Le beau monde pouvait aller au diable – c'étaient les mots mêmes de sa sœur.

Pauvre Margaret ! Toute cette affaire était plus pénible à vivre pour elle que pour quiconque, sauf, peut-être, Katherine elle-même. Elle avait sacrifié ses plus belles années pour s'occuper de son frère et de ses sœurs. Elle avait même renoncé à Crispin Dew, l'homme qu'elle avait aimé – et aimait peut-être encore. Son seul but avait été de les aider à bien démarrer dans la vie. Et surtout de les voir *heureux*.

Katherine sourit et, à son tour, pressa affectueusement les mains de sa sœur.

— Bien sûr que je suis sûre, bécasse, lui répéta-t-elle pour la énième fois. J'ai été affreusement embarrassée par toutes ces histoires il y a un mois, c'est vrai, et furieuse que l'on me force ainsi la main. Et bien sûr, j'en voulais à lord Montford puisque, à bien des titres – mais pas à tous –, c'était lui qui était à l'origine de ce scandale. Mais c'est du passé, désormais, et je suis heureuse de la tournure prise par les événements. J'ai vingt-trois ans, et j'ai envie de me marier. Mieux : c'est l'homme que j'ai choisi que je vais épouser. Je tiens énormément à lui, tu sais.

Elle en faisait un peu trop, sans doute. Cet « énormément », en particulier, ne sonnait pas tout à fait juste. N'empêche que Margaret parut rassurée.

— Dans ce cas, je suis heureuse moi aussi, fit-elle les larmes aux yeux. Et je crois vraiment que lui aussi a de l'estime pour toi, Katherine. Je le sens, et je le sentais déjà avant toute cette histoire. Je lui pardonnerai ce qu'il t'a fait si cette union se révèle être le mariage d'amour dont j'ai toujours rêvé pour toi.

Vanessa prit la place de Margaret pour étreindre Katherine.

— Tu sais, confia-t-elle, je n'aimais pas du tout Elliott quand nous nous sommes mariés, et lui m'aimait encore moins. Comment l'aurait-il pu, le pauvre, quand c'est moi qui l'ai demandé en mariage ! À vrai dire, je crois qu'il me supportait difficilement.

Elle s'écarta en riant.

Elliott cherchait une épouse quand il avait endossé la tutelle de Stephen. Très peu romantique de nature, il avait d'abord fixé son choix sur Margaret, par pure convenance. Cependant, celle-ci attendait Crispin Dew, parti à la guerre. Connaissant sa sœur et son sens du devoir, Vanessa avait deviné que cette dernière accepterait certainement la demande d'Elliott, uniquement parce qu'elle jugerait que c'était dans l'intérêt de sa famille. Alors, dans un geste d'abnégation, elle s'était sacrifiée et avait demandé Elliott en mariage avant qu'il ait eu le temps de demander la main de Margaret. Et il l'avait épousée.

— Mais aujourd'hui, ajouta-t-elle, son visage un peu quelconque si animé qu'il en devenait beau, non seulement nous nous chérissons tendrement, mais nous sommes aussi profondément *amoureux*. Lorsque la volonté d'aimer est là, Katherine, l'amour suit en abondance. Je te le promets.

— Mais j'aime déjà lord Montford, protesta Katherine. Et lui aussi m'aime.

Voilà qu'elle recommençait à exagérer.

— Bien sûr, concéda Vanessa avec un sourire qui laissait penser qu'elle s'en doutait mais que cela ne l'empêchait pas d'espérer. Oh, j'ai tellement envie que tu sois heureuse ! Que mes deux sœurs soient heureuses. Et Stephen aussi, même s'il est bien trop jeune pour que l'on s'inquiète déjà.

Elle cligna des yeux pour ravaler ses larmes et s'esclaffa de nouveau.

Sur ces entrefaites, Stephen apparut à son tour, incroyablement séduisant, et l'air très adulte en noir et blanc.

— Katherine, fit-il en s'approchant d'elle pour lui prendre les mains comme l'avait fait Margaret, ma sœur préférée, dirais-je si vous n'étiez pas toutes les trois mes préférées. J'aurais aimé être votre frère aîné pour pouvoir m'occuper de vous et vous protéger comme vous l'avez toutes fait pour moi. J'aurais aimé te garder encore un peu, mais Monty est un type bien, malgré tout, j'en suis convaincu. Il n'y a rien de méchant chez lui. Autrement, ce ne serait pas mon ami. Il te traitera bien.

— J'ai cru bon de monter, annonça Elliott en les rejoignant, pour vous rappeler que nous sommes attendus à St George tout à l'heure. Il m'est apparu que, peut-être, vous l'aviez oublié.

Katherine se rappela la première fois qu'elle l'avait vu, lors de la fête de la Saint-Valentin à Throckbridge, la veille du jour où il était venu chez eux annoncer la nouvelle à Stephen. Comme toutes les femmes présentes, elle avait jugé que c'était l'homme le plus beau qu'elle eût jamais rencontré, avec son visage ténébreux, hérité de sa mère grecque, et ses yeux bleus. Aujourd'hui, c'était le mari de Vanessa, le père d'Isabelle et de Samuel, et un être cher à son cœur.

Sa sœur avait vraiment fait le bon choix...

— N'ayez crainte, Katherine, je vous épargnerai un discours sentimental ou les sages conseils d'un aîné : cela ne ferait que nous mettre davantage en retard. Cependant, je dois dire que je vous trouve très belle.

— Merci, Elliott.

Elle fit quelques pas vers lui et il lui ouvrit les bras. Ils s'étreignirent un instant.

Toutes les mariécs avaient-elles l'impression de dire adieu à leurs proches, à ceux qui leur étaient les plus chers ? Était-ce naturel ?

Elle s'écarta d'Elliott et leur sourit à tous les quatre, les yeux à peine humides bien qu'elle eût une énorme boule dans la gorge.

— Si ce jour doit être le plus beau de ma vie - et j'y suis bien décidée - qu'il commence pour de bon. Allez, filez tous à l'église.

Une minute plus tard, elle était seule avec son frère. Le dressing-room paraissait soudain bien vide, d'autant que toutes ses affaires avaient été emportées un peu plus tôt. Elle lui prit la main et la serra fort. Elle avait le sentiment de ne plus être chez elle. Ce qui était le cas, du reste. Cette chambre, cette maison ne seraient plus jamais les siennes.

Stephen lui tapota la main.

— Tu étais bel et bien ma sœur préférée, Katherine, avoua-t-il d'un air penaud. Tu l'es toujours. Tu es la plus proche de moi en âge. Tu étais ma compagne de jeu, mon amie et ma confidente. Sois heureuse.

— J'ai bien l'intention d'être la femme la plus heureuse du monde, lui assura-t-elle.

Mais elle se mordit la lèvre comme elle lui souriait, et ravala ses larmes quand il porta sa main à ses lèvres.

— Oh, Stephen, je vais être heureuse. Tu verras.

Les membres de la famille de Jasper étaient assis sur les bancs derrière lui. Il y avait Rachel avec

Gooding, Charlotte, l'oncle Stanley – le frère de son père – et ses trois enfants, qu'il connaissait à peine parce qu'ils avaient cessé de venir à Cedarhurst après la mort de son père et le remariage de sa mère. C'était Katherine qui avait eu l'idée de les inviter. Charlotte l'avait approuvée avec enthousiasme, bien qu'ils ne fussent pas ses parents.

Toutes deux avaient également tenu à convier oncle Stanley et les cousins à Cedarhurst pour la fête d'anniversaire, et ils avaient accepté.

Sa famille. Ceux à qui il était uni par les liens du sang. Qui le soutiendraient et l'aimeraient sans conditions. Assis à côté de Constantin Huxtable, Jasper esquissa un rictus. Il n'avait pourtant aucune raison de se laisser aller au cynisme – sauf s'il le dirigeait aussi contre lui. Il aurait pu faire un effort pour renouer les liens familiaux après la mort du second mari de sa mère. Ou après son décès à elle.

Il ne l'avait pas fait.

Il lui avait semblé qu'il était trop tard.

Il se demanda soudain – ce qu'il avait cessé de faire depuis des années – ce qu'aurait été sa vie si son père n'avait pas essayé de sauter cette haie, ce jour-là, mais était passé par la barrière comme n'importe qui de raisonnable l'aurait fait. C'était inutile, bien sûr. Son père avait sauté. Et il était mort.

Il sentit sa gorge se nouer et se força à reporter son attention sur ce qui se passait autour de lui. Seigneur ! S'il n'y prenait garde, il allait se mettre à pleurer son enfance perdue le jour de son mariage. Voilà qui donnerait du grain à moudre aux commères.

Sauf erreur, la mariée était en retard. Et si elle ne venait pas, finalement ?

Une belle catastrophe.

Lui qui, jusqu'à ce dernier mois, s'était toujours appliqué à ne s'inquiéter de rien, eut soudain l'estomac noué. Il n'aurait pas dû prendre de petit déjeuner, tiens. Mais, au fait, il n'en avait pas pris ! Alors, il aurait dû.

Il était en train de maudire son valet de chambre qui avait trop serré sa cravate quand Constantin jeta un coup d'œil par-dessus son épaule et lui donna un petit coup de coude. Ils se levèrent. Un mouvement se fit au fond de l'église et toute l'assistance – Dieu qu'elle était nombreuse ! – se retourna pour apercevoir la mariée.

Le pasteur prenait place devant l'autel.

Elle était venue. Jasper n'avait pas la larme à l'œil. Tout allait bien.

Il inspira lentement et oublia d'expirer quand il vit Katherine. Seigneur ! Qu'elle était belle ! Ce n'était pas une révélation, bien sûr. Cela l'avait frappé la première fois qu'il avait posé les yeux sur elle, trois ans plus tôt – et à chacune de leurs rencontres depuis lors.

Et voilà qu'elle allait devenir sa femme.

Elle était... elle était belle.

Bon sang ! Pourquoi ne trouvait-on jamais les mots qu'il fallait dans ce genre de circonstance ?

Il était heureux d'avoir opté pour une redingote bleu nuit et une culotte gris clair au lieu du noir et blanc plus à la mode. Le noir lui avait semblé trop funèbre pour une telle occasion. Du coup, ils étaient assortis.

Vraiment ?

Assortis ?

Il lui avait promis de la rendre heureuse, non ? Ou avait-il seulement dit qu'il s'efforcerait de ne pas la rendre malheureuse ?

Cela faisait une différence, supposait-il.

Quoi qu'il en soit, il n'était pas question de laisser repartir tous ces gens, qui n'étaient, pour la plupart, venus que poussés par une curiosité malsaine, avec l'impression qu'il était malheureux. Ni elle, s'il avait son mot à dire.

Tandis qu'elle s'avançait au bras de Merton, il garda les yeux rivés sur elle. Il n'oublia pas de les ouvrir bien grands, se repaissant de sa beauté, puis lui adressa un lent sourire.

Elle aussi le regardait à travers le voile fixé au bord de son chapeau. Elle avait les joues roses, du moins lui sembla-t-il.

Et puis, alors que les occupants des sept ou huit premiers rangs pouvaient encore voir son visage, elle lui rendit son sourire. Et il eut l'impression qu'elle avait fait entrer le soleil avec elle dans l'église. Le ciel n'était-il pourtant pas nuageux ?

Ils se sourirent mutuellement tels un homme et une femme impatients d'être unis pour l'éternité. Ils jouaient vraiment magnifiquement la comédie...

Que le cœur s'emballe n'était cependant pas nécessaire lorsqu'on jouait la comédie, non ? Personne ne pouvait le voir.

Pourtant celui de Jasper cognait soudain comme un fou dans sa poitrine.

Dieu du ciel, c'était sa *fiancée*.

Il était sur le point de se *marier*.

C'était pour toujours. Pour la vie.

Ensemble, ils se tournèrent vers le pasteur.

— Mes bien chers frères, commença ce dernier.

Elle devait s'être lavé les cheveux récemment. Il sentait le parfum de son savon qu'il avait toujours trouvé plus séduisant que les plus riches fragrances.

Il sentait aussi la chaleur de son corps alors même qu'ils ne se touchaient pas.

Une vague de remords aussi soudaine que malvenue le submergea. Ce devrait être le plus beau jour de la vie de Katherine. Certes. Mais uniquement le plus beau de ceux qu'elle avait vécus jusqu'à maintenant. Il lui faudrait un avenir plus heureux encore.

Le pasteur avait dit quelque chose et, maintenant, Merton tendait la main de Katherine. La lui offrant alors qu'il aurait mieux fait de la serrer fermement et de l'emmener là où elle serait à l'abri – de lui. Et heureuse – sans lui.

Jasper prit sa main dans la sienne.

Se chargeant ainsi de sa sécurité et de son bonheur.

Pour le restant de leurs jours.

Ces moments étaient bien plus solennels, bien plus émouvants même, qu'il ne l'avait imaginé.

Diable !

— Ainsi, ils ne sont plus deux, mais ils sont une seule chair. Et ce que Dieu a uni, que l'homme ne le sépare pas.

Ainsi, c'était fait. Déjà. Si vite. Il n'était plus possible de revenir en arrière.

Ils étaient mariés.

Curieusement, alors que Katherine s'était concentrée sur les paroles prononcées par le prêtre afin d'en bien saisir toute la réalité, comme elle le devait, une partie de son esprit s'était mis à vagabonder, jusqu'à cette fameuse soirée de Vauxhall.

Elle s'était rappelé l'attirance très forte, l'attrait de l'interdit, qui l'avait poussée vers lui. Et l'instant où leurs regards s'étaient croisés tandis qu'il bavardait avec lady Beaton. Et comment son cœur avait fait un bond dans sa poitrine. Elle s'était aussi rappelé la bouffée d'excitation qu'elle avait ressentie quand il lui avait offert son bras, un peu plus tard, et le frisson qui l'avait parcourue lorsqu'il lui avait parlé comme aucun homme ne lui avait jamais parlé. Elle s'était rappelé comment la jeune fille qu'elle était alors était tombée folle amoureuse de lui, du danger qu'il représentait, de sa virilité à fleur de peau, et comment elle l'avait suivi de son plein gré vers son destin parce qu'elle avait décidé que cet amour était dangereux mais qu'il fallait le poursuivre à tout prix.

Le prix, désormais, elle le connaissait.

Elle le payait aujourd'hui.

Même si elle avait cessé presque aussitôt d'être amoureuse de lui, ce même soir, il y a bien longtemps.

Sauf que la fascination qu'il lui inspirait s'était ravivée cette année, qu'elle y avait cédé, scellant ainsi son sort.

Aujourd'hui encore...

En cet instant...

Elle tourna la tête, et le découvrit qui lui souriait tout en la menant au balustre du chœur où ils allaient communier.

Aujourd'hui encore, elle le trouvait plus séduisant que tous les hommes qu'elle avait connus. Et plus beau, bien entendu. Il était... il était magnifique. Et c'était son mari.

Elle devrait être la femme la plus heureuse du monde.

Elle se souvint de tous les gens assis sur les bancs derrière eux, et qui les regardaient. À commencer par sa famille, qu'elle aimait, et qui l'aimait.

Elle lui rendit son sourire.

Très vite, lui sembla-t-il, la communion s'acheva et les registres furent signés. Ils sortirent de l'église au son des grandes orgues. Tout le monde hochait la tête, souriait, ou se contentait de les regarder. Et elle souriait et souriait. Et lui aussi.

Comme ils franchissaient les portes de l'église, les cloches se mirent à sonner à la volée. Une petite foule de curieux s'était massée autour du barouche découvert qui les attendait au pied du parvis. Quelqu'un lança un vivat timide, et d'autres voix se joignirent à lui.

Malgré elle, Katherine sentit gonfler en elle... quelque chose. Pas exactement de la joie, mais... quelque chose. Un sentiment d'achèvement, en quelque sorte. Le soulagement, peut-être, que ce soit fait, enfin, et qu'elle soit délivrée de la tentation de tout annuler et de s'enfuir.

Lord Montford la conduisit à la voiture et la fit monter avant de la rejoindre et de donner au cocher l'ordre de démarrer à l'instant où l'assistance sortait de l'église.

La foule s'écarta pour laisser passer le barouche.

Plus tôt dans la matinée, le temps couvert avait fait craindre de la pluie. Mais au cours de la cérémonie les nuages s'étaient dissipés, et le soleil brillait à présent dans un ciel d'un bleu parfait. Il faisait chaud, mais pas trop.

C'était une journée d'été parfaite.

Le temps idéal pour un mariage.

Assis un peu de biais sur la banquette, près d'elle, Jasper la considérait, les yeux mi-clos, un léger sourire aux lèvres.

— Eh bien, Katherine, fit-il doucement.

Elle le regarda. Son mari.

— Eh bien, Jasper.

C'était la première fois qu'elle l'appelait par son prénom, même s'il l'avait invitée à le faire il y a un mois.

Son sourire s'épanouit tout à fait.

— Lady Montford, dit-il.

— Oui.

Ils pouvaient choisir de ne pas être malheureux, lui avait-il dit à cette même occasion. Avait-il aussi formulé cette idée de façon plus positive ? Elle ne s'en souvenait pas. Pouvaient-ils choisir d'être heureux ?

Était-ce possible ? Vanessa avait-elle raison ?

Quand bien même ce serait possible, il faudrait qu'ils s'y engagent tous les deux, n'est-ce pas ? Que se passerait-il si elle choisissait d'être heureuse et lui de reprendre le cours de sa vie comme si de rien n'était ?

— Nous devrions rassurer nos familles, non ? suggéra-t-il. Sans parler de tous ces gens qui sont restés à Londres rien que pour voir cela.

Et alors même qu'elle lui adressait un regard interrogateur et que le barouche s'ébranlait, il se rapprocha d'elle et posa les lèvres sur les siennes.

Elle écarta la tête, comprit ce qu'il avait dit et... le gratifia d'un sourire éblouissant.

— Mais bien sûr, fit-elle.

Posant la main sur son épaule, elle lui offrit de nouveau sa bouche.

Et tandis qu'il l'embrassait, les lèvres entrouvertes, sa bouche chaude et humide d'une sensualité à lui faire perdre pied, elle entendit des applaudissements et des rires, et même quelques sifflets et vivats, qui se mêlaient au son des cloches.

Tous les bruits d'un mariage.

Les bruits du bonheur.

De très nombreux invités avaient été conviés au déjeuner de mariage, un modèle du genre. Jasper ne se rappelait pas avoir autant souri de toute sa vie. C'était très fatigant. Katherine aussi avait souri sans arrêt.

L'image même des jeunes mariés heureux.

L'heure était enfin venue de s'éclipser. Jasper voulait au moins atteindre Reading ce soir. Ils avaient donc pris congé des convives et embrassé leur famille. Charlotte pleurait à chaudes larmes, alors qu'elle devait les rejoindre à Cedarhurst dans deux semaines. Deux semaines qu'elle allait passer à Warren Hall avec Margaret Huxtable, qu'elle insistait pour appeler sa sœur.

Enfin, ils avaient laissé derrière eux adieux, sourires, larmes – et Londres.

Jasper s'installa plus confortablement dans la voiture et observa sa femme assise à côté de lui. Elle regardait tranquillement par la vitre. Elle portait encore une capeline et des gants – pas les mêmes que ce matin. Elle s'était changée pour revêtir une tenue de voyage avant de partir. Les mains sagement posées l'une sur l'autre sur ses genoux, elle paraissait détendue.

Un peu *trop* détendue.

Il se demanda si elle avait hâte d'être à cette nuit.

Leur nuit de noces.

La vie offrait bel et bien des compensations à certains événements désagréables...

Il tendit la main, s'empara de la sienne, et lui ôta son gant, un doigt après l'autre, avant de le jeter sur la banquette d'en face avec son chapeau. Puis il posa la main de Katherine sur la sienne. Elle était fine, pâle et chaude. Elle avait les paumes plus petites que les siennes, et les doigts pas tout à fait aussi longs.

Elle ne se dégagea pas. Cependant, elle avait tourné la tête pour regarder leurs mains jointes, qu'il posa sur sa cuisse après avoir entremêlé ses doigts aux siens.

Elle ne résista pas – ni ne coopéra.

Évidemment, elle n'avait pas hâte d'être à ce soir. Pour elle, le mariage n'était pas affaire de relations charnelles, elle le lui avait dit très clairement quand il lui avait demandé de l'épouser. Les femmes étaient vraiment curieuses sur ce plan, et Katherine semblait l'être encore plus que les autres. Elle rêvait d'amour, du cœur de son cœur, de l'âme de son âme.

C'était une étrange créature.

Et c'était aussi sa femme.

Et elle avait admis qu'elle le désirait.

Il avait horreur des remords qu'il éprouvait toujours quand il songeait à elle, lui qui n'était porté ni sur la culpabilité ni sur les choses de la conscience. Il était qui il était, il faisait ce qu'il faisait et ceux à qui cela ne plaisait pas – ou à qui *il* ne plaisait pas – pouvaient aller se faire pendre.

Mais à une occasion tristement célèbre, il y a plusieurs années, il avait franchi la frontière invisible, et cependant bien réelle, entre imprudence et dépravation. Et bien qu'il l'ait retraversée avant d'avoir commis l'irréparable... l'irréparable avait été néanmoins commis. Le fait qu'ils soient assis là dans sa voiture, mari et femme, mais sans rien à se dire, suffisait à le prouver.

Et ces remords le poursuivraient, supposait-il, jusque dans la tombe. Pour lui-même, il ne regrettait rien. Pas même d'avoir été obligé de se passer la corde au cou aujourd'hui. Cela, il saurait s'en accommoder. Le gentleman qu'il était avait toujours su qu'il lui faudrait tôt ou tard se marier et engendrer un héritier.

Le problème, c'était qu'elle aussi avait dû se laisser passer la corde au cou. Et, de cela, il se sentirait éternellement coupable. Car c'était un réel châtiment. Si elle avait été libre de son choix, elle n'aurait certainement jamais jeté son dévolu sur lui. Le désir physique seul ne suffisait pas aux idéalistes, aux romantiques tels que Katherine Huxtable. Ou plutôt, Katherine Finley, baronne Montford.

Il l'en haïssait presque.

Et s'en sentait plus coupable encore.

Néanmoins, il tenait à sa nuit de noces. Il avait peine à attendre Reading et leur chambre à l'auberge pour consommer le mariage. D'autant qu'il s'était rendu compte que les femmes minces étaient bien plus à son goût que celles qui étaient plus ostensiblement voluptueuses.

Et ces pensées ajoutèrent à sa culpabilité. Il ne devrait pas songer à sa propre satisfaction charnelle, mais à la façon dont il pourrait la rendre *heureuse*.

Si seulement quelqu'un avait pu avoir la bonne idée d'effacer ce mot et tous ses dérivés du dictionnaire ! Heureux. Heureuse. Bonheur. Qu'est-ce que cela signifiait au juste ? Pourquoi ne pas se contenter du mot de plaisir, qui était bien plus... plaisant.

— Vous savez, dit-il, ce ne sera peut-être pas aussi pénible que vous l'imaginez.

Ne lui avait-il pas dit à peu près la même chose à une autre occasion ? Quand il lui avait demandé sa main, peut-être ?

— Quoi donc ? s'enquit-elle en haussant les sourcils d'un air interrogateur. Mon mariage ?

— À vrai dire, corrigea-t-il, c'est le nôtre, non ? *Notre* mariage. Il ne sera peut-être pas aussi pénible que vous l'imaginez.

— Ou peut-être que si.

Il pinça les lèvres et réfléchit.

— Peut-être que si, concéda-t-il. C'est à nous d'en décider, je suppose. Serons-nous heureux, ou non ? Ce sera l'un ou l'autre, sans doute.

— La vie est-elle donc entièrement noire et blanche, à vos yeux ?

— Vous voulez dire qu'il manque des nuances de gris ?

Il réfléchit à nouveau, puis :

— Je ne crois pas. Le noir, c'est l'absence de couleur. Le blanc, le mélange de toutes les couleurs. Selon moi, la vie doit être l'un ou l'autre. L'un dans l'autre, toutefois, je pense que je préférerais les couleurs à leur absence. Sauf que le noir ajoute de la profondeur et de la texture à la couleur. Je vous l'accorde, certaines nuances de gris sont nécessaires pour compléter la palette. Et même le noir uniforme. Ah, voilà une question profondément philosophique. Le noir est-il nécessaire à la vie ? Même à une vie heureuse ? Pourrions-nous être heureux si nous ne faisions pas, à l'occasion au moins, l'expérience du malheur ? Qu'en pensez-vous ?

— Vous parvenez à faire un labyrinthe inextricable de n'importe quel sujet, répondit-elle dans un soupir.

— Vous vous attendiez donc que je vous dise simplement que j'aimais mieux le gris que le noir ou le blanc. J'abhorrais une vie grise, sans vrai malheur ni vraie joie non plus, rien qu'une interminable tranquillité et une déprimante monotonie. Ne me dites jamais que vous êtes un être gris, Katherine. Je ne vous croirais pas.

Elle lui sourit lentement – et, devina-t-il, à contrecœur.

— Ah, fit-il. Voilà qui est mieux.

— Serons-nous jamais capables d'avoir une conversation sensée ?

Il haussa les sourcils.

— C'est à vous de le décider, assura-t-il. Je me suis efforcé de provoquer une discussion sur l'un des mystères les plus profonds de l'existence – à savoir, la nécessité d'une part d'ombre dans notre vie autant que d'une part de lumière –, et vous m'accusez d'avoir l'esprit aussi tortueux qu'un labyrinthe. Si vous préférez parler du temps, je vous en prie, n'hésitez pas. Voilà un sujet qui offre d'inépuisables possibilités. Si jamais je me mets à ronfler au beau milieu de notre conversation, vous avez le droit de me réveiller.

Elle se mit à rire.

— De mieux en mieux, fit-il en la contemplant, les yeux mi-clos.

Si son châtiment éternel était de vider une plage de son sable, peut-être qu'un grain de ce sable serait enlevé chaque fois qu'il parviendrait à la faire rire durant le temps qu'il leur restait à vivre à tous deux. Mais cela prendrait tout de même des millions d'années.

Des milliards.

Peut-être serait-ce impossible.

Allons, songea-t-il en s'égayant. *Rien* n'était impossible.

15

Ils s'arrêtèrent pour la nuit au *Crown Inn*, le meilleur hôtel de Reading, où ils louèrent les meilleurs appartements. Katherine ne trouva rien à redire à la salle à manger privée, ni au salon ni à la vaste chambre adjacente avec son grand lit à baldaquin.

Ils dînèrent – elle se força même à avaler quelque chose – et parlèrent longuement du temps. Du moins *lui* en parla. Katherine, pour sa part, ne dit pas grand-chose – mais rit beaucoup, malgré elle, tandis qu'il la considérait de son regard paresseux, un demi-sourire aux lèvres.

Il était doué d'un sens de l'absurde qui pouvait être extrêmement drôle. Mais cela, elle le savait déjà. Ç'avait toujours fait partie de son charme. Ce qui ne suffisait néanmoins pas à faire de lui l'homme qu'elle aurait souhaité épouser. Elle s'était imaginé quelqu'un de plus sérieux, de plus romantique, de plus… aimant.

À présent, elle était seule dans la chambre. Il lui avait dit qu'il allait trouver un prétexte ingénieux pour descendre un moment et lui laisser un peu d'intimité afin qu'elle se prépare pour la nuit. Et c'est ce qu'il avait fait. Il lui semblait avoir détecté une tache de poussière sur la croupe d'un des chevaux durant le trajet. Il serait incapable de trouver le sommeil tant qu'il ne se serait pas rendu aux écuries pour vérifier ce qu'il en était et, au besoin, enlever la poussière. Il était donc sorti, farceur qu'il était, accompagné du rire de Katherine.

Mais, maintenant, elle ne riait plus. Elle s'était déshabillée, avait fait sa toilette et revêtu la chemise de nuit de soie et de dentelle qui faisait partie de son nouveau trousseau de mariée et qu'elle avait achetée au cours du mois. Stephen avait insisté, et même menacé de l'accompagner lui-même si elle refusait d'aller faire des courses avec Margaret et Vanessa. Elle se sentait à demi nue – ce qui était ridicule puisque cette chemise de nuit ne révélait rien de plus que les robes qu'elle avait portées aujourd'hui. Simplement, c'était une chemise de nuit.

La présence du grand lit, dont draps et couvertures avaient été soigneusement rabattus pour le coucher, ne laissait pas de la troubler. De même que le calme relatif de l'auberge. Même le cliquetis des couverts et les éclats de voix, au loin, semblaient souligner le silence qui régnait dans la pièce. Dehors, il faisait nuit noire, leur suite donnant sur l'arrière de l'hôtel et non sur la cour éclairée et bruyante.

Elle s'assit dans un fauteuil près de la fenêtre. Devait-elle se coucher ? Ou valait-il mieux qu'elle sorte un livre de sa valise ? Mais elle serait bien incapable de se concentrer sur sa lecture. Et puis, elle aurait l'air un peu bête quand il la rejoindrait. Il devinerait forcément qu'elle ne lisait pas.

Oh, Dieu qu'elle détestait cette situation !

Il devrait y avoir de la magie, dans une nuit de noces. Un certain partage. Un certain... romantisme.

L'ennui, c'est qu'elle était terriblement attirée par lui, et qu'une partie d'elle-même attendait avec une impatience presque douloureuse ce qui était censé se passer quand il reviendrait. Elle ne pouvait cependant s'empêcher de mépriser son propre désir, qui n'était que charnel. Une femme se *devait* de mépriser toute attirance pour un homme dès lors que son cœur n'y avait aucune part. Or elle ne l'aimait pas. Elle ne pourrait jamais aimer un homme dont l'existence était aussi insouciante et futile – c'était le moins que l'on puisse dire. Lui non plus ne l'aimait certainement pas. Elle doutait qu'il fût capable d'éprouver pour quiconque un attachement, un amour profond et durable.

Pourtant, ils étaient mariés. Alors n'importe quel sentiment, fût-ce une simple attirance physique, valait mieux que rien. N'était-ce pas précisément ce qu'il lui avait dit, un mois plus tôt, pour la consoler de ce mariage forcé ?

Elle appuya la tête contre le dossier de son fauteuil et revécut mentalement la journée. Le moment où elle s'était habillée, ce matin, puis avait reçu sa famille, son arrivée à l'église au bras de Stephen, lord Montford, au bout de la travée centrale, qui ne l'avait pas quittée des yeux, et lui avait adressé un lent sourire, l'échange des consentements, l'alliance brillante qu'il lui avait passée au doigt, le...

— Bonsoir.

La voix était douce et grave. Katherine ouvrit les yeux, pour découvrir son mari devant elle. Les mains appuyées sur les accoudoirs, il était penché vers elle, le visage tout près du sien.

S'était-elle donc endormie ?

Il s'était débarrassé de ses bottes, remarqua-t-elle, de sa redingote et de sa cravate, ne conservant que sa chemise et sa culotte.

Sans réfléchir, elle leva la main pour repousser la mèche brune qui lui tombait sans cesse sur le front – et retomba dès qu'elle ôta la main. Il sourit et l'embrassa.

Sur les lèvres. Très doucement. Très brièvement.

Elle se sentit fondre.

— Je m'étais trompé, annonça-t-il. Pas la moindre poussière. Me voilà tranquillisé.

Elle ne l'avait pas entendu entrer.

— J'ai fermé les yeux quelques instants, avoua-t-elle. La journée a été longue.

— Vous n'allez pas plaider l'épuisement, n'est-ce pas, Katherine ? Pas le soir de notre nuit de noces.

— Non. Bien sûr que non, assura-t-elle.

— Est-ce le désir ou le devoir qui motive votre réponse ?

Elle ouvrit la bouche pour répliquer, se ravisa, et la referma.

Il plongea les yeux dans les siens et ne bougea pas, attendant sa réponse.

— Le devoir, lâcha-t-elle. Sachez que je ne me soustrairai pas à mon devoir, mil... Jasper.

— Ah oui ?

Il se redressa et lui tendit la main, paume vers le haut.

Elle y posa la sienne et se leva.

Ce n'était pas *uniquement* le devoir, elle le savait. Ça aurait dû l'être, mais ça ne l'était pas.

Il tira doucement sur sa main et elle se laissa aller contre lui, les paumes à plat sur son torse. Il avait un corps ferme, musclé. Elle sentit le renflement de sa virilité contre son ventre.

Sans douceur, il fit glisser les mains le long de son dos, en laissa une sur sa taille tandis qu'il déployait l'autre sur ses fesses pour la presser plus étroitement contre lui.

Elle rejeta la tête en arrière.

— Ce sera le désir, lui promit-il, une note farouche dans la voix, son expression soudain dépourvue de sa nonchalance habituelle. Avant que je vous étende sur ce lit et que je vous prenne, le désir aura remplacé le sens du devoir.

Elle l'avait vexé, peut-être même blessé. En tout cas, elle avait meurtri son orgueil de séducteur. Peut-être croyait-il, le malheureux, que c'était uniquement dans ses prouesses au lit, dans son pouvoir de séduction que résidait sa virilité.

— Dans ce cas, veillez à ce que vos actes s'accordent avec vos paroles, Jasper. Je ne voudrais pas être déçue... de nouveau.

Son air farouche se dissipa instantanément. Retrouvant son humour, il s'esclaffa.

— Quelle petite coquine vous faites, Katherine.

Sur quoi il reprit possession de sa bouche, voracement, cette fois, sans subtilité aucune. Elle céda à son assaut, entrouvrit les lèvres. Il y introduisit la langue de façon si pressante qu'elle crut un instant manquer d'air.

Elle sentit sa main se plaquer à l'arrière de son crâne. Il lui inclina la tête de côté et se mit en devoir d'explorer sa bouche avec une lenteur et une fermeté exquises, jusqu'à ce qu'elle gémisse et se cramponne à son épaule d'une main tandis qu'elle enfouissait les doigts de l'autre dans ses cheveux.

Il lui parut plus imposant encore et dur contre son ventre.

Il la caressait, à présent. Sur tout le corps. Ses mains à la fois fermes, douces et sensibles faisant naître mille sensations merveilleuses tandis qu'elles couraient sur ses épaules, ses bras, ses mains, ses seins, qu'il souleva pour en caresser les pointes du bout des pouces en appuyant légèrement jusqu'à les faire durcir douloureusement. Il descendit ensuite le long de son buste, de sa taille, de ses hanches, de son ventre, s'arrêta un instant sur sa féminité avant de lui caresser les cuisses et les fesses. Il la hissa un peu contre lui pour presser son sexe rigide entre ses cuisses.

De la bouche, il avait suivi le parcours de ses mains, sur sa gorge, dans la vallée entre ses seins.

De son côté, Katherine ne s'était pas contentée de se laisser faire. Elle était partie à la découverte de son corps magnifiquement proportionné, s'autorisant des caresses plus ou moins appuyées, l'aguichant, le frôlant du bout des doigts, frottant les seins contre son torse, le ventre contre le sien.

Il s'en était fallu d'à peine quelques minutes pour qu'ils se retrouvent tous deux enfiévrés, moites, haletants.

Elle se rendit soudain compte qu'il avait saisi les côtés de sa chemise de nuit, juste au-dessus des genoux, et la faisait remonter le long de son corps. Elle leva les bras, et il la lui ôta d'un geste fluide avant de la laisser tomber à terre.

Elle était nue et les chandelles brûlaient encore sur la coiffeuse. Cela lui était égal. Elle se pressa de nouveau contre lui, noua les bras autour de son cou et l'embrassa sur les lèvres.

Au bout d'une longue minute, il s'arracha à elle et, de la bouche, traça un chemin humide et brûlant jusqu'à sa poitrine. Puis il déposa de légers baisers autour de la pointe d'un sein tandis qu'il traçait un cercle de l'index autour de l'autre. Il le lécha ensuite, souffla dessus, et elle inhala brusquement. Alors, il aspira la petite pointe durcie entre ses lèvres tout en frottant l'autre du pouce.

Chancelante, les jambes en coton, elle s'agrippa à lui pour conserver son équilibre tandis qu'au cœur de son intimité, là où aucun homme n'avait jamais eu accès, elle sentait palpiter un désir si intense qu'il ressemblait à de la douleur.

Elle laissa échapper un long soupir haché qui aurait pu passer pour un sanglot.

Il releva la tête, l'embrassa doucement sur les lèvres. Il avait glissé la main jusqu'à sa féminité qu'il tenait maintenant dans sa paume. Un flot de sensations la submergea en même temps que le souvenir très vif de la fois où il avait fait cela avant de… s'arrêter.

Pas cette fois. Pourvu qu'il ne s'arrête pas cette fois…

— Je vous en prie, murmura-t-elle contre sa bouche. Je vous en prie.

Il l'enveloppa d'un regard brûlant entre ses paupières mi-closes.

— Dites-moi que vous avez envie de moi, murmura-t-il en frottant doucement le nez contre le sien. Dites-le-moi, Katherine.

L'espace d'un instant, elle songea à se détacher de lui, à rompre le charme, à mettre fin à leur étreinte comme il l'avait fait trois ans plus tôt. Car il lui avait promis qu'elle le désirerait avant qu'il la prenne, et il avait tenu parole – avec une facilité ahurissante. De même qu'il aurait gagné son pari à Vauxhall s'il n'avait pas décidé d'y renoncer.

Tout cela n'était-il qu'un jeu à ses yeux ? Ne représentait-elle pour lui qu'une conquête facile ?

Mais cela importait-il, au fond ?

Ils étaient mari et femme. C'était leur nuit de noces. Elle devait lui céder, ne serait-ce que par devoir. Mais il se trouvait que, oui, elle avait envie de lui. Oh, oui ! Elle se moquait éperdument du reste. Il serait temps de se remettre à penser demain matin.

Une seconde s'était écoulée – un tourbillon de pensées se bousculaient dans son esprit, à peine formulées.

— Je vous désire, murmura-t-elle à son tour.

« Je vous en supplie, ne vous arrêtez pas. Pas comme la dernière fois », aurait-elle voulu ajouter.

Il la fit reculer jusqu'au bord du lit. Elle s'assit, puis s'allongea et le regarda. Il s'était déjà incliné sur elle et l'embrassait à pleine bouche tandis qu'il tirait sa chemise hors de son pantalon. Il ne détacha ses lèvres des siennes que le temps d'ôter ladite chemise, puis se remit à l'embrasser tout en se débarrassant de sa culotte et de son caleçon.

Cela fait, il la rejoignit sur le lit, se tint au-dessus d'elle, en appui sur ses mains posées de chaque côté de sa tête, les genoux de part et d'autre de ses jambes.

Il plongea son regard dans le sien, et elle se rendit compte qu'il avait oublié de souffler les chandelles – à moins qu'il les ait laissées brûler délibérément. Elle s'en moquait.

Elle prit son visage entre ses mains et passa les pouces sur ses lèvres.

— J'ai envie de vous, répéta-t-elle dans un souffle.

Il s'empara de sa bouche, et elle sentit son corps s'abaisser sur le sien, pesant sur elle de tout son poids. Puis il glissa les jambes entre les siennes, les lui fit écarter jusqu'à ce que, d'instinct, elle les plie et les enroule autour des siennes. Elle le sentit alors se positionner, dur et brûlant, contre la partie la plus sensible de son anatomie et...

Oh...

Il entra lentement en elle, jusqu'à ce qu'elle ait l'impression qu'il ne pouvait aller plus loin et qu'elle enfonce les ongles dans son dos par crainte de la douleur. Une douleur qui ne manqua pas d'advenir, aiguë et terrifiante – et qui disparut presque avant qu'elle l'ait sentie. Alors, il continua de la pénétrer, lentement, sans à-coups, jusqu'à l'étirer, l'emplir, et qu'un désir sans nom la consume tout entière.

— Le moment est donc venu de consommer, mon épouse, chuchota-t-il contre ses lèvres.

Elle ne saisit pas tout à fait ce qu'il disait.

Il se retira lentement. Mais avant qu'elle ait eu le temps de protester, il revenait déjà.

Elle avait vingt-trois ans, avait été élevée à la campagne, entourée d'animaux sauvages et domestiques. Elle avait toujours connu peu ou prou les choses de la vie. Pourtant, aussi surprenant que cela parût, elle n'avait jamais vraiment su...

Non, elle n'avait jamais *su*.

Il lui sembla que cela durait très longtemps. Le merveilleux va-et-vient, les coups de reins fermes, la brûlante moiteur, le désir, le plaisir, la douleur, le... Mais il n'y avait pas de mots pour décrire tout cela.

Pas de mots.

Et soudain elle sentit le poids sur elle s'alléger. Il avait pris appui sur ses avant-bras et la regardait.

Le rythme changea, se fit plus lent, plus profond. Il avait le visage luisant de sueur. Elle se mordit la lèvre et fronça un peu les sourcils.

Le plaisir n'était plus que douleur à présent.

Et la cadence s'accéléra de nouveau jusqu'à devenir... insoutenable.

Les yeux clos, elle enfonça la tête dans l'oreiller, puis détacha les jambes des siennes pour poser les pieds sur le matelas et creuser les reins, tendue comme un arc contre la douleur.

Et...

Oh ! *Et...*

Tout vola en éclats et se révéla être ce que cela avait été depuis le début. Paix et beauté.

Une paix pure et belle.

De nouveau, il pesa lourdement sur elle, et elle se rendit compte qu'il allait et venait plus vite, plus fort. Encore un court instant, et il s'immobilisa, se raidit, et un liquide délicieusement chaud se répandit en elle.

Mais tout n'était que paix. Et beauté.

Jusqu'à ce que, au bout de quelques minutes, il se retire, s'allonge à côté d'elle et remonte les couvertures sur eux.

Elle avait froid, soudain. Elle était moite, mal à l'aise, démunie.

Déconcertée.

Elle était redevenue elle-même. Non, pas tout à fait. Pas encore.

Elle se tourna sur le côté, lui offrant son dos. Il fallait qu'elle se ressaisisse. Qu'elle...

Elle eut conscience que lui aussi basculait sur le flanc, de dos également.

Pourquoi la paix avait-elle cédé si vite la place à ce trouble ? À deux solitudes séparées ?

Parce que cette paix ne reposait sur rien de solide ?

Comment avait-elle pu ressentir ce qu'elle venait de ressentir sans amour ?

L'amour était-il essentiel ?

Existait-il seulement, cet amour dont elle avait toujours rêvé ?

S'il existait, il était trop tard pour qu'elle le trouve.

Fallait-il, alors, qu'elle se contente de cela ?

Seulement cela ?

Du plaisir sans amour ?

En dépit des pensées qui l'agitaient, elle finit par tomber dans un profond sommeil, épuisée.

Jasper ne dormit pas. Il gardait les yeux rivés sur la porte qui communiquait avec leur salon privé. Elle était entrouverte.

Les chandelles brûlaient toujours. Il ne se donna pas la peine de se lever pour les éteindre.

Il avait tout de suite su qu'elle mentait quand elle lui avait dit qu'elle se donnerait à lui par devoir plutôt que par désir. Il se demandait pourquoi il lui avait posé la question. Histoire de voir si elle se montrerait honnête, sans doute.

Et puis elle l'avait défié, montrant la même force de caractère qu'à Vauxhall. Elle l'avait mis au défi de susciter son désir.

Bien qu'il fût loin d'être amusé, il esquissa un sourire.

C'était là une chose pour laquelle il était doué – faire en sorte que les femmes le désirent. Il excellait même dans cet art. Il faut dire qu'il ne manquait pas d'entraînement.

Il l'avait donc rendue folle de désir. Et sans même avoir besoin de recourir à tous ses talents. Cela valait mieux, du reste. Il aurait risqué de la choquer et d'étouffer son désir dans l'œuf. Enfin, il avait fait le nécessaire. Mais pas mécaniquement, comme il aurait pu s'y attendre. Car cela l'avait excité également. Ou, pour être tout à fait honnête, c'était *elle* qui l'avait excité.

Il n'avait eu de cesse qu'elle reconnaisse qu'elle avait envie de lui, qu'elle le supplie.

Je vous en prie...

Ensuite, il l'avait prise, lentement, complètement. Jusqu'à l'accomplissement ultime. Cela l'avait surpris lui-même. Il n'avait encore jamais défloré une femme, mais il avait entendu dire qu'il était impossible d'amener une vierge à la jouissance la première fois.

Pourtant, avec Katherine, il avait réussi.

Et il avait prouvé qu'il avait raison. Il l'avait vaincue comme il aurait pu la vaincre à Vauxhall s'il l'avait décidé. Elle avait beau avoir des scrupules, des doutes à son sujet autant qu'au sujet de leur mariage, dès qu'il s'agissait de relations charnelles, elle était comme un bloc d'argile qu'il pouvait modeler à sa guise.

Ce qui faisait de lui un sacré type.

S'il le leur disait, ses amis ne manqueraient pas de lui taper sur l'épaule et de laisser libre cours à leur hilarité autant qu'à leur admiration.

Quel don Juan, ce Monty !

Katherine Finley, baronne Montford, avait du caractère, une morale bien à elle et des rêves auxquels elle tenait. Pourtant, il parvenait à les lui faire oublier, tous, quand il lui faisait l'amour.

Il l'avait sentie se rétracter dès qu'il s'était retiré. Elle lui avait tourné le dos à l'instant où il s'apprêtait à glisser le bras sous sa nuque, à dire une bêtise quelconque pour la faire rire, et à la taquiner pour lui faire admettre que leur nuit de noces avait été la plus belle nuit de sa vie.

Dès qu'il fut certain qu'elle dormait – c'est-à-dire au bout d'une éternité –, il rabattit les couvertures de son côté et sortit doucement du lit afin de ne pas la réveiller. Il alla se planter devant la fenêtre.

S'il avait été à Cedarhurst, il se serait offert un petit galop à cheval, et au diable l'obscurité ! Mais il était à l'hôtel, à Reading, et les gens trouveraient un peu curieux qu'il abandonne sa jeune épouse pour aller chevaucher dans la campagne au beau milieu de la nuit.

Il lui épargnerait d'être ainsi ridiculisée. D'autant que, au bout du compte, lui aussi serait la risée de tous.

Enfer et damnation ! Il ne pardonnerait jamais à Clarence.

Soudain, il se figea.

Soit elle ne dormait pas suffisamment profondément quand il s'était levé, soit il avait fait plus de bruit qu'il ne le pensait. Elle n'avait pas bougé, mais quelque chose dans la qualité du silence lui indiqua qu'elle était réveillée. Et, en effet, quand il se tourna vers elle, elle avait les yeux ouverts.

— Les chandelles brûlent toujours, lui signala-t-elle. Vous devez offrir une jolie vue aux gens qui sont dehors, s'ils lèvent les yeux.

Il aurait pu trouver au moins une dizaine de reparties. Mais il se contenta de tirer les rideaux. Il ne fit même pas mine de se couvrir. Et elle ne fit même pas mine de détourner les yeux.

— Sans doute estimez-vous que le désir ne suffit pas, lâcha-t-il.

Et cette simple remarque sonnait comme une accusation irritée.

— Et pas vous, répliqua-t-elle, renversant les rôles. C'est la différence fondamentale entre nous, mil... Jasper. Une différence avec laquelle nous allons devoir apprendre à vivre.

Que son prénom ne lui vienne pas naturellement l'agaçait plus qu'il n'aurait su le dire. Ils étaient mariés, ils venaient de faire l'amour, et elle avait encore du mal à ne pas l'appeler milord !

— Ou pas, rétorqua-t-il.

Elle le regarda d'un air interrogateur.

— Il existe une alternative ? fit-elle.

— Si je ne peux coucher avec vous sans ressentir la nécessité de vous aimer d'abord, et de gagner *votre* amour, et si vous ne pouvez apprécier le bien-être qui suit les relations charnelles lorsque celles-ci ne sont provoquées que par le désir, nous allons très bientôt faire chambre à part, Katherine. Voire maison à part, car j'ai, en la matière, un appétit des plus sains – que vous jugerez sans doute malsain. J'aime les relations charnelles.

— Je n'en doute pas.

Il s'assit dans le fauteuil où il l'avait trouvée endormie en remontant dans la chambre, un peu plus tôt. Cela ne lui ressemblait pas de se mettre en colère contre une femme. De l'accuser. De se plaindre. Vraiment, c'était un beau début pour un mariage.

Il fit une nouvelle tentative.

— Il se trouve que vous me plaisez, reprit-il, que j'apprécie votre compagnie et votre esprit, que j'admire votre beauté et que je désire votre corps. Je suis même prêt à tenter de me montrer affectueux et fidèle. En revanche, je ne peux vous offrir ce que vous appelez l'amour, parce que j'ignore la signification de ce mot dans le contexte d'une relation entre un homme et une femme. Et je ne peux certainement pas prétendre à être aimé de vous – ni même particulièrement apprécié. Pas après ce que vous avez été forcée de faire et avec qui. Au fond, toute cette affaire de mariage me semble impossible.

Ce n'était pas franchement brillant.

— Je viens de me rendre compte d'une chose à votre sujet, dit-elle. Je ne l'avais même pas suspectée avant ce soir, et j'avoue que c'est une surprise totale. Vous ne vous aimez pas vraiment, n'est-ce pas ? Vous n'avez pas même un tant soit peu d'estime pour vous-même.

Seigneur ! Il demeura cloué sur place, la fixant du regard en tambourinant des doigts sur l'accoudoir du fauteuil.

— Qu'est-ce que c'est que ces bêtises ? lâcha-t-il, son irritation revenant d'un coup.

— Et je n'aurais jamais imaginé entendre le mot *impossible* dans votre bouche, reprit-elle. Un mariage viable serait impossible ? L'amour serait impossible, de part et d'autre ? Il me semblait, Jasper, que vous mettiez toujours un point d'honneur à gagner vos paris.

— C'est gentil de me rappeler le seul que j'aie perdu.

— Vous ne l'avez pas perdu, rectifia-t-elle. Vous avez choisi une issue plus courageuse et plus honorable – c'est vous, bien sûr, qui avez choisi de l'interpréter comme une humiliation. Mais ce n'est pas à ce pari-là que je fais allusion.

Il rit doucement.

— C'est à celui que j'ai fait lors du bal de lady Parmeter ? Sauf que ce n'en était pas vraiment un. Qu'est-ce qu'un pari que personne ne relève, sans prix pour le vainqueur ni gage pour le perdant, et qui n'est pas limité dans le temps ?

— Ces détails ne vous avaient pas arrêté avant que nous nous retrouvions entraînés dans ce scandale, lui rappela-t-elle. Vous sembliez assez déterminé à me faire tomber amoureuse de vous. C'est pour cela que vous m'avez fait cette cour assidue après la valse. En outre, il y a quelqu'un pour relever le pari – moi – et un prix – moi. Un gage également – le risque de me perdre. Et une limite dans le temps – la fin de la partie de campagne.

Il la regarda et, pour une fois, en resta sans voix. Cependant, il sentait sa bonne humeur revenir. On pouvait faire confiance à Katherine pour ne pas prendre les choses au tragique.

— Je parierai donc contre vous, décida-t-elle. Je déclare que c'est impossible, que vous ne réussirez jamais à vous faire aimer de moi. Que vous allez perdre votre temps à essayer. Vous êtes l'homme pour qui tout est possible, surtout ce qui semble vraiment hors d'atteinte. Eh bien *je* suis hors d'atteinte. Complètement. Essayez donc de vous faire aimer de moi.

C'était tentant. Mais il y avait un problème.

— Je n'aurai rien à vous offrir en retour, fit-il valoir. Rien qui ait de la valeur à vos yeux, en tout cas. Je ne suis pas romantique, Katherine, et si je faisais semblant de l'être, je me ridiculiserais, tout simplement.

— Ce problème-là, c'est à vous de le résoudre.

Ils échangèrent un long regard. Les chandelles commencèrent à vaciller. Elles avaient presque fini de brûler.

Il réprima un sourire. Ainsi, il ne parviendrait jamais à se faire aimer d'elle ? Il allait perdre son temps à essayer ?

— Encore une chose, ajouta-t-elle. Si ce pari devient réel, alors nous relèverons l'enjeu.

Il l'interrogea du regard.

— Pas d'amour, dit-elle, pas de relations charnelles.

— Pour toujours ?

— Pour toute la durée du pari. Ensuite, nous verrons.

Tout un *mois* de chasteté ? Alors qu'il n'avait goûté qu'une fois à sa jeune épouse ? Cette fois, l'enjeu était colossal.

N'empêche que son sourire s'affirmait. Impossible ? Vraiment ?

Un pari impossible à gagner ?

C'était ce qu'on allait voir !

Il se leva et s'approcha d'elle, la main droite tendue.

— Tope là, dit-il.

Elle lui serra la main.

— J'espère que le canapé du salon est aussi confortable qu'il en a l'air, ajouta-t-il.

— Prenez un oreiller, lui conseilla-t-elle.

C'est ce qu'il fit, avant de tourner les talons et de sortir de la chambre.

Les chandelles vacillèrent une dernière fois et s'éteignirent à l'instant où il refermait la porte derrière lui.

On était très bien assis dans ce canapé. En revanche, il était trop étroit et trop court pour faire un lit confortable. Jasper s'étendit tout de même, plaqué contre le dossier, les pieds sur un accoudoir, la tête posée sur l'autre.

Ça n'aurait pas été une position très propice au sommeil quand bien même son esprit n'avait pas été occupé à ruminer la même pensée.

Il allait falloir qu'il trouve quelque chose à lui offrir en retour de son amour que, bien entendu, il allait gagner. Et il craignait fort qu'une seule chose puisse faire l'affaire. Diable ! Il allait devoir tomber amoureux d'elle lui aussi ! Mieux valait qu'il se répète dès maintenant que c'était impossible, autrement le défi ne lui apparaîtrait jamais suffisant pour être relevé.

C'était impossible.

Voilà !

Mais il allait le faire. Il allait tomber amoureux.

D'où diable tenait-il que ce canapé était confortable ?

... le cœur de mon cœur, l'âme de mon âme...

Il fit la grimace.

Bon sang ! Cet oreiller était rempli de briques, ou quoi ?

Il allait tomber amoureux d'elle.

C'était un pari qu'il faisait avec lui-même.

Impossible ?

Bien sûr.

Mais faisable ?

Évidemment !

Sur ce, il fut pris d'une brusque inspiration. Il descendit du canapé, s'allongea sur le sol, la tête sur l'oreiller, sa redingote drapée sur le haut du corps, et s'ordonna de dormir.

Enfin, il était installé à peu près confortablement.

Il avait froid aux jambes.

16

— Encore une chose, dit Katherine comme s'ils étaient au beau milieu d'une conversation alors qu'en réalité, ils avaient voyagé tout l'après-midi sans échanger quasiment un mot.

Il s'était calé dans un coin de la banquette, à côté d'elle, un pied botté posé sur le siège d'en face, les bras croisés sur la poitrine, les yeux fermés. Malgré son air indolent, il ne dormait pas. Elle le soupçonnait d'ailleurs de la regarder. Elle ne savait pas comment c'était possible, les yeux fermés, mais comme rien ne lui était impossible...

De toute la journée, il n'avait rien tenté pour se faire aimer d'elle et gagner son pari. Ce matin, au réveil, elle s'était préparée à une journée de tentatives de séduction flagrantes. Au lieu de cela, il avait commencé par parler ostensiblement du temps avant de faire remarquer que, s'il ne parvenait pas à lui arracher un sourire, il ferait aussi bien de dormir puisqu'il n'avait pour ainsi dire pu le faire de la nuit. Sur ce, il avait croisé les bras et fermé les yeux.

Il était merveilleusement attirant, bien sûr, ainsi détendu et somnolent, et si terriblement masculin. Il occupait nettement plus de la moitié de l'intérieur de la voiture. Elle devait garder les genoux et les pieds serrés, et les jambes assez raides pour éviter de le frôler à chaque cahot – c'est-à-dire presque tout le temps.

Elle avait pris le parti de l'ignorer. Cependant, elle ne pouvait en tirer de réelle satisfaction s'il faisait semblant de dormir. Elle aurait voulu qu'il se réveille pour qu'il se sache ignoré. Bien entendu, elle s'était retenue de rire de ses commentaires les plus absurdes sur le temps. Elle parlait donc pour le réveiller, même si cela l'obligeait à cesser de l'ignorer.

Il ouvrit les yeux.

— Encore une chose, répéta-t-elle.

— Une autre ? Faut-il l'ajouter à celle que vous avez mentionnée il y a quelques instants ? Ce qui ferait donc deux choses ?

Elle adressa un regard réprobateur.

— Charlotte se réjouit de notre mariage, commença-t-elle, et je ne pense pas que ce soit uniquement parce qu'elle aura quelqu'un pour la parrainer l'année prochaine et n'a plus à craindre d'être envoyée chez sa tante. Elle vous aime sincèrement et souhaite que vous soyez heureux. Elle croit que vous le serez avec moi. Elle croit que nous nous aimons.

Il lui sourit du regard, sans qu'un seul muscle de son visage bouge. C'était assez déconcertant. Ses yeux pourraient causer sa perte, songea-t-elle soudain. Si tant est qu'il soit possible pour elle de se perdre, bien sûr, ce qui n'était pas le cas.

— Cela fait une chose, commenta-t-il. Y en a-t-il une autre ?

— Oui. Je suis issue d'une famille très unie. Nous nous aimons tous tendrement. Nous nous réjouissons de la joie des uns et des autres, et nous affligeons de leurs malheurs. Il est donc essentiel que mon frère et mes sœurs me voient heureuse en ménage, nous voient amoureux l'un de l'autre. Or, pour l'instant, ils doutent. Ils craignent que nous ne nous aimions pas, que nous ne nous aimions jamais.

— Cela fait deux, confirma-t-il d'une voix paresseuse comme s'il venait vraiment de se réveiller. Deux choses très intéressantes. Deux choses qui me donnent toutes les raisons du monde de gagner mon pari et à vous de capituler et de me laisser le gagner.

— Vous ne m'avez pas bien entendue. J'ai dit qu'il était important pour nos frères et sœurs que *nous* nous aimions. Tous les deux. Pas que je vous adore et que vous fassiez comme si de rien n'était.

— Vous voulez donc faire un double pari, en fin de compte, Katherine ? s'enquit-il en souriant franchement. Vous voulez vous faire aimer de moi ? Je pourrais même vous offrir une chance de gagner.

— Ce que je veux, corrigea-t-elle, regrettant qu'il ne veuille pas se redresser et s'asseoir correctement pour avoir l'air moins... moins... enfin moins quelque chose, c'est que nous fassions semblant pendant la partie de campagne. Que nous convainquions Charlotte, Margaret et Stephen que notre mariage était vraiment un mariage d'amour – ou qu'il l'est devenu. Car nous les aimons autant qu'ils nous aiment. Je sais que vous aimez Charlotte même si vous vous prétendez incapable de ce genre de sentiment. Quant à moi, je dois plus à Margaret que je ne pourrai jamais le dire et je l'aime plus que quiconque. J'aime énormément Stephen, aussi. C'est le meilleur des frères, même s'il s'est un peu éloigné de nous ces dernières années pour se consacrer aux plaisirs que la vie offre à un jeune homme riche et privilégié.

— Comme je l'ai fait quand je suis parti de chez moi ?

— Je ne me laisserai pas distraire – même si, bien sûr, il n'y a que la vérité qui blesse. Nous devons être d'accord pour les rendre tous les trois aussi heureux que possible pendant qu'ils seront à Cedarhurst. Il nous suffit pour cela d'avoir l'air heureux ensemble.

— Et une fois que Merton et Mlle Huxtable seront rentrés chez eux ? s'enquit-il. Il faudra que nous continuions à jouer la comédie pour Charlotte ? Jusqu'à ce qu'elle se marie, ou pour le restant de nos jours si elle ne se marie pas ?

Évidemment, c'était là le point faible de son plan. Feindre une affection mutuelle deux semaines, pendant la partie de campagne, ne devrait pas présenter de difficultés insurmontables. Mais ensuite ?

— Nous aviserons le moment venu, décida-t-elle.

— Inutile de nous inquiéter d'un problème qui n'existera peut-être plus d'ici là, convint-il. Il faut que vous vous donniez autant de mal pour gagner votre moitié du pari que moi pour gagner la mienne, Katherine.

Il avait de nouveau son air somnolent.

— Je n'ai pas de moitié du pari, protesta-t-elle.

— Dans ce cas, à quoi servirait-il que je gagne la mienne ? Pourquoi voudrais-je être aimé de vous si je ne vous aime pas en retour ? Pourquoi vouloir m'aimer si je ne vous aime pas ?

— Mais je ne veux pas vous aimer.

Il la parcourut d'un regard paresseux si bien qu'elle eut l'impression d'être nue, comme la nuit dernière. Or elle n'avait vraiment aucune envie de songer à cela aujourd'hui.

Car elle s'était rendu compte d'une chose, ce matin – ou, plutôt, la veille au soir, après qu'il se fut retiré dans le salon. Elle avait compris que, en le privant tout un mois de la partie charnelle de leur mariage, elle s'en privait également. Et elle avait découvert, à sa grande consternation, que ce n'était pas une perspective agréable. Ce qui était mal, car il ne devrait pas y avoir ce désir qui s'apparentait à de la luxure dans un mariage. Uniquement de l'amour.

Et de l'amour, il pourrait y en avoir si elle acceptait l'autre moitié du pari et gagnait, et s'il gagnait aussi de son côté.

C'était absurde ! songea-t-elle, contrariée.

— Je crois, Katherine, que vous venez de dire un gros mensonge. Mais peut-être n'en avez-vous pas encore conscience. Bien sûr que vous voulez m'aimer – je suis votre mari. Et bien sûr que vous voulez que je vous aime – vous êtes ma femme.

Oh, comprit-elle soudain, il avait commencé à se mettre au travail. L'homme qui gagnait tous les paris. Et il avait déjà de l'effet sur elle. Elle ressentait un drôle de pincement dans la région du cœur. Ce qui ne fit qu'ajouter à sa contrariété.

— Oh, rendormez-vous ! jeta-t-elle. Ou recommencez à *feindre* de dormir.

Au lieu de cela, il lui prit la main gauche.

— Nous sommes presque arrivés, annonça-t-il.

— À la maison ?

Elle jeta un coup d'œil par la vitre derrière lui, mais ne vit que des champs au-delà des haies qui bordaient la route.

— À Cedarhurst, dit-il avec une légère emphase.

Il jouait doucement avec ses doigts. Mais pourquoi sentait-elle quelque chose dans sa *gorge* ?

— Vous détestez donc toujours cet endroit ? lui demanda-t-elle. Vous ne vous y sentez pas chez vous ? Où vous sentez-vous chez vous, alors ?

Il fit tourner son alliance autour de son annulaire.

— Si vous passez votre temps à poser des questions multiples, Katherine, il ne faudra pas vous étonner que j'aie l'esprit de plus en plus embrouillé au fil de notre mariage. Vous finirez avec l'idiot du village pour époux.

Elle aurait pu rire, mais ne le fit pas. Elle voulait des réponses. Un homme qui détestait la maison qui avait toujours été la sienne mais n'en aimait aucune autre lui apparaissait quelque peu étrange. Pour sa part, elle avait toujours considéré sa maison comme le point central de son existence, qu'il s'agît du presbytère où sa famille habitait du vivant de son père, de la chaumière où ils s'étaient installés ensuite, ou de Warren Hall où ils avaient emménagé trois ans auparavant.

— Non, je ne déteste pas Cedarhurst, assura-t-il. Et, oui, on peut dire que c'est *chez moi*. Le terme « chez soi », c'est un peu comme le mot « aimer », n'est-ce pas ? Impossible à définir, et donc essentiellement dépourvu de sens.

— Ces mots sont impossibles à définir précisément parce que ce ne sont que des mots et qu'ils ne peuvent que symboliser des concepts qui, eux, débordent de sens. Ils symbolisent des émotions trop profondes pour les mots. Mais nous sommes obligés d'employer des mots puisque c'est un des moyens grâce auxquels nous communiquons. Il nous faut donc désigner ces choses insondables et inestimables avec des mots aussi mal adaptés que « chez soi » et « amour ». De la même façon que le blanc englobe toutes les couleurs et toutes les nuances, comme vous me l'avez fait observer hier.

Il fit glisser son alliance jusqu'à sa jointure, puis la remit en place avant de passer l'extrémité de son doigt le long des siens. Un sourire joua sur ses lèvres.

Et maintenant, c'était dans ses *seins* qu'elle le sentait.

— Je me souviens vous avoir dit un jour que vous étiez une femme très passionnée, Katherine. Il vous faudra apprendre à diriger cette passion vers un autre être plutôt que vers des idées. Vers *moi*, aurais-je dû dire, puisque je ne pourrai admettre que ma propre femme éprouve de la passion pour un autre homme.

Il la regarda dans les yeux. Ce fut au tour de sa *respiration* de s'en trouver affectée.

Il s'intéressa de nouveau à leurs mains, lui caressa le majeur, ce qui fit naître des sensations au creux de son ventre. Elle s'efforça de les ignorer. Elle voyait clair dans son jeu : il essayait de l'exciter physiquement, non sans subtilité, dans l'espoir qu'elle tombe amoureuse de lui. Il ne comprenait vraiment rien.

— Mais pour répondre à votre troisième question, enchaîna-t-il, il n'existe nul autre endroit où je me sente chez moi. Il n'y a que Cedarhurst, pour le meilleur et pour le pire.

— Comme un mariage.

— Comme un mariage, confirma-t-il. Lorsque j'y ai passé une année, il n'y a pas si longtemps, j'ai fait un premier pas assez timide pour me l'approprier.

— Comment cela ?

— Je vous montrerai en arrivant, promit-il en traçant un chemin sur son index.

Elle ressentit un spasme douloureux à la jonction des cuisses.

Que se produirait-il quand il en serait à son pouce ?

Cela n'arriva pas.

— Ah, fit-il, comme des maisons apparaissaient.

Ils traversaient un village. La flèche d'un clocher se dressait devant eux.

Jasper posa le pied par terre et se redressa enfin sur la banquette pour regarder par la fenêtre. Il salua de la main quelques personnes qui regardaient passer la voiture. Toutes lui rendirent son salut, nota Katherine. Quelques-unes sourirent même. Tout le monde avait l'air content.

Il n'était pas habituel d'accueillir ainsi un propriétaire qui passait le moins de temps possible dans son domaine et avait du mal à s'y sentir chez lui.

Elle le considéra avec curiosité tandis qu'ils sortaient du village et s'engageaient dans ce qu'elle devina être l'allée qui menait à Cedarhurst Park. Malgré les arbres qui la bordaient, elle aperçut des pelouses de part et d'autre et, du côté gauche, le scintillement d'une pièce d'eau.

Puis le manoir se dressa devant eux, imposant édifice carré de pierre grise d'apparence solide. Il y avait un nombre impressionnant de fenêtres, plus hautes au rez-de-chaussée qu'au premier étage, et au premier qu'au second, sous le toit dont la balustrade de pierre s'ornait de statues. Un porche à colonnes assez massif se dressait au centre de la façade auquel menaient de grandes marches de marbre.

Au pied des marches s'étendaient deux terrasses l'une en dessous de l'autre, et, en contrebas, un immense et magnifique jardin carré, creusé sous le niveau du sol et ceint de murs bas par-dessus lesquels retombaient des giroflées rouges et jaunes. En passant devant, Katherine se rendit compte que le jardin lui-même était composé de parterres impeccables séparés par des allées gravillonnées, de haies de buis, de plates-bandes de fleurs et de carrés d'herbes aromatiques. Ici ou là, on apercevait une statue, et en son centre, un cadran solaire en pierre.

Elle ne dit rien parce que lui se taisait. Assis près d'elle, il regardait par la fenêtre, il semblait avoir changé du tout au tout. Elle le sentait tendu.

Cette maison, ce n'était pas uniquement la sienne à lui. C'était aussi chez elle. Elle était baronne Montford, désormais. Elle n'en avait pas encore pleinement pris conscience malgré la veille, malgré la nuit dernière, malgré son arrivée, maintenant.

Pourtant, elle éprouva un petit pincement au cœur en découvrant sa nouvelle demeure pour la première fois. Elle ne se rappelait pas avoir ressenti cela en arrivant à Warren Hall, trois ans plus tôt. Cette impression que sa vie, son avenir, ses espoirs résidaient ici. La maison était magnifique. Quant au jardin, il était si délicieux qu'elle en avait la gorge nouée.

Certes, elle découvrait l'endroit à son apogée. C'était l'été, et le soleil brillait dans un ciel sans nuage.

— Ah, fit-il, rompant un silence qui menaçait de s'éterniser, apparemment redevenu lui-même. Vous voyez comme chacune de nos actions a des répercussions, Katherine ? Il m'a semblé judicieux d'avertir la gouvernante que je rentrais aujourd'hui avec la nouvelle baronne et que nous attendions une pleine maisonnée d'invités d'ici à quinze jours. Et les domestiques ont trouvé le moyen de vous apercevoir sans avoir à jeter des coups d'œil à la dérobée par les fenêtres ou par les trous de serrure.

La terrasse supérieure était bien visible, à présent. Si parfaitement alignés qu'ils avaient l'air de statues plutôt que d'êtres humains, les nombreux domestiques de Cedarhurst Park attendaient sur les marches, les hommes d'un côté, tout de noir vêtus, les femmes de l'autre, en noir également, avec coiffe et tablier blanc.

— Voilà le comité d'accueil, commenta Jasper, mi-exaspéré, mi-amusé. J'espère que vous vous sentez de taille à l'affronter.

Lors de leur arrivée à Warren Hall, ils avaient eu droit au même accueil, se rappela-t-elle. Et ils en avaient été fort touchés.

— Bien sûr que je me sens de taille, répondit-elle, quand bien même elle avait des papillons dans l'estomac. Je suis votre femme, non ? La nouvelle maîtresse de Cedarhurst.

Et elle ne put s'empêcher de ressentir une certaine excitation à cette pensée.

— Mon amour...

Elle se rendit compte qu'il lui tenait toujours la main quand la voiture s'arrêta devant les marches et que l'un des hommes, le majordome, sans doute, vint leur ouvrir la portière et déplier le marchepied.

— ... je n'ai pas répondu à votre « encore une chose », n'est-ce pas ? fit-il. J'acquiesce à toutes vos demandes. Comment pourrait-il en être autrement quand je suis devenu votre esclave dévoué, hier ? Par inclination, dois-je ajouter. Que pourrais-je souhaiter d'autre, dans ce cas, que de montrer à mes domestiques, à ma famille, à la vôtre et à mes amis que je vous adore ?

Elle voulut le gratifier d'un regard réprobateur, mais il avait baissé la tête pour porter sa main à ses lèvres, incarnation du jeune marié amoureux, tandis que tous les domestiques, du majordome au plus jeune des valets, les contemplaient bouche bée.

Elle choisit de rire.

Cela lui ressemblait tant de tourner tout cela à la plaisanterie.

Et, ce faisant, d'apparaître aussi scandaleusement beau et... oui... *romantique*. Elle crut entendre des soupirs émus dans les rangs des femmes de chambre. C'était sans doute le fruit de son imagination, encore que le contraire n'eût pas été étonnant.

Il lui ferait visiter la maison plus tard, décida Jasper. Le lendemain, peut-être. Elle n'avait pas montré d'impatience à tout voir. Elle n'avait pas montré d'impatience du tout, à vrai dire. En tout cas, pas en ce qui concernait la maison et le parc. Elle n'avait rien dit tandis qu'ils approchaient, et lui était resté muet, tendu, à côté d'elle.

À quoi s'était-il attendu ? Qu'elle montre de l'enthousiasme pour ce domaine où les circonstances la forçaient à vivre désormais ?

Et ce qu'elle en pensait lui importait-il ?

Cedarhurst avait-il la moindre importance à ses yeux à lui ?

Il l'avait conduite dans le salon après qu'ils eurent passé les domestiques en revue. Ils avaient monté les marches d'un côté, saluant d'abord les femmes, puis les avaient redescendues de l'autre, pour saluer les hommes.

Elle avait souri, répétant les noms au fur et à mesure que la gouvernante ou le majordome les lui énonçait, disant un mot à chacun.

Et lui aussi, du reste. Il avait été quelque peu étonné de voir tant de visages anciens – non tant par l'âge que par les années de service à Cedarhurst. Aimaient-ils donc travailler ici ? Étaient-ils bien payés ? Sans doute, puisqu'il avait ordonné d'augmenter leurs gages une première fois après la mort du second mari de sa mère, puis à nouveau après sa mort à elle.

Il s'était souvenu, non sans surprise, en les saluant, qu'il appréciait la plupart d'entre eux quand il vivait ici – et qu'il en aimait même certains. Ils l'avaient nourri dans les cuisines, avaient nettoyé et pansé ses plaies et l'avaient parfois lavé, lui, ainsi que ses vêtements, et ciré ses chaussures avant que le second mari de sa mère ne voie qu'ils étaient maculés de boue ou trempés. Il leur était même arrivé de repriser des accrocs pour le couvrir. Ils écoutaient ses histoires, même les plus invraisemblables. Parfois, les jardiniers et les palefreniers n'avaient pas hésité à le punir eux-mêmes en lui faisant manier la binette ou la brosse, voire en lui flanquant une raclée quand il le méritait vraiment, plutôt que de se plaindre de ses bêtises à la maison. À quelques reprises, ils avaient aussi menti pour lui, affirmant ne pas l'avoir vu plutôt que de révéler ses repaires et ses cachettes favoris.

Que c'était étrange que l'on pût ainsi oublier des pans entiers de sa vie. Ces repaires...

Ils étaient à peine installés dans le salon qu'on leur avait apporté du thé et des gâteaux.

— J'espère que je vais retenir au moins quelques noms et que, bientôt, je les saurai tous, fit-elle en servant le thé. Ils sont si nombreux.

— C'est inutile, assura-t-il. Ils n'en attendent pas tant de vous.

Pourtant, songea-t-il, lui les connaissait presque tous par leur nom sans même avoir eu à faire l'effort de les apprendre. Et il retiendrait sans doute aisément ceux des nouveaux – parce qu'ils n'étaient pas très nombreux et que, pour la plupart, ils offraient une nette ressemblance familiale avec d'autres domestiques anciens ou actuels.

— Peut-être, mais moi, si, déclara-t-elle. Les domestiques sont des êtres humains.

Il était toujours plus amusé qu'irrité par ces airs collet monté qu'il lui arrivait d'afficher – le résultat de son enfance passée dans un presbytère de campagne, soupçonnait-il.

Après avoir redescendu les marches et salué les domestiques masculins, elle s'était tenue un instant sur la terrasse, les yeux levés vers eux, et s'était mise à rire. La brise soulevait le bord de sa capeline et le soleil accrochait des éclats d'or dans ses cheveux. Elle leur avait alors déclaré :

— Je vous en prie, pardonnez-moi si je ne connais pas vos noms à tous la prochaine fois que je vous verrai. En revanche, si je ne les ai toujours pas retenus dans un mois, je ne mériterai ni n'attendrai votre pardon.

Cette déclaration avait été saluée par un éclat de rire général, et Jasper avait deviné que toute sa domesticité était tombée instantanément amoureuse de la nouvelle baronne.

Lui-même avait été quelque peu sous le charme.

Elle ne s'assit pas sur le canapé, mais préféra aller à la fenêtre où elle but son thé en regardant dehors.

Il la rejoignit, et resta un peu en retrait derrière elle.

— Je crois que c'est le plus beau jardin que j'aie jamais vu, déclara-t-elle.

Il ferma un instant les yeux et une partie de la tension qui lui raidissait les épaules et la nuque depuis leur arrivée à Cedarhurst s'évapora.

— Vraiment ? fit-il.

Un instant, il craignit qu'elle n'ait rien d'autre à en dire, qu'il ne s'agisse que d'une observation polie formulée comme un éloge.

— Il est si parfaitement construit, enchaîna-t-elle. Avec une extrême précision géométrique. Est-ce un vrai carré ? Le savez-vous ? Sans doute.

— Au centimètre près, assura-t-il.

Elle émit un petit rire, croyant à une plaisanterie.

— Une création aussi artificielle pourrait ne pas être belle, pourtant. On pourrait y voir une domestication un peu trop impitoyable de la nature. Mais ce n'est pas le cas. Cela en dit sans doute long sur la place de l'homme sur terre. Nous pouvons imposer l'ordre et la précision à la nature, mais pas détruire son charme ni son enthousiasme.

— Son enthousiasme ? répéta-t-il.

— Regardez les giroflées qui débordent des murs. Elles gardent leur exubérance bien qu'elles aient été enfermées dans le périmètre du jardin. Elles font savoir que l'on peut les apprivoiser, mais pas les contenir, et qu'elles ne sont en aucune façon moins puissantes que les hommes qui les ont installées là et veillent à ce qu'elles y restent sans empiéter sur les parterres.

Ce fut au tour de Jasper de rire. Elle tourna la tête vers lui.

— Oh, très bien, fit-elle. Moquez-vous de moi : cela m'est égal.

— Le reste du parc a été dessiné selon les principes de Capability Brown et des paysagistes de son acabit. Il y a de vastes pelouses semées d'arbres, un lac, un chemin creux qui serpente entre les arbres, et monte à l'assaut des collines boisées derrière la maison. Tout est soigneusement construit pour avoir l'air artistiquement naturel – ou naturellement artistique, je ne sais pas quelle expression est la plus appropriée. L'idée, en tout cas, c'est de donner au parc un air de nature intacte quand c'est tout le contraire. Il y a seulement quelques années, les pelouses arrivaient presque jusqu'à la porte.

— Seulement quelques années ? répéta-t-elle en regardant à nouveau dehors.

— La terrasse est construite depuis peu, de même que le jardin clos. L'année dernière, il avait déjà meilleure allure que l'année précédente, et il est encore bien mieux cette année.

Elle le regarda de nouveau. Cette fois, il sentit qu'elle concentrait toute son attention sur lui.

— Est-ce là ce premier pas assez timide pour vous approprier Cedarhurst dont vous m'avez parlé tout à l'heure, dans la voiture ?

— Un pas minuscule, n'est-ce pas ? fit-il en haussant un sourcil. Et qui m'a demandé tant d'énergie que je doute d'avoir le courage d'en faire un autre.

— C'est *votre* œuvre.

— Je n'ai pas manié la pelle, assura-t-il. Enfin, si, mais ma contribution au travail physique a été minime, je vous assure. J'aurais risqué d'abîmer ma manucure.

— Je devine que c'est vous aussi le concepteur.

— Pas du tout. Je ne revendique aucune vision artistique – ni aucun génie mathématique, d'ailleurs.

Il avait pourtant répondu que les quatre côtés du carré étaient égaux au centimètre près.

— Venez, reprit-il, je vais vous montrer quelque chose. Si vous avez fini votre thé, bien sûr.

Elle avala la dernière gorgée et traversa la pièce pour aller reposer sa tasse et sa soucoupe sur le plateau. Probablement pour épargner à la femme de chambre l'effort de devoir les récupérer sur l'appui de fenêtre, devina-t-il. Encore une habitude du presbytère où il devait y avoir peu ou pas de domestiques ?

Il la mena dans l'aile est de la maison, où se trouvaient leurs appartements composés de deux grandes chambres carrées, de deux dressing-rooms adjacents de part et d'autre et d'un salon privé entre les deux chambres.

Peut-être aurait-il dû la conduire dans sa chambre à elle, puisqu'elle ne l'avait pas encore vue. Ou, au moins, lui montrer le salon confortable où elle pourrait passer un moment tranquille, le matin, quand elle en aurait envie. Au lieu de cela, il l'emmena directement dans sa propre chambre.

Il l'avait fait entièrement redécorer et remeubler après la mort de sa mère – encore qu'elle n'était plus utilisée depuis des années bien avant cela. Il l'aurait brûlée s'il avait pu. Cependant, les transformations qu'il avait apportées effaçaient jusqu'au souvenir du second mari de sa mère. À présent, tout était dans des tons de bleu nuit, de gris et d'argent.

— C'est ma chambre, annonça-t-il. Qui n'est pas aussi la vôtre, vous serez soulagée de l'apprendre. Il y a un grand salon entre nous et sans doute un verrou à votre porte pour vous protéger du loup.

— Nous avons fait un pari, lui rappela-t-elle. Je me fie à votre parole. Même s'il y a un verrou ou une clé, je ne m'en servirai pas.

— Vous pourriez le regretter...

Il allait être diablement difficile de se montrer à la hauteur de cette condition – à savoir la chasteté qu'elle avait ajoutée au pari la nuit dernière, et qu'il avait acceptée dans un moment d'égarement, uniquement parce que cela ajoutait du piment à ce défi apparemment impossible.

— Voilà ce que je voulais vous montrer, reprit-il en désignant un grand tableau dans un cadre ancien accroché au-dessus de la cheminée.

Katherine s'en approcha.

— Dans un accès d'ennui désespéré, il y a quelques années, alors qu'il pleuvait sans discontinuer depuis des jours, j'ai fait une incursion dans le grenier et j'ai découvert ceci, posé sur le sol, face au mur. C'est une vue de la maison il y a au moins un siècle. Avant que les parterres aient été détruits au nom de la modernité et du naturel artistique. J'en suis tombé amoureux.

Elle fit volte-face, le regard pétillant de malice.

— *Vraiment ?* dit-elle.

Il haussa les épaules.

— Comme vous l'avez souligné avec tant d'éloquence, beaucoup de mots symbolisent simplement ce que l'on ne peut exprimer verbalement. Les clichés remplissent la même fonction lorsque l'on est trop paresseux pour chercher les mots qui conviennent. J'ai tout de suite su, en regardant ce tableau, que si je devais vivre à Cedarhurst, c'était cela que je voulais voir du salon ou du perron. J'ai donc donné les ordres nécessaires. C'est parfois un grand avantage que d'avoir du pouvoir et de l'argent.

Elle étudiait le tableau avec attention.

— Mais, il n'y a qu'une terrasse avec les parterres en contrebas, nota-t-elle. Et ils ne sont pas en dessous du niveau du sol. Ni ceints de murs et de talus fleuris.

— Par orgueil uniquement, je ne pouvais pas me contenter de faire une copie servile. Il fallait que j'ajoute quelque chose de mon cru.

— Ou quelque chose de vous-même, suggéra-t-elle, plus pour elle-même que pour lui. Ajouter une terrasse plus bas et encaisser le jardin sont des adaptations brillantes.

— Vous trouvez ? demanda-t-il avec un plaisir absurde. Que vous êtes aimable, Katherine.

Elle eut un petit claquement de langue et pivota pour lui faire face.

— Je l'avais deviné au son de votre voix ! Vous vous êtes retranché derrière votre masque habituel pour me faire croire que vous vous en moquiez. Ce jardin n'était pas un tout petit pas timide, n'est-ce pas ? C'était au contraire un grand pas pour imposer votre personnalité.

Il lui sourit – avec un amusement qu'il était loin d'éprouver. À vrai dire, il se sentait exposé. Et un peu bête. Il n'aurait peut-être pas dû l'amener ici.

— On doit ressentir une merveilleuse impression de solitude et de paix dans ce jardin, observa-t-elle.

— J'espère que vous les y trouverez toutes les deux, dans les années à venir, Katherine. Mais j'espère aussi que votre désir de solitude ne m'exclura pas toujours, ajouta-t-il en haussant les sourcils.

Elle le considéra un moment en silence.

— Je me rends compte que je me suis mise dans le pétrin, cette nuit, en faisant ce pari avec vous, avoua-t-elle. Durant le mois à venir, je ne saurai jamais quand vous êtes sincère ou quand vous tentez de gagner votre pari.

À cet instant, il faillit tomber amoureux d'elle. Elle avait le regard triste.

Il la gratifia d'un lent sourire, baissant délibérément les paupières pour l'agacer et lui faire oublier sa tristesse.

— Cela, Katherine, c'est l'essence même du défi, fit-il valoir en lui prenant la main. Ce que le jeu a de drôle, si vous voulez. Et puis, il existe une troisième possibilité : que je sois *à la fois* sincère et décidé à gagner mon pari.

— Hmm, fit-elle avec une drôle de petite moue.

Il porta sa main à ses lèvres et lui baisa la paume. Puis il lui referma les doigts un à un sur le point qu'il avait baisé.

— Gardez-le bien, lui enjoignit-il. C'est un gage de quelqu'un qui vous adore.

Elle rit doucement.

— Vous êtes un gredin. Vraiment.

— Venez, je vais vous montrer vos appartements.

Elle aimait le jardin clos. Non, elle l'adorait. Et elle en avait compris le sens : paix et beauté. En réalité, il n'avait jamais employé ces mots pour qualifier ce qu'il avait créé, mais ils convenaient à la perfection.

C'était précisément ce qu'il avait cherché à imposer à un lieu qui lui avait toujours appartenu sans jamais être vraiment sien.

17

— La gouvernante, Mme Siddon, commença Katherine le lendemain matin au petit déjeuner, bien décidée à utiliser les noms pour ne pas les oublier, m'a fait dire qu'elle me ferait volontiers visiter la maison si vous deviez voir votre intendant – M. Knowles, je crois ?

— Pas question que je passe ma première matinée ici enfermé avec lui et les livres de comptes, décréta Jasper. Je préfère être avec vous. Je vous ferai visiter la maison moi-même.

Ils passèrent donc la plus grande partie de la matinée à aller de pièce en pièce. Katherine découvrit que la maison était immense – et que Jasper la connaissait étonnamment bien.

Elle fut très impressionnée par les pièces de réception du rez-de-chaussée, où il la conduisit d'abord. Elle admira les frises et les moulures, les plafonds peints, les lourdes draperies de velours, les lits tendus de brocart, les parquets si brillants qu'on se reflétait presque dedans, les meubles élégants et joliment travaillés. Elle fut surprise par la taille des pièces, notamment de la salle de bal.

— Sert-elle parfois ? voulut-elle savoir. Y a-t-il suffisamment de gens pour la remplir ?

Les portes-fenêtres occupaient presque tout le mur d'en face. Chacune ouvrait sur un petit balcon et, à l'intérieur, entre elles, d'immenses miroirs étaient fixés au mur. Si l'on se tenait au centre, songea Katherine, on devait avoir l'impression que des portes s'ouvraient à l'infini sur la lumière, dans toutes les directions.

— Pas selon les critères de Londres, reconnut-il. On ne peut pas dire que ce soit jamais la bousculade. Cependant, on donnait chaque année un grand bal à Noël pour impressionner la gentry à des kilomètres à la ronde. Je me suis laissé dire qu'il y avait aussi une tradition qui voulait que l'on invite tout le monde à Cedarhurst – pas uniquement la gentry mais *tout le monde* – à une grande fête l'été, avec un bal dans les jardins et la salle de bal.

— Vous vous êtes *laissé dire* ? Vous ne vous souvenez donc pas de ces fêtes ?

— Grands dieux, non ! Nous étions bien trop importants pour entretenir cette tradition vulgaire et immorale. L'œuvre du diable.

Qui cela, *nous* ? Elle ne posa pas la question, mais elle devinait qu'il s'agissait de son beau-père.

— Vous aussi, vous êtes trop important ? risqua-t-elle.

— Pour faire renaître la tradition ? Ce doit être un travail énorme, Katherine. Je ne suis pas certain d'être de taille.

— Vous n'en avez pas besoin. Vous avez une femme, maintenant.

Il fit la grimace.

— Merci de me le rappeler. Cette pensée m'a fait passer une nuit plutôt agitée, figurez-vous. Mais je suppose que *vous* avez dormi comme un bébé ?

— J'ai fort bien dormi, après ce long voyage, merci, mentit-elle.

En réalité, l'idée que c'était sa deuxième nuit de femme mariée et que son mari dormait – ou ne dormait pas – seul à quelques mètres de là alors que, pas plus tard que la nuit d'avant...

— C'est bien ce que je pensais. Vous êtes cruelle.

Il la considéra avec une expression éloquente avant de lui sourire.

— Peut-être pourrions-nous faire renaître cette tradition pour l'anniversaire de Charlotte, suggéra-t-elle, et lui offrir une fête plus magnifique encore et plus mémorable que tout ce qu'elle aurait pu imaginer.

— La fête ? dit-il d'un air surpris. Le bal ? Cette année ? Dans moins d'un mois ?

— Pourquoi pas ? répliqua-t-elle soudain gagnée par l'excitation d'un projet aussi fou. Ce serait une merveilleuse façon de convier tout le voisinage à célébrer et l'anniversaire de Charlotte et notre mariage.

Il l'étudia, un sourcil arqué.

— J'ai l'alarmante impression d'avoir épousé une enthousiaste. Dites-moi que je me trompe.

Elle éclata de rire.

— Je pense que ce serait une idée formidable, insista-t-elle. Si vous êtes d'accord, bien sûr.

— Si je suis d'accord ? Mais je ne suis que le maître de maison, ici - ce que j'ai toujours été. La maîtresse de maison, c'est vous, Katherine. Vous ferez ce qu'il vous plaira.

Certes. Mais bien qu'il se soit exprimé avec cette paresseuse ironie qui le caractérisait, quelque chose dans ses paroles elles-mêmes retint son attention et la fit le regarder plus attentivement. « Vous *ferez* ce qu'il vous plaira » plutôt que « Vous *pouvez* faire ce qu'il vous plaira ».

— Vous n'êtes pas *que* le maître de maison, corrigea-t-elle. Vous *êtes* le maître de maison. Il faut que cela vous plaise également.

— Participer à des courses à trois jambes et à des courses à l'œuf et à la cuillère ? Goûter deux douzaines de tartes aux fruits et examiner plus encore de draps et de mouchoirs brodés avant de proclamer le vainqueur ? Supporter sans broncher les cris des enfants qui jouent ? énuméra-t-il avec un frisson théâtral. Et, pour finir, enchaîner d'énergiques danses campagnardes toute la soirée ? Enfin, Katherine, vous savez combien j'aime la danse.

Il avait beau dire, elle avait la curieuse impression que tout cela lui ferait plaisir, qu'il avait envie que cette fête ait lieu. C'était son beau-père qui avait mis fin à une tradition entretenue par son père et son grand-père, et peut-être les générations précédentes. Et voilà qu'à présent il pouvait la faire revivre.

— Nous pourrions peut-être autoriser une valse, suggéra-t-elle. Et je pourrais peut-être même me laisser convaincre de vous la réserver.

Il haussa un sourcil.

— Ah. Eh bien, dans ce cas, je capitule. Je dis oui à tout. Organisez donc cette fête et ce bal. Et je valserai avec vous pour que vous ne fassiez pas tapisserie : il paraît que c'est un sort épouvantable pour une dame. Vous n'hésiterez pas à faire appel à moi, je présume, si vous avez besoin d'aide pour quoi que ce soit.

— Oh, je n'y manquerai pas, assura-t-elle en souriant. Irons-nous bientôt rendre visite à vos… à *nos* voisins ?

— *Nous ?* répéta-t-il en faisant la grimace.

— Bien sûr. Il faut que vous me présentiez. Certains s'y attendent, probablement, même si d'autres jugeront plus convenable de venir nous saluer ici. C'est ce qui s'est passé après que Stephen est arrivé à Warren Hall. Devançons-les et allons chez eux. Ce sera l'occasion de montrer à tous combien vous m'aimez, combien nous nous aimons. Et cela nous aidera à commencer notre vie ici du bon pied.

Ce matin, elle s'était réveillée pleine d'énergie et pleine d'espoir, même si elle ne savait pas exactement ce qu'elle espérait. Leur mariage n'était peut-être pas nécessairement condamné à être cette expérience horrible qu'elle avait imaginée durant le mois précédant la cérémonie, alors qu'elle voyait très peu son fiancé et n'était jamais seule avec lui.

— C'est vrai, concéda-t-il avec un regard amusé. Nous le ferons donc. Mais que faisons-nous là, sur le seuil de la salle de bal, quand il y a encore tant à voir ? La galerie se trouve à l'autre bout des pièces de réception, mais elle est remplie de vieux portraits de famille qui n'ont absolument aucun intérêt pour vous. Je vais vous montrer certains appartements de la famille que vous n'avez pas encore vus.

— Mais j'aimerais beaucoup voir la galerie, protesta-t-elle.

— Ah bon ? fit-il, l'air étonné.

C'était une pièce tout en longueur, haute de plafond, qui faisait pendant à la salle de bal bien qu'elle fût plus étroite. Elle occupait toute la largeur de la maison. Des fenêtres aux deux extrémités laissaient entrer la lumière. Il y avait un buste de marbre dans une alcôve sur deux, et un banc capitonné dans l'autre. Le plancher reluisait. Des portraits étaient accrochés aux murs. C'était l'endroit idéal pour marcher un peu un jour de pluie.

Katherine alla d'un tableau à l'autre avec Jasper qui lui expliquait qui était qui et les liens de parenté avec lui. Elle était loin de se douter que la famille Finley était aussi ancienne. Certains portraits dataient du XVe siècle.

— Vous savez tout sur ces tableaux et sur l'histoire de votre famille, fit-elle remarquer au bout d'un moment. J'avoue que je suis surprise – et impressionnée.

— Vraiment ? Mais ils sont à moi seul, voyez-vous. Et j'ai passé beaucoup de temps dans cette pièce, enfant.

Elle se demanda s'il se rendait compte de tout ce qu'il lui avait révélé en quelques mots.

Ils arrivaient aux deux dernières toiles.

— Ma mère, dit-il devant la première. Et mon père.

Sa mère était brune et vêtue comme on l'était vingt ans plus tôt. Un peu ronde et jolie, elle souriait placidement, assise à sa tapisserie, un petit chien roulé en boule à ses pieds. Katherine ne lui trouva aucune ressemblance avec Jasper ou avec Charlotte – ni avec Rachel, du reste.

Elle découvrit en revanche que Jasper était le portrait craché de son père, jusque dans sa façon de hausser le sourcil droit d'un air moqueur. Ce dernier aussi était mince, brun, très beau. Il devait avoir à peu près le même âge sur le tableau que Jasper aujourd'hui.

— Cette toile a été peinte quelques mois avant sa mort, expliqua ce dernier. Quelques mois avant ma naissance.

— Comment est-il mort ?

— Il s'est brisé le cou en sautant par-dessus une haie un jour de pluie où le sol était boueux et glissant. Il avait un verre dans le nez, ce qui lui arrivait souvent, apparemment.

— Je suis désolée.

— Pourquoi ? C'est vous qui l'aviez poussé à boire ? Ou à sauter cette haie alors que, paraît-il, il y avait une barrière ouverte à moins de vingt mètres ?

— C'est pour vous que je suis désolée.

— Pourquoi ? dit-il encore. Je ne l'ai pas perdu, puisque je ne l'ai jamais connu. On me dit que je lui ressemble d'une façon troublante. Physiquement, et dans tous les domaines.

Elle se détourna du portrait pour le regarder, lui. Et découvrit, stupéfaite, que l'air moqueur et insouciant et les manières de séducteur de l'homme qu'elle avait épousé dissimulaient des abîmes de douleur. Tout compte fait, elle n'avait peut-être pas été bien inspirée d'insister pour venir ici. Ou peut-être que si. Il avait parlé avec une amertume inhabituelle. Cela valait-il la peine d'essayer de forcer ses défenses ?

— Ah, ces yeux, murmura-t-il en lui prenant le menton dans le creux de la main. Ce sont eux qui m'ont attiré vers vous, savez-vous, en ces temps reculés où je n'osais admirer une jeune fille respectable de crainte que sa mère me prenne dans ses filets et me traîne à l'autel. Je n'aurais pas pu résister à vos yeux, Katherine, même si vous aviez été entourée d'une demi-douzaine de mères. Savez-vous combien ils sont profonds, et insondables ? Comme ils attirent celui qui vous regarde jusqu'à... Jusqu'où ? Jusqu'à votre âme ? Pour y reposer en paix ?

Du pouce, il suivit le contour de ses lèvres, faisant courir des frissons jusqu'à ses seins, le bas de son ventre et l'intérieur de ses cuisses.

Sa voix était douce, empreinte de sincérité. Son regard, aussi.

C'était vraiment un homme très dangereux.

Il ne fallait pas, pour autant, qu'elle résiste à la tentation de l'aimer. Il lui était apparu que, puisqu'elle était liée à lui pour la vie, elle devait s'efforcer d'éprouver pour lui une affection plus profonde que ça n'était le cas actuellement. En revanche, elle ne ferait pas ses quatre volontés. Elle l'aimerait si elle en décidait ainsi et quand elle le déciderait. Pas quand il userait de la ruse et de son charme pour la séduire et lui faire perdre la tête.

— Je suppose, dit-elle en souriant contre son pouce, qu'il vous a suffi de poser un regard sur moi – ou plutôt sur mes yeux – pour tomber amoureux de moi instantanément et irrévocablement. Et que c'était avant la soirée de Vauxhall, bien entendu.

— Ah, Katherine, fit-il dans un soupir, l'air ouvertement mélancolique, à présent. Je n'ai pas eu la sagesse de tomber amoureux de vous à ce moment-là et, ainsi, d'éviter le désastre de Vauxhall. Mais qu'ont-ils donc, vos yeux ? Révèlent-ils, laissent-ils deviner une personne qu'il vaut la peine de connaître ? Dont il vaut la peine de rechercher l'amour ? Qu'il vaut vraiment la peine d'aimer ?

Elle avait plus envie de pleurer que de chercher une repartie spirituelle.

— Vous allez devoir faire beaucoup mieux que cela, dit-elle tout de même. Ces accents mélodramatiques ne prennent pas.

— Ah. Vraiment, cœur cruel ?

Il laissa retomber sa main et lui sourit.

— Et vous n'êtes *pas* votre père, souligna-t-elle. Vous êtes vous-même.

Un instant, son regard parut étrangement triste en dépit de son sourire. Puis il lui prit la main et inclina la tête pour lui baiser l'intérieur du poignet.

— En effet, je suis moi-même. Et j'en suis extrêmement heureux, surtout en ce moment.

Il posa alors la main de Katherine sur son épaule et fit un demi-pas en avant pour glisser le bras autour de sa taille de sorte qu'ils se retrouvèrent presque l'un contre l'autre.

Il allait l'embrasser, supposait-elle. Leur pari n'interdisait pas les baisers, si ? Mais, en cet instant, elle était trop émue, trop à vif pour le supporter.

— Il serait souhaitable que nous nous appliquions à devenir amis avant de songer à l'amour, dit-elle.

— *Amis* ? répéta-t-il en riant. Quand ce mois sera écoulé, Katherine, je compte bien coucher avec vous toutes les nuits, toute la nuit, et souvent aussi pendant la journée. Or je trouverais extrêmement gênant de coucher avec mon *ami*. Constantin est mon ami. Charlie Field aussi. Et Hal Blackstone. Et une demi-douzaine d'autres. Ce sont tous des hommes. Je risque de me révéler quelque peu impuissant, je le crains, si nous couchions ensemble et que je découvrais que j'étais au lit avec mon *ami*.

Elle ne put se retenir d'éclater de rire.

— Vous trouveriez donc plus facile de coucher avec votre ennemi ? s'enquit-elle.

— Au diable, mes ennemis ! Pardonnez mon langage, Katherine. Non, ce que je veux, c'est faire l'amour à mon amante. À *vous*, puisque vous êtes ma femme et que les relations charnelles font partie des principaux avantages de l'état marital, à condition que l'on supporte sa femme.

— Et à condition qu'elle supporte son mari.

— Ces deux conditions sont remplies dans le cas de notre mariage. N'est-ce pas ?

Il attendit sa réponse. Il n'y avait rien de spirituel à repartir à cela, si ?

— En effet, confirma-t-elle donc.

Il esquissa un sourire, les yeux rivés sur ses lèvres.

— J'imagine que je ne pourrai pas vous convaincre d'oublier l'une des conditions de notre pari, n'est-ce pas ? hasarda-t-il.

— Qu'il vous faille un mois pour gagner mon amour ? Oh, très bien. Nous pouvons aller jusqu'à cinq semaines si vous avez besoin d'un peu plus de temps.

Il rejeta la tête en arrière et éclata d'un rire qui la surprit.

— Décidément, quelle petite espiègle vous faites, Katherine ! Je vous adore, vous savez ?

— Il faudrait définir le verbe *adorer*.

Il se pencha vers elle et l'embrassa… sur le bout du nez.

— Le pari restera donc tel qu'il est, déclara-t-il. Nous rattraperons le temps perdu à la fin du mois. Mais nous sommes en train de nous priver d'une délicieuse journée en restant plantés ici. Allons-nous asseoir dans le jardin clos. Vous n'avez même pas encore respiré le parfum des fleurs et des herbes aromatiques.

Il la prit par la main et mêla ses doigts aux siens avant de sortir de la galerie et de descendre les marches jusqu'à la première terrasse.

Comme des amants.

Ou des jeunes mariés.

Qui n'avaient à se soucier de rien d'autre que de se laisser absorber l'un par l'autre.

Ils passèrent au moins une heure dans le jardin. Ils promenèrent d'abord le long des allées gravillonnées, examinant les statues, admirant les fleurs et les haies parfaitement taillées, respirant le parfum des herbes aromatiques. Puis ils s'assirent sur l'un des bancs à demi dissimulé par les talus couverts de giroflées.

Cela sentait la sauge, la menthe, la lavande et toutes sortes de fleurs. Katherine ferma les yeux et laissa échapper un soupir qui ressemblait fort à un soupir de satisfaction.

Jasper n'avait jamais bien compris ce qui l'avait attiré dans ce vieux tableau déniché dans le grenier au point de décider presque aussitôt de restaurer les parterres tels qu'ils étaient un siècle auparavant en ajoutant sa touche personnelle. S'il y avait réfléchi, il n'aurait trouvé qu'une raison négative : l'aspect artificiel d'un tel jardin juste devant la maison, sous les fenêtres du salon, aurait horrifié le second mari de sa mère ; il était par conséquent impératif de le recréer. Sa décision d'encaisser le jardin et de le clore de murs, le rendant ainsi très difficile à supprimer dans le futur, était sans doute un acte de défi ultime au souvenir de cet homme haï.

Quelque chose de positif en était néanmoins sorti. Car le jardin était à la fois beau et paisible. Paisible. Il n'y avait jamais songé avant que Katherine prononce le mot.

C'était d'autant plus étrange qu'il était parfaitement visible et de la maison, et pour quiconque arrivait en voiture.

— La solitude est-elle nécessaire pour trouver la paix ? lui demanda-t-il.

Elle rouvrit les yeux.

— Peut-être pas, si l'on est en harmonie avec ce qui vous entoure et avec la personne avec qui on la partage.

— À condition que la personne en question ne soit pas trop bavarde ?

Elle sourit en guise de réponse.

— Vous allez encore me dire qu'il n'y a que la vérité qui blesse ?

— Non, assura-t-elle. Je me sens parfaitement en paix même quand vous parlez. J'adore cet endroit.

— C'est vrai ? Le jardin ? Ou Cedarhurst ?

— Les deux.

— Y compris avec les personnes ici présentes ?

— Vous me faites penser à un petit garçon en quête d'approbation, remarqua-t-elle sans cesser de sourire.

Seigneur !

— Alors que, en réalité, je suis un vilain grand garçon qui se demande s'il va oser voler un baiser, répliqua-t-il. À condition que les baisers soient autorisés, bien sûr. Le sont-ils ?

— Comme cela, juste devant la maison ? À la vue des domestiques qui pourraient nous épier par les fenêtres ? On dit que les domestiques connaissent leurs maîtres mieux que personne, et qu'il est impossible de leur cacher quoi que ce soit d'important. Combien de temps leur faudra-t-il pour voir clair en nous et en notre mariage ? Tout un mois ?

Elle n'avait pas répondu à sa question sur les baisers.

Il était remarquablement satisfait, si l'on considérait qu'il s'était marié l'avant-veille dans les pires circonstances imaginables et s'était engagé la nuit même de ses noces à un mois de chasteté.

Il se sentait étonnamment bien chez lui.

Avec Katherine.

En dépit de ce qu'il lui avait dit dans la galerie à propos de l'amitié, il avait le curieux sentiment qu'il pourrait être à l'aise en compagnie de Katherine.

À l'aise ?

En sa *compagnie* ?

La paix qui l'habitait céda abruptement la place à un accès de panique.

Diable ! Grands dieux ! Il était *marié* !

Et comme si cela n'était pas suffisamment terrifiant, il découvrit soudain – et cela le prit complètement par surprise – qu'il n'approuvait pas vraiment l'adultère. L'une des raisons pour lesquelles il avait tant détesté le second mari de sa mère, c'était que, malgré ses airs pieux et vertueux, ce misérable entretenait une maîtresse à moins de trente kilomètres de Cedarhurst, et lui avait rendu visite régulièrement, deux fois par semaine, de son mariage à sa mort.

Oh, oui, Katherine ignorait à quel point elle disait vrai ! Les domestiques savaient tout de leurs maîtres – ou, en l'espèce, du beau-père et tuteur autoproclamé de leur maître.

Non, décidément, il n'approuvait pas l'adultère.

Être à l'aise en compagnie l'un de l'autre était une bonne chose, sans doute, mais cela ne suffisait pas. Il faudrait qu'il y ait davantage. Il n'était fait ni pour la chasteté ni pour l'exercice hebdomadaire du devoir conjugal dans le respect de la bienséance et en toute camaraderie.

— Voici donc votre premier pas timide pour vous approprier Cedarhurst, dit-elle en indiquant les parterres. Pour un coup d'essai, c'est un coup de maître. Quel sera le deuxième pas, Jasper ? Et le suivant ?

— Doit-il vraiment y en avoir un deuxième et un troisième ? demanda-t-il dans un soupir. Ne me suis-je pas déjà donné du mal pour une vie entière ?

— Vous trouvez donc la maison et le parc absolument parfaits ? Vous seriez heureux que rien ne change jusqu'à la fin de vos jours ?

— Eh bien, depuis que je me suis installé dans l'aile est – *et* que je me suis donné le mal de faire refaire la chambre, vous ferais-je remarquer –, je ne suis pas satisfait par la vue sur l'immense pelouse sous ma fenêtre. Il n'y a rien à voir que du gazon et des arbres, au loin. Mais je ne peux pas installer des parterres là aussi.

— Sans doute pas, convint-elle. Je me suis fait la même réflexion en regardant par ma fenêtre ce matin. Il faudrait des fleurs à cet endroit, que l'on puisse en sentir le parfum des chambres. Et les voir, bien sûr. Une roseraie, peut-être, mais je préférerais qu'elle ne soit pas trop grande et qu'elle n'occupe pas tout l'espace. Une tonnelle garnie de rosiers grimpants suffirait.

— Avec, au-delà, un verger, enchaîna-t-il. Il n'y en a pas dans le parc. J'aime beaucoup les arbres fruitiers plantés en rangs comme des soldats.

— Et la floraison, au printemps, renchérit-elle en tournant vers lui un visage radieux. Je ne connais rien de plus merveilleux !

— Et lorsqu'ils se chargent de fruits que l'on peut cueillir à volonté.

Elle sauta sur ses pieds et lui tendit la main.

— Allons jeter un coup d'œil, lui proposa-t-elle. Histoire de voir s'il est possible de faire les deux. Je suis certaine que oui.

Il la regarda, il regarda sa main tendue, et sentit quelque chose se modifier en lui. C'était peut-être simplement sa culpabilité qui se dissipait. Peut-être le mariage conviendrait-il à Katherine, en définitive, même si elle était unie à un homme qu'elle n'aurait jamais choisi librement. Et même s'il n'était pas le cœur de son cœur, l'âme de son âme… Dès que le mois serait écoulé, il se mettrait en devoir de lui donner des enfants. Ce serait certainement une merveilleuse mère. Une mère qui aimerait passer du temps avec ses enfants. Après tout, n'avait-elle pas enseigné à l'école de son village ?

Avant la fin du mois, se promit-il, il pourrait la regarder dans les yeux sans avoir à endosser ce qu'elle appelait son masque et lui dire qu'il l'aimait. Même s'il ne savait pas très bien ce que cela signifiait, il le lui dirait. Et serait aussi sincère que possible.

Il se leva et lui prit la main, nouant ses doigts aux siens.

— Très bien, fit-il dans un soupir. Mais vous ne m'imaginez pas armé d'une pelle, en train de creuser des trous pour planter les pommiers, au moins, Katherine ?

Dieu qu'il aimait la voir, l'entendre rire !

— Bien sûr que non, répliqua-t-elle. Je vous imagine armé d'une hache et d'une scie en train de fabriquer des treillages pour ma tonnelle de roses.

— Mon Dieu ! Ainsi, c'est la vôtre ?

— Et n'oubliez pas que vous ferez encore un pas vers l'indépendance à la fin du mois, en faisant revivre la fête et le bal de Cedarhurst.

— Il va falloir que je participe à la course à trois jambes ? feignit-il de s'inquiéter en lui coulant un regard de biais.

— Et comment !

— Avec une jambe attachée à la vôtre ?

— Suis-je obligée de courir aussi ?

— Et comment !

— Oh, très bien, c'est entendu !

— Et il va falloir que je juge des broderies d'angelots et de fleurs ?

— Je m'en chargerai, promit-elle. Vous n'aurez qu'à goûter les tartes aux fruits.

— Hmm. Et danser la valse avec vous, le soir venu ?

— Oui.

Sur ce, ils se dirigèrent tranquillement vers la façade est de la maison, tel un couple heureux.

Cela avait tout de même quelque chose de légèrement affolant.

18

Katherine descendit à l'office après le déjeuner, tandis que Jasper partait à la recherche de son intendant. Elle s'entretint avec la gouvernante, la cuisinière et le majordome. Il fallait tout de même les consulter avant de commencer à organiser la fête pour de bon. Car c'était eux qui allaient prendre en charge le plus gros du travail, et ils devaient déjà se préparer à recevoir une pleine maisonnée d'invités.

Du reste, sa suggestion commença par les inquiéter. Une grande fête et un bal dans *un mois* ?

Cependant, quand elle leur eut assuré qu'elle se chargerait de l'organisation et que l'on s'efforcerait de répartir le travail entre les voisins de bonne volonté, ils s'enthousiasmèrent aussitôt, allant presque jusqu'à se vexer qu'elle cherche à les soulager d'une partie de leur tâche.

— En tout cas, je m'occuperai de la nourriture, déclara la cuisinière d'un ton sans réplique. Je ne suis pas contre un petit coup de main pour l'organisation et même la préparation, milady, mais c'est moi la responsable.

— Je n'ai jamais imaginé qu'il en serait autrement, madame Oliver, fit Katherine en souriant. À vrai dire, j'espérais que vous accepteriez, car je soupçonne que les cuisines de Cedarhurst s'effondreraient si vous les abandonniez.

— Et moi, je prendrai en main la décoration de la maison et de la salle de bal, décida Mme Siddon. Vous n'aurez aucun mal à trouver des gens prêts à vous aider, à vous suggérer des idées et même à les mettre en pratique, milady, mais il faut que ce soit moi qui m'occupe de la maison.

— Je suis heureuse de vous l'entendre dire, déclara Katherine. Je ferai toutefois en sorte que vous ayez toute l'aide dont vous aurez besoin.

— Je vais parler moi-même à Benton, milady, annonça le majordome. Le jardinier en chef, précisa-t-il au cas où elle aurait oublié qui c'était. Il voudra fournir toutes les fleurs pour la salle de bal.

— J'avoue que je l'espérais, reconnut Katherine. Et je vous serais très reconnaissante de le lui demander.

— Bien sûr, je m'occuperai des buffets et des valets de pied chargés du service.

— Oh, que c'est gentil de votre part, monsieur Couch.

— Ce sera comme autrefois, fit Mme Oliver dans un soupir. Ah, la fête de Cedarhurst ! C'était le plus beau jour de l'année. Tout le monde s'amusait bien – en restant très correct, même s'il y a des gens qui disent le contraire. C'était tout sauf l'œuvre du diable. Non mais quelle idée !

— La dernière a eu lieu moins d'un an avant la mort de lord Montford père, précisa Mme Siddon. Moins d'un an avant la naissance de monsieur. Dieu que le temps passe vite. Pourtant, il y a eu de longues années difficiles, on ne peut pas le nier.

— Ces jours-là semblent appartenir à une autre époque, fit le majordome d'un air nostalgique.

— Mais nous allons les faire revivre, promit Katherine. Oh, je voudrais que la fête soit semblable à ce qu'elle était autrefois – avec quelques éléments nouveaux. Je veux qu'elle soit parfaite et que chacun souhaite qu'elle ait lieu tous les ans, pour toujours.

— Je vais vous dresser la liste des personnes que vous devez à tout prix rencontrer, milady, déclara Mme Siddon.

Sur quoi, elle se lança dans l'énumération d'une quantité impressionnante de personnes un peu âgées des environs. Mme Oliver et M. Couch ajoutèrent quelques noms de plus jeunes qui n'avaient certes pas connu les fêtes d'autrefois, mais se feraient une joie d'en organiser une nouvelle.

Ils ne purent rendre de visites ce jour-là, car Jasper avait à faire avec son intendant. Cependant, il vint la chercher dans l'après-midi et l'emmena sur la pelouse est où se trouvaient déjà M. Knowles et M. Benton. Ils y passèrent une bonne heure à expliquer ce qu'ils voulaient, à prendre des mesures et à choisir l'emplacement idéal pour la tonnelle.

Katherine fut assez intriguée de découvrir Jasper sous un jour nouveau, sans tous ces artifices derrière lesquels il se cachait à Londres et qu'il conservait la plupart du temps lorsqu'il se trouvait seul avec elle. Avec les deux hommes, en revanche, il faisait preuve d'énormément de sérieux, d'efficacité, d'énergie et d'intelligence. À l'évidence, il en savait long sur la terre, le drainage, les plantes, le soleil, l'ombre et toutes ces choses indispensables à un bon jardinier.

Il connaissait parfaitement la maison et le parc. Et tous ses ancêtres dont les portraits étaient accrochés dans la galerie. S'il avait haï Cedarhurst Park presque toute sa vie, il n'avait en revanche négligé ni le domaine ni ses devoirs envers lui.

Elle trouvait tout cela un peu déconcertant. Et rassurant à la fois. Elle pourrait certainement s'attacher à cet homme.

Le reste de l'après-midi se passa à dresser la liste de ce qu'il faudrait faire pour que la fête et le bal soient un succès. Une entreprise de cette envergure prendrait près d'un an, en temps normal, devinait-elle. Mais ils ne disposaient que d'un mois.

C'était à la fois décourageant et grisant.

Tout compte fait, comme Jasper le lui avait assuré à plusieurs reprises, cette nouvelle vie ne serait peut-être pas si pénible.

Ils passèrent le plus clair des trois jours qui suivirent à rendre visite à des voisins plus ou moins proches. Jasper les connaissait tous depuis l'enfance, même si, à l'époque, un assez petit nombre d'entre eux étaient jugés dignes d'être fréquentés ou invités à Cedarhurst. Il jouait avec certains des enfants quand il parvenait à s'échapper. Des enfants dont certains avaient déjà fondé une famille.

Devenu adulte, Jasper avait toujours entretenu de bonnes relations avec tout le monde. Mais il n'avait guère passé de temps ici, hormis l'année où le désastre du pari de Vauxhall l'avait contraint à se retirer à Cedarhurst.

Jusqu'à présent, toutefois, il n'avait jamais songé à tout ce qu'il partageait avec ces gens : un passé, une terre, un héritage, des souvenirs. En fait, ils le connaissaient depuis toujours et lui étaient attachés.

Tous étaient impatients de faire la connaissance de son épouse. Sans doute le bruit du scandale à l'origine de leur union était-il parvenu jusqu'ici. Mais au lieu de le considérer avec réprobation et Katherine avec suspicion, le pays semblait prêt à les accueillir en son sein en faisant fi du monde extérieur.

Ils tombèrent tous amoureux de Katherine au premier regard, cela sautait aux yeux. À cause de sa beauté, bien sûr, de son charme et de sa façon de se vêtir, avec élégance mais sans ostentation. Elle aussi venait de la campagne. Elle ne connaissait certes pas les habitants de Cedarhurst, mais elle les comprenait. Ils s'en rendirent compte instantanément, ne l'en aimèrent et ne l'en respectèrent que davantage.

Elle avait aussi le don de s'intéresser à chacun, de détourner l'attention d'elle-même pour la reporter sur ceux qui l'entouraient. Elle écoutait les petites histoires, les malheurs et les triomphes de la vie quotidienne, les plaisanteries, les souvenirs du passé et savait toujours quoi répondre.

Et puis, bien sûr – comme il s'y attendait –, il lui suffit d'évoquer l'idée de faire renaître la fête d'été et le bal de Cedarhurst pour que tout le monde pousse des cris de joie et offre son aide. Les plus âgés se souvenaient que c'était autrefois le temps fort de l'année et s'étaient même demandé quand monsieur comptait les réhabiliter.

— Je n'y avais songé, dut-il expliquer à maintes reprises, parce que la dernière a eu lieu avant ma naissance. Mais maintenant que lady Montford semble déterminée à les faire renaître, je la suis avec enthousiasme.

Ces déclarations lui valaient à tout coup un sourire éblouissant de Katherine et des hochements de tête approbateurs de ses voisins.

Quant aux plus jeunes, ils étaient impatients d'assister à la reprise d'un événement dont ils avaient si souvent entendu parler au fil des ans.

À la fin de ces trois jours de visites, ils avaient bu plus de tasses de thé et mangé plus de gâteaux que Jasper n'en avait avalé en dix ans. Et le projet de fête semblait bien parti pour devenir une réalité. Mme Ellis accepta de présider le comité chargé d'organiser les jeux pour les enfants. Mme Bonner se proposa pour superviser les concours de travaux d'aiguille. Mme Penny fut déclarée à l'unanimité la mieux placée pour s'occuper des concours de pâtisseries. Quant à M. Cornell, il fut convaincu par sa femme, ses quatre filles et sa belle-sœur – autant dire que le pauvre diable n'avait aucune chance – de former un comité pour préparer les jeux et les activités destinés aux hommes.

— Et on ne se contentera pas d'un bar à bière, Cornell, avait précisé Jasper le plus sérieusement du monde.

Cette boutade avait déclenché l'hilarité parmi ces dames qui s'étaient empressées de faire chorus.

Le révérend Bellow, le fiancé de Mlle Daniels, avait pris sur lui de prononcer une bénédiction lors de l'ouverture de la fête.

— Car on a attiré mon attention sur le fait que les anciennes fêtes étaient parfois décrites comme l'œuvre du diable, expliqua-t-il avec le sérieux et la douceur qui lui valaient l'estime et l'affection de tous. Ce qu'une célébration par l'ensemble de la communauté des joies de l'été et de la bonne entente entre voisins n'est assurément pas. N'empêche, il sera aussi bien de faire savoir à tous que le Seigneur bénit ces divertissements innocents.

— Oh, merci, monsieur Bellow, fit Katherine. Nous espérions que vous proposeriez quelque chose en ce sens. N'est-ce pas, Jasper ?

— En effet, répondit-il.

Tout était donc réglé. Ils avaient noué des liens avec tant de gens dans le voisinage que leur vie sociale à venir promettait d'être riche. Ils rétablissaient la fête d'été de Cedarhurst et en feraient sans doute un rendez-vous annuel. Ils attendaient toute une maisonnée d'invités pour deux semaines de divertissements ininterrompus. Il fallait aussi planter un verger à l'est de la maison et créer une tonnelle de roses sous les fenêtres de leur salon privé. Et ils n'étaient mariés que depuis une semaine.

Si on lui avait annoncé tout cela il y a seulement six semaines, Jasper en aurait pleuré. En tout cas, cela l'aurait plongé dans des abîmes de perplexité.

Au lieu de cela, il se sentait étonnamment gai.

Certes, il lui faudrait tout de même participer à la course à trois jambes – ce qui pourrait être assez amusant si c'était la jambe de Katherine qui était attachée à la sienne.

Et juger des tartes aux fruits – mais n'était-ce pas à la campagne que l'on trouvait les meilleures cuisinières ?

Et danser des danses traditionnelles. Hum.

Et distraire toute une maisonnée de très jeunes gens. Ce qui promettait quantité de gloussements et de ricanements.

Et gagner un pari.

Et tomber amoureux. Cependant, il l'aimait déjà beaucoup. Et il la désirait – ce qu'il ferait mieux d'oublier pendant les trois semaines à venir.

La chasteté n'avait jamais été son fort depuis qu'il avait perdu sa virginité, à dix-huit ans, le jour où il avait quitté Cedarhurst.

Cela dit, maintenant qu'il y pensait, il était resté chaste de longues semaines quand il était revenu ici après le désastre de Vauxhall.

Jasper passa toute la matinée avec son intendant. Il avait une allure étrangement séduisante quand il prit la direction de la ferme, vêtu de ce qui ressemblait à une veste sombre mal ajustée, d'une culotte de grosse toile qui pochait aux genoux et de bottes qui avaient connu des jours meilleurs.

De son côté, Katherine commença par s'entretenir avec Mme Siddon avant d'écrire à Margaret et à Vanessa, ce qu'elle aurait dû faire depuis longtemps. C'était agréable de se détendre un peu après l'activité fébrile des derniers jours. Cela dit, il y avait encore fort à faire, entre la partie de campagne et la fête. Et il n'était pas question qu'elle se décharge de tout le travail sur les domestiques et les comités formés par les voisins. Elle avait toutefois décidé de s'octroyer une journée rien que pour elle.

Après avoir déjeuné un peu tard, seule car Jasper n'était pas rentré de la ferme, elle se changea et sortit. Elle avait comme projet initial d'aller s'asseoir dans le jardin des parterres. Mais elle n'avait pas encore visité le parc, et le lac n'était pas si éloigné.

Elle passa donc devant les écuries et descendit la pelouse en pente douce semée d'arbres jusqu'au bord de l'eau. Le temps estival semblait vouloir sc maintenir. Il n'y avait pour ainsi dire pas un nuage dans le ciel, et pas un souffle d'air.

Elle alla s'asseoir sur l'embarcadère de bois qui s'avançait sur le lac, non loin de l'abri à bateaux, plia les genoux et entoura ses jambes de ses bras en tenant son ombrelle de façon à se protéger le visage du soleil. Il n'y avait pas une ride sur l'eau d'un bleu plus sombre que le ciel qui l'entourait sur trois côtés. En face d'elle, la berge herbeuse se poursuivait par un talus boisé. La petite chaumière un peu à droite devait être une folie, car elle était bien trop petite pour servir d'habitation. À côté, une petite cascade tombait tel un ruban de la berge escarpée dans le lac. D'où elle était, elle entendait son clapotis paisible. Une famille de canards traversa les eaux étales, leur sillage formant un V sur la surface.

Derrière elle, il y avait la grande pelouse, les écuries, les terrasses, la maison et, au-delà, les collines boisées en forme de fer à cheval.

Il y avait quelque chose de particulier à Cedarhurst. Quelque chose qui parlait à l'âme. Elle aurait pu rester assise là éternellement, sans lire, ni peindre ni faire quoi que ce soit d'utile, sans parler ni même réfléchir. À être, simplement. À se fondre dans la nature. Depuis toujours, elle recherchait la solitude chaque fois que c'était possible. Elle n'en avait jamais tout à fait assez. Ici, elle trouverait peut-être les occupations nécessaires pour la distraire des aspects négatifs du mariage en même temps que la paix.

Un jour, sa solitude serait peut-être plus grande que ce qu'elle souhaitait. Elle n'avait guère réfléchi à ce qui allait se passer après ces quelques semaines. Qu'arriverait-il une fois que la partie de campagne serait terminée et que les invités seraient partis ? Jasper resterait à Cedarhurst ? Ou fuirait-il, chassé par l'ennui, pour ne revenir qu'à l'occasion de quelques brèves visites bien peu satisfaisantes au fil des ans ? Qu'avait-elle à offrir pour le retenir ici, auprès d'elle, finalement ? Voulait-elle seulement le retenir ?

Mieux valait ne pas penser à ce genre de choses. Pas aujourd'hui. Et pas ici.

Baissant son ombrelle, elle laissa les rayons du soleil lui caresser le visage et ferma les yeux.

— Le cadre idéal pour la pose idéale.

Katherine reconnut aussitôt sa voix, si proche qu'il devait se tenir sur la berge derrière elle.

— Même votre robe de mousseline citron, votre ceinture bleu pâle et votre capeline de mariage sont parfaites.

Il s'exprimait avec une douceur teintée d'amusement.

Katherine jeta un coup d'œil par-dessus son épaule. Jasper était appuyé nonchalamment à un poteau fiché dans la berge, les bras croisés sur la poitrine. Il avait troqué ses vieux vêtements pour une redingote vert foncé bien ajustée, une culotte chamois qui moulait ses cuisses musclées et des bottes de cuir sombre. Sa cravate blanche amidonnée était nouée sans ostentation et les pointes du col de sa chemise assez hautes, mais pas comme celles des dandys. Lord Montford n'avait jamais rien eu d'un dandy.

— Mon Dieu ! s'exclama-t-elle. C'est à ce point évident que je suis venue ici étudier le décor avant de remonter à la maison m'habiller en conséquence, comme à la garden-party des Adam ? Aurais-je mieux fait de revêtir de vieux chiffons et de m'asseoir à côté du tas d'ordures ?

Il la considérait paresseusement de sous le bord de son haut-de-forme.

— L'ennui, dit-il, c'est que je ne suis pas sûr que cela changerait quoi que ce soit. Katherine en haillons à côté du tas d'ordures serait sans nul doute aussi éblouissante que Katherine en bleu et jaune au bord du lac.

Elle resserra les bras autour de ses jambes et lui sourit.

— Je tombe *toujours* follement amoureuse des flatteurs, affirma-t-elle.

— Ah, oui ? Mais pas de ceux qui, purs et sincères, vous parlent du fond du cœur ? Que vous êtes cruelle !

Elle aurait aimé ne pas lui être déjà autant attachée. On ne devrait pas aimer un homme qui maniait aussi aisément la flatterie et la tromperie. Cependant, il le faisait toujours avec humour et peut-être même sans réelle intention de lui mentir. Il semblait apprécier le jeu en lui-même.

— Je ne ferai sans doute pas une figure aussi romantique, étendu sur la berge que vous assise sur l'embarcadère. Néanmoins, je vais faire de mon mieux.

Il s'assit donc, ôta son chapeau, prit appui sur le coude et posa la tête dans sa main. Ainsi alangui, détendu, il était scandaleusement séduisant. Katherine pivota pour ne pas avoir à s'adresser à lui par-dessus son épaule. Elle releva son ombrelle, qui était du même bleu pâle que sa ceinture et les rubans de sa capeline.

— Pas aussi romantique, peut-être, convint-elle, mais vous offrez tout de même un assez joli tableau.

— *Joli ?* répéta-t-il en haussant un sourcil. Dites-moi que vous vous êtes trompée de mot, je vous en prie. Autrement, je plonge dans le lac sans plus de cérémonie et je vais m'asseoir au fond pour bouder jusqu'à être tout à fait bien noyé.

Elle éclata de rire.

Rire, c'était bien la dernière chose à laquelle elle se fût attendue au lendemain de son mariage. Pourtant, elle avait beaucoup ri au cours de la semaine, se rendit-elle compte. Ce qui, au fond, n'aurait pas dû l'étonner. Il avait toujours su la faire rire.

— *Beau*, alors, corrigea-t-elle. Voilà, vous avez eu votre compliment pour aujourd'hui.

Ils demeurèrent assis à se regarder. Les canards s'étaient mis à cancaner bruyamment. Dans l'herbe, des insectes invisibles vrombissaient et stridulaient. Au loin, du côté des écuries, des coups de marteau sur du métal retentissaient de temps à autre. Ces sons qui ajoutaient à cette impression de paix qu'elle ressentait un peu plus tôt soulignaient maintenant le silence qui était tombé entre eux.

Jasper cueillit un brin d'herbe et le mâchonna sans cesser de la contempler, les yeux plissés.

Et soudain elle eut envie de lui. Un désir aigu, choquant.

— Que feriez-vous, en ce moment, si vous ne m'aviez pas épousé ? lui demanda-t-il. Si cette vermine de Forester n'avait pas soulevé le scandale qui vous a contrainte à le faire ?

— Je serais à Warren Hall, et je me préparerais à venir ici avec Margaret et Stephen.

— Et ensuite ? Qu'auriez-vous fait ?

— Je serais rentrée à Warren Hall où j'aurais vécu tranquillement jusqu'à ce que quelqu'un suggère à nouveau d'en partir – pour rendre visite à Vanessa, peut-être, ou pour aller à Londres.

— Vous allez manquer à votre sœur aînée.

— Oui.

— Pourquoi n'est-elle pas mariée ? Elle a plusieurs années de plus que vous, n'est-ce pas ? Et, dans son genre, elle est aussi belle. Il paraît qu'Allingham lui a demandé sa main et qu'elle a refusé. Se réserve-t-elle pour le grand amour, comme vous espériez le faire ?

— Elle a déjà été amoureuse. De Crispin Dew. Les Dew habitaient Rundle Park, à Throckbridge. Vanessa a épousé son frère cadet, mais il souffrait de consomption et est mort dans l'année. Elle savait en l'épousant qu'il était mourant. Cela ne l'a pas empêchée de l'aimer tendrement, et c'était réciproque.

— Trois romantiques, commenta-t-il. Et une seule a vu son souhait se réaliser. Et encore a-t-elle épousé un mourant. Il y a là une leçon à tirer, Katherine.

— Nessie et Elliott aussi s'aiment profondément, protesta-t-elle.

— Mais ce Crispin Dew n'aimait pas votre sœur aînée ?

— Si. Ils ont failli se marier quand elle était toute jeune, et je pense qu'ils auraient été très heureux. Mais notre père est mort et Margaret a promis de s'occuper de nous jusqu'à ce que nous soyons adultes. Elle a donc remis son mariage avec Crispin à plus tard. Mais il n'a pas voulu attendre. Il s'est engagé, est parti à la guerre, a épousé une Espagnole et a brisé le cœur de Margaret. Riez autant que vous voulez, maintenant. Les femmes sont bien bêtes.

— Elles m'effraient, si vous voulez tout savoir. L'amour désintéressé – la vertu suprême, n'est-ce pas ? En préférant ses frère et sœurs à l'amour, Margaret n'a-t-elle pas peut-être condamné un homme très bien à une vie qui ne pourra jamais lui apporter le bonheur qu'il aurait connu avec elle ?

Le premier mouvement de Katherine fut de s'indigner. On pouvait compter sur Jasper pour prendre le parti de l'homme. Crispin aurait pu avoir la patience et le courage d'attendre. Son attente toucherait à sa fin, à présent, puisque Stephen allait avoir vingt et un ans.

— Les gens qui, par altruisme, choisissent de se dévouer à un ou plusieurs individus ne négligent-ils pas souvent d'autres voies, d'autres individus qui auraient tout autant besoin d'eux ? reprit-il.

— Comme une religieuse qui, en entrant au couvent, prive sa famille de sa présence ? avança-t-elle.

— C'est une bonne illustration, sans doute, reconnut-il, même si j'avoue que je n'y aurais pas songé.

— Ou une mère si dévouée à ses enfants qu'elle en négligerait son mari ?

Il fit la moue et jeta le brin d'herbe qu'il mâchonnait.

— Là, ce serait la faute du mari qui ne s'appliquerait pas suffisamment à lui donner du plaisir.

On pouvait *aussi* compter sur lui pour donner une orientation sexuelle à un sujet jusque-là très intéressant.

— Ou alors, fit-elle, exaspérée, une mère si dévouée à son mari qu'elle en négligerait ses enfants.

— Cela n'existe pas, si ? fit-il doucement.

— Non.

Il se redressa, croisa les jambes, posa les poignets sur ses genoux et se perdit dans la contemplation du lac.

C'est alors qu'elle comprit une chose. Cela existait. Sa mère à lui ? Cela lui était-il arrivé ?

— Mlle Daniels est la gouvernante de Charlotte depuis qu'elle a quatre ans, reprit-il, changeant, semblait-il, complètement de sujet. Il y a peu, elle a pris les fonctions de dame de compagnie. Elles ont beaucoup de chance, toutes les deux. Elles sont très attachées l'une à l'autre. Et maintenant que Charlotte est sur le point d'ouvrir ses ailes, Mlle Daniels va épouser le pasteur de Cedarhurst.

— Et Rachel ? s'enquit-elle.

— Le mal régnait dans le vaste monde, si bien que Mlle Rachel Finley, de Cedarhurst Park, est restée chez elle. Ensuite, elle y est encore restée parce qu'elle était en deuil, puis parce que notre mère s'était tellement effondrée qu'elle avait besoin de quelqu'un auprès d'elle en permanence. Ensuite, il a fallu porter son deuil à elle. Bref, Rachel a fini par entrer dans le monde à vingt-quatre ans. Choquant, n'est-ce pas ? Elle a de la chance d'avoir rencontré Gooding. Il est on ne peut plus ennuyeux, mais d'un caractère et d'une fortune parfaitement stables, comme souvent les types ennuyeux. Et je les soupçonne d'avoir de l'affection l'un pour l'autre.

Katherine baissa son ombrelle pour pouvoir nouer de nouveau les bras autour de ses jambes.

Et lui ? se demandait-elle. De quelle façon sa mère l'avait-elle négligé ?

Était-elle à ce point entichée de son beau-père ?

Il la fixait de nouveau d'un regard nonchalant éclairé par un léger sourire. Mais la tension de ses épaules et de ses bras lui indiquait comme jamais combien cette expression était un masque destiné à ne pas en révéler trop sur lui-même.

— Êtes-vous déjà amoureuse de moi ? s'enquit-il. Pouvons-nous nous dispenser des trois prochaines semaines ? Je vous ai déjà dit plus d'une fois que je vous adorais.

Ce n'était pas une question sérieuse – ni une déclaration sérieuse. Il voulait simplement changer de sujet, comprit-elle.

— Je ne suis pas et ne serai jamais le moins du monde amoureuse de vous, Jasper, affirma-t-elle, avec tout de même un demi-sourire.

Il porta la main à son cœur.

— *Le moins du monde*… J'essaie de me représenter cette notion, si tant est qu'elle puisse être visible à l'œil nu. Est-ce comme un grain de sable ? « Dans un grain de sable voir le monde ? »

Voilà qu'il citait William Blake. Mais comment pouvait-il apprécier sa poésie merveilleusement mystique, lui qui ignorait tout des rêves ?

— Un grain de sable ou le moins du monde, cela suffira comme point de départ, enchaîna-t-il. Je suis heureux de vous entendre en admettre l'existence.

— Vous êtes connu pour ne pas écouter, fit-elle. J'ai dit le contraire.

Il haussa les sourcils.

— Quoi ? Le moins du monde n'existe pas ? Vous me décevez. Moi, je crois que si, cela existe. Autrement, vous n'en auriez pas parlé, au risque de vous ridiculiser. Et si cela existe, alors j'ai de l'espoir. Rien de ce qui existe ne disparaît jamais tout à fait, vous savez. Ni ne se perd. Si on le perd, c'est que l'on est trop paresseux pour le chercher convenablement. Contrairement à ce que vous pensez, Katherine, je ne suis pas paresseux. C'est juste que je garde mon énergie pour ce qui m'apparaît important. Je trouverai donc ce moins du monde et, sur ce grain de sable, j'édifierai un grand château de sable avec tours, tourelles, joueur de clairon en livrée en train de jouer un hymne triomphal sur les remparts. Hymne, c'est bien le mot ? Enfin, vous comprenez ce que je veux dire. Vous m'aimerez, et vous vous inclinerez devant mon adoration, ma déesse du soleil.

Elle riait à perdre haleine.

Pourtant, une petite partie d'elle – absurde, il est vrai – avait envie de se tenir sur une tourelle, d'écouter le clairon, de regarder son chevalier chevaucher en direction du château, la cape volant au vent, l'épée à la main, un sourire de triomphe et d'amour aux lèvres.

Être d'un tempérament rêveur avait des inconvénients. Cela rendait idiot.

— Je ne vous ai pas encore montré le parc, remarqua-t-il. La promenade autour du lac est très pittoresque. On peut la faire en une heure en marchant d'un pas tranquille ou beaucoup plus vite si l'on trotte énergiquement. Le chemin creux qui monte dans les collines derrière la maison est plus accidenté et plus sauvage, et il faut plusieurs heures pour le parcourir dans son entier. Mais il a été conçu avec beaucoup de soin et offre une belle diversité de points de vue, et quelques jolies perspectives aux amoureux de la nature.

— Les deux promenades me semblent fort agréables.

— Nous ferons la plus longue. Demain ?

— J'ai promis d'assister à trois réunions de comités au village demain matin, répondit-elle, et une l'après-midi. Et le lendemain, les demoiselles Laycock viennent prendre le thé avec leur nièce. Une amie de Charlotte, je crois.

— Puis-je prendre rendez-vous pour une promenade avec vous le surlendemain dans ce cas ? Très humblement ? À genoux si nécessaire ?

Elle lui sourit.

— Je devrais vous y contraindre, fit-elle. Vous ne l'avez pas fait quand vous m'avez demandée en mariage. Le surlendemain, donc. Je m'en réjouis.

— Je crois que si je m'étais agenouillé pour vous demander votre main, vous m'auriez flanqué un coup de pied dans la tête, fit-il valoir.

— Sans doute, reconnut-elle.

Il se leva, remit son chapeau et tendit la main à Katherine.

— Nous rentrons à la maison prendre le thé ? À force de m'être imbibé de ce breuvage ces trois derniers jours, je ne peux plus m'en passer. Croyez-vous que ce soit comme l'alcool ? Que l'on puisse s'adonner au thé comme à la boisson ? Est-ce ce qui m'arrive ? J'ai hâte de révéler cela à Constantin, Charlie et Hal.

— Prendre le thé avec vous me ferait très plaisir.

Et c'était vrai. La journée s'était considérablement égayée depuis qu'il l'avait rejointe.

Elle ne savait pas si elle devait en être soulagée ou inquiète.

Risquait-elle d'avoir, un jour ou l'autre, le cœur brisé ?

À quoi bon s'en inquiéter maintenant ? Elle se soucierait de l'avenir quand il serait devenu le présent.

19

Les deux jours qui suivirent furent très chargés. Jasper vit à peine sa femme. Entre les affaires de la ferme et du domaine, et les comités masculins pour l'organisation de la fête, il n'eut pas une minute. Comment avait-il pu se laisser entraîner dans cette histoire ? Il ne le saurait jamais, mais c'était un fait. Quand Cornell avait suggéré une course à la rame, le jour où il lui avait rendu visite avec Katherine, Jasper avait proposé un combat dans la boue au bord du lac. Depuis, les hommes lui réclamaient d'autres suggestions.

Quant à Katherine, elle ne restait jamais assez longtemps au même endroit pour qu'il puisse la trouver – sauf au moment des repas et, le soir, dans le salon. Elle passait beaucoup de temps avec la gouvernante, la cuisinière et le jardinier en chef. Elle assistait à toutes les réunions de comités au village et dans les environs, sauf celles des hommes. Et elle reçut les demoiselles Laycock avec leur nièce, Jane Hutchins, la grande amie de Charlotte, qu'elle invita à la partie de campagne.

Pendant deux jours, il avait fait un temps nuageux, avec des bourrasques et des averses. Mais le troisième jour, quand ils partirent se promener, comme prévu, les nuages avaient commencé à se dissiper et une belle journée s'annonçait.

— Nous allons faire la promenade à l'envers, annonça-t-il en prenant le bras de Katherine et en se dirigeant vers l'est. Non pas qu'il y ait vraiment un sens, mais on a toujours tendance à partir du lac. L'ennui, c'est qu'il y a tant de belles choses à admirer que l'on s'arrête tout le temps et que l'on finit par se contenter de faire le tour du lac. On manque ainsi ce qu'il y a de plus beau dans cette promenade.

— Sur les collines entre les arbres ? Oui, j'imagine que ce doit être magnifique.

Elle portait une robe de mousseline bleu pâle et blanche, et un chapeau de paille orné de rubans bleus. Elle apparaissait plus délicate et plus ravissante que jamais. Les robes à taille haute, en vogue en ce moment, lui allaient merveilleusement, car elles accentuaient la grâce de sa silhouette élancée tandis que les plis légers de la mousseline soulignaient ses courbes et, parfois, le contour de ses longues jambes fines.

Elle avait les joues roses et les yeux brillants. Sans doute les domestiques et les voisins attribuaient-ils cela au fait que, jeune mariée, elle découvrait les joies du lit conjugal, alors qu'en réalité, c'était probablement parce qu'elle s'occupait de projets qui lui plaisaient.

Ils traversèrent la grande pelouse est, appelée à devenir un verger, jusqu'au chemin qui partait entre les arbres. Il tournait presque aussitôt vers le nord et montait en pente douce vers les collines.

— Vous êtes bien silencieux, ce matin, observa Katherine.

— J'aurais pu souligner que mes prévisions selon lesquelles nous allions avoir une belle journée se révélaient assez justes. J'aurais même pu ajouter que « je vous l'avais bien dit ». Hélas, comme vous lisiez la lettre que vous avez reçue de la duchesse de Moreland au petit déjeuner, j'ai fait ces prévisions en silence pour ne pas vous déranger. Maintenant, si je m'en enorgueillis, vous me direz sans doute que je m'attribue un mérite que je n'ai pas puisque je n'ai rien annoncé. Vous n'avez vraiment aucune confiance en moi, Katherine.

Elle avait tourné la tête vers lui et riait de bon cœur.

— Pour que la paix continue à régner entre nous, je vous croirai, assura-t-elle.

Il lui sourit nonchalamment.

— Que c'est beau, s'émerveilla-t-elle. On dirait une cathédrale de verdure.

À cet endroit, les hauts arbres s'écartaient un peu et, malgré la pente, le chemin était large et droit.

— Cette portion a toujours été l'une de mes préférées, avoua-t-il. Je pense que le chemin a été conçu en partant du lac et que, arrivé ici, celui qui l'a créé s'est retrouvé à court d'idées et d'énergie. Il n'y a ni folie, ni banc, ni perspective sur la maison ou sur la campagne. Rien que les bois et les collines.

— La nature sans artifice, même si ce chemin a été tracé par l'homme. Rien que les arbres et l'odeur des arbres. Les oiseaux et le chant des oiseaux.

— Et nous.

— Et nous.

Ils marchèrent quelque temps en silence. Leur souffle s'ajoutant au gazouillis des oiseaux quand la montée se fit plus raide. Puis ils arrivèrent à la partie la plus haute, bordée de rhododendrons, avec ses perspectives soigneusement étudiées, ses bancs et ses folies. Et le parfum entêtant des fleurs.

— Oh ! s'exclama-t-elle. Que c'est beau !

— Mieux que la cathédrale ? voulut-il savoir.

— C'est ce qu'il y a de merveilleux dans la nature, non ? Rien n'est « mieux » qu'autre chose. Différent, seulement. Le jardin des parterres, la cathédrale de verdure, cela... Chaque site semble le plus beau quand on s'y trouve.

D'un côté du chemin se dressait un ermitage de pierre, avec une croix gravée au-dessus de la porte.

Bien sûr, il n'était pas aussi ancien qu'il en avait l'air : c'était une folie. Jamais aucun ermite barbu récitant son chapelet du matin au soir, et vivant de pain sec et d'eau n'avait vécu ici. Ils entrèrent et s'assirent sur le banc de pierre rendu plus confortable par un coussin de cuir.

La vue donnait sur les pelouses sud et est, et, au loin, sur le village avec son clocher. Le cadre était merveilleusement rural et paisible.

Jasper lui prit la main.

— Que feriez-vous, en ce moment, si vous n'aviez pas été contraint de m'épouser ? lui demanda-t-elle, lui retournant la question qu'il lui avait posée quelques jours plus tôt. Où seriez-vous ?

— Ici. J'avais promis d'être à la maison pour l'anniversaire de Charlotte.

— Et ensuite ? Seriez-vous resté ?

— Peut-être, fit-il en haussant les épaules. Peut-être pas. Brighton est très agréable, l'été. Le prince de Galles y descend souvent et attire dans son sillage tontes sortes de gens intéressants. La compagnie et les divertissements ne manquent pas. J'y serais peut-être allé.

— Vous avez donc besoin de compagnie ?

Elle avait tourné la tête vers lui et le regardait.

Il haussa les sourcils, surpris.

— Nous avons tous besoin de compagnie, dit-il. Et de divertissement.

— Vous êtes donc bien seul ?

Cette question l'ébranla. Elle était inattendue, et il était sans doute impossible d'y répondre. Il le fit tout de même.

— Seul ? *Moi,* seul, Katherine ? Mais j'ai des dizaines d'amis et de connaissances. Je reçois tant d'invitations, je m'adonne à tant d'activités que choisir entre elles est une corvée quotidienne.

— Mais craignez-vous la solitude ?

— Pas le moins du monde.

Il avait été seul toute son enfance, malgré la présence de sa mère et de son mari, de ses deux sœurs, de nombreux domestiques et voisins dont la plupart étaient bien disposés à son égard. Oui, malgré tout, il avait grandi seul.

— Les gens les plus entourés sont parfois les plus seuls, observa-t-elle.

— Ah oui ? fit-il en lui mêlant ses doigts aux siens. Et ceux qui vivent dans de petits villages perdus ?

— Ce n'est pas le même genre de solitude. Il est possible d'*être* seul sans *se sentir* seul, de même qu'il est possible de se trouver au milieu d'une foule et de se sentir seul.

— Est-ce la sagesse enseignée par votre père ?

— Non. C'est une chose que j'ai découverte par moi-même.

— Et vous, Katherine, vous *sentez-vous* seule ?

— Rarement. J'aime la solitude, avoua-t-elle. Ma propre compagnie me suffit souvent.

— Ce qui n'est pas mon cas ? C'est ce que vous insinuez ? Un jour, vous m'avez dit que je ne m'aimais pas. Est-ce pour cela que je crains la solitude ? Parce que je suis incapable de jouir de la compagnie du seul être avec lequel je doive passer chaque instant de ma vie ?

— Je vois que je vous ai contrarié.

Était-ce vrai ? Il n'avait pas l'habitude de se laisser contrarier par des broutilles. Et il se moquait pas mal de l'opinion qu'on avait de lui.

— Pas du tout, affirma-t-il en lui baisant la main. Je ne crains pas la solitude. Mais je préfère la compagnie. Y compris celle des personnes ici présentes...

— Il me semble que je pourrai être heureuse, ici.

— C'est vrai ?

— J'aime énormément Cedarhurst. J'apprécie beaucoup les domestiques et j'aime vos voisins. *Nos* voisins. Oui, je pourrai être heureuse ici.

— En organisant des fêtes, des bals, des parties de campagne et autres réceptions ?

— Oui. Mais aussi en vivant, tout simplement. Juste en étant ici. En m'y sentant chez moi.

— Et en élevant vos enfants ? *Nos* enfants ?

— Oui, confirma-t-elle en le regardant dans les yeux et en rougissant légèrement.

— Nous pourrions commencer tout de suite à les faire, ces enfants – le premier, en tout cas – si vous le souhaitez, Katherine. Enfin, à la réflexion, peut-être pas tout de suite, corrigea-t-il en considérant d'un air sceptique le banc qui, malgré son coussin de cuir, n'était pas si confortable.

Elle rit, sans détacher les yeux des siens.

— Je veux des enfants, dit-elle.

— Et moi, j'en ai besoin. Un fils, au moins. Nous sommes donc d'accord : il nous faut nous atteler à cette tâche. Presque tout de suite ?

— Tout dépend de ce que vous entendez par « presque », riposta-t-elle en riant de nouveau.

— Ce « presque » va durer trois semaines, n'est-ce pas ? fit-il dans un soupir.

— Oui. Désirez-vous des enfants pour eux-mêmes, Jasper ?

Il n'y avait jamais vraiment réfléchi. Il le fit, maintenant. Des enfants issus de sa chair. Et de celle de Katherine. Des enfants à aimer et à élever. Des enfants capables de souffrir aussi, dont on pouvait écraser la vitalité. S'il sautait par-dessus une haie et se rompait le cou un mois avant la naissance de son fils, Katherine se remarierait-elle pour l'élever ?

Il y a trop de souffrances potentielles dans le fait d'avoir des enfants, faillit-il dire tout haut. Trop de risques. Mais il ne ferait que se révéler davantage s'il prononçait ces mots.

— Des filles qui ressembleraient à leur mère ? dit-il. Et des fils qui ressembleraient à... leur mère ? Des enfants que je pourrais serrer dans mes bras et aimer, avec qui je pourrais jouer, que j'élèverais ? C'est tentant, je l'avoue. Et, désormais, c'est possible, puisque je suis marié. Oui, j'aurai des enfants avec vous, Katherine. Pas uniquement parce que j'en ai besoin, mais parce que j'en ai envie.

Il se demandait parfois si ce qu'il lui disait était sincère ou s'il cherchait à l'impressionner en la taquinant. Ce qui était certain, en tout cas, c'est qu'il ne tenait jamais des propos dans l'intention de la duper. Ce pari était différent de tous ceux qu'il avait faits jusque-là. L'enjeu était considérable. Et double, même si elle n'en avait pas conscience. Soit ils gagneraient tous les deux, soit ils perdraient tous les deux.

Mais, mon Dieu, elle le croyait. Elle entrouvrit les lèvres et des larmes lui montèrent aux yeux, qu'elle s'empressa de ravaler. Au fond, c'était peut-être elle qui avait raison. Peut-être était-il sincère. Il s'imagina soudain tenant dans ses bras un bébé aussi petit que celui de Moreland. Et qui serait le sien.

Diable ! Il le ferait tomber, c'était sûr.

Non. Il l'aimerait. C'était cela, qui était sûr. Il n'aurait pas le choix. Il n'était pas question que son enfant manque d'amour tant qu'il serait en vie. Même s'il venait de dessiner une bouche rouge et des sourcils noirs à toutes les statues de la balustrade du toit. Et même s'il rentrait avec des vêtements déchirés après avoir tenté de descendre la cascade. Il l'aimerait. Il l'aimerait de toute façon, sans condition. En fait, il le remmènerait sans doute à la cascade pour lui apprendre à la descendre. Et sur le toit pour ajouter une barbe violette aux statues.

Katherine avait posé sa main libre sur sa joue. Du pouce, elle essuya quelque chose juste sous son œil. Quelque chose d'humide.

Grands dieux !

Il se leva abruptement, sortit de l'ermitage et regagna le chemin sans l'attendre. Il cueillit deux fleurs de rhododendrons.

— Voyons, fit-il en se retournant vers elle comme elle le rejoignait. Une ici, dans le ruban de votre chapeau, et l'autre… *là*.

Il glissa la tige dans son décolleté, l'accompagnant du doigt pour s'assurer qu'elle était bien en place. Elle avait la peau douce, chaude et légèrement moite. Une flèche de désir le transperça, si violente qu'il fut surpris de ne pas avoir aussitôt une érection monstrueuse.

— Vous n'avez pas besoin d'être embellie, dit-il. Mais les fleurs si. Votre proximité les fera paraître plus jolies.

— Bravo ! C'est l'un de vos plus jolis compliments.

— J'ai droit à une récompense, alors ? Un baiser, peut-être ?

Hélas, comme il s'y attendait, elle se contenta de rire.

Mon Dieu, ce n'était pas une *larme*, qu'elle avait essuyée, au moins ? De sa vie il n'avait jamais été aussi embarrassé.

Il lui offrit son bras et ils poursuivirent leur promenade. Le chemin redescendait lentement vers le lac.

Ils s'arrêtèrent au pied d'un vieux hêtre sur le tronc duquel ils posèrent les mains, s'émerveillant de sa taille et de son âge. Il regarda au-delà, vers les collines et les bois plus denses à cet endroit. Mais, de là, il n'y avait rien à voir. Aujourd'hui, décida-t-il, ils resteraient sur le chemin. Ils auraient tout le temps de revenir – ou pas.

— Il y a une plage à cette extrémité du lac, lui apprit-il. Enfin, on l'appelle plage, mais il n'y a ni sable ni marées, bien sûr. Simplement, la berge a été travaillée de façon à descendre en pente douce jusqu'à l'eau afin que l'on puisse s'y asseoir pour pique-niquer ou se tremper les pieds sans risquer de tomber. On peut également s'y baigner. Hélas, nous n'avons pas emporté de pique-nique.

— Faisons trempette, à la place, proposa-t-elle tandis qu'ils s'engageaient dans la pente et que le soleil commençait de taper à travers les arbres qui s'éclaircissaient. Il fait chaud, finalement, et j'ai un peu mal aux pieds d'avoir tant marché.

— Savez-vous nager ?

— Oui. J'ai appris, enfant, à Rundle Park, quand nous y allions jouer avec les Dew. Je croyais avoir oublié, mais non. J'ai nagé à Warren Hall.

— Dans ce cas, nous allons nous baigner. Quel meilleur moyen de se rafraîchir après une longue marche ?

— Aujourd'hui ? fit-elle en tournant vivement la tête vers lui. Je ne peux pas nager avec cette robe, Jasper. C'est l'une de mes plus jolies. Et vous non plus, vous ne pouvez pas nager habillé comme vous l'êtes.

Ils étaient arrivés à une fourche. Une branche les conduirait de l'autre côté du lac, à la chaumière, à la cascade et ainsi de suite jusqu'à la maison. L'autre branche descendait à la plage et se poursuivait jusqu'à l'abri à bateaux et l'embarcadère. Il choisit cette dernière.

— À moins d'être très dévergondée, Katherine, j'imagine que vous portez une chemise sous votre robe. Et un corset.

— Bien sûr.

Elle le regarda en ouvrant de grands yeux scandalisés.

— Il n'est pas question que je me baigne en chemise !

— Sans, alors ? Vous n'avez pas à craindre d'être vue par quiconque, en dehors de moi. Et je vous ai déjà vue nue. À la lueur des chandelles, il est vrai. Mais je suis prêt à parier que vous êtes aussi jolie en plein soleil.

— Jasper ! protesta-t-elle avec un rire nerveux. Il n'est pas question non plus que je nage sans ma chemise.

— Avec, alors, si vous tenez à être pudique.

Ils avaient atteint la berge herbeuse et s'arrêtèrent pour contempler le lac qui scintillait au soleil. C'était fort tentant. Il faisait vraiment chaud, à présent, et il n'y avait pas d'ombre pour s'abriter.

— Allez, finit-il en lui lâchant le bras pour la faire pivoter. Je vais vous aider à ôter votre robe et votre corset. Je fais une femme de chambre très convenable, quand les circonstances l'exigent.

— Oh ! s'écria-t-elle, indignée. Je n'en doute *pas*. Mais nous ne pouvons pas nous baigner maintenant, Jasper. Il nous faut des serviettes. Et des vêtements de rechange. Nous n'avons... Oh !

Il avait défait sa ceinture et le dos de sa robe qu'il avait déjà fait glisser de ses épaules et jusqu'à terre. Il s'attaqua ensuite aux agrafes de son corset.

— Nous nous sécherons au soleil, déclara-t-il en posant les lèvres entre ses omoplates après l'avoir débarrassée de son corset qu'il jeta dans l'herbe.

Puis il s'agenouilla pour lui ôter ses souliers, et ses bas.

Sa chemise la couvrait de la poitrine au-dessus des genoux. Grande et élancée, elle était plus attirante que toutes les femmes qu'il lui avait été donné de voir jusqu'à présent.

Et s'il ne se jetait pas à l'eau sans tarder, il allait exploser.

— Oh ! fit-elle. Ce n'est vraiment pas très convenable !

La fille très comme il faut du pasteur vêtue en tout et pour tout d'une courte chemise... C'était follement sensuel.

Il se débarrassa de sa veste, de son gilet et de sa cravate avec une hâte un peu gauche.

— Que votre mari vous voie en chemise ? Oui, c'est scandaleux.

Il enleva sa chemise, s'assit dans l'herbe pour retirer ses bottes, puis se releva pour ôter sa culotte et ses bas. Fallait-il la choquer tout à fait ? Il n'hésita qu'un instant avant de se défaire aussi de son caleçon. Par quel miracle ne montrait-il aucun signe extérieur de son désir ?

Elle se mordit la lèvre.

— L'eau doit être froide… protesta-t-elle faiblement.

— Eh bien nous la réchaufferons. Nous la ferons bouillir jusqu'à ce que le lac déborde. Je ne sais pas pour vous, Katherine, mais, en ce qui me concerne, j'ai vraiment très chaud. Venez-vous ? demanda-t-il en lui tendant la main.

— Je ne sais pas, répondit-elle en jetant un regard hésitant au lac. Je ne crois pas que ce soit vraiment… Oh !

Il la souleva dans ses bras et entra dans l'eau avec elle. C'était peut-être mal élevé de couper la parole à une dame, mais la patience d'un gentleman avait des limites.

Quel choc ! Non pas le froid de l'eau – ils n'y étaient pas encore. Mais le fait de se retrouver dehors, en plein jour, avec un homme, vêtue seulement de sa chemise et lui en tenue d'Adam.

Nu.

Certes, c'était son mari.

C'était néanmoins choquant.

Et excitant.

Grisant.

Et elle avait vraiment très chaud. Elle ne s'était pas rendu compte que le soleil était aussi brûlant.

Maintenant, il avançait dans l'eau. Quelques gouttes éclaboussèrent la peau de Katherine. Elles étaient glacées. Elle se cramponna à lui en riant, puis poussa un cri. Il n'allait quand même pas…

Si.

Il avait osé.

La lâcher.

Elle coula au fond comme une pierre et remonta à la surface en se débattant et en crachant de l'eau. Elle s'essuya les yeux, reprit son souffle et le vit. De l'eau jusqu'à la taille, les mains sur les hanches, il riait à gorge déployée.

Il était si beau, si insouciant qu'elle aurait pu en pleurer.

Au lieu de se laisser émouvoir, elle l'éclaboussa. Puis, tandis qu'il s'ébrouait à son tour, elle plongea sous la surface et nagea le plus vite qu'elle put vers les eaux plus profondes du lac.

Deux mains lui empoignèrent alors les chevilles et remontèrent jusqu'à ses hanches, pour la tirer. Dès qu'il desserra son étreinte, elle fit une espèce de saut périlleux pour se dégager, plongea sous lui, lui saisit une cheville et s'y cramponna.

Ce n'était pas une bonne idée. La bagarre qui s'ensuivit était inégale et elle passa bien plus de temps que lui la tête sous l'eau. Bientôt, elle fut réellement à bout de souffle. Évidemment, rire comme elle le faisait chaque fois qu'elle avait la tête hors de l'eau ne l'aidait pas.

— Vous aviez raison, reconnut-elle quand la lutte prit fin naturellement au bout d'une dizaine de minutes et qu'ils se retrouvèrent en train de faire la planche côte à côte. Nous avons réchauffé l'eau.

Il tourna la tête vers elle, lui sourit et lui prit la main.

Et c'est ainsi que cela arriva.

Comme cela.

Elle tomba amoureuse.

Ou se rendit compte qu'elle était en train de tomber amoureuse de lui depuis un moment.

Ou, même, qu'elle l'avait toujours aimé, depuis ce fameux soir à Vauxhall où elle s'était dit que, peut-être, l'amour était dangereux. Qu'il se pouvait que ce fût l'une des choses les plus dangereuses au monde.

L'amour n'avait pas besoin d'être logique ni raisonnable. Ni louable. Il n'avait pas à être gagné. Ni recherché.

Il *était*, tout simplement.

Elle ferma les yeux sans dégager sa main et se laissa flotter à côté de Jasper tandis que le monde changeait son cours avant de se réorganiser autour d'elle.

Jasper n'était certainement pas immunisé. Il avait versé une larme, tout à l'heure, à l'idée d'avoir des enfants avec elle. Et voilà que, pendant plusieurs minutes, il s'était ébattu avec elle, simplement, tout au plaisir d'être ensemble. Il avait ri, insouciant, sans se cacher derrière un masque, sans ironie, sans taquinerie.

Il devait être en train de s'attacher à elle.

Il devait être permis d'espérer que le désastre initial se transforme en bonheur.

Il lui lâcha la main et bascula sur le ventre pour se mettre à nager un crawl paresseux. Elle le suivit, savourant la vue de ses bras, de ses épaules et de son dos musclé, de son derrière ferme et de ses jambes longues et puissantes.

C'était un homme exceptionnellement beau.

Il se rapprocha d'elle, glissa le bras en travers de son dos et la fit rouler sous lui avant de glisser l'autre main sous ses fesses. Elle l'enlaça et donna un coup de reins pour se retrouver dessus, et lui dessous. À son tour, il renversa leur position. Ils roulèrent ainsi longuement, jusqu'à être tous deux à bout de souffle. Ils n'avaient cessé de se regarder dans les yeux et de se sourire.

Ils nagèrent ensemble jusqu'à la rive et sortirent de l'eau, ruisselants. Katherine s'essora les cheveux tandis qu'il déployait sa redingote sur l'herbe. Ils s'étendirent côte à côte, leurs mains se touchant. Peu à peu, la douce chaleur du soleil lui réchauffa la peau.

Jasper était son mari.

Et elle l'aimait.

Et il l'aimait aussi, certainement. Allons, c'était idiot. Non. Il l'aimait *certainement*.

Tournant la tête, elle s'aperçut qu'il la regardait, une ombre de sourire aux lèvres.

— Je me suis baigné ici des milliers de fois, lui apprit-il, mais toujours seul – jusqu'à aujourd'hui.

— Vos sœurs ne nageaient pas ?

— Mon Dieu, non. C'était strictement interdit.

— Même pour vous ?

— Même pour moi, confirma-t-il avec un petit rire. Nous apprendrons à nos enfants à nager ici, Katherine. Et nous leur interdirons de le faire seuls.

— Ce ne sera pas nécessaire puisque nous les accompagnerons chaque fois qu'ils en auront envie.

— Et si jamais nous ne pouvons pas, ils auront toujours un frère ou une sœur pour le faire.

— Oui, confirma-t-elle avant de draper le bras sur ses yeux pour les protéger du soleil.

— Vous êtes heureuse ? s'enquit-il.

— Mmm... Oui. Et vous ?

— Je le suis aussi.

Il sembla à Katherine qu'elle n'avait jamais été plus heureuse. Il y a à peine plus d'une semaine, elle avait contracté un mariage dont elle n'attendait que du malheur. Et pourtant...

Il n'y avait plus de soleil. Elle rabattit le bras pour découvrir Jasper penché sur elle.

— Et amoureuse ? souffla-t-il. M'aimez-vous, Katherine ?

Bien sûr. Comment la réponse ne lui échappa pas ? Elle ne le saurait jamais. Cependant...

« M'aimez-vous, Katherine ? » avait-il demandé.

Pas « Je vous aime, Katherine. »

— Vous voulez savoir si vous avez gagné votre pari ? s'enquit-elle.

Il eut un lent sourire, l'air entendu, sûr de sa réponse. Sûr d'*elle*.

— L'ai-je gagné ? fit-il le regard amusé. Je ne le retiendrai pas contre vous, mais le moment de passer aux aveux est arrivé. Ai-je gagné ?

Elle ferma les yeux quelques instants.

Elle avait été dupée. Il s'était donné beaucoup de mal, aujourd'hui – comme il s'en était donné ce funeste soir à Vauxhall. L'évocation des enfants, les larmes, la baignade, ce bain de soleil : tout faisait partie d'un plan soigneusement élaboré.

Elle était aussi naïve aujourd'hui qu'il y a trois ans.

Ce n'était pas l'amour qui l'avait poussé à agir, ni même l'affection, la spontanéité, ou le simple plaisir de passer un bel après-midi en compagnie l'un de l'autre.

Non, c'était ce stupide pari.

Elle roula loin de lui, se releva lentement et entreprit de se rhabiller du mieux qu'elle put sans aide.

Il était toujours étendu, nu, dans l'herbe.

— Katherine ? Oublions un moment ce pari. C'était déloyal de ma part de l'évoquer.

Elle enroula les rubans de son chapeau autour de sa main. Elle ne comptait pas le remettre sur ses cheveux mouillés. Et elle reprit le chemin de la maison, seule, sans dire un mot, sans un regard en arrière. Il ne pouvait pas se lancer à sa poursuite : il fallait d'abord qu'il s'habille.

Peut-être ne l'aurait-il pas fait, de toute façon.

Il s'en voudrait de s'être montré trop pressé, de lui avoir posé la question un petit peu trop tôt.

S'il avait attendu, peut-être aurait-elle fini par lui dire ce qu'il voulait sans qu'il ait à le lui demander, par tourner la tête vers lui et lui dire qu'elle l'aimait.

Quelle humiliation cela aurait été !

Elle était aussi malheureuse qu'elle avait été heureuse quelques minutes plus tôt.

Il ne changerait jamais.

Ils ne pourraient jamais être heureux ensemble.

Le soleil la brûlait et l'aveuglait. Le retour lui parut interminable.

20

Quel imbécile, mais quel imbécile !

Au jeu de la séduction, son talent et son sens de l'à-propos étaient insurpassés.

Au jeu de l'amour, il était le dernier des cancres.

Dire qu'il lui avait demandé si *elle* l'aimait !

Au lieu de lui dire qu'*il* l'aimait, *elle*.

Imbécile ? Non, pire que cela. Même un imbécile se serait douté qu'il ne fallait pas faire cela.

Qu'il ne sache toujours pas bien ce que cela aurait signifié de lui déclarer son amour n'aurait pas dû importer. C'est ce qu'il aurait dû faire. Du reste, il éprouvait pour elle une affection qu'il n'avait jamais ressentie pour personne de toute sa vie. Il s'était senti détendu et même heureux – quoi que ce terme signifiât. Il avait l'impression que tout allait bien, en fin de compte, que ce mariage n'était pas si pénible. Non, mieux que cela. Il lui semblait que ce mariage était une bonne chose, qu'il allait le rendre plus heureux qu'il ne l'avait jamais été. Qu'*elle* aussi il allait la rendre heureuse.

Il allait lui suggérer qu'ils oublient ce pari. Au lieu de quoi...

Et amoureuse ? M'aimez-vous, Katherine ?

Et puis, pire...

Ai-je gagné ?

Il était mort de honte. Si Constantin l'avait entendu. Ou Charlie, Motherham, Isaac... L'idée même était insupportable.

La conséquence fut que, jusqu'à la fin de la semaine précédant l'arrivée de Charlotte et de tous les invités, Katherine et lui vécurent ensemble comme des étrangers polis et aimables.

Il ne voyait pas comment réparer son erreur. Il ne pouvait tout de même pas lui lâcher abruptement un « je vous aime », si ? Elle pourrait bien lui demander ce qu'il entendait par là et il serait incapable de lui répondre. Qu'entendait-il par là, hein ?

De son côté, elle ne fit aucun effort pour arranger les choses. Elle se plongea dans les préparatifs de la partie de campagne et de la fête, si bien qu'il la vit à peine. Les rares fois où il la croisait elle était très fille de pasteur – le genre de femme guindée qui n'envisagerait pas une seconde de folâtrer dans l'eau et en dehors, en riant et en poussant des cris, vêtue en tout et pour tout de sa chemise.

Il travailla donc avec son intendant, au point que celui-ci se mit à le regarder comme s'il avait perdu la tête chaque fois qu'il arrivait.

Bon sang, cette affaire de mariage ne lui attirait que des ennuis, tout compte fait ! Oh, elle n'avait rien fait de mal ! Si tel avait été le cas, il aurait au moins pu se délecter de son chagrin. Mais tout était sa faute à lui. Il s'était conduit comme un imbécile.

Et Couch commençait à le regarder de travers. De même que Mme Siddon et même Mme Oliver quand, un jour, il descendit voler une pomme à la cuisine. Et même Cocking, nom d'un chien !

Mutinerie à Cedarhurst !

Knowles se contentait de rester de marbre.

Enfin le grand jour arriva. Jasper se rappela le « encore une chose » que Katherine avait mentionné durant le trajet de Londres à Cedarhurst. Il lui avait promis de tout faire pour convaincre leurs deux familles qu'ils étaient heureux et qu'ils s'aimaient.

Fort bien !

Après avoir déjeuné de bonne heure, il s'habilla avec un soin tout particulier. En descendant, il découvrit que Katherine aussi avait soigné sa toilette. Elle portait une robe de coton vert pâle dont la jupe retombait en longs plis souples depuis la taille haute soulignée par un ruban de soie crème. Le bas de la jupe et les courtes manches ballon étaient ornés de rubans identiques, mais plus étroits. Ses cheveux étaient rassemblés en un élégant chignon souple. Quelques boucles s'en échappaient pour retomber sur la nuque dans un effet des plus charmants.

Et elle souriait.

Tout comme lui.

C'était là que le bât blessait. De toute la semaine, ils n'avaient cessé de sourire. Comment ses domestiques avaient pu avoir le culot de le regarder de travers, il n'en avait aucune idée.

— Si nous restons ici tout l'après-midi à attendre, dit-elle, personne ne viendra. En revanche, à l'instant où nous irons nous occuper ailleurs, une demi-douzaine de voitures remonteront l'allée.

— Allons faire un tour dans le jardin des parterres comme si nous n'attendions personne, proposa-t-il. Ainsi, nous parviendrons peut-être à faire apparaître au moins *une* voiture.

Pour la première fois de la semaine, il l'entendit rire.

Elle lui prit le bras.

Ils sortirent et descendirent les marches jusqu'à la première terrasse en continuant de bavarder et de dire des absurdités. C'était bon de rire à nouveau avec elle.

— Regardez, fit-il en pointant le doigt en direction de l'allée, au-delà les parterres. Pendant que nous étions absorbés par cette discussion fort intellectuelle, une voiture est apparue. Non, deux !

— Oh ! s'exclama-t-elle, sa main se crispant sur son bras. La première, c'est celle de Stephen. Les voilà, Jasper ! Regardez, Stephen voyage à cheval, à côté.

Il se dégagea le temps de nouer ses doigts aux siens avant de coincer de nouveau son bras sous le sien. Elle rayonnait de joie et d'impatience, nota-t-il. Et il ressentit une palpitation inhabituelle au creux de l'estomac… Tendresse ? Nostalgie ? Les deux ? Ni l'une ni l'autre ?

En fait, ce n'était pas une sensation totalement nouvelle. Il avait éprouvé la même chose l'autre jour, sur la plage.

Merton et Phineas Thane, un garçon boutonneux qui ne devait pas avoir plus de dix-sept ans, atteignirent la terrasse les premiers. La voiture les suivait de près. Sir Michael Ogden chevauchait à côté du second véhicule dans lequel voyageait sa fiancée, Mlle Alice Dubois, ainsi que la sœur cadette et les parents de celle-ci. Thane était sans doute venu avec eux.

Merton mit pied à terre en un clin d'œil. Il adressa un sourire à Jasper avant d'enlacer Katherine et de la faire tournoyer dans les airs. Elle noua les bras autour de son cou en riant.

Jasper n'attendit pas que le cocher soit descendu de son siège. Il ouvrit la portière et déplia le marchepied avant de tendre la main à Margaret Huxtable en souriant.

— Je vous souhaite la bienvenue à Cedarhurst, mademoiselle Huxtable.

— Je pense que *Margaret* serait mieux, lord Montford, répondit-elle en descendant de voiture.

— Dans ce cas, Margaret, il faut que vous m'appeliez Jasper.

Elle se tourna vers Katherine et les deux sœurs s'étreignirent longuement, sans mot dire, tandis que

Jasper se tournait vers la voiture. Mais Thane avait déjà offert sa main à Charlotte qui lui souriait en rougissant.

Eh bien, songea-t-il. Déjà supplanté par un boutonneux. Il aida donc Mlle Daniels à descendre.

Cependant, à peine le pied posé par terre, Charlotte poussa un cri et lui sauta au cou.

— Jasper ! J'ai passé deux semaines merveilleuses à Warren Hall ! Et le voyage pour venir ici n'a pas été pénible du tout. N'est-ce pas, Danny ? Nous avons bavardé avec Margaret, et, parfois, avec lord Merton en ouvrant la glace. Et puis nous avons changé de chevaux à... je ne sais même plus où. Enfin, il y a trois ou quatre heures. Et nous avons retrouvé les Dubois, sir Michael et M. Thane, et nous voilà tous ensemble ! Oh, Katherine... J'étais tellement impatiente de vous revoir. Vous êtes ravissante ! Comme toujours.

Jasper alla saluer les nouveaux arrivants et leur souhaiter la bienvenue. Au bout de quelques instants, il fut rejoint par Katherine qui glissa la main dans la sienne.

Tandis qu'on montrait leur chambre aux invités, Katherine et Jasper attendirent l'arrivée des autres. À l'heure du thé, tout le monde était là.

La comtesse de Hornsby fut la suivante, avec sa fille lady Marianne Willis. Vinrent ensuite Sidney Shaw et Donald Gladstone, à cheval, sir Nathan Fletcher et Bernard Smith-Vane, de part et d'autre de la voiture de la sœur du premier, Louisa Fletcher, et d'Araminta Clement. Ils avaient fait le trajet ensemble.

Mlle Hutchins vint du village dans le cabriolet du révérend Bellow et fut aussitôt enlevée par Charlotte qui l'emmena dans sa chambre.

L'oncle Stanley arriva en dernier avec les cousins Arnold, Winford et Beatrice, âgés de dix-sept, seize et quatorze ans.

Ils avaient un peu l'air d'une brigade d'infanterie, songea Jasper. Tous les messieurs, sauf Gladstone, Dubois et, bien sûr, son oncle, avaient plusieurs années de moins que lui. Mlle Dubois et Mlle Clement, qui avaient déjà débuté, devaient avoir au moins dix-huit ans. Toutes les autres jeunes filles, à l'exception de Margaret, étaient même plus jeunes que Charlotte. Il avait l'impression d'être un fossile.

Il rentra dans la maison avec son oncle tandis que Katherine prenait le bras de Beatrice, Arnold et Winford leur emboîtant le pas.

— Quelle joie de revenir dans la maison de mon enfance, Jasper, dit son oncle. Et de te voir enfin établi avec une si charmante jeune femme. En dépit de tous ces ragots ridicules qui courent à Londres, je suis convaincu que c'est quelqu'un de très bien. Ton père serait heureux.

Jasper haussa les sourcils, mais ne fit aucun commentaire. Son père ressemblerait-il à oncle Stanley, aujourd'hui, s'il avait vécu ? Un peu fort, mais encore bel homme – et avec tous ses cheveux. Il y avait un air de famille, c'était incontestable. Comme avec ses cousins. Il leur en avait longtemps voulu de les avoir abandonnés, Rachel et lui, parce qu'ils ne pouvaient supporter le second mari de sa mère. Mais entretenir de vieilles rancœurs était idiot et stérile. L'heure de la réconciliation avait sonné.

Et puis, il lui apparut soudain que, s'il avait été une fille, c'est oncle Stanley qui aurait hérité du titre et des biens. Lui aussi avait peut-être éprouvé une certaine amertume...

— C'est aussi une joie de vous avoir ici, oncle Stanley. J'ai hâte de mieux vous connaître, ainsi que mes cousins.

— On va vous montrer vos chambres, intervint Katherine. Vous devez avoir envie de vous rafraîchir. Nous nous retrouverons dans le salon pour prendre le thé tous ensemble. Rien ne nous presse, aujourd'hui.

Rejoignez-nous quand vous serez prêts. Nous sommes tellement contents que vous ayez pu venir. Jasper et vous vous ressemblez beaucoup, monsieur Stanley, de même qu'Arnold et Winford. Surtout Winford.

— Appelez-moi oncle Stanley, ma chère enfant, voulez-vous ?

— Oncle Stanley, répéta-t-elle en rejoignant Jasper pour lui prendre le bras. C'est si important, la famille.

Ils se retrouvèrent de nouveau seuls, tous les deux. Bientôt, tout le monde redescendrait pour le thé et les deux semaines à venir s'annonçaient trépidantes. Ils auraient tout le loisir d'éviter les tête-à-tête s'ils le souhaitaient, même s'il lui avait promis de faire bonne impression devant leurs familles respectives.

— Eh bien, Katherine, fit-il.

— Eh bien, Jasper.

— Heureuse ?

— Heureuse.

Sauf que cet échange lui rappela celui qu'ils avaient eu au bord du lac. Et il sentit qu'elle songeait à la même chose.

Il lui tapota la main.

— Nous ferions mieux d'aller dans le salon, suggéra-t-il.

Il était très facile de se sentir heureuse, découvrit Katherine au cours de la semaine suivante, quand on avait sa propre maison, que celle-ci était pleine d'invités, que c'était l'été, et que tout le monde avait quantité de distractions à sa disposition.

Il était facile de se sentir heureuse quand on organisait un anniversaire, une fête et un bal, et que tout le voisinage bruissait d'excitation. Quand les invités bouillaient d'impatience également, même si la fête devait avoir lieu à la toute fin de leur séjour et qu'aucun ne semblait pressé de partir.

Il était facile de se sentir heureuse quand on avait sa famille avec soi. Son frère et sa sœur n'étaient pas les seuls dont elle appréciât la compagnie. Elle était charmée par l'enthousiasme de Charlotte, et aimait beaucoup se promener ou bavarder avec l'oncle de Jasper, qui évoquait son enfance à Cedarhurst et son frère aîné, le père de Jasper.

Mais son plus grand bonheur, c'était d'avoir Margaret auprès d'elle. De lui montrer comme elle tenait sa maison, comme elle recevait bien, comme elle organisait bien les festivités à venir. Et puis de s'asseoir avec elle dans sa chambre pour parler, tout simplement, comme autrefois.

— Es-tu heureuse, Katherine ? lui demanda Margaret à l'une de ces occasions. Oh, je sais que tu profites pleinement de ces semaines de fête, et que Jasper et toi éprouvez de l'affection l'un pour l'autre. Mais cela suffira-t-il ensuite ? Katherine… je ne sais trop comment te le demander. Seras-tu heureuse ?

Katherine, qui était assise sur le lit, remonta les genoux contre la poitrine.

— Margaret, dit-elle, je l'*aime*.

C'était la première fois qu'elle le disait à voix haute. Elle avait pourtant essayé de ne pas même le *penser* depuis la scène du lac.

— Je sais, fit sa sœur en souriant. Et lui, t'aime-t-il ? Il me semble que oui, mais, avec les hommes, on ne sait jamais vraiment, n'est-ce pas ?

— Il m'aimera, affirma-t-elle.

Elle y croyait presque. Lorsqu'ils plaisantaient, qu'ils riaient ensemble, qu'ils échangeaient des absurdités. Quand il faisait cette drôle de petite moue en la regardant. Quand il lui prenait la main, mêlait ses doigts aux siens, et tenait son bras serré contre son flanc. Alors, et même s'il cherchait avant tout à faire bonne impression devant leurs invités, il lui arrivait de croire qu'un jour il l'aimerait.

De toute façon, *aimer* n'était qu'un mot. Elle n'exigerait jamais qu'il l'emploie. Et elle ne se permettrait jamais de se sentir rejetée ou mal aimée s'il ne le prononçait pas. Mais elle *saurait*. Le jour où il l'aimerait, elle le saurait.

Le jour où ?

Pas *si* ?

Il lui arrivait, lorsqu'elle était optimisme, d'utiliser la première formule. Mais c'était la seconde qui prévalait le plus souvent.

— Et toi, Margaret ? demanda-t-elle.

— Quoi, moi ? répliqua sa sœur en souriant. J'ai été très heureuse de rentrer à Warren Hall. Mais malgré la présence de Charlotte et de Mlle Daniels, tu m'as manqué.

— Et le marquis d'Allingham ? risqua Katherine. Tu l'as revu après mon départ de Londres ?

— Il m'a emmenée au parc en voiture le lendemain de ton mariage. Mais nous sommes rentrés à Warren Hall le jour suivant.

— Il t'a dit quelque chose ?

— Tu veux savoir s'il m'a demandée en mariage ? Non. N'oublie pas que j'ai déjà refusé une fois.

— Mais c'était il y a plus de trois ans, fit valoir Katherine.

— Nous sommes amis, expliqua Margaret. Nous nous apprécions mutuellement, rien de plus.

Elle n'insista pas. Mais elle ne laissait pas de s'interroger sur les sentiments de sa sœur. Elles avaient beau être proches, la différence d'âge entre elles demeurait, et elle avait toujours eu conscience de ne pas être la confidente de prédilection de son aînée. Mais Margaret se confiait-elle à quiconque ? Plus jeunes, elle s'entendait très bien avec Vanessa, mais les mariages de celle-ci – d'abord avec Hedley Dew, et maintenant avec Elliott – les avaient quelque peu éloignées.

— Il paraît que Vanessa doit emmener les enfants passer quelques semaines à Rundle Park pour que sir Humphrey et lady Dew les voient, dit-elle à Margaret.

— Ils l'ont toujours énormément aimée. Ils étaient sincèrement heureux pour elle quand elle a épousé Elliott. Ils lui ont assuré qu'elle resterait toujours leur belle-fille et qu'ils considéreraient ses enfants comme leurs petits-enfants.

Elles échangèrent un sourire.

— Je vais l'accompagner, lui apprit Margaret. Je m'installerai dans notre chaumière de Throckbridge avec Mme Thrush. Je serai contente d'y séjourner un peu et de revoir nos amis d'autrefois.

— Salue bien tout le monde pour moi, la pria Katherine. Je suis bien désolée qu'il n'y ait personne ici pour toi. Les amis de Charlotte sont très jeunes. Nous nous disions que M. Gladstone, qui est un peu plus mûr que les autres, s'intéresserait peut-être à toi, mais sir Nathan Fletcher a l'air de vouloir te monopoliser – et il est à peine plus vieux que Stephen.

Margaret s'esclaffa.

— C'est un garçon charmant, plein d'enthousiasme. Je suis très flattée de ses attentions. Je l'aime beaucoup – de même que j'aime beaucoup les autres invités. C'est un bon groupe, très joyeux, et le mérite vous en revient en grande partie, à Jasper et à toi. Vous savez nous distraire merveilleusement.

La présence de Stephen à Cedarhurst était aussi une joie. Il était extrêmement populaire. Les jeunes gens avaient tout naturellement tendance à le laisser prendre les rênes et les jeunes filles le regardaient avec une adoration à peine déguisée. Si Katherine le lui avait fait observer, il aurait simplement répondu que c'était parce qu'il était comte, et que les gens étaient souvent éblouis par les titres de cette importance. Mais il y avait plus que cela. Il émanait de lui une sorte de… quoi ? Charisme ? Quoi qu'il en soit, il y avait dans la personnalité même de son frère quelque chose qui attirait tout le monde.

Charlotte avait sa préférence, et réciproquement. Même si tous les invités se mêlaient, c'était presque toujours à côté d'elle que Stephen s'asseyait, marchait ou chevauchait.

Il était facile de se sentir heureuse durant ces deux semaines. Et lorsqu'une petite appréhension la gagnait quant à ce qui arriverait ensuite, quand leurs invités seraient partis, l'excitation retombée et que la vie aurait repris son cours, Katherine la chassait avec fermeté. Ce moment viendrait bien assez tôt, et elle y ferait face en temps voulu.

En attendant, elle rêvait que Jasper pût l'aimer un jour – quand bien même il ne le lui dirait jamais.

Jasper n'avait jamais vu Cedarhurst aussi animé, même si les domestiques lui assuraient que, du temps de son père et de son grand-père, on recevait énormément et que, parfois, toutes les chambres étaient occupées.

Enfant, il n'avait pas le droit de parler de son père. Curieusement, c'était un ordre auquel il avait obéi – peut-être parce qu'il ne voulait pas en apprendre davantage sur son compte que ce qu'il savait déjà. Et peut-être parce que l'on avait également interdit aux domestiques de prononcer son nom. Il s'étonna donc de l'entendre évoquer.

Cela se produisit un matin, plus d'une semaine après le début de la partie de campagne, quand il descendit à la cuisine où il espérait trouver Katherine. Elle n'y était pas, mais il était resté dévorer deux petits cakes aux raisins tout frais sortis du four. C'est alors que quelqu'un parla de la fête et qu'un autre rappela que c'était son père qui avait organisé la dernière.

— Est-ce qu'il y a seulement assisté ? s'enquit Jasper. C'était un bon à rien, non ?

À ces mots, Mme Oliver brandit l'ustensile qu'elle avait à la main – en l'occurrence un couteau à découpe ! – et le lui pointa droit sur le cœur, à moins d'un mètre.

— J'ai assez entendu de ces bêtises-là du vivant de M. Wrayburn, gronda-t-elle, paix à son âme. Mais ce n'est pas parce que M. Wrayburn préférait la Bible et les sermons au vin et à la danse que tous ceux qui aiment s'amuser un peu de temps en temps sont une incarnation du diable. Vous n'étiez pas le diable, vous-même, milord, même si vous avez donné des cheveux blancs à tous ceux qui vous aimaient. Et votre père non plus, même s'il aimait bien le vin, la fête et, oui, les femmes avant d'épouser votre mère. Au moins, de son temps, il y avait des rires dans cette maison – et Dieu sait qu'il n'y en a plus eu beaucoup après sa mort. Et personne ne pourra jamais me faire croire que le bon Dieu n'aime pas que l'on s'amuse à l'occasion. Alors, si lady Monford – Dieu la bénisse – veut ressusciter les rires et même un peu de folie dans cette maison, eh bien, je dis bravo.

Elle s'aperçut alors qu'elle agitait une lame sous le nez de son maître et eut la bonne grâce de la baisser. Elle avait les joues empourprées et le souffle court.

— Nous aussi, nous disons tous bravo, renchérit Couch. Pardon, milord, d'avoir exprimé une opinion en votre présence sans vous en avoir demandé la permission.

— Vous ne vous en êtes jamais privé quand j'étais gamin, lui répondit Jasper. Je crois me rappeler que je n'en pouvais plus d'entendre votre opinion, Couch.

— Eh bien, fit le majordome, un peu confus, quand on attache la perruque du valet de pied au dossier de sa chaise alors qu'il s'est endormi dans l'entrée, quand on descend la cascade en habits du dimanche et qu'on les déchire, on s'expose à entendre mon opinion, milord.

— Donnez-la-moi donc de nouveau, le pria Jasper en s'asseyant sur un banc à la grande table de la cuisine et en s'emparant d'une pomme. Parlez-moi de mon père.

Ils lui en parlèrent longuement – non sans avoir d'abord échangé un regard inquiet à l'idée de rompre une règle édictée par un mort. Le second mari de sa mère avait durablement marqué les esprits, semblait-il.

Mais Jasper ne pouvait rester dans la cuisine indéfiniment. Charlotte avait emmené les invités visiter l'église – où ils ne passeraient sans doute que peu de temps, devinait-il –, puis prendre un rafraîchissement à l'auberge. De son côté, il avait promis de faire faire le tour de la galerie à lady Hornsby et à Dubois et sa femme, et de leur raconter l'histoire de sa famille et de Cedarhurst. Son oncle devait se joindre à eux.

Il espérait que Katherine serait présente, c'est pourquoi il la cherchait. Ne la trouvant pas, il en déduisit qu'elle assistait encore à une réunion de comité au village.

La sortie matinale n'ayant nullement fatigué les jeunes gens, il fut décidé que l'après-midi serait consacré à une promenade autour du lac. Ils y étaient déjà descendus plusieurs fois pour pique-niquer, longer la rive la plus proche de la maison, ou canoter, mais n'avaient pas encore trouvé le temps d'en faire le tour, ni d'emprunter le chemin creux.

— C'est vraiment très joli, de l'autre côté, assura Charlotte. Où que l'on soit, la vue est magnifique. Et il y a plusieurs endroits où s'asseoir et se reposer. Mais nous garderons le chemin creux et les collines pour un autre jour.

— Je suis d'accord, dit Mlle Fletcher. Mes chaussures seront usées avant que je rentre chez moi, sans parler de mes pieds.

— Permettez-moi de vous escorter, mademoiselle, la pria Thane d'une voix qui n'avait pas fini de muer. Ainsi, vous pourrez vous appuyer à mon bras.

— Oh, merci, monsieur Thane, répondit-elle en rougissant tandis que la cadette des demoiselles Dubois se mettait à glousser.

Pourquoi diable les jeunes filles gloussaient-elles autant ? Et plus encore quand elles étaient entre elles – surtout s'il y avait des jeunes gens à proximité ? s'interrogea Jasper, qui les écoutait néanmoins avec une indulgence amusée.

— Mademoiselle Huxtable, me ferez-vous l'honneur de vous promener avec moi ? demanda le jeune Fletcher.

Bien qu'il ait six ans de moins qu'elle, le malheureux garçon souffrait d'un sérieux béguin pour Margaret.

— Avec plaisir, fit-elle en lui souriant gentiment.

— Et nous, Jasper, s'enquit Katherine, irons-nous de l'autre côté du lac ? C'est la promenade que nous n'avons pas encore faite.

Toutes les têtes se tournèrent vers elle, puis vers lui, comme si sa réponse était d'une extrême importance pour tous. Personne n'avait oublié les circonstances de leur mariage, bien sûr. Et depuis une semaine, tout le monde les observait.

— Mais certainement, ma chérie, répondit-il. Surtout si j'ai le bonheur de vous avoir à mon bras.

21

Ils traversèrent la pelouse jusqu'à l'embarcadère, contournèrent la berge herbeuse du lac sur la gauche pour pénétrer sous les arbres, de l'autre côté, et emprunter le début du chemin creux. Parfois, les arbres se resserraient, offrant une ombre bienvenue, parfois ils s'écartaient, leur permettant d'admirer la vue sur l'eau et la maison. Un raidillon montait à la chaumière qui se trouvait en haut de la berge la plus escarpée, là où se trouvait la cascade.

Lady Hornsby et Mme Dubois étaient restées dans le jardin des parterres. M. Dubois s'était rendu au village avec M. Finley qui voulait revoir de vieux amis. Hormis eux, tout le monde était allé se promener, y compris Mlle Daniels et le révérend Bellow.

À force de s'arrêter pour admirer le panorama ou s'asseoir sur les bancs disposés à cet effet pour bavarder, il fallut près d'une heure pour atteindre la cascade.

— Je suis bien conscient, dit Jasper à Katherine tandis que Mlle Fletcher et Mlle Hortense Dubois tendaient une main prudente sous la chute d'eau – dont la température glaciale leur tira des cris –, que cette partie de campagne est pour Charlotte, et que tous ces jeunes s'amusent énormément. Mais moi qui suis plus âgé, je m'ennuie à périr. Pas vous ?

— Pas du tout, assura-t-elle. J'apprécie beaucoup nos invités, le cadre est ravissant et le temps, parfait. Mais j'imagine qu'une course en carrick jusqu'au bout du monde serait plus à votre goût.

— Si vous m'accompagniez. Le feriez-vous ?

— Je crains que non. Je n'ai aucune envie de me rompre la nuque.

— Peureuse.

— En outre, il pleuvrait certainement à un moment ou à un autre et mon joli chapeau serait perdu.

— Pas de course jusqu'au bout du monde, dans ce cas, fit-il dans un soupir. Que diriez-vous de nous éclipser un instant dans les collines à la place ? J'aimerais vous montrer quelque chose.

— N'ai-je donc pas tout vu il y a deux semaines ? s'étonna-t-elle tandis que Charlotte criait à son tour, que Thane rugissait et que quelqu'un faisait savoir à la cantonade que sa manche était trempée, déclenchant un éclat de rire général.

— Non, répondit-il en lui tendant la main. Venez avec moi. Nous ne manquerons à personne. Ces jeunes gens sont bien trop occupés à flirter. Et Mlle Daniels et le révérend sont là pour s'assurer qu'ils ne montrent pas trop d'enthousiasme dans ce domaine.

— Cela ne se fait pas d'abandonner ainsi nos invités, non ?

Mais c'était une protestation pour la forme. Katherine ne résista pas quand il l'entraîna en direction de la fourche dont une branche descendait vers la plage tandis que l'autre remontait dans les collines. Il prit la seconde.

Il était trop agité pour avancer à l'allure d'escargot du groupe. Depuis des heures, ses pensées se bousculaient dans son esprit, et il éprouvait un grand besoin de calme et de paix.

Ils marchaient d'un bon pas, malgré la côte, et atteignirent bientôt le vieux hêtre à la limite des rhododendrons. Il s'arrêta et s'adossa au tronc sans lâcher la main de Katherine.

— Essoufflée ? lui demanda-t-il.

Il l'entendait respirer fort. Mais elle se tourna pour admirer la vue qui, il faut bien le dire, était splendide. Elle donnait sur les paddocks et le potager derrière la maison puis, au-delà, sur le jardin des parterres, les pelouses, la grande allée et, au loin, le village et le patchwork des champs. Il suffirait de monter un peu plus haut pour voir la mer, avait-il toujours imaginé. Il avait essayé de grimper à l'arbre, une fois, mais s'était foulé la cheville et le poignet et, pire, avait éraflé une paire de bottines presque neuves. Même en unissant leurs efforts et leurs talents, les domestiques n'avaient pas réussi à couvrir cette désobéissance.

Katherine et lui avaient plutôt bien réussi à jouer la comédie devant leurs familles respectives et leurs invités. Cependant, en privé, il subsistait entre eux une certaine réserve, conséquence de sa conduite imbécile au bord du lac. Elle devait le trouver minable, car il ne lui restait que quelques jours à peine pour gagner son pari et, ces derniers temps, il n'avait fait aucune tentative en ce sens.

— Venez, dit-il quand ils eurent repris leur souffle.

Il quitta le chemin pour s'enfoncer entre les arbres. Presque en haut de la colline, ils débouchèrent dans une clairière si bien cachée que, à sa connaissance, personne n'en avait découvert l'existence. Couverte d'une herbe grasse et de fleurs sauvages, entièrement ceinte par les arbres, on aurait dit une prairie miniature. Lorsqu'il venait là, il avait toujours l'impression de pénétrer dans un autre monde où il était absolument seul et où les ennuis et le temps ne comptaient plus.

— C'était ma cachette la plus secrète quand j'étais enfant, révéla-t-il en s'arrêtant à la lisière. J'y venais très souvent, hiver comme été.

Il avait craint qu'elle n'ait disparu. Cela faisait des années qu'il n'y était pas retourné.

— Au début du printemps, le sol se couvre de perce-neige. Puis ce sont les jacinthes des bois qui prennent le relais, comme si un morceau de ciel bleu s'était caché dans les bois. Si seulement vous pouviez la voir au printemps.

— Je la verrai, dit-elle doucement. L'année prochaine. Et celle d'après. Je vis ici, Jasper.

Il sut à sa voix qu'elle le comprenait. Et se sentit à la fois idiot et reconnaissant.

Une grive, qu'ils devaient avoir dérangée, s'envola dans un bruissement d'ailes. Katherine leva la tête pour la suivre du regard.

— Moi aussi, confia-t-elle, j'ai toujours eu mes petits coins secrets. Mais jamais un qui soit aussi retiré ni aussi beau que celui-ci.

Jetant un coup d'œil à l'autre bout de la clairière, il fut surpris et soulagé de découvrir que, bien sûr, elle était toujours là. Une grande pierre plate à flanc de colline, qui lui arrivait au genou quand il était enfant.

— Ah, fit-il, la pierre est toujours là. Ma pierre à rê…

Il s'interrompit abruptement.

— Votre pierre… ?

— Rien, lâcha-t-il en haussant les épaules.

— Votre pierre à rêver ?

Seigneur ! Elle avait deviné. Sa pierre à rêver.

— Une bêtise de gamin, assura-t-il en s'éloignant pour aller l'examiner de plus près.

Elle était couverte de mousse et de brindilles qu'il balaya du plat de la main.

— Ici, se rappela-t-il, j'étais commandant de mon bateau, seigneur de mon château, pilote de mon tapis volant. Je pourfendais dragons, chevaliers ennemis et méchants de toute sorte. Invincible, j'étais mon héros préféré.

— Comme nous le sommes tous dans nos rêves d'enfant. Comme nous avons *besoin* de l'être. Nos jeux nous donnent le courage de grandir et de vivre la meilleure vie d'adulte dont nous soyons capables.

Était-ce son père, le pasteur, qui lui avait enseigné cela ?

Il posa un pied botté sur la pierre.

— Parfois, je m'allongeais simplement, et je contemplais le ciel.

— Vous vous envoliez dans le sillage des nuages, devina-t-elle. Pourtant, vous vous êtes moqué de moi quand je vous ai dit que je rêvais de voler vers le soleil.

— J'étais un gosse, répondit-il en reposant le pied sur le sol. Je ne savais rien. C'est ici que nous devons vivre, Katherine. Et même pas ici, dans cette clairière, ou dans des lieux identiques. Non, ici, dans le monde, où les rêves ne signifient rien.

— Il faudrait pouvoir faire les deux. Nous avons besoin à la fois de nos repaires secrets, de nos rêves *et* de notre vie dans le monde, où nous agissons les uns sur les autres, en bien ou en mal.

Il fallait qu'il se dépêche de trouver quelque chose pour la taquiner. Il n'avait pas l'habitude des conversations sérieuses. Et il était trop à vif pour en soutenir une maintenant. Pourquoi, alors, l'avoir amenée ici ? Il aurait aussi bien pu y venir seul.

Il n'avait jamais montré cet endroit à personne.

Elle monta sur la pierre, balaya la clairière du regard puis s'assit. Elle ôta son chapeau, le posa près d'elle et enserra ses genoux entre ses bras avant de lever le visage vers le ciel.

Il y a quelques semaines, elle portait une robe citron et bleu assortie au lac et au soleil. Aujourd'hui, elle avait une robe vert pâle, comme si elle avait deviné qu'ils viendraient ici – tantôt déesse du soleil, tantôt nymphe des bois.

Le désarroi se peignit d'un coup sur son visage.

— Je suis désolée, murmura-t-elle. J'empiète sur ce qui est à vous, n'est-ce pas ?

— Mais vous aussi êtes à moi, non ? repartit-il en souriant.

Il s'installa à son tour sur la pierre, les jambes croisées. Au bout de quelques instants, il se débarrassa de son chapeau et de sa veste qu'il étendit derrière lui. Puis il s'allongea, laissant suffisamment de place à Katherine pour qu'elle puisse l'imiter si elle le désirait.

Cela ne marchait pas. Elle n'avait pas répondu à sa provocation sur le thème de la propriété, et il ne trouvait rien d'autre à dire pour la taquiner.

Elle le regarda, plongea les yeux dans les siens, puis s'étendit à son tour, la tête à côté de la sienne sur sa veste. Il se détendit. Il était en sécurité, ici. Il avait toujours eu cette illusion - car c'en était une, bien sûr. Il avait toujours dû rentrer à la maison, au bout du compte, et répondre à un interrogatoire : où était-il ? pourquoi s'évertuait-il à causer autant d'inquiétude à sa mère en disparaissant ainsi ? pourquoi n'avait-il pas fait ses devoirs ni appris ses versets bibliques ? pourquoi ses vêtements étaient-ils aussi sales ? pourquoi...

Bah.

Son corps se détendait, mais ses pensées continuaient de galoper sans qu'il puisse les arrêter. Et il ne trouvait toujours rien à dire pour la faire rire ou déclencher une repartie spirituelle.

Il n'était plus du tout lui-même. Il aurait dû venir seul.

— Il adorait Rachel, vous savez, lâcha-t-il brusquement.

En s'entendant prononcer ces mots à voix haute, il se sentit idiot.

— M. Gooding ? demanda-t-elle après un bref silence. Ne devriez-vous pas employer le présent ?

Lors de notre déjeuner de mariage, il m'a semblé que...

— Mon père, la coupa-t-il. Elle avait plus d'un an quand il est mort, et il l'adorait. Il la portait dans toute la maison, à la grande consternation de sa nurse.

Katherine demeura silencieuse.

— Et il était tout excité à la perspective de ma naissance, poursuivit-il. Il était à la chasse avec des amis le jour où il est mort. Il faisait la fête avec eux, après que la pluie s'était mise à tomber, quand on est venu lui annoncer que ma mère avait des douleurs. Il rentrait à bride abattue lorsqu'il a sauté cette haie au lieu de faire un détour de dix secondes pour passer par la barrière. Il n'a peut-être même pas vu qu'elle était ouverte. Et c'est ainsi qu'il est mort... Les douleurs n'étaient pas des contractions. Je n'ai fait mon apparition qu'un mois plus tard.

Il sentit la main de Katherine dans la sienne. L'avait-il prise, était-ce elle qui avait pris la sienne ? Quoi qu'il en soit, il la serrait assez étroitement.

Il se sentait plus stupide encore que tout à l'heure. Il se tourna vers elle et lui adressa un sourire moqueur tout en desserrant son étreinte.

— C'est aussi bien qu'il soit mort à ce moment-là. Son deuxième enfant l'aurait bien déçu, convenez-en, Katherine.

— Pourquoi parlez-vous de ces choses comme si vous veniez de les découvrir ?

— Parce que c'est le cas. J'ai bavardé avec les domestiques ce matin, lorsque je suis allé à la cuisine dans l'espoir de vous y trouver, et ils m'ont raconté toutes sortes de choses que j'ignorais. Nous n'avions même pas le droit de prononcer le nom de mon père, vous savez.

— Pourquoi ?

— Parce que c'était un débauché, un libertin, un fils de Satan. Quand la vertu est entrée dans cette maison sous les traits du second mari de ma mère, il a fallu oublier son influence une fois pour toutes. Pour le bien de nous tous, la famille et les domestiques. Tout compte fait, il n'aurait peut-être pas été déçu. Il aurait peut-être vu en moi son digne successeur. Qu'en dites-vous ?

Elle ignora son cynisme.

— Ainsi, on ne vous a jamais parlé de votre propre *père* ? fit-elle en ouvrant de grands yeux.

— Au contraire, on m'a dit des choses sur lui presque tous les jours durant toute mon enfance. C'était l'homme dont la graine avait fait de moi un être mauvais, incapable de rachat, incorrigible et toutes sortes de choses du même ordre. J'étais semblable à lui. Tel père, tel fils. Je ne vaudrais jamais rien parce que c'était son sang qui coulait dans mes veines. Et tout le monde savait où j'irais après ma mort : droit en enfer, pour le retrouver.

— Votre mère n'avait donc pas son mot à dire ?

— Ma mère était la gentillesse même. D'un naturel placide, elle se laissait facilement dominer. Elle a toujours eu besoin qu'on lui dise quoi faire et quoi penser. Les domestiques assurent qu'elle adorait mon père. Mais après sa mort et ma naissance, elle est tombée dans une espèce de léthargie et de mélancolie qui ne se sont dissipées que quand Wrayburn a pris sa vie en main et l'a épousée. Elle l'aimait, je suppose. Elle avait aussi peur de lui. Peur de lui déplaire, en tout cas. Même après sa mort, elle n'aurait rien fait ni dit qu'il eût risqué de désapprouver.

— Elle ne vous aimait pas ? demanda-t-elle avec douceur.

— Oh, si. Sans aucun doute. Elle a beaucoup pleuré par ma faute, m'a tant supplié d'être sage et bon, et de faire tout ce que mon beau-père me disait afin d'être digne, moi aussi, de son amour.

— Et Rachel ?

— Elle a été privée de sa jeunesse parce que le mal régnait hors de nos murs et qu'une fille devait rester auprès de sa mère.

— Et Charlotte ?

— Le mauvais sang de mon père ne coulait pas dans ses veines. Et Mlle Daniels est arrivée quand elle était toute petite. Elle a sans doute eu aussi la chance d'être une fille ; il ne s'intéressait pas beaucoup à elle.

Il se sentait de plus en plus bête. Pourquoi vomissait-il toutes ces vieilles histoires ? Il ne parlait *jamais* de son enfance. Il n'y pensait même que rarement. Ce n'était certainement pas la pitié, qu'il recherchait – quelle horreur ! Il était juste surpris que les révélations de ce matin l'aient bouleversé au point d'occuper son esprit toute la journée.

Son père avait aimé Rachel. Et lui-même avant même qu'il fût né. Il était donc capable d'amour. Il était mort par amour.

Ses pensées s'emballaient. Il fut pris de vertige.

— Je crois que mon père aimait aussi ma mère. Il a cessé d'avoir des aventures dès qu'il l'a épousée.

Il se rendit compte qu'elle avait porté leurs mains jointes à ses lèvres et sentit sa bouche et son souffle sur le dos de la sienne.

— Quelques minutes avant qu'on lui annonce que ma mère commençait à avoir des douleurs, il avait porté un toast à ma santé. Garçon ou fille, cela lui était égal du moment que le bébé était vivant et en bonne santé. C'est ce qu'il a dit, même s'il souhaitait certainement un fils. Un héritier.

Elle frotta la joue sur sa main.

— Les domestiques lui étaient très attachés, même s'ils n'étaient pas aveugles et avaient conscience de ses défauts, dont l'insouciance était sans doute le plus grand.

— Ils vous sont aussi très attachés, observa-t-elle, bien qu'ils ne soient pas aveugles non plus.

— Je crois que nous aurions pu former une famille heureuse s'il avait vécu.

Allait-il bientôt arrêter de débiter ces imbécillités ? se morigéna-t-il intérieurement.

— Cela dit, continua-t-il, si les choses avaient été différentes, il n'y aurait pas de Charlotte, n'est-ce pas ? Et j'ai toujours beaucoup tenu à elle.

Diable ! Quelqu'un pouvait-il le faire taire, de grâce ?

— C'est étrange. C'est *sa* fille. Comment peut-elle m'être aussi chère ?

— Parce qu'elle est avant tout elle-même, répondit Katherine. Tout comme vous êtes vous-même.

— Katherine, arrêtez-moi, je vous en conjure. Il doit bien y avoir des cadavres dans vos placards à vous aussi. Parlez-m'en, je vous en prie.

— Il n'y en a pas, assura-t-elle. J'ai eu une vie très privilégiée. Bien sûr, j'ai connu le chagrin indescriptible de perdre ma mère quand j'étais enfant, puis mon père, à douze ans seulement. Ce furent des périodes de désespoir – le mot est faible. Mais j'ai toujours eu mes sœurs et mon frère, et aucun de nous n'a jamais douté d'avoir été souhaité ni aimé. Même lorsque Margaret a renoncé à Crispin Dew pour nous, elle ne nous a jamais fait sentir qu'elle nous en voulait un tant soit peu de ce sacrifice. Du reste, je ne l'ai appris qu'il y a quelques années, quand Vanessa m'en a parlé. J'ai toujours été si sûre de l'amour de ma famille, si protégée par cet amour, que j'ai du mal à imaginer ce que peut ressentir un enfant privé de cette assurance et de cette protection. Il ne doit rien y avoir de pire, pour un enfant, que de ne pas se sentir aimé, de ne pas se sentir digne d'amour. Cette pensée m'est insupportable.

Sa voix avait grimpé dans les aigus.

Il ne pouvait cependant blâmer les circonstances de quoi que ce fût ? D'avoir fait de lui celui qu'il était ? Ce serait ridicule et larmoyant. La situation étant ce qu'elle était, à toutes les étapes de sa vie – enfance, adolescence, âge adulte –, il avait toujours été libre de penser, de parler ou d'agir comme il l'avait fait.

Et c'était toujours le cas.

Dégageant sa main de celle de Katherine, il s'appuya sur le coude pour lui sourire paresseusement. Il était temps de se ressaisir.

— Ma triste histoire a-t-elle touché votre cœur tendre, Katherine ? s'enquit-il en la couvant d'un regard gourmand. Et en a-t-il conçu de l'amour pour moi ? Êtes-vous prête à tout avouer ? Que je suis un peu plus près de gagner mon pari ? Beaucoup plus près ? Que je l'ai déjà gagné ?

Il comprit aussitôt son erreur. Elle ne verrait pas là une façon de la taquiner gentiment. Cela ne lui rappellerait que trop ce qui s'était produit au bord du lac. Et c'était injuste, bon sang.

N'apprendrait-il donc jamais ?

Mais ce qui était dit était dit et ne pouvait se ravaler. Il ne pouvait qu'attendre sa réponse, le sourcil droit arqué, les paupières mi-closes, un demi-sourire aux lèvres.

Un sacrément beau garçon, tout de même.

Le rêve de toute femme seule qui languissait d'amour.

Ou peut-être pas.

Elle leva la main comme pour la poser tendrement sur sa joue. Au lieu de quoi sa paume s'abattit durement sur celle-ci.

22

Elle s'écarta de lui, se leva à la hâte et sauta de la pierre. Elle avait traversé la moitié de la clairière quand elle s'arrêta, de l'herbe et des fleurs jusqu'aux genoux.

De sa vie elle n'avait jamais frappé personne. Et voilà qu'elle l'avait giflé ! Sa main la brûlait encore. Son cœur battait si violemment qu'elle avait l'impression d'étouffer.

Elle fit volte-face.

— Ne me refaites jamais cela ! cria-t-elle d'une voix tremblante. *Jamais*. Vous m'entendez ?

Il s'était redressé, et palpait sa joue rougie du bout des doigts.

— Oui, je vous entends. Katherine...

— Vous m'avez fait entrer, le coupa-t-elle. Vous m'avez *invitée* à entrer, et vous m'avez claqué la porte au nez. Si vous ne voulez pas me faire de place dans votre vie, alors laissez-moi complètement en dehors, restez caché derrière votre ironie, vos yeux mi-clos et votre sourcil arqué. Mais si vous décidez de me faire une place, laissez-moi entrer tout à fait. Ne prétendez pas soudain qu'il ne s'agissait d'autre chose que de gagner un stupide *pari*.

Elle haletait.

Il la considéra un moment, les lèvres pincées. Puis il se leva, traversa la clairière, et s'immobilisa devant elle. Elle aurait voulu qu'il remette sa veste et son chapeau. Il faisait trop... mâle en manches de chemise et gilet.

— Il ne s'agissait que de quelques remarques sans importance sur ma famille, assura-t-il en haussant les épaules. Pas de quoi se mettre dans tous ses états. Je pensais qu'elles pourraient vous amuser. Non, qu'elles vous toucheraient. Et que, peut-être, vous me prendriez en pitié. La pitié n'est-elle pas à mi-chemin de l'amour ? J'ai cru que vous pourriez...

Vlan !

Dieu du ciel ! Elle avait recommencé. De la même main. Sur la même joue.

Il ferma les yeux.

— Cela fait mal, vous savez. Et je suis en position de faiblesse, Katherine. En tant que gentleman, je ne peux vous rendre la pareille.

— Vous ne savez rien – *rien !* – de l'amour, cria-t-elle. Vous avez été aimé, vous êtes aimé. Vous aimez même sans le savoir. Mais vous vous rétractez dès que cet amour menace de forcer les barrières que vous avez érigées autour de votre cœur il y a des années, de crainte de souffrir encore et encore jusqu'à ne même plus pouvoir supporter de vivre. Si vous preniez la peine d'ouvrir les yeux, vous vous rendriez compte que cette époque est révolue.

Il esquissa un sourire.

— Vous êtes encore plus belle quand vous vous mettez en colère, commenta-t-il.

— Je ne suis pas en colère, s'écria-t-elle, je suis *furieuse* ! L'amour n'est pas un jeu.

Toujours ce demi-sourire, ces yeux mi-clos dans lesquels ne brillait même pas une étincelle de malice ou d'humour !

— Qu'est-ce donc, si ce n'est pas un jeu ?

— Ce n'est même pas un sentiment, bien qu'il implique des sentiments. Ce n'est certainement pas fait uniquement de bonheur et de joie. Ni de rel...

relations charnelles, bien que je vous devine sur le point de le suggérer. L'amour est un lien avec un autre être, par la naissance ou autre chose que je ne peux même pas expliquer. Cela commence souvent par une simple attirance. Mais cela va bien au-delà. C'est la détermination à se soucier d'un autre être, quoi qu'il arrive, et de permettre à cet être de se soucier de soi en retour. C'est un engagement à rendre l'autre heureux et à être heureux soi-même. Mais l'amour n'est pas possessif. Ce n'est pas non plus une victime. Et il n'apporte pas toujours le bonheur. Il peut être douloureux, surtout si l'être aimé souffre et que l'on se sent impuissant à le réconforter. C'est le sens même de la vie. Il est fait d'ouverture, de confiance et de vulnérabilité. Oh, je sais, mon existence a toujours été facile dans la mesure où j'ai toujours été aimé sans condition. Je ne peux sans doute pas comprendre ce que c'est que de grandir en ne recevant que très peu d'amour. Mais comptez-vous laisser votre enfance gâcher toute votre vie ? Donnerez-vous ce pouvoir à votre beau-père, du fond de sa tombe ? Et puis vous avez été aimé, Jasper. Peut-être par tous, *sau*f lui. Tous vos domestiques et, je crois, tous vos voisins vous ont toujours aimé. Votre mère aussi. Charlotte vous adore. Je vais me taire, maintenant, parce que je ne sais vraiment plus ce que je dis.

Le sourire de Jasper s'était déformé. Il était tout de guingois. Et elle se rendit compte qu'une grande tension s'était emparée de lui et que, peut-être, il ne contrôlait pas tout à fait les muscles de son visage. Ses deux gifles ne l'avaient probablement pas aidé…

— Si je peux parvenir à *vous* persuader de m'aimer aussi, Katherine, ma vie serait complète. Je serai heureux à jamais. Je…

— Oh, ce pari ! J'en ai par-dessus la tête ! Je ne veux plus en entendre parler, vous comprenez ? C'est fini. *Fini*. L'amour n'est pas un jeu et je ne veux plus prétendre le contraire. Le pari est donc effacé. Nul et non avenu. Envolé. Rentrez à Londres avec vos paris stupides si vous y tenez, rejoignez vos amis stupides qui trouvent drôle de miser de l'argent pour voir si vous saurez persuader une femme qui n'a jamais rien fait pour vous offenser de... de se laisser séduire. Et de permettre même que cela se passe contre un arbre, dans un lieu public. Partez, et ne revenez jamais. Vous ne me manquerez pas.

Oh, Dieu ! D'où tout cela sortait-il ? Pourquoi avait-il fallu qu'elle reparle de cela ?

— Je pense que je ne ferai plus jamais de pari, dit-il doucement. Je vous ai fait terriblement souffrir.

Ce n'était pas une question.

— Oui, souffla-t-elle avant d'éclater en sanglots.

— Katherine...

Il la prit par les épaules. Mais plutôt que de se laisser aller contre lui et pleurer tout son saoul, elle se mit à lui frapper la poitrine des deux poings en hoquetant, la tête basse. Oh, qu'elle se sentait bête ! Pourquoi cette soudaine crise d'hystérie ? Tout cela était arrivé il y avait bien longtemps, c'était de l'histoire ancienne.

— Comment avez-vous *pu* ? haleta-t-elle. Comment avez-vous pu faire une chose pareille ? Que vous avais-je fait ?

Elle continuait de sangloter en parlant.

— Rien. Je n'ai aucune excuse, Katherine. Ce que j'ai fait est ignoble.

— Tous les messieurs de votre club ont dû être au courant.

— Un bon nombre, oui.

— Et maintenant, *tout le monde* le sait. C'est trop facile de rejeter la faute sur sir Clarence Forester.

— C'est vrai, admit-il. Tout est ma faute. Entièrement.

Elle le regarda, même si elle devinait qu'elle avait le visage rougi et bouffi par les larmes.

— Comment avez-vous pu vous faire cela à *vous-même* ? Comment se fait-il que vous ayez si peu de respect pour vous ? Si peu de considération pour la personne humaine ?

Il pinça les lèvres, mais la fixa sans ciller, les yeux grands ouverts, à présent.

— Je ne sais vraiment pas, Katherine, avoua-t-il. Je ne suis guère porté sur l'introspection.

— Et c'était délibéré de votre part, reprit-elle. Enfant, les sentiments devaient vous paraître insupportables. Vous les avez donc refusés. Mais là où il n'y a pas de sentiments, Jasper, il n'y a pas non plus de compassion. Ni envers les autres ni envers soi-même. Vous finissez par traiter les autres comme on vous a traité.

Elle s'essuya le nez d'un revers de main. Il tourna abruptement les talons et alla chercher un mouchoir dans la poche de sa veste, qu'il lui rapporta.

Elle se sécha les yeux, se moucha et le roula en boule.

— Je ne m'en irai pas, déclara-t-il quand elle le regarda de nouveau. Je suis ici chez moi et vous êtes ma femme. Ce que je vous ai fait il y a trois ans est impardonnable, mais, hélas, vous allez devoir me supporter. J'en suis désolé. Mais je ne m'en irai pas.

— Oh, Jasper, fit-elle dans un soupir, heureuse malgré elle car il n'allait pas partir. Rien n'est jamais impardonnable.

Il la considéra un moment en silence.

— Si le pari est annulé, il est annulé complètement ? Et toutes les conditions aussi ?

— Oui, répondit-elle avec un profond soulagement.

Bien entendu, elle savait à quelle condition il faisait allusion. Il ne partirait pas, mais, en l'état actuel des choses, leur mariage n'en était pas un – à cause de cette condition qu'elle lui avait imposée pendant leur nuit de noces.

Il lui avait tellement manqué... C'était absurde, si l'on considérait qu'ils n'avaient passé qu'une nuit ensemble. Et même pas une nuit complète puisqu'il avait dormi sur le canapé de leur salon privé.

— Venez me retrouver ce soir, le pria-t-elle en rougissant.

Elle laissa tomber le mouchoir et prit le visage de Jasper entre ses mains. Il portait encore la marque rouge de ses doigts sur la joue gauche. Et elle devait être à faire peur.

Il couvrit ses mains des siennes et tourna la tête d'un côté puis de l'autre pour baiser ses paumes tour à tour.

— Katherine, dit-il, vous ne pensez pas sérieusement que, après avoir entendu ce « oui » et ce « venez me retrouver ce soir », je sois prêt à attendre aussi longtemps. Vous ne pourriez exiger cela d'aucun homme, de moi encore moins que d'un autre.

— Mais tout le monde se demandera où nous sommes passés si nous disparaissons dans nos appartements à peine rentrés, objecta-t-elle. D'ailleurs...

— Katherine, murmura-t-il en s'emparant de ses lèvres.

Bien sûr, elle sut aussitôt ce qu'il avait en tête. Dans le même instant, elle perçut la chaleur du soleil, les vrombissements et les stridulations d'insectes invisibles, le chant d'un unique oiseau, la caresse de l'herbe et des fleurs autour de ses jambes. Elle sentit le parfum de son eau de Cologne, la chaleur de son corps, la douceur de sa bouche sur la sienne. Et une vague de désir la submergea tout entière.

Elle noua les bras autour de son cou et entrouvrit les lèvres.

Sans qu'elle sût trop comment, ils se retrouvèrent enlacés sur le sol. L'herbe haute ondulait autour d'eux, et il n'y eut plus que leur étreinte brûlante et passionnée, leur souffle haletant, leurs bouches et leurs mains avides. Ils ôtèrent, ouvrirent, écartèrent leurs vêtements, et elle se retrouva étendue sur le dos, lui sur elle, pesant de tout son poids, son visage au-dessus du sien, empli d'un désir aussi puissant que celui qui l'habitait.

— Katherine, chuchota-t-il de nouveau.

Il s'était débarrassé de sa cravate et de son gilet. Sa chemise blanche à demi ouverte révélait son torse musclé. Il avait commencé de déboutonner ses culottes. Son corsage descendu sous ses seins, ses jupes retroussées au-dessus de ses hanches, elle avait écarté les jambes et posé ses pieds chaussés de bas sur le cuir doux de ses bottes.

Elle enfouit les doigts dans ses cheveux chauffés par le soleil.

— Le sol fait une épouvantable couche, dit-il. Surtout pour l'acte d'amour.

— Cela m'est égal, assura-t-elle en relevant la tête pour l'embrasser, pour l'attirer à elle et en elle.

Tant pis s'il découvrait qu'il avait gagné ce pari idiot longtemps avant d'y avoir renoncé. Tant pis s'il découvrait qu'elle l'aimait. L'amour était vulnérable, elle venait de le lui dire.

Et c'était vrai.

Mais ce n'était pas une raison pour l'éviter.

— Permettez-moi de me conduire avec noblesse, fit-il avec un regard malicieux. Une fois dans ma vie.

Il bascula sur le dos sans la lâcher. Il lui avait pris les jambes dans ses mains et les avait fait plier de façon à ce qu'elle se retrouve à genoux, à cheval sur lui. Elle prit appui sur ses épaules et leva la tête pour le regarder. Lentement, il ôta les épingles de ses cheveux qui se déployèrent autour de son visage et sur ses épaules.

— Venez, souffla-t-il.

L'empoignant aux hanches, il la souleva, puis la guida sur lui. Elle sentit sa virilité s'introduire en elle. Elle se laissa descendre sur lui tout en contractant ses muscles intimes et ferma les yeux.

Elle n'avait pas mal.

Seigneur, il n'existait rien de meilleur au monde ! Et en plein air... Elle se détendit et ne se souleva à demi que pour le plaisir de redescendre et de le reprendre en elle. Encore. Et encore.

Une minute s'écoula peut-être – ou deux, ou dix – avant qu'elle se rende compte qu'il restait parfaitement immobile sous elle, qu'elle le chevauchait pour son propre plaisir. Ses mains chaudes et fermes étaient plaquées sur ses cuisses.

Elle ouvrit les yeux, croisa son regard, et comprit qu'elle le chevauchait pour son plaisir à lui aussi. Peu importait qui prenait l'initiative, le plaisir était partagé. Qu'il s'agît de l'homme ou de la femme, les amants avaient un grand pouvoir. Elle lui sourit et continua son va-et-vient. Et lui aussi esquissa un sourire en retour.

Mais une douleur la gagnait. Ou plutôt un pincement qui menaçait de devenir douleur. Et un besoin irrépressible de continuer à se soulever, pour s'empaler de nouveau sur cette douleur.

D'une main glissée derrière la tête, il la fit s'incliner, d'abord jusqu'à sa bouche, puis sur son épaule. Il lui saisit fermement les fesses et la maintint un peu au-dessus de lui tandis qu'il allait et venait enfin en elle, plus fort, plus vite. Et soudain, il la fit redescendre sur lui et s'immobilisa, si abruptement qu'elle explosa sans prévenir dans un long cri.

Les insectes continuaient de striduler. L'oiseau devait s'être posé sur une branche non loin d'eux et chantait à tue-tête à présent. Un brin d'herbe ou la tige d'une fleur lui chatouillait l'oreille. Elle percevait les parfums de la nature qui se mêlaient à celui de son eau de Cologne.

Il lui avait étendu les jambes de part et d'autre des siennes. Elle sentait de nouveau le cuir de ses bottes sous ses pieds, à travers ses bas. Elle n'aurait eu aucun mal, vraiment aucun mal à s'endormir.

Il lui embrassa la tempe.

— Je vous aime, murmura-t-il.

Quelques instants, elle se délecta de la caresse de ces mots si doux. Et elle sourit.

— Inutile de le dire, fit-elle. Ce ne sont que des mots.

— Trois mots, confirma-t-il, que je n'avais encore jamais associés. Voyons si j'y arrive encore. Je vous aime.

Elle croisa les bras sur son torse et se redressa légèrement pour le regarder.

— C'est inutile, répéta-t-elle. Ce ne sont bel et bien que des mots, Jasper. Vous m'avez dit que vous ne me quitteriez pas. Nous avons repris le cours de notre mariage. Peut-être aurons-nous bientôt un enfant et fonderons-nous une famille pour de bon. Nous resterons ici presque toute l'année, et nous en ferons notre foyer. Nous nous efforcerons de faire de notre mariage une union qui nous apporte à tous deux de la satisfaction – ainsi qu'un peu de plaisir. Cela suffira, je vous assure. Ne vous croyez pas obligé de dire...

— Je vous aime ? la coupa-t-il.

— Oui. Cela. Ce n'est pas nécessaire.

— Ainsi, vous ne pouvez pas me le dire ?

— Pour vous entendre me répondre que vous avez fait semblant d'accepter d'annuler notre pari ? Pour vous entendre crier victoire ? Non, en effet, je ne peux pas. Vous n'entendrez jamais ces mots dans ma bouche, Jasper.

Elle lui décocha un sourire radieux, et il feignit une moue boudeuse qui la fit rire.

— Katherine, dit-il, recouvrant soudain son sérieux. Je suis sincèrement désolé de ce qui s'est passé à Vauxhall. Les excuses même les plus plates semblent dérisoires, mais...

Elle le fit taire d'un doigt sur les lèvres.

— Vous êtes pardonné, assura-t-elle. C'est fini.

Il lui baisa le doigt.

Et, tout à coup, elle fut prise de panique. Depuis combien de temps étaient-ils ici ? Depuis combien de temps avaient-ils faussé compagnie aux autres près de la cascade ?

— Jasper, gémit-elle en roulant sur le sol à côté de lui et en essayant de remonter son corsage tout en rabattant ses jupes, où avons-nous la tête ? Tout le monde doit être rentré à la maison et attendre le thé, et il n'y a ni maître ni maîtresse de maison en vue.

— Charlotte se fera une joie de jouer les hôtesses, assura-t-il. Personne ne va mourir de soif ni de faim. Et s'ils croient que notre absence est celle de deux amoureux qui ont perdu la notion du temps, non seulement ils ne se tromperont pas, mais ils seront charmés. Imaginez ce qu'ils auront à raconter aux commères à leur retour.

— Mes cheveux ! s'exclama-t-elle effarée. Je n'ai ni brosse ni miroir. Comment voulez-vous que je me recoiffe convenablement ? Il va falloir que je cache tout cela sous mon chapeau.

— Certainement pas, répliqua-t-il en se levant et en se rajustant avant d'aller jusqu'à la pierre.

Il remit son chapeau un peu de biais, ce qui lui donnait un air canaille, ramassa la capeline de Katherine dont il enroula les rubans autour de son poignet, puis, sa veste sur l'épaule, il tendit sa main libre à sa femme.

— Vos cheveux sont magnifiques tels qu'ils sont, ajouta-t-il. Vous n'aurez qu'à monter directement dans votre chambre dès que nous serons rentrés pour que votre femme de chambre vous recoiffe.

Elle haussa les épaules et lui prit la main. Elle était trop heureuse pour discuter, même si elle espérait que personne ne la verrait avant qu'elle ait pu remettre un peu d'ordre dans sa toilette. Elle se sentait délicieusement léthargique après leur étreinte. Toute tendre à l'intérieur, là où elle l'avait accueilli.

Ils rentrèrent main dans la main, sérieusement ébouriffés et chiffonnés. Restait à espérer qu'ils ne croiseraient personne. Le mieux, d'ailleurs, serait de rentrer par une porte de côté.

Hélas, tandis qu'ils remontaient la pelouse et approchaient des écuries, Katherine remarqua une voiture qui s'engageait dans l'allée. Une voiture imposante qui n'appartenait à aucun de leurs voisins, elle en était sûre.

Elle étreignit la main de Jasper. Il était plus que jamais impératif d'emprunter une porte de service.

Hélas, il y avait deux personnes sur la terrasse : l'oncle Stanley et M. Dubois. Et ils les avaient visiblement repérés. La voiture tourna non loin d'eux. Ses occupants aussi devaient les avoir vus.

Il était trop tard pour se cacher.

— Mon Dieu, gémit-elle, au désespoir, qui cela peut-il être ? Vous attendez quelqu'un ?

Mais la portière de la voiture s'ouvrait déjà et le cocher aidait quelqu'un à descendre.

Lady Forester !

Suivie de près par sir Clarence Forester.

— Nom de Dieu ! tonna Jasper.

Katherine aurait pu tourner les talons et s'enfuir s'il ne lui avait serré la main plus fermement encore et ne s'était avancé avec elle. Mais il s'arrêta net quand le cocher se tourna pour aider une troisième personne à descendre.

Il s'agissait d'un vieux monsieur que Katherine ne connaissait pas.

— Bon sang de bon sang ! s'exclama Jasper. Qu'est-ce que ça veut dire ?

23

Que diable fabriquait Seth Wrayburn en compagnie de lady Forester et de Clarence ?

— Restez poli, Jasper, murmura Katherine. Je vous en supplie, restez poli.

Après ce que ces deux créatures lui avaient fait subir, à elle ? Dieu du ciel, Seth Wrayburn ! Lui qui ne franchissait jamais le seuil de sa maison de Londres était venu dans le *Dorsetshire*, avec lady Forester et Clarence qui plus est !

Jasper se ressaisit. Qu'est-ce qui, mieux que la politesse, pourrait déstabiliser ces deux vautours ?

— Madame, monsieur, Clarrie, lança-t-il gaiement. Quel plaisir inattendu !

N'importe quel imbécile se serait rendu compte, bien sûr, qu'il était tout sauf heureux de les voir.

— Plaisir pour vous peut-être, Montford, rétorqua Wrayburn sans faire d'effort pour sourire ou pour dissimuler son irritation. Pour moi, c'est un déplaisir certain que d'avoir été traîné à travers la moitié de l'Angleterre sur des routes dans un état lamentable et d'avoir dû écouter des gens me *parler* durant tout le voyage.

Il fronça les sourcils d'un air féroce.

— Jasper, nous sommes venus chercher notre chère Charlotte, commença lady Forester, afin de l'emmener dans un foyer où l'on veillera convenablement sur elle en attendant qu'elle fasse son entrée dans le monde. Nous sommes ici...

— Si vous prononcez encore un mot de vos monologues appris par cœur, Prunella, l'interrompit son oncle, je vous jure que je fais venir une chaise de poste et que je rentre à Londres séance tenante. Et, tous autant que vous êtes, vous trouverez ma porte irrémédiablement close jusqu'à la fin de mes jours. Montford, nous sommes venus régler la question de Charlotte une bonne fois pour toutes. Prunella et Clarence soutiennent que cette maison est indigne. Des mouches en automne, ces deux-là. Vous avez beau les chasser, ils vous tournent autour sans relâche. Je suis donc ici pour me rendre compte de la situation par moi-même. Je prendrai ensuite une décision, puis je rentrerai chez moi et j'espère bien ne jamais vous revoir. Aucun d'entre vous.

— Monsieur, fit Jasper qui sentait sa bonne humeur revenir, permettez-moi de vous présenter lady Montford. Katherine, voici le grand-oncle de Charlotte, M. Seth Wrayburn.

Katherine fit la révérence et Wrayburn la considéra d'un air farouche. Elle était plus belle encore que d'ordinaire dans sa robe froissée, avec ses cheveux défaits dans lesquels un brin d'herbe était resté accroché. Elle avait aussi l'air de quelqu'un qui vient de se faire culbuter dans le foin.

— Et avez-vous fait la connaissance de Stanley Finley, le frère de mon père, et de M. Dubois ? poursuivit Jasper.

— Une maison indigne ? gronda l'oncle Stanley, ignorant les présentations. Une maison *indigne*, alors que le fils de mon frère la dirige avec sa jeune épouse qui est la sœur du comte de Merton ? Indigne en quoi, je vous prie ?

Il s'était tourné d'un air menaçant vers lady Forester et Clarence.

— Où était Charlotte, demanda celle-ci d'un ton plein de sous-entendus, pendant que son frère et sa jeune épouse étaient occupés à leurs… ébats ?

Elle les enveloppa d'un regard de mépris hautain.

— Et où sont tous les invités, notamment les messieurs ? ajouta-t-elle.

— Ils prennent le thé au salon, je crois, madame, répondit-elle. Tous les très jeunes gens s'y trouvent certainement, avec Mlle Daniels pour chaperon. Mme Dubois et lady Hornsby, qui ont accompagné leurs filles, sont avec eux. Vous devez être tous bien las après ce long voyage. Permettez-moi de vous offrir un thé pendant que l'on prépare vos chambres. Et bienvenue à Cedarhurst.

— Je suis surprise, lady Montford, que vous soyez prête à vous montrer dans le salon, devant vos invités, vu votre apparence, observa lady Forester.

— Elle est en effet presque trop charmante, madame, intervint Dubois. Je suis de votre avis. Cela dit, mon épouse et moi-même avons été charmés par la beauté de toutes les jeunes personnes ici présentes et impressionnés par les manières et la bonne éducation des jeunes gens. Quelle excellente idée de les avoir tous réunis ici afin qu'ils s'amusent un peu ! Les très jeunes sont souvent bien seuls, et la vie peut leur apparaître d'un ennui mortel.

— Ce qui fait de cette maison une maison indigne, intervint Clarence qui, comme d'habitude, aurait mieux fait de se taire, c'est que tout le monde sait que le mariage de Jasper est une imposture, qu'il n'a fait que se plier aux exigences de la société. Et qu'il a épousé une petite arriviste peu farouche.

C'en était trop !

Lâchant la main de Katherine, Jasper s'avança jusqu'à ce que le bout de ses bottes touche presque celui de celles de Clarence qui ne pouvait reculer puisque la voiture était juste derrière lui.

— Clarrie, commença-t-il de cette voix suave qui n'augurait rien de bon, tu n'es qu'une misérable vermine et j'aurai quelques comptes à régler avec toi le moment venu. Hélas, la bienséance veut que ce ne soit pas maintenant ! En attendant, tu vas présenter tes plus plates excuses à ma femme afin que nous puissions entrer dans la maison et vous recevoir, ta mère et toi, comme tous nos invités.

— Excusez-vous tout de suite, Forester, renchérit l'oncle Stanley, si vous ne voulez pas que je vous enfonce vos dents dans la gorge.

— Dépêchez-vous, Clarence, insista Wrayburn plus irrité que jamais. Je veux mon thé, même si je suis obligé de le prendre dans une pièce pleine de gens très jeunes – et très bêtes, à n'en pas douter.

Clarence regarda Katherine avant de détourner les yeux.

— Je vous prie de m'excuser, madame, marmonna-t-il.

— Tes *plus plates* excuses, Clarrie, siffla Jasper.

— Madame, reprit Clarence, le regard toujours aussi fuyant, j'implore votre pardon. Ce que j'ai dit était tout à fait déplacé.

— Comme Charlotte va être heureuse d'avoir toute sa famille auprès d'elle pour son anniversaire ! s'exclama Katherine avant que Jasper ait pu soulever une autre objection. Entrez, je vous en prie. Vous semblez fatigué, monsieur Wrayburn. Puis-je vous prendre le bras ?

Bien que toujours aussi irrité, il la laissa faire. Jasper offrit le bras à lady Forester non sans hausser un sourcil ironique.

Voilà donc qu'il accueillait Clarrie et sa mère sous son toit ! Parce que Katherine lui avait demandé de rester poli. Et parce qu'ils avaient eu la bonne idée d'amener Wrayburn.

On aurait tout vu.

Clarence avait une toute nouvelle bosse assez peu seyante sur le nez. S'il n'en voulait pas une seconde, il ferait bien d'apprendre à tenir sa langue.

Mais Jasper espérait bien qu'il n'y parviendrait pas.

« Allez, Clarence, lui enjoignit-il intérieurement, provoque-moi. »

Cela dit, il avait déjà été suffisamment provoqué.

Tout ce qu'il fallait, à présent, c'était trouver le moment et le lieu.

Dans le salon, la conversation était suffisamment animée pour que personne ne se soit rendu compte qu'une voiture était arrivée. La pièce retentissait encore des bavardages et des rires si typiques des très jeunes gens.

Charlotte parut d'abord abasourdie quand sa tante et son cousin apparurent sur le seuil. Puis elle se leva et s'empressa de traverser la pièce.

— Lady Forester et Clarrie viennent se joindre aux festivités données pour ton anniversaire, Charlotte, annonça Jasper.

Stephen s'était levé lui aussi, les poings serrés, et gardait les yeux rivés sur sir Clarence.

— Tante Prunella ? fit Charlotte en souriant et en faisant une révérence. Clarence ? ajouta-t-elle en se contentant d'un signe de tête tandis que son sourire perdait nettement de son éclat. Quelle joie !

— Charlotte, annonça lady Forester en balayant l'assistance du regard comme pour jauger l'âge des messieurs présents, s'arrêtant quelques instants sur Stephen, nous sommes venus à ton secours.

Katherine, qui venait d'entrer avec Seth Wrayburn, accrocha le regard de Stephen et secoua imperceptiblement la tête. Margaret avait déjà posé la main sur son bras et il desserra les poings.

— Oncle Seth ? s'écria Charlotte en ouvrant de grands yeux stupéfaits. Vous êtes venu me voir ? Pour mon anniversaire ?

Il la regarda d'un air revêche.

— Ainsi, c'est vous, Charlotte ? Vous n'imaginez pas quelle source d'ennuis vous avez été, ma fille. Encore que vous n'y êtes pour rien, je dois le reconnaître. Vous êtes une assez jolie petite, du reste.

Elle rougit.

— Merci, mon oncle. Vous devez être fatigué. Puis-je vous servir une tasse de thé ?

La bienséance aurait voulu qu'elle lui présente d'abord les autres invités réunis dans le salon. Mais il s'avéra qu'elle avait fait le bon choix.

— Avec un nuage de lait et deux cuillères de sucre. Légèrement bombées, précisa-t-il.

— Laissez-moi vous présenter nos invités, monsieur, intervint Katherine tandis que Charlotte s'empressait de servir le thé. Ainsi qu'à vous, lady Forester, et à sir Clarence.

Elle s'y appliqua, malgré l'indignation que lui causait cette arrivée impromptue et la gêne que lui causait son apparence – et celle de Jasper qui n'avait pas remis sa veste et avait toujours les rubans de sa capeline enroulés autour de son poignet. De sa vie elle n'avait été aussi mal à l'aise. En même temps, elle devait lutter pour ne pas éclater de rire. Elle n'osait regarder du côté de Jasper.

Cependant, la politesse était sauve. Comment y étaient-ils parvenus, Jasper et elle, elle l'ignorait. En tout cas, il lui semblait qu'ils venaient de réussir l'une des premières grandes épreuves de leur mariage et d'asseoir leur position en tant que lord et lady Montford.

Elle n'aurait pu prétendre que l'arrivée inattendue de ces trois personnes l'enchantait. Elle n'aurait pu non plus prétendre ne pas avoir été profondément blessée par les paroles que sir Clarence Forester avait prononcées sur la terrasse. Ni que, l'espace d'un instant, lorsque Jasper s'était approché de ce dernier, elle n'avait pas espéré qu'il l'assommerait d'un coup de poing et le chasserait de ses terres sans plus de cérémonie.

Par chance, la politesse l'avait emporté. Ils s'étaient tous deux montrés à la hauteur de la situation. Elle était fière d'eux.

Tandis que l'après-midi laissait place à la soirée, Katherine s'efforça de se détendre. Ce fut plus facile une fois qu'elle se fut changée et recoiffée. Lady Forester et son fils ne pouvaient vraiment rien trouver à redire à rien. Presque toutes les invitées étaient de très jeunes filles et de jeunes garçons qui n'étaient pas majeurs. Sir Nathan Fletcher, un camarade de faculté de Stephen, n'avait que vingt et un ans. Et Stephen lui-même ne les avait pas encore tout à fait.

Tous ces jeunes gens étaient dûment chaperonnés par la comtesse de Hornsby, M. et Mme Dubois, l'oncle Stanley, Mlle Daniels - sans oublier, bien sûr, Jasper et Katherine. Non, vraiment, lady Forester n'aurait rien à se mettre sous la dent.

Elle trouva pourtant.

Cela se produisit dans le salon, après le dîner, juste avant que les messieurs rejoignent les dames. L'une des jeunes filles réunies autour du pianoforte évoqua la fête et le bal tandis que, devant la cheminée, ces dames parlaient d'autre chose.

— M. Shaw et M. Thane vont participer à l'épreuve de tir à la corde, annonça Mlle Hortense Dubois. Je ne sais pas si les autres gentlemen auront le courage de se joindre à eux. J'ai hâte de voir cela.

— Moi-même, j'y participerais si j'étais sûre d'être dans l'équipe gagnante, assura Jane Hutchins.

Cette sortie fut saluée par un éclat de rire général.

— Les filles - les *dames* - n'ont pas le droit de participer, lui observa lady Marianne avec une grimace.

Nous pourrions nous *salir*. Ce sont toujours les hommes qui s'amusent le plus.

— Tout de même, Marianne, imaginez, intervint Araminta Clement. Perdre et se faire traîner dans la boue. Dans sa plus jolie robe !

— Mais tous ceux qui veulent participer au tir à la corde et à la lutte dans la boue doivent apporter de vieux vêtements, fit savoir Louisa Fletcher. Ceux qui se seront salis pourront se baigner dans le lac avant de remettre leurs habits propres.

— Pas sur la berge devant tout le monde, j'espère ! s'inquiéta Beatrice Finley en s'éventant vigoureusement avec une partition.

— Ô mon Dieu ! s'exclama Alice Dubois la main sur le cœur. Je pourrais peut-être convaincre Michael de participer au tir à la corde.

Ces demoiselles se remirent à glousser.

— Une fête ? jeta sèchement lady Forester en regardant Katherine. Quelle fête ?

Katherine sourit.

— Jasper et moi avons décidé de faire revivre la tradition d'une fête de l'été et d'un bal à Cedarhurst, expliqua-t-elle. Nous n'avons pas eu beaucoup de temps pour l'organiser cette année, mais tout le monde à des kilomètres à la ronde a mis la main à la pâte si bien que nous pourrons l'associer à la fête d'anniversaire de Charlotte, après-demain.

La poitrine de lady Forester s'était gonflée d'indignation.

— Un bal ? répéta-t-elle. Dans la salle de bal ? Pour des jeunes filles qui n'ont même pas encore débuté ?

— C'est la seule pièce suffisamment grande, fit valoir Katherine. Tous nos voisins y assisteront en même temps que nos invités - de tous âges.

— Il ne doit pas y avoir tant de gens bien nés que cela dans les environs, objecta lady Forester.

— Nous avons invité tout le monde.

— *Tout le monde ?*

L'arrivée des messieurs empêcha lady Forester de faire d'autres commentaires.

Il fallut quelques minutes pour que tout le monde s'installe, et qu'Alice Dubois se mette au pianoforte. Mais quand tous furent assis, avant que la musique commence, lady Forester déclara suffisamment haut pour que tout le monde l'entende :

— Oncle Seth, saviez-vous que, en fait d'une discrète réunion d'amis, c'est une *fête* de village et un *bal* qui vont avoir lieu ici pour l'anniversaire de notre Charlotte ?

— Non, Prunella, répondit-il avec un regard noir. Mais merci de m'avertir. Je ne sortirai pas de ma chambre, et je garderai mes fenêtres fermées.

— Tout le monde est invité, insista-t-elle. *Tout le monde*. Y compris les métayers, les ouvriers agricoles, les commerçants et leurs semblables, je présume. Et Charlotte sera autorisée à danser dans la salle de bal au cours de la soirée ! Au milieu de cette racaille ! Il est même prévu des épreuves de lutte dans la boue et de tir à la corde. Trouvez-vous vraiment que cette maison soit digne de votre petite-nièce, de ma nièce, de la fille de feu mon cher frère ?

— Clarrie, lança Jasper aimablement, je crois qu'il reste quelques places pour le tir à la corde. Nous devrions réussir à te trouver une place à l'arrière – ou à l'avant, si tu préfères.

— Oncle Seth, rappela lady Forester, mon frère a interdit cette fête annuelle quand il a épousé la mère de Charlotte. Parce que c'était vulgaire. Mais surtout, parce que c'était immoral. Il a pris le parti de la morale et a refusé d'exposer Rachel, Jasper et Charlotte à d'aussi pernicieux divertissements.

— Vous voulez plutôt dire, madame, lança Jasper, que votre très estimé frère avait l'âme immortelle de Rachel et la mienne à l'esprit lorsqu'il a fait interdire la fête, mais certainement pas celle de Charlotte. Il aurait été tout à fait scandaleux qu'elle soit déjà née à l'époque, juste après son mariage avec ma mère.

M. Dubois s'esclaffa, ce qui lui valut un regard appuyé de Mme Dubois. Les jeunes filles rougirent tandis que les jeunes garçons dressaient l'oreille.

— Pour l'amour du ciel, madame, s'écria oncle Stanley d'un air exaspéré, tout ce qu'a fait Wrayburn, avec ses tartuferies, c'est tuer la joie de vivre qui régnait autrefois à Cedarhurst et salir la mémoire de mon frère.

— Notre père nous a tellement parlé des fameuses fêtes de Cedarhurst, intervint Arnold Finley d'une voix mal assurée, que j'ai presque l'impression d'y avoir assisté. J'ai hâte d'être à après-demain.

— Katherine et Jasper se sont donné énormément de mal, observa Margaret d'un ton calme, pour offrir à tous, des enfants aux grands-parents, une merveilleuse journée de sains divertissements.

Un murmure d'assentiment général s'éleva.

— Prunella, je regrette vraiment de ne pouvoir boire mon thé après le dîner sans que quelqu'un me parle et me prenne à témoin alors que j'ai annoncé que je prendrais ma décision en temps voulu, en me fondant sur mes pouvoirs d'observation qui sont intacts. Je ne suis pas près de remettre les pieds hors de chez moi.

— Peut-être pourriez-vous nous jouer un morceau, à présent, mademoiselle Dubois ? la pria Katherine. Jasper, je crois que lady Hornsby et Mlle Daniels aimeraient jouer aux cartes si deux messieurs sont prêts à faire une partie avec elles. Sir Clarence, peut-être ? Monsieur Gladstone ? Puis-je resservir du thé à quelqu'un ?

Lady Forester pinça les lèvres et ne se risqua pas à de nouveaux commentaires.

Plus tard dans la soirée, Katherine se tenait devant la fenêtre de sa chambre à coucher et se brossait les cheveux quand Jasper ouvrit la porte de leur salon privé sans frapper. Il avait vu sous le battant qu'une chandelle brûlait encore.

Elle portait la même chemise de nuit que pour leur nuit de noces.

« Venez me retrouver ce soir », lui avait-elle dit sur la colline.

Eh bien, il était là.

Il appuya l'épaule contre le chambranle et croisa les bras.

Cet après-midi n'avait été qu'une mise en bouche. En avait-elle conscience ?

Elle lui sourit et la brosse s'immobilisa.

— Est-ce ce que font les femmes peu farouches pour séduire leurs amants ? lui demanda-t-il.

— Vous devez le savoir mieux que moi, repartit-elle.

— Petite rouée ! s'exclama-t-il en entrant dans la pièce. Est-ce que cette accusation vous a blessée ? Et le fait qu'il vous traite d'arriviste ?

— Je ne peux être blessée que par les gens que j'estime et que je respecte.

C'était sans doute le plus gros mensonge qu'elle ait jamais dit. Lui, en tout cas, avait vu rouge.

— Et vous n'estimez ni ne respectez ce pauvre Clarrie ?

Il lui prit la brosse des mains, la fit pivoter vers la fenêtre et entreprit de la coiffer.

— Je ne vous ai pas très bien vengée, n'est-ce pas ?

— Je me suis prise tout à la fois à souhaiter que vous lui donniez un coup de poing dans la figure, comme l'a fait Stephen, et que vous ne le fassiez pas. C'est précisément ce que lady Forester et les gens de son espèce attendent. Je suis heureuse que vous vous soyez montré à la hauteur de la situation et que vous ayez choisi de jouer les hôtes bien élevés – encore que vous l'avez traité de misérable vermine. Ce qu'il est.

Elle laissa échapper un petit rire.

— Je vous vengerai de cet affront, lui promit-il.

— Ce qu'il y a de plus vil chez moi s'en réjouit, avoua-t-elle. Cependant, il faudra que cela se fasse sans violence, Jasper. Ce serait inconvenant. Et c'est précisément ce qui pourrait persuader M. Wrayburn que cette maison est indigne de Charlotte.

Il posa la brosse sur l'appui de fenêtre, écarta sa lourde chevelure pour poser les lèvres sur sa nuque. Elle était toute chaude et sentait bon le savon.

— Mmm, fit-elle.

— Ce sera fait sans violence, assura-t-il. En tout cas, sans rien qui puisse passer pour de la brutalité gratuite. J'ai un plan parfait en tête.

— Ah oui ? Lequel ?

Elle se tourna pour lui faire face, ouvertement curieuse. Comme il ne reculait pas, elle posa les mains sur ses épaules.

— Vous le saurez le moment venu, affirma-t-il. Il n'y aura pas à s'y tromper.

Et ce serait relativement satisfaisant dans la mesure où, en toute conscience, il ne pouvait se servir de ses poings tant que Clarence séjournerait chez lui. Très satisfaisant, même.

— Mais vous ne me direz rien pour l'instant, devina-t-elle.

— Non, confirma-t-il en déposant un baiser sur le bout de son nez. Mais faut-il vraiment que nous parlions de Clarence Forester ? Je crois me souvenir que j'avais d'autres projets en venant ici.

— Vraiment ? Lesquels ?

Il lui sourit et s'empara de sa bouche tout en remontant lentement sa chemise de nuit. Ne voulant pas être en reste, Katherine dénoua la ceinture de sa robe de chambre de soie dont les pans s'écartèrent. Il ne portait rien dessous.

— Cela, il me semble, répondit-il en achevant de la dévêtir avant d'ôter sa robe de chambre.

— Ah, fit-elle en reposant les mains sur ses épaules.

Qu'est-ce qui avait bien pu lui faire croire qu'il préférait les femmes aux formes voluptueuses lorsqu'il existait des beautés élancées aux longues jambes telles que Katherine ? Avec des cheveux pailletés d'or qui embaumaient le savon ?

Il l'attira contre lui, fit courir ses mains sur ses épaules, le long de son dos, sur ses fesses, tout en l'embrassant à pleine bouche.

« Je vous aime », lui avait-il dit dans l'après-midi. Et elle lui avait répondu qu'il était inutile de prononcer les mots. Elle ne le croyait pas sincère.

L'était-il ?

Si c'était le cas, en douterait-il ? Quelle importance, de toute façon ? Il s'était engagé à faire son bonheur pour le restant de ses jours. Autant appeler cela de l'amour. Quel autre mot employer ?

— Jasper, souffla-t-elle tandis qu'il lui couvrait la gorge de baisers, emmenez-moi au lit.

Il releva la tête et lui sourit.

— Oh, dit-il, j'ai encore failli oublier. C'est pour cela, pourtant, que je suis venu dans votre chambre.

Il la souleva dans ses bras et la porta jusqu'au lit. Il l'y déposa et la rejoignit.

— Je vous aime, lâcha-t-il juste avant de reprendre possession de ses lèvres.

— Quel idiot vous faites…

Quoi ? Monty, le grand séducteur ? Un idiot ?

— Cette insulte mérite une punition, la prévint-il.

— Montrez-moi donc laquelle, lui enjoignit-elle en riant.

24

Ce que l'on craignait par-dessus tout, c'était qu'il pleuve le jour de la fête. La plupart des activités pouvaient être déplacées à l'intérieur, certes, et tout avait été soigneusement organisé au cas où. Mais ce ne serait pas la même chose. La journée telle que l'avait prévue Katherine aurait été effectivement gâchée.

Quel soulagement ce fut donc, de se réveiller de bonne heure, de courir à la fenêtre, d'écarter les rideaux et de découvrir que le soleil dardait ses premiers rayons dans un ciel sans nuage – et de savoir que d'autres, dans la maison et ailleurs, faisaient la même chose et ressentaient le même soulagement, mais aussi la même excitation à l'idée que le grand jour était enfin arrivé.

Katherine se retourna et découvrit Jasper qui l'observait en plissant les paupières, les mains croisées derrière la tête. Il avait le soleil en plein dans les yeux.

— Oh, désolée, fit-elle en tirant à demi les rideaux.

— Mais de quoi donc ? J'adore être réveillé à l'aube après une nuit agitée.

Elle jeta un coup d'œil à la pendule sur la cheminée. Il n'était pas 6 heures.

— Oh, désolée, répéta-t-elle.

— Pour la nuit agitée ? Le jeu en valait la chandelle. Ou pour me réveiller de si bonne heure ? Cela signifie qu'il reste un petit bout de nuit à perturber avant que ce soit l'heure de se lever, souligna-t-il. À moins que vous comptiez continuer à vous excuser, là, en pleine lumière ? Et vous auriez bien raison. N'avez-vous donc aucune pudeur ?

Dans sa hâte à voir le temps qu'il faisait, elle avait oublié d'enfiler sa chemise de nuit avant de se lever.

— Oh, fit-elle.

— Si vous êtes gênée, suggéra-t-il en soulevant le drap, vous feriez mieux de revenir ici vous cacher.

C'est ce qu'elle fit.

Il n'était pas loin de 7 heures quand ils se levèrent. Sur l'heure qui s'était écoulée, elle avait bien dû dormir une dizaine de minutes…

En tout cas, elle n'aurait plus l'occasion de le faire de la journée. Le temps qu'ils s'habillent, prennent un rapide petit déjeuner et sortent, les domestiques s'affairaient déjà dehors, portant tables et couvertures. Certains membres des comités venaient d'arriver pour dresser les stands, baliser la piste de course, mettre en place la cible de tir à l'arc, installer l'aire de pique-nique et quantité d'autres choses indispensables à la réussite de cette journée. Katherine resta près de la maison tandis que Jasper s'en allait avec quelques hommes examiner la mare de boue qui avait été créée à l'extrémité marécageuse du lac. Personnellement, elle trouvait ce genre de jeu horrible, mais c'était là le plus sûr moyen de faire venir les messieurs…

En milieu de matinée, presque tous les jeunes invités étaient sortis et poussaient des cris de joie en découvrant les activités prévues. Plusieurs d'entre eux offrirent également leur aide.

Charlotte était plus excitée encore que tous les autres réunis. C'était son dix-huitième anniversaire. À compter d'aujourd'hui, personne ne nierait plus qu'elle avait l'âge d'être considérée comme une jeune fille. Et quel anniversaire cela allait être ! Elle glissa le bras sous celui de Katherine qui admirait les ouvrages que Mme Bonner et l'une de ses filles disposaient sur une table avec un talent certain.

— Katherine, je vous adore, dit-elle en lui serrant fort le bras. Vraiment. Je sais que c'est à vous que je dois tout cela – la partie de campagne, la fête, le bal de ce soir. Il n'y a certainement jamais eu d'anniversaire aussi magnifique que celui-ci.

— Vous êtes heureuse, alors ? lui demanda Katherine bien que ce fût inutile.

— Oh, oui ! confirma la jeune fille dans un soupir. Je suis même heureuse que tante Prunella et Clarence soient là avec oncle Seth, même s'il a juré hier soir qu'il ne sortirait pas de sa chambre aujourd'hui. C'est ma famille, après tout, et la famille, c'est important, n'est-ce pas ?

— En effet, répondit Katherine en lui tapotant la main.

— Tante Prunella ne pourra pas m'emmener loin de Cedarhurst. Comment le pourrait-elle alors que vous vivez ici, maintenant, et que vous exercez une si bonne influence sur Jasper ? Vous aussi, vous êtes heureuse, n'est-ce pas ?

— Oui, assura Katherine. *Nous* le sommes tous les deux.

Ce n'était même pas un mensonge. Pour l'instant, en tout cas. Qu'arriverait-il quand leur lune de miel toucherait à sa fin ? Elle l'ignorait. Car c'était sans doute ce qu'ils vivaient. Et cela ne pourrait pas durer, cette amitié entre eux, ce... cette lune de miel, oui. Quoi qu'il en soit, pour le moment, elle était heureuse. Et il lui semblait que lui aussi.

Charlotte riait.

— Jasper l'appelait tante Prune, se souvint-elle. C'est affreux, non ?

— Si, concéda Katherine.

Sur quoi Charlotte s'éloigna en sautillant pour aller prendre le bras de Stephen, et tous deux s'en furent rejoindre les autres jeunes gens.

Katherine n'eut pas le temps de déjeuner. Il y avait trop de détails de dernière minute à régler. Elle avait tant à faire qu'elle ne se rendit même pas compte qu'elle avait sauté le repas. D'un instant à l'autre, les gens allaient arriver. Elle n'avait que le temps de monter enfiler sa robe de mousseline jaune à ceinture bleue et se faire recoiffer avant de mettre sa capeline de mariage.

Jasper se tenait sur le seuil de son dressing-room quand elle fut prête à redescendre. Il était superbe en bleu et crème. Il haussa un sourcil.

— Vous serez donc ma déesse du soleil, aujourd'hui ?

Elle lui sourit, et tous deux rejoignirent Charlotte sur la terrasse où ils devaient accueillir les invités.

— Heureuse, Charlotte ? s'enquit Jasper.

— Oh, oui ! répondit celle-ci en tournant un visage rayonnant vers lui avant de se jeter à son cou. Je crois que si j'étais plus heureuse, j'éclaterais.

— Ce ne serait pas beau à voir, riposta-t-il en lui tapotant le dos. Profite de ton anniversaire, Charlotte, et si tu éclates, ce sera la faute de Katherine puisque c'est elle qui a eu l'idée de cette fête.

S'il croyait tout ignorer de l'amour, cet idiot, songea Katherine en le regardant avec sa sœur, il devrait voir la tête qu'il faisait en ce moment même.

Comme par miracle, lady Forester sortit à cet instant avec Clarence, M. Wrayburn, l'oncle Stanley et lady Hornsby. Tous avaient pu voir le frère et la sœur s'étreindre, et leur expression.

Soudain, des piétons, des gens en cabriolet, et deux ou trois cavaliers remontèrent l'allée.

La fête allait bientôt commencer.

Elle était la maîtresse de Cedarhurst, songea Katherine. Celle qui avait fait renaître la fête annuelle et le bal. Son mari était auprès d'elle, et Charlotte entre eux.

La vie était très belle.

Trois barques avaient été sorties et l'on faisait la queue pour faire un tour sur le lac. Il avait été décidé de ne pas organiser de course de bateaux, mais de ne s'en servir que comme divertissement. Des enfants nageaient et barbotaient au bord de l'eau sous la surveillance de parents et de grands-parents. Des gens se promenaient autour du lac, visitaient la folie, s'arrêtaient au bord de la cascade. La boue était prête pour la lutte et le tir à la corde – deux activités que les hommes, et certaines femmes, devinait Jasper, attendaient avec impatience.

Il quitta le lac pour remonter vers la maison par la grande pelouse. Le concours de tir à l'arc avait commencé. Une petite foule se massait sur la terrasse du bas, autour des stands de pâtisseries, de travaux d'aiguille et de sculptures sur bois. Des gens s'étaient assis dans le jardin des parterres ou se promenaient dans les allées. D'autres enfin se restauraient aux tables disposées devant la salle de bal.

D'ici peu, il allait devoir goûter les tartes aux fruits et les juger. Pour l'instant, il se rendait sur la pelouse est où devaient avoir lieu les courses. L'année prochaine, il faudrait les déplacer, car la tonnelle de roses et le verger se trouveraient à cet endroit.

De très jeunes enfants faisaient une grande ronde en se tenant par la main, entraînés par Katherine et Jane Hutchins. Les cris de joie et les rires fusèrent quand tous tombèrent dans l'herbe.

Jasper s'arrêta pour regarder Katherine se relever et brosser sa jupe. Avec ses joues roses et son visage rieur, elle était d'une beauté à couper le souffle.

Leurs regards se croisèrent soudain, ses mains s'immobilisèrent et son sourire se figea.

À cet instant, il comprit une chose qui lui fit l'effet d'un direct à l'estomac.

Elle lui était devenue aussi essentielle que l'air qu'il respirait.

Quoi que cela pût signifier…

Sans prendre le temps de réfléchir à cette énigme, il se dirigea vers elle, les mains dans le dos. Il ne voyait pas plus les enfants qui passaient devant lui en courant que les adultes qui s'écartaient – et faisaient une pause pour le regarder avancer.

Il se tint devant sa femme, remarqua que le soleil accrochait des reflets d'or dans ses cheveux. Elle plongea son magnifique regard insondable dans le sien. Si ce n'est qu'il n'était plus insondable. Il savait lire dans leurs profondeurs, désormais.

— Je vous aime, dit-il.

Pour la première fois, c'est involontairement qu'il prononça ces mots. Et pour la première fois, il vit aux larmes qui lui embuaient les yeux qu'elle le croyait.

Se penchant en avant, il déposa un baiser sur ses lèvres.

Il prit alors conscience de trois choses simultanément. Il l'aimait plus que la vie elle-même. Elle le savait et lui rendait son amour. Et les vivats, les rires et les applaudissements qui s'élevaient autour d'eux n'avaient rien à voir avec aucun jeu en cours.

Bon sang ! L'aurait-il cherché qu'il n'aurait pu trouver plus public, comme endroit, pour une telle révélation.

Il releva la tête et sourit à Katherine avant de se retourner et de saluer son public en s'inclinant théâtralement.

Provoquant de nouveau l'hilarité générale.

Mais Mme Ellis lui faisait de grands signes. Les courses allaient commencer et il était censé donner le départ.

— À suivre... murmura-t-il à Katherine avant de s'éloigner.

Incroyable le nombre d'enfants qui vivaient dans le voisinage, s'étonna Jasper. Non pas qu'il n'y ait que des enfants qui attendaient les courses. Il y avait aussi de nombreux jeunes gens, dont certains des invités de la partie de campagne, et tous exprimaient bruyamment leur bonne humeur. C'était sans doute une bonne chose que lady Forester soit restée dans le jardin des parterres avec M. et Mme Dubois.

Oui, vraiment, vu ce qui venait de se passer. Un homme qui faisait savoir à sa femme qu'il l'aimait et qui l'*embrassait* en public ! Pour l'amour du ciel ! Si lady Forester avait assisté à la scène, elle se serait pâmée.

Il y avait toutes les courses habituelles : simples courses à pied, en sac, à la cuillère, à cloche-pied, par bonds, à saute-mouton, etc. Mais tout le monde s'amusa follement, à en juger par les cris et les rires. Il y avait des avantages à être le maître de maison et à se retrouver cantonné au rôle de celui qui donne le départ, songea Jasper. Merton tomba si souvent pendant la course en sac qu'il finit par franchir la ligne d'arrivée en roulant au sol, ce qui lui valut d'être disqualifié. Thane se fit tomber un œuf dans chaque botte et aggrava les choses en tentant de nettoyer le désastre avec son mouchoir. Araminta Clement se prit les pieds dans sa jupe en sautant par-dessus Smith-Vane. Quand leur fou rire prit fin et qu'ils parvinrent enfin à se relever, ils étaient couverts d'herbe. La course était finie depuis longtemps. C'était une Charlotte ravie qui l'avait emporté.

Cependant, il restait encore à courir la course à trois jambes. Et une certaine déesse du soleil aux yeux brillants, qui avait fini de jouer avec les plus jeunes, assistait aux courses et applaudissait les vainqueurs.

Il capta son regard et, de l'index, lui fit signe de le rejoindre. Puis il tendit le pistolet qui servait à donner les départs à un jeune valet.

— C'est ma course, je crois, madame, dit-il à Katherine quand elle s'approcha.

— La course à trois jambes ? Ô mon Dieu, s'esclaffa-t-elle.

Les enfants de moins de douze ans coururent les premiers. Puis ce fut au tour des adultes.

Katherine ne put s'empêcher de rire quand il entreprit de leur lier les chevilles. Ils étaient encadrés par Charlotte et Merton d'un côté, Margaret et Fletcher de l'autre. Bien sûr, il y avait également des gens du village et des environs - les concurrents les plus sérieux.

— Bien, expliqua Jasper en passant le bras autour des épaules de Katherine tandis qu'elle glissait le sien autour de sa taille. Nous allons compter un-deux. Un, nous avançons la jambe attachée, deux, la jambe libre. Nous commencerons lentement, puis nous accélérerons. Entendu ?

— Entendu, confirma-t-elle.

— Nous commencerons par « un ».

— Cela paraît logique.

Elle sourit et il lui rendit son sourire.

Les spectateurs étaient plus nombreux, nota-t-il. Le bruit s'était-il répandu que lord Montford était amoureux et qu'il allait participer à la course à trois jambes avec l'objet de son amour, sa femme, qu'il avait embrassée avec tant d'audace une heure plus tôt ?

— Mon Dieu, fit-elle, regardez tous ces gens.

Elle rit de nouveau.

Il se rappela alors que, durant le mois qui avait précédé leur mariage, il avait craint d'avoir tué le rire en elle, et toute possibilité de joie.

Allait-il se racheter, finalement ? Non pas aux yeux de Katherine, car elle lui avait déjà pardonné, mais aux siens ?

— Ma baronne, annonça-t-il d'un air sévère, le moment est venu de défendre nos chances de notre mieux.

Lady Forester était là, remarqua-t-il, et – nom d'une pipe ! – Seth Wrayburn, l'air toujours aussi renfrogné. Il y avait fort à parier qu'il n'aurait guère d'indulgence pour un homme qui embrassait sa femme en présence d'une foule d'amis et de voisins, et courait une course à trois jambes avec elle.

— À vos marques, cria le valet. Prêts.

Le coup de pistolet du départ claqua.

Charlotte et Merton s'écroulèrent aussitôt en riant. Margaret et Fletcher semblaient venir de découvrir qu'ils allaient devoir s'enlacer s'ils voulaient avancer.

— Un ! fit Jasper.

Par miracle, ils avancèrent leurs jambes liées d'un même mouvement.

— Deux.

Ce fut au tour de leur jambe libre.

— Un.

Katherine riait.

Au bout de deux foulées, presque tous les concurrents avaient mordu la poussière. Bientôt, parfaitement synchronisés, ils semèrent tous les autres et filèrent vers la ligne d'arrivée, encouragés par l'assistance.

C'est alors qu'il vint à l'esprit de Jasper que le prix pour les vainqueurs était de trois guinées, ce qui n'était rien pour lui – d'autant que c'était lui qui avait versé la dotation –, mais représentait une somme considérable pour Tom Lacey, l'un de ses ouvriers agricoles qui les talonnait avec sa femme tandis que trois de leurs cinq enfants hurlaient des encouragements depuis le bord de la piste, que le quatrième les regardait en ouvrant de grands yeux, le pouce calé dans la bouche et que le cinquième dormait profondément dans les bras de l'aînée.

— Deux, dit Jasper.

Ils avancèrent leur jambe libre.

— Deux. Euh, je veux dire *un*.

Mais Katherine avait déjà hésité et lui avait fait faire un faux pas, si bien qu'ils roulèrent dans l'herbe à deux mètres à peine de l'arrivée.

— Après deux, c'est un ! s'exclama-t-elle.

— Non. Absolument pas. Et vous avez été maîtresse d'école ? fit-il avec un claquement de langue réprobateur. Après deux, c'est trois.

Ils étaient encore secoués de rire, enlacés dans l'herbe, quand Tom et sa femme franchirent la ligne, suivis de près par Margaret et Fletcher.

L'assistance applaudissait à tout rompre et riait de bon cœur de voir le baron et sa femme se donner ainsi en spectacle – une fois de plus.

Ils parvinrent à se relever tant bien que mal et claudiquèrent jusqu'à l'arrivée pour terminer quatrième sur dix. Ce n'était pas si mal. Merton et Charlotte étaient à nouveau par terre, à trois mètres de la ligne de départ.

Lady Forester avait le visage violacé, et parlait à Wrayburn qui fronçait les sourcils d'un air menaçant. Jasper n'entendait pas ce qu'elle lui disait. En revanche, il n'eut aucun mal à saisir la réponse.

— Prunella, vous seriez incapable de reconnaître un jeu inoffensif s'il vous mordait le derrière.

Elle se serait sûrement pâmée sur-le-champ si elle avait été certaine que quelqu'un la rattraperait. Mais Clarence n'était nulle part en vue, et l'oncle Stanley buvait visiblement du petit-lait.

— Nous aurions pu gagner, observa Katherine quand elle eut repris son souffle et recouvré son sérieux.

Elle regarda Tom soulever sa femme, après avoir détaché sa jambe de la sienne, et la faire tournoyer dans les airs tandis que leurs enfants se précipitaient vers eux.

— Mais je suis contente que nous ayons perdu, ajouta-t-elle. Vous l'avez fait exprès, n'est-ce pas ?

— Moi ? Perdre une course délibérément ? Vous plaisantez ?

— Non. Et je vois clair dans votre jeu, Jasper Finley. Je vois clair dans votre jeu.

Que diable voulait-elle dire par là ?

Il se pencha pour dénouer le lien qui maintenait leurs chevilles. Au passage, il lui caressa le mollet.

— Oh, désolé, fit-il.

— Menteur.

— Trois guinées, ma belle ! disait Tom. *Trois guinées !*

Dire qu'il avait osé se plaindre du fait qu'un homme qui jouissait de sa fortune, de son titre, et de ses privilèges n'était pas vraiment libre !

— À présent, annonça-t-il, j'ai des pâtisseries à juger.

— Et moi des travaux d'aiguille. Nous y allons ensemble ? suggéra-t-elle.

Il leur fallut un moment pour gagner la terrasse. Les gens qui, jusque-là, avaient gardé une distance respectueuse venaient maintenant plaisanter avec eux, leur dire quel bon après-midi ils passaient et les supplier de faire de la fête du village un événement annuel.

L'après-midi touchait déjà à sa fin. Les courses étaient finies, de même que le concours de tir à l'arc. Les pâtisseries, ouvrages de dames et sculptures avaient été jugés et les prix remis. Les participants à la fête avaient mangé et bu tout leur saoul, certains étaient à présent sur la terrasse, en famille ou entre amis, dans le jardin des parterres ou assis sur de grandes couvertures déployées sur la pelouse.

Hormis le bal de ce soir, il ne restait plus que le simple plaisir de se promener dans le parc. Et les jeux dans la boue.

C'était le temps fort de la journée, avait découvert Katherine. Tout le monde avait l'intention d'assister à la lutte à laquelle huit hommes s'étaient inscrits. Le tir à la corde, qui comptait bien plus de participants, suivrait. Plusieurs invités de la partie de campagne s'étaient déjà changés.

Les hommes étaient vraiment bêtes. Mais que dire des femmes impatientes de les regarder ?

À commencer par elle.

— Stephen, dit-elle quand celui-ci s'approcha d'elle, sur la terrasse, et lui passa le bras autour des épaules, tu participes au tir à la corde ?

Il s'était changé.

— Bien sûr. J'ai choisi l'équipe qui va gagner, il n'y a donc rien à craindre.

Elle lui donna une tape affectueuse sur la poitrine.

— Ce sera bien fait pour toi s'il s'avère que c'est l'équipe perdante.

Il se contenta de sourire, et il vint à l'esprit de Katherine que, peut-être, beaucoup de participants espéraient que leur équipe allait perdre.

— Tu t'amuses bien ? s'enquit-elle.

Ils n'avaient guère eu l'occasion, ces deux dernières semaines, de bavarder en tête-à-tête.

— Énormément, assura-t-il. C'est fabuleux, ce que tu as fait, Katherine, aussi bien pour la partie de campagne que pour cette fête. Es-tu heureuse ? ajouta-t-il à brûle-pourpoint.

— Oui.

Il tourna la tête et chercha son regard.

— Dire que je voulais lui casser la figure...

Elle appuya un instant la tête contre son épaule.

— Et qu'en est-il de toi ? murmura-t-elle. Tu n'as pour ainsi dire pas quitté Charlotte.

Comme il ne répondait pas, elle leva les yeux.

— Être comte de Merton présente certains inconvénients, commença-t-il. Surtout maintenant que je suis presque majeur. Je suis un « beau parti », non ? Je vois beaucoup de types dans mon genre éviter délibérément la compagnie des femmes de crainte de se faire passer la corde au cou. L'ennui, c'est que j'aime beaucoup les femmes. J'aime beaucoup Mlle Wrayburn.

— Mais tu n'es pas amoureux d'elle.

— Katherine, j'ai vingt ans. Et elle dix-sept... enfin, dix-huit aujourd'hui.

— Mais tu crois qu'*elle* t'aime ?

— Je ne sais pas. Je ne le pense pas. Elle est très amusante, et je crois qu'elle éprouve pour moi ce que j'éprouve pour elle : de l'amitié. Mais il m'est venu à l'esprit qu'il fallait que je fasse attention désormais, pour éviter qu'une demoiselle se méprenne sur mes sentiments pour elle et imagine que je lui fais la cour quand j'apprécie simplement sa compagnie. J'aurais horreur de briser le cœur de qui que ce soit, Katherine, et surtout celui de Mlle Wrayburn même si je ne pense pas qu'elle ait un faible pour moi. C'est vaniteux de ma part, je présume, de seulement le supposer. Mais bon, je suis comte de Merton.

— Oh, Stephen, tu es vraiment un jeune homme bien. Je suis fière de toi. Mais tu n'es responsable du cœur de personne, tant que tu n'y as pas prétendu expressément. Ne fuis pas les femmes et ne les traite pas froidement, comme certains gentlemen. Sois toi-même. Tout le monde t'aimera, et cela n'aura rien à voir avec ton titre. Et tout le monde finira par comprendre que ton cœur est précieux, que tu ne le donneras qu'à celle qui saura le gagner – quand tu seras bien plus vieux qu'aujourd'hui.

— C'est merveilleux d'avoir des sœurs qui me voient comme un saint ! s'esclaffa-t-il. Mais j'espère réellement ne faire souffrir Mlle Wrayburn en aucune façon en quittant Cedarhurst. Cette partie de campagne signifiait tant pour elle. Et je l'aime vraiment beaucoup.

— C'est réciproque, assura Katherine. Et je doute qu'il y ait de son côté plus que de l'amitié. Je vais toutefois essayer de me renseigner discrètement, pour te rassurer si je le peux.

Il soupira.

— Pourquoi croyons-nous toujours que nous serons libres et parfaitement heureux lorsque nous aurons grandi et que nous nous serons affranchis des contraintes de l'enfance ? lui demanda-t-il.

Elle se hissa sur la pointe des pieds pour l'embrasser sur la joue.

— Je crois que nous ferions bien de descendre au lac si nous ne voulons pas manquer les combats dans la boue, reprit-il. As-tu vu ce bourbier, Katherine ? On en envierait presque les lutteurs.

Katherine secoua la tête, mais ne fit pas de commentaire.

25

— Tu apprécies la fête, Clarence ? s'enquit Jasper en tapant sur l'épaule de ce dernier.

Clarence tourna la tête et lui jeta un regard soupçonneux. C'était probablement la première fois qu'il l'entendait prononcer son prénom en entier. Ils gagnèrent ensemble le lac, où tout le monde se rendait, le bruit s'étant répandu que les combats dans la boue allaient commencer.

— Je vois que tu as fait des courses à Londres, observa Jasper. Tu es bien élégant, et je connais un certain nombre de messieurs qui donneraient cher pour avoir des bottes comme les tiennes.

Les bottes en question étaient ornées de revers blancs et de glands dorés. Le reste de sa tenue avait également un petit côté dandy. Les pointes du col de sa chemise amidonnée montaient si haut qu'il était à craindre qu'elles ne lui crèvent les yeux s'il tournait trop vivement la tête. Quant à sa cravate, elle était nouée d'une façon très élaborée, qui aurait mieux convenu à un bal en ville qu'à une fête à la campagne.

— Je me suis en effet rendu chez mon tailleur et mon bottier, admit Clarence. Il faut bien suivre la mode si l'on veut fréquenter ses pairs.

— Les dames n'ont eu d'yeux pour personne d'autre, ou presque, affirma Jasper.

— Je crois que tu exagères, minauda Clarence, même si je dois avouer que j'ai eu plus que ma part de regards. Certaines dames apprécient les messieurs qui savent s'habiller, se conduire dignement, et laisser les jeux à leurs inférieurs.

— Tu ne vas pas participer au tir à la corde, alors ?

— Certainement pas.

Jasper lui étreignit l'épaule.

— Je ne saurais te dire ce que cela signifie pour Charlotte que tante Prunella et toi ayez sacrifié de votre temps précieux et souffert des inconforts du voyage pour être avec elle le jour de son dix-huitième anniversaire. Nous avons eu des différends au fil des ans, Clarence, mais, en cette circonstance, je dois t'exprimer ma gratitude. C'est très chic de ta part.

— Oui, enfin, Jasper, nous n'aurions pas eu ces différends si tu t'étais toujours conduit comme il fallait. Mais il est de mon devoir, en tant que tuteur de Charlotte, d'être ici aujourd'hui. Quant à ma mère, elle est venue avec plaisir. Tu ne t'es peut-être pas toujours rendu compte de l'affection que nous éprouvions pour ma cousine.

Jasper laissa la main sur son épaule comme ils se mêlaient à la foule qui s'était regroupée autour du bourbier – à bonne distance pour ne pas se faire éclabousser. Les huit lutteurs, tous des ouvriers agricoles, étaient torse nu et pieds nus – une preuve supplémentaire de la dépravation de cette fête que lady Forester devait ajouter à la liste de celles qu'elle avait glanées au fil de la journée, devina Jasper. Car elle était là, elle aussi, entre oncle Stanley et Dubois.

Des règles arbitraires avaient été établies. Serait déclaré vainqueur de chaque combat celui qui parviendrait à faire tomber son adversaire de tout son long dans la boue à trois reprises. La boue étant ce qu'elle était, il n'était pas facile de conserver longtemps son équilibre. La première série fut achevée en dix minutes à peine, mais dix minutes de grande excitation pour le public qui rugissait, criait, et applaudissait chaque fois qu'un des hommes s'étalait dans la boue. Avant la fin, tous les participants en étaient d'ailleurs enduits de la tête aux pieds. Ils piquèrent une tête dans le lac avant les demi-finales qui devaient opposer les quatre vainqueurs du premier tour.

— Voilà qui me rappelle de bons souvenirs des étés de notre enfance, n'est-ce pas, Clarence ? fit Jasper d'une voix un peu forte. Nous nous sommes tout de même bien amusés, même si les choses tournaient plus souvent à ton avantage qu'au mien.

Clarence le dévisagea, ouvertement méfiant.

Il était difficile de ne pas attirer l'attention de gens qui n'avaient rien à faire en attendant que les combats reprennent. Ils furent un certain nombre à tourner la tête pour écouter leur échange.

— Sir Clarence Forester, expliqua Jasper, est plus jeune que moi, mais il a toujours été très agile et très vif. Si nous grimpions à un arbre, c'était toujours moi qui tombais et qui déchirais mes vêtements. Si nous montions sur la balustrade du toit de la maison – jugée dangereuse et donc interdite, bien sûr –, c'était moi qui étais trop lent à redescendre et qui me faisais prendre.

Il rit.

Imité par bon nombre de ceux qui les entouraient.

Et par Clarence.

— Mais c'était toujours toi qui avais l'idée de ces bêtises, Jasper, souligna-t-il. Il était donc normal que ce soit toi qui sois puni.

— C'est vrai, concéda Jasper en riant de nouveau.

S'il était tombé de l'arbre, c'était parce qu'il avait défié Clarence de le suivre et que ce dernier, resté à terre, l'avait tiré par le talon avant de courir à la maison le dénoncer. Et s'il s'était fait prendre sur la balustrade, c'était parce que Clarence avait filé en verrouillant la porte derrière lui pour aller rapporter.

Déjà, enfant, c'était une vermine.

Les lutteurs revenaient pour le tour suivant. Ils avaient tiré des enseignements de la première manche si bien que la deuxième dura plus longtemps. Mais, inévitablement, il ne resta à la fin que deux hommes debout.

L'action s'interrompit de nouveau le temps qu'ils aillent se laver dans le lac.

— Ces hommes ont un meilleur équilibre que moi, lança Jasper à la cantonade. Il faut dire que ce n'est pas bien difficile. Tu te souviens de la fois où nous nous sommes battus dans la barque, Clarence, et où j'ai fini dans le lac alors que tu restais bien solidement planté sur tes pieds ? J'ai retenu la leçon. Je crois que je ne me suis plus jamais battu avec toi.

Il s'esclaffa de nouveau, et il ne fut pas le seul, loin de là.

— Il se trouve, Jasper, répondit Clarence en bombant le torse et en parlant assez fort pour se faire entendre de tous, que mon père m'a fait enseigner tous les sports virils dès mon plus jeune âge. Toi, tu as toujours cru à la force brute, mais la force brute ne peut rivaliser avec une bonne technique.

— C'est, hélas, vrai.

Cette fois-là, il avait sorti le bateau sans retourner à la maison se changer et demander une permission qui lui aurait sans aucun doute été refusée. Il était debout dans la barque, prêt à s'asseoir, dos à la berge. Bien d'aplomb sur le bord, Clarence s'était armé d'une rame pour le faire basculer dans l'eau.

— Quels autres sports avez-vous appris, sir Clarence ? voulut savoir Hortense Dubois. Vous devez être très fort si vous avez pu battre lord Montford. Il a la réputation de réussir dans tout ce qu'il entreprend. C'est ce que nous disait M. Gladstone pas plus tard qu'hier, n'est-ce pas, Marianne ?

— Eh bien, fit Clarence, je me débrouille plutôt bien avec mes poings, mademoiselle Dubois.

J'ai d'ailleurs fait quelques rounds avec Gentleman Jackson lui-même.

— Avec *Gentleman Jackson* ? répéta un garçon du village, impressionné. J'ai entendu parler de lui. Il paraît que c'est un des meilleurs.

— Pas *un des meilleurs*, jeune homme. Le meilleur.

— Clarence est trop modeste pour avouer à quel point il manie bien le fleuret, mademoiselle Dubois, intervint Jasper. J'imagine que tu es aussi adroit qu'autrefois, ajouta-t-il à l'adresse de Clarence.

— Eh bien...

Jasper lui flanqua de nouveau une claque sur l'épaule.

— Allons, ne sois pas si modeste, insista-t-il.

Tout le monde écoutait, ou presque, à présent. Y compris, un peu en retrait, Katherine, qui semblait ébahie.

— Tu te souviens de l'après-midi où tu as remporté tous les assauts sans exception ? enchaîna Jasper. Et pourtant, à l'époque, tu commençais tout juste à apprendre. Heureusement que les fleurets étaient mouchetés sinon j'aurais été transformé en fontaine de sang. Pardon, mesdames, ce n'est pas une image très plaisante, je le reconnais.

— Oh, racontez-nous, lord Montford ! le pria Mlle Fletcher. J'adore l'escrime. C'est un sport si masculin, je trouve.

— Il n'y a pas grand-chose à raconter : je n'ai jamais pu franchir la garde de Clarence. Alors que lui passait la mienne à tous les coups. C'était vraiment humiliant pour moi – mais quelle démonstration Clarence nous a faite ! Il était, j'imagine, le meilleur élève de son maître d'armes.

— Il a bel et bien déclaré que j'étais le meilleur qu'il ait jamais eu, reconnut Clarence. Mais, à l'époque, il n'enseignait que depuis cinq ans. Peut-être en a-t-il découvert un meilleur depuis.

— J'en doute, fit Jasper dans un soupir.

— Diable ! fit Merton en échangeant un regard entendu avec Jasper. Si nous avions su que sir Clarence venait, Monty, nous aurions pu ajouter l'escrime aux activités d'aujourd'hui. Est-il trop tard ?

— Je n'ai pas de fleurets ici, répondit Jasper. Tu n'en as pas apporté, par hasard, Clarence ?

— Non, répondit l'intéressé d'une voix faible. Malheureusement, coassa-t-il après coup.

— Heureusement pour moi, oui, lâcha Jasper en riant. Cela dit, tu étais tout aussi adroit avec une rame.

— On ne peut pas faire de l'escrime avec des rames, Jasper.

Clarence regarda autour de lui, et sourit des rires que sa réplique avait déclenchés.

— Eh bien, ce serait quelque chose de plus créatif que de l'escrime classique ! Mais pas une joute à coups de rames en se tenant debout dans une barque – cela mettrait trop à l'épreuve mon lamentable équilibre. Encore que devoir conserver son équilibre ajouterait un certain piment à une telle joute, non ? Qu'est-ce qui pourrait être un peu plus stable que des barques, mais moins que la terre ferme ?

Le chef palefrenier, le seul que Jasper ait mis dans la confidence, intervint comme prévu.

— Il y a bien ces planches, monsieur, avança-t-il en les désignant. Celles que nous avons jetées en travers du bourbier pour pouvoir rajouter de l'eau. Elles font vingt centimètres de large.

— Vous suggérez, Barker, résuma Jasper d'un air horrifié, que sir Clarence et moi-même nous livrions à une joute à coups de rames, perchés sur ces planches, au-dessus de la boue ? Alors que je suis en chemise blanche ?

— C'est de la fo... commença Clarence également consterné.

— Et contre un escrimeur chevronné ? coupa Jasper.

— Monty, je parie que tu seras incapable de remporter un assaut et que tu basculeras ignominieusement dans la boue, annonça Merton avec un regard appuyé.

— Hé, attends un peu ! s'exclama Jasper en levant la main. C'est de la folie. Je n'aurais jamais dû parler des exploits de Clarence au fleuret. Dieu sait que j'ai du mal à résister à un pari, mais celui-ci…

— Je parie contre toi, Jasper, annonça l'oncle Stanley en le fixant, les yeux plissés.

Il n'en fallut pas plus pour que l'assistance fasse chorus et réclame un combat entre lord Montford et sir Clarence Forester. On en avait presque oublié les deux lutteurs qui revenaient du lac pour la finale.

Jasper leva la main.

— Attendez un peu, répéta-t-il. La fierté me contraint à accepter ce défi, mais Clarence se montrera peut-être plus raisonnable. Sans doute même. Contrairement à moi, il ne se laissera peut-être pas aveugler par la fierté et se moquera que la moitié des personnes ici présentes croient qu'il a perdu son adresse d'autrefois. Qu'en dis-tu, Clarence ? Je t'en prie, mon vieux, refuse.

— Si n'importe lequel de mes neveux fait preuve d'autant de lâcheté, déclara une voix courroucée dans la foule, je jure de le déshériter.

Seth Wrayburn !

— Oncle Seth ! protesta lady Forester. Vous ne voyez donc pas ce qui se passe ? Vous ne voyez pas que Jasper est en train de…

— Silence ! la coupa Wrayburn. Alors, Clarence ? Que décides-tu ?

Ce dernier s'efforça d'adopter une attitude nonchalante, mais Jasper vit que ses mains tremblaient.

— Si Jasper tient à prendre un bain de boue et à s'humilier devant ses invités et ses voisins, lâcha-t-il, je ne peux rien faire pour l'en empêcher, n'est-ce pas ?

— Clarence, gémit sa mère.

Il lui jeta un regard de détresse, mais elle n'aurait pu le sauver.

Le jour de cette parodie d'assaut, Clarence, qui avait dix ans tandis que Jasper en avait treize, avait sa mère de son côté. Jasper n'avait jamais pris de leçon d'escrime de sa vie ni même assisté à un assaut. Il était passé à l'attaque à plusieurs reprises et lui aurait transpercé le corps de son fleuret si les pointes n'avaient été mouchetées. Mais, chaque fois, la touche avait été déclarée non valable. Manifestement, il y avait plus de règles dans ce sport que d'étoiles dans le ciel. En attendant, Clarence sautillait autour de lui telle une ballerine aux pieds plats et chaque fois qu'il brandissait vaguement son fleuret dans la direction de Jasper, sa mère annonçait une touche, et une touche particulièrement habile autant que parfaitement conforme aux règles, cela allait sans dire.

L'attention générale se porta à la finale du concours de lutte. Ce fut un excellent combat, qui dura une dizaine de minutes avant que Lenny Manning fasse basculer Willy Tufts par-dessus son épaule, tête la première dans la boue, l'emportant trois à deux.

L'assistance se déchaîna. Katherine remit à Lenny le premier prix, qui se montait à dix guinées, en riant et en faisant attention que ses jupes ne le frôlent pas. Lenny jeta les pièces à sa bien-aimée, puis fila une dernière fois se laver dans le lac avant de se changer dans la remise à bateaux.

Le tir à la corde devait suivre et constituer le point d'orgue de la fête. Mais personne n'avait oublié la joute, et Barker arriva dès que Lenny se fut éclipsé pour installer les deux planches taillées pour l'occasion – car il n'y avait eu nul besoin d'ajouter de l'eau à ce bourbier naturel formé par le débordement du lac. Quelques autres l'aidèrent à les mettre en place à une distance adéquate et à s'assurer que leurs extrémités étaient bien fichées dans le sol.

L'excitation était presque palpable.

Tandis que Jasper se débarrassait de sa redingote et de ses bottes, Katherine s'approcha et le regarda sans ciller.

— Je vous confie ma redingote, ma chérie, fit-il. Il serait dommage de l'abîmer. Je n'aurais pas besoin de l'ôter, ni mes bottes si j'étais certain de ne pas finir dans la boue. Clarence, lui, n'a pas à avoir ce genre d'inquiétude, bien sûr, mais il se peut qu'il préfère néanmoins prendre ses précautions. Ses bottes ne se remettraient pas d'un bain de boue, n'est-ce pas ?

— S'il les enlève, fit valoir Merton, cela reviendrait à dire qu'il n'est pas si sûr de lui que cela, et, dans ce cas, je pourrais décider de changer mon pari. Cela dit, je pense avoir misé sur le bon cheval.

— Je suis parfaitement sûr de moi, déclara cet imbécile de Clarence, qui marcha jusqu'au bourbier dans ses plus beaux habits de dandy londonien.

Barker était parti chercher deux rames.

— Donc, celui qui parvient à faire tomber l'autre de sa planche dans la boue sera le vainqueur ? fit Jasper sans s'adresser à personne en particulier.

Il se tenait au bord du bourbier qu'il scrutait en fronçant les sourcils.

— Je vais essayer de tenir plus de dix secondes, mais je ne promets rien. Vous êtes certain que nous ne devrions pas passer tout de suite au tir à la corde, tout compte fait ?

Un chœur de protestations s'éleva. Jasper s'empara de la rame que Barker lui tendait, posa le pied sur l'une des planches et s'avança jusqu'au milieu. Clarence en fit autant sur l'autre. Il faillit perdre l'équilibre avant même d'avoir pris position.

Le silence se fit.

— En garde, dit Barker.

Jason leva sa rame et toucha celle de Clarence.

Le coup de revolver claqua.

Clarence brandit sa rame au hasard et aurait décapité Jasper si celui-ci n'avait pas esquivé en se baissant. Il dut ensuite poser vivement le plat de la sienne contre le flanc de son adversaire pour l'empêcher de tomber de sa planche. Car une simple chute n'aurait pas suffi !

Ils jouèrent ainsi un moment au chat et à la souris. Clarence balançait de grands coups maladroits que Jasper bloquait avant de lui administrer de petites poussées qui suffisaient à le faire osciller en tous sens, mais n'étaient pas destinées à le faire plonger tout de suite.

Autant offrir au public un spectacle digne de ce nom !

Et faire attendre un peu Clarence avant de mettre un terme à ses souffrances – ou, au contraire, de l'y précipiter.

Ce crétin dut croire que Jasper ne parvenait pas à le déstabiliser, car il sourit soudain et se lança dans une petite danse ridicule destinée à impressionner la foule. Tenant sa rame d'une main, tel un fleuret, il se prépara à toucher Jasper à l'abdomen.

Celui-ci baissa la sienne, comme en signe de reddition, repoussa celle de Clarence d'un coup de coude, et toucha dans la foulée son adversaire sautillant juste sous le genou.

Clarence fit quelques pas désespérés qui n'avaient rien d'entrechats, agita les bras, puis poussa un cri plus strident que celui d'une fille avant de tomber la tête la première et les bras en croix dans la boue.

Un autre cri s'éleva de l'assistance – celui de lady Forester sans doute –, mais il fut noyé dans l'hilarité générale.

Jasper se rendit compte qu'il était couvert de boue.

Il chercha Katherine du regard et, quand il l'eut trouvée, s'inclina galamment.

— Pour vous, mon amour, lança-t-il.

Il y avait trop de bruit pour qu'elle – ou quiconque – l'entende, mais elle dut lire sur ses lèvres, car elle lui adressa un sourire radieux.

— Merci, lut-il à son tour sur ses lèvres. Mon amour, ajouta-t-elle.

Jasper reporta son attention sur la créature visqueuse qui se débattait à ses pieds pour se relever. Il se pencha, agrippa la main glissante de Clarence.

— Allez, mon vieux, je vais t'aider à sortir et nous irons piquer une tête.

Clarence essuya son visage maculé de boue de son autre main tout aussi sale tandis que le calme revenait.

— Tu l'as fait exprès, Jasper, glapit-il. Je ne te le pardonnerai jamais. Maman ne te le pardonnera jamais. Oncle Seth ne...

— Prunella, tonna Seth Wrayburn, je ne suis pas le maître ici, et je ne puis donc donner d'ordre. Mais je vous recommande instamment de remmener ce minable qui vous sert de fils dans le Kent dès qu'il se sera nettoyé. Et j'émets le vœu fervent de ne jamais vous revoir ni l'un ni l'autre.

Cette sortie fut saluée par des applaudissements.

— Allez, Clarrie, insista Jasper à mi-voix. Un peu de dignité. Au moins, je ne t'ai pas recassé le nez. Allons nous laver dans le lac avant le tir à la corde.

— Je ne sais pas nager, gémit Clarence – suffisamment fort pour se faire huer par la foule.

Les glands de ses bottes pendouillaient tels deux rats noyés.

26

— Heureuse, Charlotte ? demanda Jasper en souriant alors qu'ils s'apprêtaient à danser la première des danses traditionnelles.

On avait porté plus d'un toast à sa santé pendant le dîner et elle ne comptait plus le nombre de fois où on lui avait souhaité un bon anniversaire. Le bal qui devait clore les festivités allait commencer et elle l'ouvrait avec son frère.

— Oh, *oui*, Jasper. Je ne crois pas qu'il soit possible d'être plus heureuse que je ne le suis en ce moment. Je suis aussi contente que Katherine et toi ayez réussi à convaincre tante Prunella de rester jusqu'à demain. Oncle Seth n'aurait pas dû dire ce qu'il a dit quand tu as fait tomber Clarence dans la boue. Il le méritait, bien sûr, et tu as eu raison de le faire – c'était si drôle ! –, mais c'est mon cousin, et tante Prunella est ma tante, et une brouille le jour de mon anniversaire m'aurait fait de la peine. Tu crois que Clarence a vraiment la migraine ?

— Je n'en serais pas surpris.

— Oh, toutes ces fleurs, Jasper ! La salle de bal ressemble à un jardin. Et elle sent aussi bon.

Toute de blanc vêtue, elle avait l'air fragile, et si jeune – elle serait certainement consternée s'il le lui disait. Cependant, toutes ses danses étaient déjà réservées.

L'année prochaine, elle serait assaillie par les soupirants. Katherine et lui auraient du pain sur la planche pour veiller sur elle.

— Je suis heureuse que tu aies pu me rassurer au sujet de lord Merton, reprit-elle tandis que quelques couples se rangeaient encore à l'autre bout de la file.

Katherine lui avait dit un mot, et il avait dit un mot à Charlotte. Lui qui aurait tant méprisé ce genre de manœuvre il y a seulement quelques semaines !

Charlotte aimait beaucoup Merton, lui avait dit Katherine. Jasper la soupçonnait même d'être un peu amoureuse de lui, car elle l'avait de nouveau comparé au soleil. Mais elle ne voulait pas vraiment qu'il soit amoureux d'elle. Elle voulait être libre de profiter pleinement de son entrée dans le monde l'année prochaine. Et elle avait toujours l'intention d'attendre d'avoir vingt ans pour arrêter son choix.

Jasper avait donc pu lui assurer que Merton était bien trop jeune pour envisager de se marier.

Et elle aussi.

— Prête ? s'enquit-il.

Elle hocha la tête.

Il adressa un petit signe au chef et l'orchestre attaqua les premiers accords. Le premier bal de Cedarhurst depuis sa naissance.

Katherine dansait avec son oncle Stanley. Quand il croisa son regard, elle le gratifia d'un sourire lumineux.

Il haussa un sourcil et lui fit un clin d'œil.

« À suivre », lui avait-il promis cet après-midi. Cela n'allait plus tarder. S'exhortant à la patience, il reporta son attention sur sa sœur.

Le bal de Cedarhurst rappela à Katherine ceux auxquels elle avait assisté à Throckbridge. Margaret et elle les évoquèrent entre les deux premières séries de danses. Là aussi, tout le monde était invité, et pas uniquement la noblesse des environs. Elle trouvait cela bien plus amusant que les grands bals de Londres.

Même M. Wrayburn était présent.

Lady Forester aussi, bien qu'elle eût ostensiblement ignoré Jasper et Katherine avant le tir à la corde – qui avait contraint Jasper à plonger dans le lac avec Stephen, Winford Finley et les neuf autres qui constituaient avec eux l'équipe perdante.

La deuxième série était également composée de danses traditionnelles. L'oncle Stanley vint inviter Margaret. Katherine regarda Jasper traverser la salle, échangeant quelques mots au passage avec un tel ou un tel, l'air ouvert et d'excellente humeur.

« Je vous aime », lui avait-il dit cet après-midi comme s'il n'avait pas remarqué que tout le monde, sur la pelouse, s'était arrêté en voyant l'air décidé avec lequel il se dirigeait vers elle.

Je vous aime.

Ces mots, il les avait déjà prononcés auparavant. Mais jamais ainsi. Cette fois, elle n'avait pas douté un instant de sa sincérité. Et elle n'en doutait toujours pas même s'ils n'avaient pas eu un instant à eux depuis.

Je vous aime.

Il s'immobilisa devant elle et lui sourit.

— Vous n'allez pas me forcer à recommencer à danser déjà, n'est-ce pas ? s'inquiéta-t-il. Je ne saurais dire à quand remonte la dernière fois où j'ai dansé plus d'une fois à un bal, Katherine. Du reste, jusqu'à ce printemps, même une seule fois aurait été une fois de trop.

Elle lui sourit en réponse.

— Je danserai la valse avec vous tout à l'heure, enchaîna-t-il. J'insiste. C'est le privilège du mari. Cela fera *deux* danses dans la soirée. Un record.

Elle se mit à rire.

— Bon, eh bien, allez jouer aux cartes avec nos invités si vous y tenez, fit-elle.

— Je n'y tiens pas du tout. En fait, j'ai envie d'aller me promener. Mais seulement si vous m'accompagnez.

Elle ne devrait pas. Seigneur ! Les maîtres de maison ne pouvaient s'éclipser moins d'une demi-heure après l'ouverture du bal. Cela dit, tout se passait bien. Leur présence constante n'était pas absolument indispensable. Et puis, il y avait cette étincelle, dans son regard...

Il y avait *toujours* une étincelle dans le regard de Jasper.

— Très bien, fit-elle. Si cela peut vous rendre heureux...

— Cela vous rendra aussi heureuse, assura-il dans un murmure. Je vous le promets.

Ils sortirent par la porte-fenêtre au moment où la musique reprenait.

— Ce fut une piètre vengeance, n'est-ce pas ? dit-il en posant la main sur la sienne, qu'elle avait glissée au creux de son coude. Vous a-t-elle tout de même paru à peu près acceptable ?

— C'était absolument magnifique. Merveilleux. Sans violence. Il s'est ridiculisé tout seul. Il aurait pu se battre et perdre dignement, mais vous saviez qu'il ne le ferait pas, d'où votre stratégie.

— Évidemment, remarqua-t-il tandis qu'ils traversaient la pelouse, cela aurait pu se retourner contre moi si c'était lui qui m'avait fait tomber. Et cela aurait pu arriver.

— Il n'avait pas une chance sur cent !

— Seulement sur cent ? fit-il en haussant un sourcil. Vous avez donc si peu confiance en moi ?

— De toute façon, quand bien même vous aurait-il fait tomber que vous vous seriez relevé en riant et en lançant un bon mot à vos dépens comme vous l'avez fait après le tir à la corde. Et vous l'auriez félicité.

— En me sentant un parfait idiot.

— Je vous l'accorde, concéda-t-elle en riant. M'avez-vous entendue vous dire merci ? Je l'ai fait, et je le pensais. Merci de m'avoir si brillamment vengée.

La musique leur parvenait, assourdie, depuis *leur* salle de bal. Cette fête n'était que la première d'une longue série, mais Katherine devinait qu'elle s'en souviendrait toujours avec une tendresse particulière.

Il y avait quelques personnes dans le jardin des parterres, mais Jasper l'entraîna sur la pelouse est qui était à présent déserte.

De même que le début du chemin creux. La portion avec de grands arbres qui lui évoquait une cathédrale.

Ils se tenaient par la main, les doigts entremêlés. Silencieux.

Il s'arrêta sous les arbres, l'attira à l'écart du chemin et l'adossa à un gros tronc sur lequel il appuya la main, à côté de sa tête. Elle distinguait à peine ses traits malgré le clair de lune qui filtrait à travers le feuillage.

— Voilà qui a comme un air de déjà-vu, fit-il doucement.

Et elle se souvint de Vauxhall.

— Je vous aime, murmura-t-elle.

— À suivre, dit-il. Et maintenant, mon amour, nous allons poursuivre. Sans public.

Elle lui avait pardonné.

Il s'était mis au défi de l'aimer et y était parvenu.

Il s'était promis de se faire aimer d'elle et elle venait de lui dire qu'elle l'aimait.

Il s'était fait d'elle une amie.

Il l'avait vengée – dans une certaine mesure du moins – des horribles insultes de Clarence.

Désormais, estimait-il, ils pouvaient être heureux jusqu'à la fin de leurs jours. Et avoir beaucoup d'enfants.

Sauf qu'il ne s'était pas encore complètement racheté. Pas vraiment.

Il fallait qu'ils retournent à Vauxhall et qu'ils réparent ce qui s'était passé là-bas – en se créant de nouveaux souvenirs pour effacer les anciens.

Il baissa la tête et l'embrassa, savoura ses lèvres, les entrouvrit de la langue pour prendre possession de sa bouche.

Tout cela sans la toucher.

Elle avait les mains à plat contre le tronc.

— Voulez-vous que nous fassions ce qui aurait dû être fait cette nuit-là ? chuchota-t-il.

— Mais *rien* n'aurait dû être fait cette nuit-là, répondit-elle gravement.

— Vous avez raison, reconnut-il. Dans ce cas, voulez-vous que nous fassions ce qui devrait être fait ce soir ?

— Oui, accepta-t-elle.

Tandis qu'il déboutonnait sa braguette et relevait les jupes de Katherine, il lui vint à l'esprit qu'il n'avait jamais pris une femme debout. Ce qui était étrange, vu toutes les fois où...

Mais il se moquait pas mal de toutes les fois qui n'avaient pas été avec Katherine.

Il découvrit que ce n'était pas si facile. Il se plaça entre ses jambes écartées, la saisit fermement sous les fesses, la souleva, fléchit légèrement les genoux et la pénétra.

Pas facile, peut-être, mais diablement érotique !

Il sentit ses muscles intimes se resserrer autour de lui.

Tonnerre de Dieu !

Elle se cramponna à ses épaules, se cambra pour presser les seins contre son torse, puis rejeta la tête en arrière contre le tronc. Les paupières closes, elle se mordait la lèvre.

Il la posséda à coups de reins rapides et vigoureux, sans la moindre finesse, jusqu'à ce que, après quelques minutes si brèves que c'en était presque gênant, ils crient leur plaisir de concert et s'effondrent l'un contre l'autre.

Dans un instant de lucidité surprise, il songea que cela n'avait peut-être jamais été aussi bon.

Il retrouva sa bouche comme il se laissait aller contre elle, et ils se détendirent.

— Katherine, fit-il, un peu haletant.

Elle le regarda et lui sourit, avant de porter la main à son front pour écarter sa mèche rebelle.

— Je t'aime, dit-il.

— Oui, confirma-t-elle dans un soupir.

Ils rirent tous bas.

— C'est vrai, reprit-elle en l'étreignant plus étroitement. Oh, Jasper, je sais que tu m'aimes. Et moi aussi, je t'aime. Je crois que je t'ai toujours aimé, mais je serais morte plutôt que de te l'avouer si tu ne m'avais pas aimée.

— Toujours ? répéta-t-il en penchant la tête en arrière.

— Je suis tombée amoureuse de toi à Vauxhall, lui apprit-elle, parce que tu étais dangereux. Et je suis tombée amoureuse de toi cette année parce que tu me faisais rire avec tes absurdités. Et ensuite, parce que... *Parce que*, c'est tout. Je ne sais pas pourquoi.

— Parce que j'avais un pari à gagner et que j'ai usé de toute mon habileté pour y parvenir.

— Ce pari avait un pendant, souviens-toi, répliqua-t-elle en riant. C'est toi qui y tenais. Je suis donc aussi habile que toi.

— Je serais un imbécile de premier ordre si je tentais de te contredire sur ce point. Quel sera mon gage ? Une vie entière d'amour ?

— Oui.

— Ah. C'est précisément celui que je comptais exiger de toi.

— Très bien.

Ils s'embrassèrent longuement, puis Katherine le repoussa.

— Jasper, il faut rentrer ! Qu'est-ce qui nous a pris d'abandonner nos invités ainsi ?

— Pour dire les choses crûment, et au risque de te faire rougir, je crois que nous nous sommes laissé aveugler par le désir charnel, répondit-il.

— Mon Dieu, je crains que tu n'aies raison.

Ils avaient presque fini de traverser la pelouse quand elle murmura :

— J'espère que nous aurons bientôt un enfant. Mon bonheur serait alors complet.

— Je ferai mon possible pour que cela arrive très vite. Tu sais que je suis toujours prêt à me plier à tes désirs.

— Peut-être serai-je enceinte à Noël, avança-t-elle. Ou à Pâques. Je l'espère vraiment.

— Seigneur, tu me prends pour un lambin, Katherine ? se récria-t-il en montant les marches de la terrasse. Je dirais fin septembre au plus tard, fin août au plus tôt.

— Oh, je ne veux pas l'espérer si tôt de peur d'être déçue ! Je dis Noël.

— Et moi fin août, insista-t-il en tournant au coin de la maison.

— Ne tentez pas le destin en étant aussi sûr de vous, lui enjoignit-elle.

Il glissa le bras autour de sa taille et la fit pivoter face à lui.

— Écoute ! chuchota-t-il en levant l'index. Tu l'entends ? Tu le sens ?

Elle se concentra, le front plissé.

— Si j'entends quoi ? demanda-t-elle. Si je sens quoi ?

— Il n'y a pas à s'y tromper. Je sens venir un pari, Katherine.

Elle éclata de rire en guise de réponse.

Katherine et Jasper avaient décidé qu'on danserait une valse dans la soirée. Une seule parce qu'ils se doutaient que beaucoup de leurs voisins en ignoraient les pas, et que les jeunes filles n'avaient pas le droit de la danser, mais une tout de même parce qu'ils ne pouvaient résister à la tentation de valser dans leur salle de bal.

Au printemps, quand ils avaient refait connaissance, tout avait vraiment commencé par une valse. Ils tenaient donc à en danser une autre à Cedarhurst.

Cependant, quand ils avaient pris cette décision, ils n'avaient pas prévu de la danser seuls.

Lorsqu'on annonça la valse, donc, beaucoup de gens quittèrent la piste comme prévu. Mais d'autres, notamment ceux qui venaient de Londres, les remplacèrent. Ils n'étaient pas nombreux, cependant, comparés à tous ceux qui semblaient arriver de partout – de la salle des rafraîchissements, de celle des cartes, du jardin, du balcon – tandis que les musiciens accordaient leurs instruments.

Katherine se tenait au milieu de la piste avec Jasper, attendant qu'ils attaquent les premières notes. Elle n'avait jamais été aussi heureuse, et son bonheur avait de nombreuses causes. La journée avait été parfaite. Ils avaient fait renaître une tradition qui se poursuivrait certainement dans les années à venir.

Elle aimait Jasper, et il l'aimait. Ils venaient même de faire l'amour de façon assez scandaleuse contre le tronc d'un arbre du chemin creux. Il avait été bien inspiré dans son choix, songea-t-elle. Plus jamais elle ne se rappellerait Vauxhall sans que l'épisode de ce soir se superpose aux souvenirs d'autrefois.

Cela avait été parfait.

Et, maintenant, la journée allait s'achever par une valse.

Pouvait-on rêver mieux ?

L'orchestre était fin prêt.

Katherine posa une main sur l'épaule de Jasper, glissa l'autre dans la sienne tandis qu'il lui enlaçait la taille et l'attirait aussi près de lui que le permettaient les convenances. Elle leva le visage et lui sourit. Il répondit d'un sourire nonchalant, irrésistible.

Et la musique commença.

Katherine n'aurait su dire combien de secondes, ou de minutes s'écoulèrent avant qu'elle se rende compte qu'ils étaient seuls à danser, que tous les autres couples s'étaient joints aux spectateurs.

Elle regarda son mari, stupéfaite.

— C'est *toi* qui as manigancé cela ? lui demanda-t-elle.

— Moi qui aime tant danser ? Certainement pas.

Mais il ne put s'empêcher de sourire.

— Il semblerait qu'on attende de nous une démonstration.

— Ô mon Dieu, gémit-elle.

— Et ce n'est pas le moment de vérifier que j'ai bien mis un pied gauche et un pied droit en m'habillant tout à l'heure.

— En effet, acquiesça-t-elle.

Elle regarda autour d'elle les visages familiers de la famille, des amis, des voisins, des employés et des domestiques. Puis celui de l'homme qui la tenait dans ses bras.

Tout n'était que couleur et lumière.

Comme sa vie.

Jasper la fit tournoyer à travers la salle tandis que les couleurs et les lumières se mélangeaient, et que les applaudissements crépitaient.

Katherine se mit à rire.

Jasper aussi.

— Je m'en souviens, maintenant, dit-il. J'ai bel et bien mis deux pieds gauches.

J'AI LU POUR elle

Si vous souhaitez être informée en avant-première
de nos parutions et tout savoir sur vos autrices préférées,
retrouvez-nous ici :

www.jailu.com

Abonnez-vous à notre newsletter
et rejoignez-nous sur Facebook !

9389

Composition
FACOMPO

Achevé d'imprimer en Italie
par GRAFICA VENETA
le 20 juillet 2025

Dépôt légal : août 2025
EAN 9782290406151
OTP L21EPSN002639-631327

ÉDITIONS J'AI LU
82, rue Saint-Lazare, 75009 Paris

Diffusion France et étranger : Flammarion